Si dijéramos la verdad

CLARE POOLEY

Si dijéramos la verdad

Traducción de
Gabriel Dols Gallardo

Grijalbo narrativa

Papel certificado por el Forest Stewardship Council®

Título original: *The Authenticity Project*
Primera edición: enero de 2021

© 2020, Quilson, Ltd.
Publicado por primera vez en Gran Bretaña por Bantam Press,
un sello de Transworld Publishers (Penguin Random House UK)
© 2021, Penguin Random House Grupo Editorial, S. A. U.
Travessera de Gràcia, 47-49. 08021 Barcelona
© 2021, Gabriel Dols Gallardo, por la traducción
© Jo Thomson, por las ilustraciones interiores

Printed in Spain – Impreso en España

ISBN: 978-84-253-5850-0
Depósito legal: B-6.405-2020

Compuesto en La Nueva Edimac

Impreso en Liberdúplex
Sant Llorenç d'Hortons (Barcelona)

GR58500

Para mi padre, Peter Pooley,
que me enseñó a amar las palabras

Monica

Había intentado devolver la libreta. En cuanto comprendió que su extraordinario dueño se la había dejado, la cogió y salió corriendo detrás de él, pero ya no lo vio. Se movía a una velocidad sorprendente para ser tan mayor. Tal vez, en realidad, no quería que lo encontrasen.

Era una libreta escolar sencilla, de color verde pálido, como la que Monica llevaba a la escuela de pequeña para apuntar todos los detalles sobre los deberes. Sus amigas cubrían sus cuadernos con dibujos de corazones, flores y los nombres de los últimos chicos de los que se habían enamorado locamente, pero a Monica no le gustaba garabatear. Le inspiraba demasiado respeto el buen material de papelería.

En la cubierta había cinco palabras, grabadas con una preciosa caligrafía inglesa:

El proyecto de la autenticidad

En una letra más pequeña, en la esquina inferior, estaba la fecha: «Octubre, 2018». A lo mejor, pensó Monica, había una dirección en la parte de dentro, o por lo menos un nombre, para poder devolverla. Aunque físicamente no tuviera nada de especial, irradiaba cierto aire de importancia.

Abrió el cuaderno. En la primera página solo había escritos unos pocos párrafos.

¿Conoces bien a las personas que viven cerca de ti? ¿Y ellas a ti? ¿Sabes siquiera cómo se llaman tus vecinos? ¿Si tuvieran un problema o hiciese días que no salieran de casa, te enterarías?

Todos mentimos sobre nuestra vida. ¿Qué pasaría si, por una vez, compartiéramos la verdad? ¿Lo que te define, lo que hace que encaje todo lo demás? Y no por internet, sino con las personas de carne y hueso que te rodean.

Tal vez nada. O puede que contar esa historia cambiase tu vida, o la de alguien a quien todavía no hubieras conocido.

Eso es lo que quiero averiguar.

Continuaba en la página siguiente y Monica se moría de ganas de seguir leyendo, pero era una de las horas de más trabajo en la cafetería y sabía que era crucial no retrasarse si no quería volverse loca. Metió la libreta en el hueco junto a la caja registradora donde guardaba las cartas y los folletos de diversos proveedores. La leería más tarde, cuando pudiera concentrarse como era debido.

Monica se estiró en el sofá de su piso de encima de la cafetería, con una copa grande de sauvignon blanco en una mano y la libreta abandonada en la otra. Las preguntas que había leído aquella mañana la reconcomían un poco, le exigían respuestas. Se había pasado todo el día hablando con la gente, sirviéndoles cafés y pasteles, charlando del tiempo y los últimos cotilleos de los famosos. Pero ¿cuándo era la última vez que le había contado a alguien algo sobre ella misma que... importara de verdad? Y, si se paraba a pensarlo, ¿qué sabía ella de sus clientes, más allá de si les gustaba el café con leche o el té con azúcar? Abrió la libreta por la segunda página.

Me llamo Julian Jessop. Tengo setenta y nueve años y soy artista. Vivo en los Chelsea Studios, en Fulham Road, desde hace cincuenta y siete años.

 Esos son los datos básicos, pero la verdad es esta: ESTOY SOLO.

 A menudo paso días enteros sin hablar con nadie. A veces, cuando tengo que hablar por lo que sea (porque me llama alguien para ofrecerme un seguro de protección de pagos, por ejemplo), me encuentro con que me sale un graznido porque mi voz se ha hecho un ovillo y ha muerto en mi garganta por falta de cuidado.

 La edad me ha vuelto invisible. Es algo que me resulta especialmente duro, porque siempre me habían mirado. Todo el mundo sabía quién era. No tenía que presentarme, me plantaba en el umbral mientras mi nombre recorría la sala en una cadena de susurros, seguidos por una serie de miradas subrepticias.

 Me encantaba pararme delante de los espejos y caminaba poco a poco por delante de los escaparates para repasar el corte de mi americana o la ondulación de mi cabello. Ahora mi reflejo me asalta a traición y a duras penas me reconozco. Es irónico que Mary, que habría aceptado de buena gana lo inevitable del envejecimiento, muriese a la edad relativamente temprana de sesenta años, mientras que yo sigo aquí, obligado a presenciar cómo me vengo abajo poco a poco.

Como artista, he observado a las personas, he
analizado sus relaciones y he reparado en que siempre
existe un equilibrio de poder. Un miembro de la pareja
es más amado y el otro, más amante. Yo tenía que ser
el más amado. Ahora comprendo que daba a Mary
por sentada, con su belleza sana y corriente y sus
mejillas sonrosadas, siempre atenta, siempre fiable.
No aprendí a apreciarla hasta que la perdí.

Monica hizo un alto para pasar la página y beber un buen
trago de vino. No estaba segura de que Julian le cayera muy
bien, aunque le daba bastante pena. Sospechaba que él preferiría la antipatía a la compasión. Siguió leyendo.

Cuando Mary vivía aquí, nuestra casita siempre estaba
llena de gente. Había un ir y venir constante de niños
del barrio, porque en Mary tenían una fuente
constante de anécdotas, consejos, refrescos y patatillas
con forma de monstruo. Siempre había algún amigo
artista menos exitoso que se presentaba a cenar sin
previo aviso, además de la modelo que estuviera
posando para mí en aquel momento. Mary siempre
guardaba las formas y se mostraba hospitalaria con las
demás mujeres, de modo que tal vez yo era el único que
se fijaba en que nunca les ofrecía bombones con el café.
Siempre estábamos ocupados. Nuestra vida social
giraba en torno al Club de las Artes de Chelsea y los
bistrós y boutiques de King's Road y Sloane Square.
Mary trabajaba muchas horas como comadrona y yo
recorría el país pintando el retrato de personas que se
creían dignas de pasar a la posteridad.
Todos los viernes por la tarde desde finales de los
años sesenta, a las cinco de la tarde, paseábamos hasta el

vecino cementerio de Brompton, el cual, dado que sus cuatro esquinas conectaban los barrios de Fulham, Chelsea, South Kensington y Earl's Court, era un práctico punto de encuentro para todos nuestros amigos. Planificábamos el fin de semana sobre la tumba del almirante Angus Whitewater. No lo conocíamos, pero daba la casualidad de que tenía una impresionante losa de mármol negro sobre su lugar de reposo que conformaba una mesa estupenda para dejar las bebidas.

En muchos sentidos morí a la vez que Mary. No respondía a las llamadas de teléfono ni las cartas. Dejé que la pintura se resecara en la paleta y, en una noche insoportablemente larga, destruí todos mis lienzos inacabados; los rasgué hasta reducirlos a serpentinas multicolores y luego los convertí en confeti con las tijeras de costura de Mary. Cuando al fin salí de mi capullo, unos cinco años más tarde, los vecinos se habían mudado, los amigos habían tirado la toalla y mi agente me había dado por perdido, y fue entonces cuando caí en la cuenta de que me había vuelto imperceptible. Había efectuado una metamorfosis inversa, de mariposa a oruga.

Sigo alzando ante la tumba del almirante una copa de Baileys, la marca de crema irlandesa favorita de Mary, todos los viernes por la tarde, pero ahora lo hago a solas con los fantasmas del pasado.

Esa es mi historia. No tengas reparos en reciclarla en la basura, por favor. O quizá decidas contar tu propia verdad en estas páginas y pasar mi libretilla a otra persona. Puede que te resulte catártico, como me ha pasado a mí.

Lo que suceda a continuación depende de ti.

Monica

Lo buscó en Google, por supuesto. Wikipedia describía a Julian Jessop como un retratista que había gozado de una fama pasajera en los años sesenta y setenta. Había estudiado con Lucian Freud en la Academia Slade de Bellas Artes y, según los rumores, había intercambiado con él insultos (y mujeres, se insinuaba) a lo largo de los años. Lucian contaba con la ventaja de ser mucho más famoso, pero Julian tenía diecisiete años menos. Monica pensó en Mary, agotada tras un largo turno alumbrando a los niños de otras mujeres, preguntándose dónde estaría su marido. Parecía un poco la típica mujer que se deja pisotear, la verdad. ¿Por qué no lo había abandonado y punto? Se recordó a sí misma, como intentaba hacer a menudo, que había cosas peores que estar soltera.

Uno de los autorretratos de Julian se había expuesto durante un breve período en la National Portrait Gallery, como parte de una exposición titulada «La escuela londinense de Lucian Freud». Monica hizo clic en la imagen para ampliarla y allí estaba el hombre al que había visto en la cafetería la mañana anterior, pero alisado, como una pasa reconvertida en grano de uva. Julian Jessop, con unos treinta años, el pelo rubio estirado hacia atrás, los pómulos afilados como cuchillos, un rictus algo desdeñoso en la boca y esos penetrantes ojos azules. Cuando la había mirado el día anterior, le había dado la impresión de que le hurgaba en el alma, lo cual resultaba un tanto desconcertante cuando lo único que una intentaba era comentar los diversos atractivos de la magdalena de arándanos comparada con la galleta de caramelo y chocolate.

Monica consultó su reloj. Las cinco menos diez de la tarde.

—Benji, ¿puedes ocuparte del negocio durante media horita? —le preguntó a su barista.

Sin apenas detenerse a esperar su respuesta en forma de asentimiento, se puso el abrigo. Mientras atravesaba la cafetería, hizo un repaso de las mesas y paró para recoger una migaja enorme de tarta red velvet de la mesa doce. ¿Cómo podían haberla ignorado? Cuando salió a Fulham Road, la lanzó en dirección a una paloma.

Monica rara vez se sentaba en el piso de arriba de los autobuses. Se enorgullecía de su respeto a la normativa de sanidad y seguridad, y subir por la escalera de un vehículo en movimiento se le antojaba un riesgo innecesario. Sin embargo, en aquel caso necesitaba las vistas que había desde allí.

Observó cómo el punto azul en Google Maps avanzaba poco a poco por Fulham Road en dirección a los Chelsea Studios. El autobús paró en Fulham Broadway y luego siguió en dirección a Stamford Bridge. La meca enorme y moderna del Chelsea Football Club se alzaba imponente y, a su sombra, emparedada e incongruente entre los dos accesos separados para los hinchas locales y los visitantes, había una diminuta aldea de estudios y casitas, perfectamente formada, tras un muro inocuo ante el cual Monica debía de haber pasado caminando cientos de veces.

Agradecida por una vez a la lentitud del tráfico, Monica intentó averiguar cuál de las casas era la de Julian. Había una ligeramente separada que parecía un tanto venida a menos, como el propio Julian. Se apostaría la caja del día, lo que no era poco dada su situación económica, a que esa era la casa.

Se apeó en la siguiente parada y dobló casi de inmediato a la izquierda para meterse en el cementerio de Brompton. El sol bajo proyectaba sombras largas y el aire tenía un frescor otoñal. El cementerio era uno de los lugares favoritos de Monica, un oasis atemporal de calma en plena ciudad. Le encantaban las lápidas decoradas, ese último despliegue de jactancia: «Veo tu lápida de mármol con cita bíblica molona y subo un Cristo crucificado a tamaño real». Le encantaban los ángeles de piedra, a muchos de los cuales les faltaban ya partes vitales del cuerpo, y los nombres anticuados de las lápidas victorianas: Ethel, Mildred, Alan. ¿Cuándo dejó de llamarse Alan la gente? O, mejor pensado, ¿quedaba alguien que le pusiera Monica a su bebé? Ya en 1981 había sido una rareza por parte de sus padres renunciar a nombres como Emily, Sophie y Olivia. Monica: una opción agonizante. Casi podía verlo como un título en la pantalla de cine: *Monica de una muerte anunciada.*

Mientras caminaba con paso decidido entre tumbas de soldados caídos y rusos blancos exiliados, intuía la fauna —ardillas grises, zorros urbanos y cuervos negros— que se guarecía en el cementerio y vigilaba las tumbas, como si fueran las almas de los difuntos.

¿Dónde estaba el almirante? Monica se dirigió hacia la izquierda, buscando con la mirada un anciano con una botella de crema irlandesa Baileys en la mano. Descubrió que no estaba muy segura de por qué. No quería hablar con Julian, por lo menos de momento. Sospechaba que, si lo abordaba directamente, corría el riesgo de avergonzarlo. No quería empezar con mal pie.

Dirigió sus pasos hacia el norte del cementerio haciendo tan solo una breve pausa, como siempre, ante la tumba de

Emmeline Pankhurst, para darle las gracias con un mudo asentimiento de cabeza. Dio media vuelta al llegar arriba del todo y había recorrido la mitad del camino de regreso por uno de los senderos menos frecuentados cuando reparó en un movimiento a su derecha. Allí, sentado (en ademán algo sacrílego) sobre una lápida de mármol con inscripciones, estaba Julian con un vaso en la mano.

Monica siguió caminando, con la cabeza gacha para no cruzar la mirada con él. Después, en cuanto Julian se fue, unos diez minutos más tarde, desanduvo sus pasos para leer la inscripción de la lápida.

ALMIRANTE ANGUS WHITEWATER
DE LA CALLE PONT
Murió el 5 de junio de 1963 a los 74 años
Respetado líder, amado padre y marido
y amigo leal
TAMBIÉN, BEATRICE WHITEWATER
Murió el 7 de agosto de 1964 a los 69 años

Le tocó la moral que el almirante tuviera varios adjetivos elogiosos a su nombre, mientras que su mujer debía conformarse con una fecha y un hueco para la eternidad bajo la lápida de su esposo.

Se quedó allí de pie durante un rato, arropada por el silencio del cementerio, mientras imaginaba a un atractivo grupo de jóvenes, con peinados estilo Beatles, minifaldas y pantalones de campana, discutiendo y bromeando unos con otros, y de repente se sintió bastante sola.

Julian

Julian llevaba su soledad y su reclusión como unos zapatos viejos e incómodos. Estaba acostumbrado a ellos —en muchos sentidos le parecían hasta cómodos—, pero con el tiempo empezaban a causarle molestias, a dejarle callos y juanetes que ya no se irían nunca.

Eran las diez de la mañana, de modo que Julian estaba caminando por Fulham Road. Después de Mary, pasó más o menos cinco años en los que a menudo no se levantaba de la cama y el día se transformaba en noche sin solución de continuidad, hasta el punto de que las semanas perdían su patrón. Después descubrió que las rutinas eran esenciales. Creaban boyas a las que podía aferrarse para mantenerse a flote. Todas las mañanas a la misma hora salía a pasear por las calles del vecindario durante una hora y aprovechaba para hacer la compra por el camino. Su lista para aquel día:

Huevos
Leche (1 botella pequeña)
Angel Delight sabor caramelo, si hay
(le costaba cada vez más localizar ese postre en polvo)

Además, como era sábado, compraría una revista de moda. Aquella semana tocaba el *Vogue*. Su favorita.

A veces, si el quiosquero no estaba demasiado ocupado, comentaban los últimos titulares o el tiempo. Esos días, Julian se sentía casi como un miembro de la sociedad plenamente funcional, una persona con conocidos que sabían cómo se llamaba y valoraban su opinión. Una vez había llegado a pedir hora con el dentista solo para poder pasar el día con alguien. Después de pasarse la visita entera con la boca abierta, incapaz de hablar mientras el doctor Patel hacía Dios sabía qué con un surtido de instrumentos metálicos y un tubo que emitía un espantoso ruido de succión, comprendió que aquella no era una táctica muy inteligente. Se fue a casa con una lección sobre higiene gingival resonándole en los oídos y la resolución de no volver mientras fuera posible. Si perdía los dientes, mala suerte. Había perdido todo lo demás.

Julian hizo un alto para mirar por la ventana del Café de Monica, que ya estaba lleno de clientes. Llevaba tantos años pasando por esa calle que en su cabeza podía rememorar las diversas encarnaciones de aquel local en concreto, como si retirase de una pared capas de papel pintado viejo para redecorar una habitación. Allá en los sesenta era un local de empanadas de anguila, hasta que esta pasó de moda y se convirtió en una tienda de discos. En los ochenta fue un videoclub y luego, hasta hacía unos pocos años, una tienda de chuches. Anguilas, discos de vinilo y cintas de VHS: todo relegado a la papelera de la historia. Hasta las chuches empezaban a estar demonizadas, pues se las culpaba de que los niños estuvieran cada vez más gordos. Hombre, no sería cosa de los dulces. La culpa era de los niños o de sus madres.

Sin duda había escogido el lugar correcto para dejar *El proyecto de la autenticidad*. Le gustaba que, al pedir té con leche, no le plantearan toda clase de preguntas complicadas sobre el tipo específico de hoja y la clase de leche que quería. Se lo sirvieron en una taza de loza, como Dios manda, y nadie exigió saber cómo se llamaba. El nombre de Julian salía en la firma al pie de los lienzos; no se sentía cómodo con él garabateado en un vaso para llevar, como hubiesen hecho en Starbucks. El recuerdo le hizo estremecerse.

Se había sentado en un blando y raído sofá de cuero en un rincón apartado del Café de Monica, en una zona rodeada de estanterías con libros a la que la dueña llamaba La Biblioteca, según había oído. En un mundo en el que todo parecía electrónico y el papel era un medio que desaparecía a marchas forzadas, Julian había encontrado La Biblioteca, donde el olor de los libros viejos se mezclaba con el aroma del café recién molido, maravillosamente nostálgica.

Julian se preguntó qué habría sido de la libreta que había dejado allí. A menudo tenía la sensación de estar desapareciendo sin dejar rastro. Algún día, en un futuro no muy lejano, su cabeza se hundiría finalmente bajo el agua sin apenas crear una onda. A través de aquel cuaderno, por lo menos una persona lo vería como era debido. Y escribirlo había sido un consuelo, como aflojarse los cordones de aquellos incómodos zapatos para dejar que sus pies respirasen un poco mejor.

Siguió caminando.

Hazard

Era lunes por la noche y empezaba a hacerse tarde, pero Timothy Hazard Ford, conocido por todos como Hazard, seguía postergando el momento de irse a casa. Sabía por experiencia que la única manera de ahorrarse el bajón que seguía al fin de semana era alargarlo sin solución de continuidad. Había empezado a posponer el inicio de la semana cada vez más, a la vez que adelantaba el fin de semana hasta que casi se encontraban en el punto intermedio. Aguantaba un breve interludio de horror en torno al miércoles y luego volvía a la carga.

Hazard había sido incapaz de convencer a ninguno de sus compañeros de trabajo para salir por los bares de la City esa noche, de manera que en lugar de eso había puesto rumbo de vuelta a Fulham, donde había recalado en el bar de vinos de su barrio. Buscó conocidos entre la escasa concurrencia. Avistó a una rubia escuálida con las piernas enroscadas en torno a un taburete alto y el torso inclinado por encima de la barra que parecía una pajita flexible, pero estilosa. Estaba bastante seguro de que ella iba al gimnasio con una chica con la que antes salía su amigo Jake. No tenía ni idea de cómo se llamaba, pero era la única persona a mano para tomarse una copa, lo cual la convertía, en esos momentos, en su mejor amiga.

Hazard se acercó a ella, luciendo la sonrisa que reservaba

precisamente para esa clase de ocasiones. Un sexto sentido hizo que la chica se volviera hacia él, y después le sonrió y le saludó con la mano. Bingo. Siempre funcionaba.

Resultó que se llamaba Blanche. Un nombre estúpido, pensó Hazard, que era un experto en el tema. Se aposentó perezosamente en el taburete de al lado y saludó con la cabeza mientras ella le presentaba a su grupo de amigas, cuyos nombres flotaron a su alrededor como burbujas, para luego estallar sin dejar la menor impresión. A Hazard no le interesaba el nombre de las chicas, solo su aguante y, a ser posible, su sentido de la moral. Cuanto menos, mejor.

Hazard se dejó llevar por su rutina de costumbre. Sacó del bolsillo un rollo de billetes y pagó una ronda ostentosa, elevando cada copa que pedían a una botella y el vino, a champán. Desempolvó un puñado de sus anécdotas contrastadas y revolvió en su larga lista de conocidos en busca de alguno mutuo para después difundir, y posiblemente incluso inventar, una retahíla de chismorreos picantes.

El grupo se compactó en torno a Hazard, como siempre pasaba, pero de forma paulatina, y a medida que el gran reloj de pared que había detrás de la barra iba marcando los minutos, la gente empezó a dispersarse. «Tengo que irme, que es lunes», decían, o «Mañana tengo mucho lío» o «Tengo que recuperarme del fin de semana, ya me entiendes». Al final solo quedaban Hazard y Blanche y no eran más que las nueve. Él notó que la chica se preparaba para marcharse y sintió un acceso de pánico.

—Oye, Blanche, todavía es pronto. ¿Por qué no vienes a mi casa? —dijo, mientras le posaba la mano en el antebrazo de un modo que lo sugería todo pero, y eso era crucial, no prometía nada.

—Claro. ¿Por qué no? —respondió ella, como Hazard sabía que haría.

La puerta giratoria del bar los escupió a la calle. Hazard envolvió a Blanche con un brazo, cruzó la calle y se puso a caminar con paso decidido por la acera, sin prestar atención ni dar importancia a que estuvieran ocupándola en toda su anchura.

No vio a la chica bajita y morena que tenía plantada delante como una obstrucción del tráfico hasta que fue demasiado tarde. Se estrelló contra ella y entonces reparó en que llevaba en la mano una copa de vino tinto, que en esos momentos goteaba de la cara de la chica de forma más bien cómica y, lo que es más importante, se extendía a la vez como un navajazo por la camisa de Savile Row de Hazard.

—Joder, me cago en todo —soltó, mientras fulminaba con la mirada a la culpable.

—¡Oye, que has sido tú el que se ha chocado conmigo! —replicó ella con la voz quebrada por la indignación. Una gota de vino tembló en la punta de su nariz como un paracaidista reacio a saltar y luego cayó.

—Bueno, ¿y qué demonios hacías plantada como un pasmarote en medio de la acera con una copa de vino? —le gritó Hazard a modo de respuesta—. ¿No puedes beber en un bar como una persona normal?

—Venga, déjalo correr, vámonos —sugirió Blanche, con una risilla que le crispó los nervios.

—Estúpida zorra —le dijo Hazard a Blanche, en voz lo bastante baja para que la estúpida zorra en cuestión no le oyera. Su acompañante soltó otra risilla.

Varios pensamientos entrechocaron cuando sonó el estridente despertador de Hazard. Uno: «No puedo haber dormido más de tres horas». Dos: «Me encuentro incluso peor que ayer, qué mala cabeza tengo». Y tres: «Hay una rubia en mi cama con la que no me apetece hablar y cuyo nombre no recuerdo».

Por suerte, Hazard se había encontrado antes en esa situación. Apagó de un manotazo el despertador mientras la chica seguía durmiendo con la boca abierta como una muñeca hinchable japonesa y alzó con cuidado su brazo para retirárselo del pecho. La mano de ella colgaba como un pescado muerto. La depositó con delicadeza sobre las sábanas arrugadas y sudadas. La chica parecía haber dejado tanta cara en la almohada —el rojo de sus labios, el negro de los ojos y el marfil de su piel— que le sorprendía que le quedase algo. Salió de la cama deslizándose y esbozó una mueca de dolor cuando su cerebro chocó contra el cráneo como una bola de bagatela. Caminó hasta la cómoda de la esquina de la habitación y allí, tal y como esperaba, encontró un trozo de papel con un mensaje garabateado: «SE LLAMA BLANCHE». Dios, qué bien se le daba aquello.

Se duchó y se vistió con toda la rapidez y el sigilo que pudo, encontró un papel en blanco y escribió una nota:

Querida Blanche, te he visto demasiado dormida
y hermosa para despertarte. Gracias por lo de anoche.
Estuviste genial. Asegúrate de que la puerta quede bien
cerrada cuando te vayas. Llámame.

¿Había estado genial? Dado que no recordaba prácticamente nada de lo que había sucedido pasadas más o menos las diez de la noche, cuando había hecho acto de presencia su camello (antes incluso de lo habitual, al ser lunes), no tenía demasiada importancia. Apuntó su móvil al pie del mensaje, tomándose la precaución de trasponer dos dígitos para que no le sirviera de nada, y dejó la nota en la almohada, junto a aquella huésped que ya no era bienvenida. Esperaba no hallar ni rastro de ella a la vuelta.

Caminó hasta la estación de metro con el piloto automático. Llevaba gafas de sol a pesar de que era octubre para protegerse los ojos del débil resplandor del nuevo día. Hizo una pausa al llegar al punto de su encontronazo de la noche anterior. Estaba bastante seguro de que aún se apreciaban unas salpicaduras de vino en la acera, como si fueran los restos de un atraco. Una visión inoportuna lo paró en seco: una morena peleona y guapa que le clavaba los ojos como si lo odiase con toda su alma. Las mujeres nunca lo miraban de aquella manera. A Hazard no le gustaba que lo odiasen.

Entonces lo asaltó a traición un pensamiento con la fuerza sañuda de las verdades molestas: él también se odiaba. Hasta la más pequeña molécula, hasta el átomo más minúsculo, hasta la partícula subatómica más microscópica.

Algo tenía que cambiar. En realidad, todo tenía que cambiar.

Monica

A Monica siempre le habían entusiasmado los números. Le encantaba su lógica, su predictibilidad. Le causaba una inmensa satisfacción equilibrar un lado de una ecuación con el otro, despejar la x y demostrar la y. Pero los números del papel que tenía delante en ese momento no había por donde cogerlos. Por mucho que sumara, las cifras de la columna izquierda (ingresos) no alcanzaban a cubrir el total de la derecha (gastos).

Monica recordó sus tiempos de abogada corporativa, cuando las sumas eran un latazo, pero no le quitaban el sueño. Por cada hora que pasaba quemándose las pestañas con la letra pequeña de un contrato u hojeando interminables estatutos, le facturaba al cliente doscientas cincuenta libras. Tendría que vender la friolera de cien capuchinos medianos para ganar lo mismo.

¿Por qué se había permitido acometer aquel giro copernicano en su vida con tanta prisa y por motivos tan pasionales? Ella, que tenía problemas para escoger un sándwich sin antes trazar una lista mental de pros y contras, comparando precios, valor nutricional y recuento de calorías.

Monica había probado todas las cafeterías que había en el trayecto entre su piso y el gabinete. Estaban las que no tenían alma, las rancias y mugrientas y, luego, las genéricas, producidas en cadena. Cada vez que la atracaban por un café para llevar mediocre, imaginaba su cafetería ideal. En ella no habría hormigón visto, plástico moldeado, instalaciones al aire ni lámparas y mesas de estilo industrial; en vez de esto, daría la sensación de que te hubieran invitado a casa de alguien. Habría sillones cómodos y desparejados, obras de arte eclécticas en las paredes, periódicos y libros. Libros por todas partes, no solo para decorar, sino para que cualquiera pudiese cogerlos, leerlos o llevárselos a casa, mientras dejase otro a cambio. El barista (o la barista, añadió enseguida Monica) no te pediría el nombre para escribirlo con faltas en tu vaso, sino que ya se lo sabría. Te preguntaría por tus hijos y se acordaría de cómo se llamaba tu gato.

Después, caminando un día por Fulham Road, reparó en que la vieja y polvorienta tienda de chucherías, que llevaba allí toda la vida, por fin había cerrado. Un gran cartel colocado en el escaparate anunciaba SE TRASPASA. Algún chistoso local había tachado el «tras».

Cada vez que Monica pasaba por delante del local vacío creía oír la voz de su madre. En aquellas últimas semanas, las que olieron a enfermedad y decadencia, las que tuvieron como constante compás de fondo el pitido electrónico de la maquinaria médica, había intentado inculcarle con urgencia a su hija varias décadas de sabiduría, antes de que fuera demasiado tarde. «Escúchame, Monica. Escríbelo, Monica. No lo olvides, Monica. Emmeline Pankhurst no se encadenó a esa reja para que nos pasáramos la vida siendo un engranaje minúsculo en la máquina de otro. Sé tu propia jefa. Crea algo. Da trabajo a otros. No tengas miedo. Haz algo que ames de verdad. Que todo valga la pena.» De modo que se había puesto manos a la obra.

Monica desearía haberle podido poner al café el nombre

de su madre, pero se llamaba Charity y se le antojaba una decisión empresarial atroz ponerle a una cafetería un nombre que daba a entender que no hacía falta pagar. Bastante duro iba a ser ya todo para encima complicarse más, como pronto iba a descubrir.

El mero hecho de que aquella cafetería fuese su sueño no significaba que, necesariamente, alguien más fuera a compartirlo. O, por lo menos, que lo hiciese la gente suficiente para cubrir gastos, ya que ella no podía cubrir el déficit eternamente; el banco no lo consentiría. Le dolía la cabeza. Fue a la barra y se sirvió lo que quedaba de una botella de vino tinto en una copa grande.

Estaba muy bien ser la jefa, le dijo a su madre en su cabeza, y le encantaba su cafetería, cuya esencia le había calado hasta el tuétano, pero era un trabajo solitario. Echaba de menos los cotilleos de oficina en torno a la fuente de agua, la camaradería que se forjaba compartiendo una pizza cuando el trabajo se alargaba hasta entrada la noche e incluso se sorprendía recordando con cariño aquellas ridículas jornadas de fomento del espíritu de equipo, la jerga de la oficina y las impenetrables siglas de tres letras. Adoraba a su equipo del café, pero siempre existía cierta distancia entre ellos, porque ella era la responsable de su sustento y en aquellos momentos ni siquiera podía asegurarse el suyo propio.

Le vinieron a la cabeza las preguntas que aquel hombre, Julian, había planteado en la libreta que había dejado en aquella misma mesa. Ella aprobaba su elección: no podía evitar juzgar a la gente en función de la mesa del café a la que se sentaban. «¿Conoces bien a las personas que viven cerca de ti? ¿Y ellas a ti?»

Pensó en todas las personas que habían entrado y salido de la cafetería aquel día, en cada llegada y partida marcada por la alegre campanilla de la puerta. Todas estaban conectadas, más que nunca, con millares de personas, amigos de las redes sociales, amigos de amigos. Aun así, ¿sentían los demás, como ella misma, que no tenían a nadie con quien hablar de verdad? No sobre el último famoso expulsado de una casa, isla o jungla, sino acerca de los temas importantes, los asuntos que los mantenían en vela por la noche. Como unos números que no se atenían a razones.

Monica volvió a guardar los papeles en su archivador y sacó el teléfono, donde abrió Facebook y empezó a deslizar la pantalla hacia abajo. Seguía sin haber ni rastro de Duncan, el hombre con el que había salido hasta hacía unas pocas semanas, en sus redes sociales. Una bomba de humo en toda regla. Duncan, el vegano que se negaba a comer aguacates, nada menos, porque los granjeros explotaban a las abejas en su polinización, pero consideraba la mar de aceptable acostarse con ella y luego desaparecer como si tal cosa. Le importaba más la sensibilidad de una abeja que la suya.

Siguió deslizando la pantalla hacia abajo, aunque sabía que no sería ningún consuelo, sino más bien un modo suave de hacerse daño. Hayley había cambiado su situación sentimental a «prometida». Yupi. Pam había publicado un estado sobre su vida con tres hijos, un alarde ligera y torpemente disfrazado de autocrítica, mientras que Sally había compartido la ecografía de su bebé: doce semanas.

Ecografías. ¿Qué sentido tenía compartirlas? Todas parecían iguales y ninguna recordaba a un niño de verdad, sino más bien a un mapa meteorológico que pronosticara un anticiclón sobre el norte de España. Y aun así, cada vez que Monica veía una nueva, le cortaba la respiración y la dejaba hundida bajo una ola de anhelo y una punzada humillante de envidia. A veces se sentía como un viejo Ford Fiesta, averiada en el arcén viendo cómo todas las demás pasaban disparadas por el carril rápido.

Alguien había dejado un ejemplar del *HELLO!* en una mesa; un titular proclamaba a toda página que una actriz de Hollywood era una «mamá feliz» a sus cuarenta y tres años. Monica había hojeado esas páginas durante su pausa para el café, en busca de pistas sobre el método empleado. ¿FIV? ¿Donación de óvulos? ¿Habría congelado los suyos años atrás? ¿O había sucedido sin más? ¿Cuánto tiempo les quedaba a sus propios ovarios? ¿Estarían haciendo ya las maletas para disfrutar de una apacible jubilación en la Costa Brava?

Cogió la copa de vino y recorrió la cafetería apagando luces y enderezando sillas y mesas desplazadas. Salió a la calle con las llaves en una mano y la copa en la otra, cerró la puerta del café y se volvió para abrir la puerta del piso que tenía encima de él.

Entonces, un gigantón salido de la nada que llevaba a remolque a una rubia como si fuera un sidecar chocó contra ella con tanta fuerza que la dejó aturdida por un momento. La copa de vino que sostenía entró en erupción y se derramó sobre la cara de Monica y la camisa de él. Notaba los regueros de rioja bajándole por la nariz y goteándole de la barbilla. Esperó a que el tipo se deshiciera en disculpas.

—Joder, me cago en todo —soltó el desconocido.

Monica notó que le subía una oleada de calor desde el pecho que le hizo ponerse colorada y apretar la mandíbula.

—¡Oye, que has sido tú el que se ha chocado conmigo! —protestó.

—Bueno, ¿y qué demonios hacías plantada como un pasmarote en medio de la acera con una copa de vino? —replicó él—. ¿No puedes beber en un bar como una persona normal?

Su cara, de superficies perfectamente simétricas, habría sido de una belleza clásica si no la hubiese partido en dos la raja de una mueca desabrida. La rubia se lo llevó con una risilla insustancial.

—Estúpida zorra —le oyó decir a él, que había bajado la voz lo justo para que aun así Monica lo oyera.

Entró en su piso.

—Cariño, ya estoy en casa —dijo, como hacía siempre, en silencio y para nadie, y por un momento pensó que se iba a echar a llorar.

Dejó la copa vacía en el escurridor de su cocina americana y se limpió el vino de la cara con un paño de cocina. Estaba desesperada por hablar con alguien, pero no se le ocurría a quién llamar. Todas sus amigas andaban ya ocupadas con sus ajetreadas vidas y no querrían que les empañase las veladas con sus penas. No tenía sentido llamar a su padre, porque Bernadette, su madrastra, que la veía como una especie de prólogo inoportuno a la vida de su nuevo marido, actuaba de barrera y sin duda le informaría de que su padre estaba ocupado escribiendo y no podía molestarlo.

Entonces vio, tirada en la mesa de centro donde la había dejado unos días atrás, la libreta verde pálido titulada *El proyecto de la autenticidad*. La cogió y volvió una vez más a la primera página. «Todos mentimos sobre nuestra vida. ¿Qué pasaría si, por una vez, compartiéramos la verdad? ¿Lo que mejor te define, lo que hace que encaje todo lo demás?»

«¿Por qué no?», pensó, embargada por la emoción de ceder a una impetuosidad impropia de ella. Tardó un rato en encontrar un bolígrafo decente. Parecía un tanto irrespetuoso seguir la esmerada caligrafía de Julian escribiendo de cualquier manera con un boli de baratillo. Buscó la primera página en blanco y empezó a escribir.

Hazard

Hazard se preguntó qué proporción de su vida había pasado doblado sobre cisternas de váter. Días enteros, probablemente, si sumaba todas las veces. ¿Cuántas bacterias potencialmente letales estaba aspirando junto con aquella raya del mejor perico colombiano picada de cualquier manera? ¿Y cuánto de lo que esnifaba era cocaína de verdad y no polvo de talco, matarratas o laxante? Todas esas preguntas no lo reconcomerían durante mucho más tiempo, pues aquella era la última raya del último gramo de coca que pensaba comprar.

Hazard buscó un billete en los bolsillos, antes de recordar que había gastado el único que llevaba de veinte en la botella de vino que ya tenía a medias. En aquel bar de vinos tan caro y elegante, un billete de veinte libras daba para algo más afín al alcohol de quemar que a un buen caldo, pero bastaba para ir tirando. Rebuscó en los bolsillos y se sacó del interior de la americana una hoja de papel doblada: una copia de su carta de dimisión. Caramba, qué bello detalle simbólico, pensó mientras arrancaba una esquina y la enrollaba hasta formar un rulo apretado.

Tras una intensa esnifada, Hazard sintió el consabido regusto químico en la pared de la garganta y, en cuestión de unos minutos, el desasosiego que había estado experimentando dio paso a una sensación si no de euforia (esos tiempos habían quedado atrás hacía mucho), por lo menos de bienestar. Hizo una bola con el canuto de papel y la diminuta bolsa de plástico que antes contenía el polvo, la tiró al váter y observó cómo desaparecía en las entrañas del alcantarillado londinense.

Con cuidado, Hazard levantó la pesada tapa de porcelana de la cisterna del váter y la apoyó contra la pared. Sacó del bolsillo su iPhone —el último modelo, por supuesto— y lo dejó caer en el agua que llenaba la cisterna. Emitió un satisfactorio ruido de succión antes de hundirse hasta el fondo. Hazard volvió a colocar la tapa y dejó atrapado dentro el móvil, solo en la oscuridad. Ya no podía llamar a su camello. Ni a nadie que lo conociera. El único número en ese móvil que se sabía de memoria era el de sus padres, que era el único que necesitaba, aunque tendría que hacerse perdonar muchas cosas la siguiente vez que lo marcase.

Examinó su imagen en el espejo para eliminar cualquier rastro delator de polvo blanco de debajo de sus dilatadas fosas nasales y luego regresó hasta su mesa, con paso más airoso que en el viaje de ida. Su buen humor era en parte químico, pero también sentía un asomo de algo que hacía mucho que no experimentaba: orgullo.

Observó la mesa intrigado. Había algo diferente. La botella de vino seguía allí, junto con las dos copas (para que pareciese que esperaba a alguien, y no que bebía a solas) y el manoseado ejemplar del *Evening Standard* que estaba fingiendo que leía. Pero también había algo más: una libreta. Había tenido una igual cuando era un agente de bolsa novato, llena de datos aislados que había sacado del *Financial Times* y soplos candentes que los veteranos del parquet le dejaban caer como golosinas para un cachorrillo agradecido. Pero aquella llevaba escrito en la cubierta *El proyecto de la autenticidad*. Sonaba a paparrucha *new age*. Miró a su alrededor en busca de alguien con apariencia de «espiritual» que pudiera haberla dejado allí por equivocación, pero solo vio a la habitual clientela de bebedores de diario que se sacudían de encima el estrés de la jornada.

Empujó la libreta hasta el borde de la mesa, para que su dueño la viera, mientras él se centraba en la importante tarea de acabarse el vino que tenía delante. Su última botella de vino. Porque la cocaína y el vino iban juntas, como el pescado y las patatas, los huevos y el beicon, el MDMA y el sexo. Si renunciaba a una, tenía que dejar también el otro. Y también a su trabajo, porque tras años de surfear por los mercados subido a una ola de euforia química, no se veía capaz, ni con ganas, de hacerlo sobrio.

«Sobrio.» Qué palabra tan horrorosa. Serio, sensato, solemne, sosegado, sereno; todo lo contrario de Hazard, cuya inclinación por lo azaroso era una demostración palpable del determinismo onomástico. Apoyó la mano con firmeza en su muslo derecho, que temblaba arriba y abajo bajo la mesa. Reparó en que también estaba haciendo rechinar los dientes. No había dormido bien en treinta y seis horas, desde la noche que había pasado con Blanche. Su cabeza, enchufada, buscaba como una posesa más estimulación, luchando contra su cuerpo, que estaba hecho polvo y solo quería desconectar. Hazard comprendió que por fin se había hartado, que le agotaba su vida y el carrusel constante de subidones y bajones, la sordidez de las llamadas desesperadas a su camello, el esnifar incesante con sus hemorragias nasales cada vez más escandalosas. ¿Cómo se había convertido aquella raya que se metía de vez en cuando en una fiesta y que le hacía sentir como si pudiera volar en algo que tenía que hacer nada más levantarse de la cama por la mañana?

Ya que nadie parecía interesarse por la libreta abandonada, Hazard la abrió. La primera página estaba cubierta de una caligrafía manuscrita y apretada. Intentó leerla, pero las letras bailaban de un lado a otro de la hoja. Cerró un ojo y volvió a mirar. Las palabras fueron deteniéndose en líneas más ordenadas. Pasó unas cuantas páginas y descubrió que había dos tipos de letra distintos; la primera era una caligrafía delicada, mientras que la segunda era más sencilla, redonda y corriente. Hazard estaba intrigado, pero leer con un solo ojo era agotador y le hacía parecer un chalado, de modo que cerró la libreta y se la guardó en el bolsillo de la americana.

Veinticuatro horas más tarde, Hazard buscaba una pluma en su americana cuando volvió a encontrar la libreta. Tardó un rato en recordar cómo había llegado allí. Su cerebro era una niebla. Tenía un dolor de cabeza atroz y, aunque estaba más cansado de lo que recordaba haberse sentido nunca, el sueño le era esquivo. Se tumbó en la cama, que era un amasijo de edredón y sábanas sudadas con olor a humedad, agarró la libreta con fuerza y se puso a leer.

¿Conoces bien a las personas que viven cerca de ti? ¿Y ellas a ti? ¿Sabes siquiera cómo se llaman tus vecinos? ¿Si tuvieran un problema o hiciese días que no salen de casa, te enterarías?

Hazard sonrió para sí. Era cocainómano; la única persona que le interesaba era él mismo.

¿Qué pasaría si, por una vez, compartiéramos la verdad?

¡Ja! Probablemente lo detendrían. Desde luego que lo despedirían. Aunque para eso ya era un poco tarde.

Siguió leyendo. Julian le caía bastante bien. Si él hubiera nacido unos cuarenta años antes, o Julian cuarenta después, no le costaba imaginarse como amigos: juntos de marcha, enrollándose con una retahíla de chicas entregadas y liándola dondequiera que fuesen. Sin embargo, no le convencía nada la idea de narrar su historia (no quería contársela a sí mismo, y mucho menos a otro). Podía vivir sin autenticidad; llevaba años escondiéndose de ella. Pasó la página. Se preguntó quién habría recogido la libreta antes que él.

Me llamo Monica y encontré esta libreta en mi cafetería. Después de leer la historia de Julian sobre sentirse invisible, es probable que imaginéis al típico jubilado, vestido de beis, con pantalón de cintura elástica y zapatos ortopédicos. Pues debo deciros que Julian no es así. Le vi escribiendo en esta libreta antes de que la abandonase y es el septuagenario menos invisible con el que me haya cruzado. Se parece a Gandalf (pero sin barba) y viste como el oso Rupert, con una chaqueta de terciopelo color mostaza y pantalones a cuadros. En lo de que fue guapísimo tiene razón, eso sí. Echad un vistazo a su autorretrato. Estuvo en la National Portrait Gallery durante una temporada.

Hazard buscó el móvil con la mano, para mirar en Google el retrato de Julian, antes de recordar que seguía sumergido en la cisterna del baño del bar de vinos del barrio. ¿Por qué le había parecido aquello una buena idea?

Me temo que yo soy mucho menos interesante que Julian.

Hazard no lo dudaba. Su letra cauta y precisa ya le dejaba adivinar que aquella mujer era una pesadilla, una persona crispada. Por lo menos no era la clase de mujer que dibuja caritas sonrientes dentro de todas sus oes.

He aquí mi verdad, predecible hasta la náusea y aburridamente biológica: me muero de ganas de tener un bebé. Y un marido. Y de paso, a lo mejor, un perro y un Volvo. El estereotipo de la familia nuclear al completo, a decir verdad.

Hazard reparó en que Monica había usado los dos puntos. Parecía un poco incongruente. Creía que la gente ya no se preocupaba por la gramática. Apenas sí escribían. Solo mensajes de texto y emojis.

Dios mío, qué mal queda puesto por escrito. Al fin y al cabo, soy feminista. Rechazo de plano la idea de que necesito un hombre para completarme, mantenerme o ni siquiera para ocuparse del bricolaje. Soy empresaria y, entre nosotros, un poco maniática del control. Lo más probable es que fuera una madre terrible. Pero por mucho que me empeñe en contemplarlo de forma racional, sigo sintiendo que llevo dentro un vacío en continua expansión que algún día se me tragará entera.

Hazard dejó de leer mientras se tomaba otros dos paracetamoles. No estaba seguro de poder capear con toda aquella angustia hormonal en esos momentos. Una de las pastillas se le quedó pegada en la pared de la garganta y le dio arcadas. Distinguió un solitario cabello largo y rubio apoyado en la almohada a su lado, vestigio de una vida anterior. Lo tiró al suelo.

Antes era abogada en un bufete grande y prestigioso de la City. Me pagaban una pequeña fortuna a cambio de mejorar sus cifras de igualdad de género e intercambiar mi vida por horas facturables. Trabajaba todos los instantes en que me era posible hacerlo, incluida buena parte del fin de semana. Si tenía algo de tiempo libre, iba al gimnasio para quemar corriendo el estrés. La única vida social que tenía giraba en torno a las fiestas con la gente del trabajo y las salidas para entretener a algún cliente. Tenía la impresión de que seguía en contacto con mis amigos del instituto y la universidad porque veía sus actualizaciones de estado en Facebook, pero la verdad era que hacía años que no veía a ninguno de ellos en la vida real.

Mi vida podría haber seguido así de forma indefinida, mirando al suelo y cargando el yugo, haciendo lo que se esperaba de mí, cosechando ascensos y felicitaciones sin sentido, de no haber sido por algo que dijo mi madre y por una chica llamada Tanya.

No conocí a Tanya en persona, o por lo menos no lo creo, pero su vida era muy parecida a la mía: otra ambiciosa abogada de la City, pero diez años mayor que yo. Un domingo fue a la oficina, como de costumbre. Estaba su jefe, que le comentó que no debería ir al trabajo todos los fines de semana, que debería tener una vida fuera. Lo dijo con buenas intenciones, pero aquella conversación debió de desencadenar una reacción que hizo que Tanya comprendiera lo vacío que era todo, porque el domingo siguiente fue a la oficina como de costumbre, cogió el ascensor hasta el último piso y se tiró desde la

azotea. Los periódicos publicaron una foto suya el día
de la graduación, entre sus orgullosos padres, con los
ojos cargados de esperanza y expectativas.

Yo no quería ser Tanya, pero veía que mi vida me
encaminaba hacia eso. Tenía treinta y cinco años,
estaba soltera y no tenía en el mundo nada que no
fuera mi trabajo. Así que, cuando mi tía abuela
Lettice murió y me dejó una pequeña herencia, la
sumé al colchón bastante grande de dinero que había
logrado ahorrar con el paso de los años e hice el
primer y único acto sorprendente de mi vida: dimití.
Acepté el traspaso de una desvencijada tienda de
chucherías de Fulham Road, la convertí en un café
y le puse mi nombre.

El Café de Monica. Hazard lo conocía. Estaba justo delante del bar en el que había encontrado la libreta. Nunca había
entrado, porque prefería las cafeterías más anónimas, donde
era improbable que la tropa de camareros en constante rota-
ción se fijase en cuántas mañanas entraba tambaleándose o
resacoso, o en que a menudo tenía que desenrollar un billete
antes de entregarlo. El Café de Monica siempre le había parecido terriblemente… acogedor. Sano. Lleno de cosas orgánicas
y recetas de la abuela. Aquella clase de sitios hacían que Hazard se sintiera un poco guarro. El nombre también le tiraba
para atrás: Café de Monica. Era la clase de nombre que le
pegaba a una maestra. O una adivina. O incluso a la madame
de un burdel. «Madame Monica», masaje con final feliz. No
era buen nombre para una cafetería. Continuó leyendo.

Ser mi propia jefa, en vez de un nombre en un
cuadrado de un complejo organigrama, no deja de ser
emocionante (además de exigir una curva de

aprendizaje enorme; solo diré que Benji no es mi primer barista). Pero hay un vacío enorme. Sé lo anticuado que suena, pero la verdad es que quiero el cuento de hadas. Deseo el príncipe apuesto, ser felices y comer perdices.

He probado con Tinder. He tenido un sinfín de citas. Intento no pasarme de quisquillosa, pasar por alto que no han leído nada de Dickens, tienen las uñas sucias o hablan con la boca llena. He tenido una serie de relaciones, y una o dos que de verdad pensaba que llegarían a alguna parte pero, al final, termino oyendo las mismas excusas de siempre, el «no eres tú, soy yo. No estoy preparado para sentar la cabeza...» y bla, bla, bla. Después, seis meses más tarde, me encuentro una notificación de Facebook que dice que el estado de su situación sentimental ha cambiado a «prometido», y entonces sé que fue cosa mía, que fui yo, pero no el porqué.

A Hazard se le ocurría una respuesta.

Toda mi vida he tenido planes. He llevado las riendas. Redacto listas, me fijo objetivos e hitos, saco adelante las cosas. Pero tengo treinta y siete años y me estoy quedando sin tiempo.

Treinta y siete. Hazard rumió sobre aquel número en su cerebro aturullado. Él sin duda la deslizaría hacia la izquierda, a pesar de que él mismo tenía treinta y ocho. Recordaba haberle explicado a un colega de sección del banco que, cuando uno compraba fruta en el supermercado (aunque no podía decirse que él comprara nunca fruta ni que tampoco fuera al supermercado), no escogía los melocotones a los que les faltaba menos para ponerse malos. La experiencia le decía que las mujeres maduras traían problemas. Tenían expectativas; planes de futuro. Uno sabía que, en cuestión de unas semanas, habría que mantener «la conversación». Habría que hablar sobre hacia dónde iban, como si viajaran Piccadilly abajo con el autobús 22. Se estremeció.

Siempre que una amiga publica en Facebook una foto de su ecografía, le doy un like, *la llamo y me deshago en enhorabuenas por teléfono, pero la verdad es que solo tengo ganas de aullar y preguntar «¿y por qué no yo?». Luego tengo que ir de compras al departamento de mercería de Peter Jones, porque nadie puede sentirse estresada en una mercería, rodeada de madejas de lana, ganchillos y botones de toda clase; ¿o sí?*

¿«Madeja»? ¿Esa era una palabra de verdad? ¿Y una mercería? ¿Eso todavía existía? Pero ¿la gente no se lo compraba todo ya hecho en Primark? Vaya una manera rara de desestresarse. Mucho menos eficiente que empujarse un vodka doble sin más. Maldición, ¿por qué había tenido que empezar a pensar en el vodka?

El tictac de mi reloj biológico suena tan fuerte que me desvela por la noche. Me quedo tumbada maldiciendo que mis hormonas estén convirtiéndome en un cliché.
Hala, ya está. He hecho lo que Julian pedía.
Espero no vivir para lamentarlo.
Por lo que respecta a Julian, bueno, tengo un plan.

«Pues claro que tiene un plan», pensó Hazard. Conocía a esa clase de mujeres. Seguro que estaba dividido en subsecciones, cada una con su indicador clave de rendimiento. Le recordaba a una exnovia que, en una velada memorable, le había obsequiado con una presentación en Power Point sobre su relación: puntos fuertes y flacos, oportunidades y amenazas. Había cortado a las primeras de cambio.

Sé exactamente cómo sacarlo de su aislamiento. He diseñado un anuncio para buscar a un artista local que imparta una clase semanal por la tarde en la cafetería. Lo he colgado en el cristal del café, de modo que ahora lo único que tengo que hacer es esperar a que se ofrezca como candidato. Y voy a dejar esta libreta en una mesa en el bar de vinos de enfrente. Si tú eres la persona que la ha recogido, lo que suceda a continuación está en tus manos.

Hazard se miró las manos, que eran la antítesis de «buenas». No habían dejado de temblar desde el colofón de su última gran juerga veinticuatro horas antes, el día en que había encontrado el cuaderno. Joder. ¿Por qué él? Aparte de todo, al día siguiente se iba al extranjero. Tendría que pasar por delante del Café de Monica de camino a la estación de metro. Podía entrar un momento a tomarse un café, echarle un vistazo y devolverle la libreta para que pudiera dejársela a alguien más adecuado.

En el preciso instante en que la cerraba, reparó en que Monica había escrito algo más en la página siguiente.

P. D.: He forrado la libreta con plástico adhesivo para protegerla un poco, pero no la dejéis bajo la lluvia en ningún caso, por favor.

Para su sorpresa, Hazard se descubrió sonriendo.

Julian

Julian arrancó la nota manuscrita de su puerta antes de entrar. No se paró a leerla. Sabía lo que decía y, además, estaba escrita toda en mayúsculas, lo que le parecía un tanto grosero y vocinglero, indigno de atención.

Se preparó una taza de té, se sentó en un sillón, se desató los cordones, se quitó los zapatos y apoyó los pies en las muescas con forma de talón de la raída otomana tapizada que tenía delante. Cogió su más reciente revista de papel satinado, *Bazaar*, que había estado racionando con esmero para que le durase hasta que acabara la semana, y empezaba a estar absorto en sus páginas cuando le interrumpieron bruscamente unos golpecitos en la ventana. Se hundió un poco más en el sillón, para que su cabeza no sobresaliera por detrás. A lo largo de los últimos quince años se había vuelto todo un experto en ignorar a las visitas. Le ayudaba el hecho de que nadie hubiera limpiado las ventanas en buena parte de ese período, por lo que su opacidad era una consecuencia feliz, aunque involuntaria, de su propia dejadez.

Sus vecinos se estaban volviendo cada vez más indiscretos en sus intentos de captar su atención. Con un suspiro, dejó la revista y cogió la nota que le habían dejado. La leyó e hizo una mueca al ver los signos de exclamación junto a su apellido.

¡SR. JESSOP!
¡TENEMOS QUE HABLAR!
NOSOTROS (SUS VECINOS) QUEREMOS ACEPTAR
LA OFERTA DEL PROPIETARIO.
NECESITAMOS SU APROBACIÓN,
SIN LA CUAL NO PODEMOS ACTUAR.
¡POR FAVOR, PÓNGASE EN CONTACTO CON
PATRICIA ARBUCKLE, N.º 4
CON LA MÁXIMA URGENCIA!

Julian había comprado su casita en derecho de superficie en 1961, cuando al contrato de arrendamiento le quedaban sesenta y siete años. En su momento, con veintitantos años, aquel plazo le había parecido una eternidad; desde luego, nada de lo que preocuparse. De pronto al contrato le quedaban solo diez años y el titular de la plena propiedad se negaba a ampliarlo porque quería usar los terrenos donde estaban edificados los estudios para construir un «centro de ocio corporativo», fuera eso lo que fuere, para el estadio de Stamford Bridge. Este había crecido y se había modernizado alrededor de Julian con el paso de los años que había vivido bajo su sombra, mientras que él, por su parte, se volvía cada vez más pequeño y menos moderno. Ahora el estadio amenazaba ya con explotar, como un forúnculo monstruoso que se los llevaría a todos por delante en una riada de pus.

Julian sabía que lo más lógico era decir que sí. Si dejaban que se agotase el contrato de arrendamiento, el estudio no valdría nada. El propietario estaba dispuesto a pagarles una indemnización cercana al valor de mercado de las viviendas, pero no le interesaba llegar a un acuerdo con todos los demás vecinos si se quedaba con el problema de la casita de Julian plantada en mitad del solar en el que pretendía edificar.

Julian sabía que sus vecinos estaban cada vez más desesperados ante la perspectiva de que se esfumaran sus ahorros de toda la vida, que estaban —como en el caso de la mayoría de los londinenses— invertidos en ladrillo, pero, por mucho que se esforzara, el caso es que no se imaginaba viviendo en ninguna otra parte. A ver, tampoco era demasiado pedir que le dejaran estar sus últimos años en la casa donde había pasado la mayor parte de su vida, ¿no? Una década era tiempo de sobra. ¿Y de qué le serviría a él el dinero que le ofrecía el propietario? Recibía una renta apañada de sus inversiones, sobre todo porque su estilo de vida no era nada extravagante, y hacía años que no veía a la poca familia que le quedaba. No le quitaba el sueño que su herencia desapareciese en una voluta de papeleo administrativo y plazos agotados.

Sabía, sin embargo, que rechazar la oferta era un acto de egoísmo. Había pasado muchos años siento un egoísta redomado y ya llevaba un tiempo pagando por ese comportamiento. Quería creer de verdad que era otro hombre, que estaba arrepentido, que incluso se había vuelto humilde. De modo que no se había negado. Pero tampoco podía decir que sí; en lugar de eso, se tapaba las orejas figuradas con unos dedos metafóricos para desentenderse del problema, por bien que supiese que este no iba a desaparecer.

Después de cinco minutos o así de golpeteo frenético, el vecino de Julian se rindió tras una última imprecación:

—Sé que estás ahí dentro, abuelo.

«¿Abuelo? Hay que ver.»

La casita de Julian era algo más que un hogar y, desde luego, mucho más que una inversión financiera. Lo era todo; era cuanto tenía. Albergaba sus recuerdos del pasado y la única visión de futuro que podía imaginar. Cada vez que miraba hacia su entrada, se imaginaba atravesando el umbral con su flamante esposa en brazos y el corazón a punto de estallar, convencido de que la mujer a la que llevaba en volandas sería lo único que necesitaría nunca. Cuando se colocaba ante los fogones, podía pintar en su cabeza a Mary con su delantal y el pelo recogido, removiendo con el cucharón un puchero gigante de su célebre *boeuf bourguignon*. Cuando Julian se sentaba junto al fuego, Mary se acomodaba en la estera delante de él, con las rodillas subidas hasta el pecho y el pelo caído hacia delante mientras leía su nueva novela romántica, que había tomado prestada de la biblioteca local.

También había recuerdos incómodos. Mary derramando lágrimas silenciosas mientras sujetaba una carta de amor que había encontrado clavada a su caballete por una de sus modelos. Mary de pie en lo alto de la escalera de caracol que subía al dormitorio, tirándole a la cabeza los zapatos de tacón de otra mujer. A menudo, cuando Julian se miraba en el espejo, Mary le devolvía la mirada, con los ojos preñados de pena y decepción.

Julian no evitaba los malos recuerdos. Al contrario, casi los buscaba; eran su penitencia. Y en cierto y misterioso modo, los encontraba bastante reconfortantes. Por lo menos significaban que aún podía sentir. El dolor que causaban le proporcionaba un alivio momentáneo, como si se rajase la piel con uno de sus bisturíes de pintor para verla sangrar, algo que solo hacía cuando tenía muy mal día. Al margen de todo, a su edad la piel tardaba mucho más en sanar.

Recorrió con la mirada las paredes de su casa, cubiertas casi hasta el último centímetro por un rompecabezas de cuadros y bocetos enmarcados. Cada uno de ellos contaba una historia. Podía pasarse horas mirándolos sin más. Recordaba las conversaciones que había sostenido con el artista, compartiendo consejos e inspiración regados por garrafas de vino. Recordaba cómo habían llegado hasta allí todos y cada uno de ellos: un regalo de cumpleaños, un pago por la hospitalidad infinita de Mary o una compra realizada en una exposición privada porque le había inspirado una admiración particular. Hasta su posición en la pared tenía sentido. A veces cronológico, en otras ocasiones temático: mujeres hermosas, monumentos londinenses, perspectivas originales o un uso determinado de la luz y la sombra. ¿Cómo iba a trasladarlos todos? ¿En qué otro sitio podrían estar?

Eran casi las cinco en punto de la tarde. Julian sacó del mueble bar una botella de Baileys, decantó un poco en una petaca de plata, se puso el abrigo encogiendo los hombros y, en cuanto se hubo asegurado de que no había vecinos iracundos a la vista, partió hacia el cementerio.

Detectó que había algo diferente en la tumba del almirante a cierta distancia, pero tardó un poco en verlo con nitidez. Era otra carta: letra negra sobre papel blanco. ¿Acaso sus vecinos pensaban dejarle notas en todas partes? ¿Se habían dedicado a seguirlo? Sintió cómo crecía su cólera. Aquello era una persecución.

Cuando se acercó más, cayó en la cuenta de que no se trataba en absoluto de un mensaje de sus vecinos. Era un anuncio, y lo había visto antes, aquella misma mañana. No le había dedicado demasiada atención en aquel momento, pero de pronto vio claro que lo habían diseñado específicamente para él.

Monica

Para cuando llegó el sábado, Monica había empezado a perder la fe en su brillante plan. Habían pasado varios días desde que colgara su cartel en el cristal de la cafetería, pero no había sabido nada de Julian. Entretanto, había tenido que rechazar con educación a toda una retahíla de candidatos al puesto de profesor de pintura, con excusas cada vez más ridículas. ¿Quién hubiera dicho que había tantos artistas locales buscando trabajo? Por si fuera poco, como exabogada sabía que, por mucho que le pesara, estaba saltándose toda legislación laboral concebible, aunque una parte de ella disfrutaba bastante con la idea de que, por una vez en la vida, estaba cometiendo una irregularidad.

El otro problema era que, cada vez que entraba alguien nuevo en el café, Monica se descubría preguntándose si se trataba de la persona que había recogido la libreta que ella había dejado en una mesa vacía del bar de vinos y que, por tanto, habría leído las divagaciones espantosamente bochornosas de una solterona desesperada. Aaarg. ¿En qué estaría pensando? Si tan solo pudiera borrarlo, como una publicación en Facebook poco meditada. La autenticidad, decidió, estaba totalmente sobrevalorada.

Una mujer se acercó a la barra llevando en brazos un

bebé muy pequeño, que no pasaría de los tres meses, vestido con un monísimo y anticuado vestido con nido de abeja y una rebequita. La criatura clavó en Monica sus grandes ojos azules, que parecían haber aprendido a enfocar hacía muy poco. Monica sintió un vuelco en el estómago. Recitó su mantra en silencio: «Soy una mujer fuerte e independiente. No te necesito…». Como si pudiera leerle el pensamiento, el bebé emitió un berrido estridente y la cara se le puso roja y apretada, como una versión humana del emoji del rostro enfadado. Monica le dijo «gracias» solo con la boca y se volvió para preparar el té de menta. Mientras entregaba la taza de loza, se abrió la puerta y por ella entró Julian.

La última vez que lo había visto, vestía como un excéntrico caballero eduardiano. Monica había dado por sentado que todo su guardarropa estaría inspirado por esa época. Al parecer se había equivocado, porque en aquella ocasión vestía a la manera de los nuevos románticos, como si estuvieran a mediados de los ochenta. Llevaba pantalones pitillo negros, botines de ante y camisa blanca, ¡con chorreras! Y muchas. Era la clase de look que solía rematarse con una dosis generosa de delineador. A Monica le alivió descubrir que Julian no había llegado tan lejos.

Se sentó en la misma mesa de La Biblioteca que había ocupado la última vez. Monica se le acercó, bastante nerviosa, para tomarle la comanda. ¿Habría visto su anuncio? ¿Estaba allí por eso? Echó un vistazo al cristal del café, donde lo había colgado. Ya no estaba. Volvió a mirar, como si pudiera haber reaparecido por arte de magia, pero no, solo quedaban un par de manchitas pegajosas marcadas por el celo que había colocado en las esquinas. Tomó nota mental de que debía eliminar las marcas con un poco de vinagre.

En fin, ahí se desvanecía su plan. Su irritación dio paso al alivio con sorprendente rapidez. Había sido una idea estúpida, en cualquier caso. Se acercó a Julian con algo más de confianza, ahora que parecía que solo estaba allí para tomarse un café.

—¿Qué le pongo? —le preguntó, animada.

—Quisiera un café solo cargado, por favor —respondió él (no era amigo de los tonos rebuscados de blanco, observó Monica) mientras desdoblaba una hoja de papel que tenía en las manos, alisaba las arrugas y la extendía sobre la mesa delante de él. Era el anuncio de Monica. Pero no el original, sino una fotocopia. Sintió que se ruborizaba.

—¿Acierto al pensar que esto iba dirigido a mí? —preguntó Julian.

—¿Por qué, es pintor? —balbució ella, como una concursante televisiva que no estuviera muy segura de la respuesta correcta y se debatiera entre contar la verdad o disimular.

Julian le sostuvo la mirada durante un momento, como una serpiente que hipnotizara a un ratoncillo.

—Lo soy —dijo—, y por eso creo que su anuncio estaba colgado en el muro de los Chelsea Studios, donde vivo. Y no una sola copia, sino tres. —Golpeó el papel de la mesa con el dedo tres veces para darse énfasis—. Y bueno, eso todavía podría haber sido una coincidencia, pero ayer fui a visitar al almirante al cementerio de Brompton, a mi hora de siempre, y allí, en su lápida nada menos, me encontré otra copia de su anuncio. Conque supuse que usted debía de haber encontrado mi libretita y se estaba dirigiendo a mí. Por cierto, no me convence mucho el tipo de letra que usó. Me habría quedado con la Times New Roman. Yo siempre digo que con la Times New Roman nunca quedas mal.

A esas alturas, Monica, que seguía de pie junto a la mesa de Julian, se sentía muchísimo como una colegiala traviesa a la que estuviera riñendo el director. O, mejor dicho, como suponía que debía de sentirse una, puesto que, como es obvio, ella nunca se había visto en aquella posición.

—¿Me permite? —preguntó, mientras señalaba la silla que Julian tenía delante.

Él inclinó un poco la cabeza en un medio asentimiento. Monica se sentó y se tomó un momento para serenarse. No pensaba dejarse intimidar. Recordó a su madre.

«Si te sientes nerviosa, Monica, imagina que eres Boudica, ¡reina de los celtas! ¡O Isabel I, o Madonna!»

«¿La madre de Dios?», había preguntado ella.

«¡No, boba! ¡Demasiado sumisa y amable! Me refiero a la estrella del pop.» Y su madre se había reído con unas carcajadas tan fuertes que los vecinos habían aporreado la pared.

De modo que Monica se imbuyó del espíritu de Madonna y dirigió una mirada imperturbable al hombre, bastante imponente y algo irritado, que tenía delante.

—Tiene razón, fui yo la que cogió su libreta, y el anuncio estaba pensado para usted, pero yo no lo colgué en su pared ni encima del almirante. —Julian alzó una ceja en un impresionante ademán de escepticismo—. Solo hice una copia y la colgué en la ventana. —Señaló el espacio vacío que antes había ocupado el cartel—. Esto es una fotocopia. Yo no hice ninguna. Me pregunto quién habrá sido. —La duda la reconcomía. ¿Por qué diablos iba alguien a robarle el cartel?

—Bueno, si no fue usted, debe de haber sido otra persona que haya leído mi historia —dijo Julian— porque, de lo contrario, ¿cómo sabría dónde vivo? ¿O lo del almirante? Sin duda, no puede ser casualidad que la única tumba que ostenta una copia de su cartel sea la que llevo cuarenta años visitando.

La desazón de Monica fue en aumento al comprender que, si otra persona había leído la historia de Julian, también debía de haber leído la de ella. Archivó la idea en la categoría de «demasiado incómodo para pensarlo en estos momentos». Sin duda volvería a ella más tarde.

—Y bien, ¿está interesado? —le preguntó a Julian—. ¿Quiere dar una clase de pintura por las tardes para mí? ¿En el café?

La pregunta quedó suspendida en el aire durante tanto tiempo que Monica se preguntó si debía repetirla. Entonces, la cara de Julian se arrugó como el fuelle de un acordeón y sonrió.

—Bueno, dado que usted y, por lo que parece, alguien más se han tomado tantas molestias, sería de mala educación negarme, ¿no le parece? Soy Julian, por cierto —dijo mientras le tendía la mano.

—Lo sé —replicó ella, estrechándosela—. Yo soy Monica.

—Tengo ganas de trabajar con usted, Monica. Algo me dice que usted y yo podríamos llegar a ser amigos con algo de suerte.

Monica fue a hacerle el café, sintiéndose como si acabase de ganar diez puntos para Gryffindor.

Hazard

Hazard contempló la playa con forma de media luna, orlada de palmeras. El mar de la China Meridional presentaba un perfecto azul Tiffany y en el cielo no había ni una nube. Si lo hubiera visto en Instagram, habría dado por sentado que había filtros y Photoshop de por medio. Pero, después de tres semanas allí, tanta… perfección empezaba a crisparle los nervios. Durante su paseo por la playa de aquella mañana (antes de que la arena estuviera demasiado caliente para pisarla descalzo), se había sorprendido deseando encontrar un cagarro de perro tirado en la finísima arena blanca. Cualquier cosa que interrumpiera aquella monótona belleza. Hazard a menudo sentía el impulso de pedir ayuda a gritos, pero sabía que aquella playa era como el espacio profundo; allí nadie podía oír sus gritos.

Ya había estado en aquella isla, hacía cinco años. Se encontraba en Ko Samui con unos amigos y habían cogido un barco hasta allí para pasar un par de días. Le había parecido demasiado aislada del mundo para su gusto y había ardido en deseos de volver a los bares, las discotecas y las fiestas a la luz de la luna llena, por no hablar de un acceso fiable a electricidad, agua caliente y wifi. Pero, escondido entre el sinfín de flashbacks guarros y sórdidos de polvos de una noche, mensajes de texto inapropiados escritos de borrachera y encuentros con turbios camellos en oscuros callejones, el recuerdo de aquel lugar resplandecía como un oasis de tranquilidad en el desierto inhóspito de su historia reciente. Así, cuando por fin había tomado la decisión de hacer cruz y raya y arreglar su vida, había reservado un billete solo de ida hasta allí. Sin duda aquella isla estaba demasiado lejos de todo para que se metiera en problemas y era lo bastante barata para que pudiera sobrevivir, durante meses si era necesario, con la última bonificación que se había llevado en la City.

En un extremo de la playita había un café —Lucky Mother— y, en el otro, un bar llamado Monkey Nuts, en referencia a los cacahuetes, que eran el único aperitivo que servían. Enristradas entre ellos, como perlas pero sin brillo, había veinticinco cabañas, levantadas entre las palmeras que se erguían sobre el mar. La número 8 pertenecía a Hazard. Era una sencilla edificación de madera, no mucho más grande que el cobertizo que su padre tenía en el jardín.

Había un dormitorio, ocupado casi en su totalidad por una cama de matrimonio envuelta por una mosquitera acribillada de agujeros lo bastante grandes para dejar pasar a un regimiento entero de insectos famélicos. Había un pequeño baño equipado con un retrete y una ducha de agua fría acoplado a un lateral, como una cápsula de evacuación pegada a la madre nodriza. Las ventanas eran poco más que ojos de buey, forrados también de mosquitera. El único mobiliario lo formaban una mesita de noche fabricada por una vieja caja de cerveza Tiger, un solitario estante cargado con un surtido ecléctico de libros dispares, heredados de los viajeros que habían continuado su camino, y un puñado de ganchos en los que Hazard colgaba los diversos sarongs que había comprado en el pueblo. Se preguntó qué pensarían de él sus viejos

54

amigotes si lo vieran pasarse todo el día sin llevar puesta más que una simple falda.

Hazard se mecía suavemente en una hamaca colgada de dos soportes situados en cada extremo de la galería de madera, que era tan larga como la cabaña en sí. Vio que una pequeña motora fondeaba en la playa para recoger a la quincena aproximada de turistas que habían acudido desde Samui para pasar el día, lo que dejaba atrás solo a los residentes. El cielo adquiría unos espectaculares tonos de rojo y naranja a medida que el sol se escondía tras el horizonte. Hazard sabía que, en cuestión de minutos, iba a oscurecer. Allí, tan cerca del ecuador, el sol hacía mutis con celeridad. No tenía nada que ver con las despedidas prolongadas, ostentosas y burlonas a las que estaba acostumbrado en casa; era más bien como cuando apagaban las luces en el dormitorio de un internado.

Oyó cómo arrancaba el generador del Lucky Mother y le llegó un levísimo tufillo de gasolina acompañado por las voces de Andy y Barbara (una occidentalización de sus nombres tailandeses, supuso Hazard), que se preparaban para servir la cena.

Habían pasado veintitrés días desde la última vez que Hazard probara el alcohol o las drogas. Estaba seguro porque llevaba la cuenta con muescas labradas en el somier de madera de su cama, como si fuera un recluso de Alcatraz en vez de un turista en uno de los rincones más bellos del planeta. Aquella mañana había contado cuatro pequeñas ristras de cinco y tres sueltas. Los días se le habían hecho largos, acompañados por oleadas de migrañas, sudores y temblores, mientras que por la noche había tenido vívidas pesadillas en las que revivía los excesos más salvajes. La noche anterior, sin ir más lejos, había soñado que esnifaba una raya de coca sobre el vientre terso y bronceado de Barbara. Durante el desayuno apenas se había atrevido a mirarla.

Con todo, empezaba a sentirse mejor, por lo menos desde el punto de vista físico. La neblina y el cansancio habían empezado a menguar, aunque los había reemplazado un tsunami de... emociones. Esas engorrosas sensaciones de culpabilidad, remordimientos, miedo, aburrimiento y terror que siempre había hecho desaparecer como por ensalmo con un chupito de vodka o una raya de coca. Lo atormentaba el recuerdo de los secretos que había divulgado en aras de contar una buena anécdota, las novias a las que había engañado por un polvo rápido en el retrete de una discoteca o los negocios desastrosos que había cerrado a grupas de una sensación química de invulnerabilidad. Y por extraño que pareciera, en mitad de aquellos horrendos accesos de introspección, a menudo se descubría pensando en las historias de aquella libreta verde. Tenía visiones de Mary intentando hacer el vacío a las modelos de Julian, de este haciendo trizas sus lienzos en plena noche, de Tanya aplastada contra la acera y de Monica repartiendo magdalenas mientras soñaba con el amor.

Al visitar el Café de Monica para devolver la libreta, Hazard había caído en la cuenta, con horror, de que la tal Monica era la misma mujer con la que había chocado la noche antes de dejar su trabajo y dar la espalda a todo vestigio de su vida anterior. Había dado media vuelta a toda prisa, antes de que ella lo viera. De manera que aún conservaba la libreta y, cuanto más tiempo pasaba con ella, más secretos de los que contenía se le incrustaban en el cerebro, de donde se negaban a dejarse desalojar. Se preguntó si Monica habría logrado convencer a Julian de que diera su clase de pintura y qué tipo de hombre sería adecuado para ella.

El tañido de una campana recorrió la playa de punta a punta. Las siete de la tarde. Hora de cenar. El Lucky Mother solo servía un menú. Era el único sitio que daba de comer al que podía llegarse caminando, de modo que uno aceptaba lo que le echaban. Tras décadas de posibilidades de elección infinitas, en las que cada decisión tenía subsecciones —¿té o café?, ¿capuchino, americano o con leche?, ¿leche entera, desnatada o de soja?—. Hazard encontraba que la ausencia de opciones era curiosamente refrescante.

El restaurante abierto a la intemperie, con suelo de madera y techo de paja, contenía una mesa larga que lo abarcaba de un lado a otro. También había un puñado de mesas más pequeñas repartidas por el local, pero los recién llegados deducían bastante pronto que la práctica aceptada era sumarse al grupo de la mesa comunal, a menos que quisieras que todo el mundo te lanzara miraditas de sospecha y se preguntaran qué tenías que ocultar.

Mientras observaba cómo el resto de los habitantes de aquella playa caminaban hacia el Lucky Mother, Hazard tuvo una idea. Muchas de las personas que había conocido allí eran de Londres o tenían previsto visitar la ciudad como parte de su itinerario, por lo que podía estudiarlas para encontrarle un novio a Monica. Sabía no poco sobre ella, a fin de cuentas; más de lo que se había molestado en averiguar sobre la mayoría de sus novias. Podía ser como su hada madrina, su celestino secreto. Sería divertido. Cuando menos, así tendría algo que hacer.

Se sentó en la cafetería y, sintiéndose revitalizado por su nueva misión, espió con disimulo al resto de los comensales. Por lo que había visto, él era más o menos el cuarto residente que más tiempo llevaba allí. La mayoría no se quedaban más de cinco días.

Neil, el vecino del número 9, era el que más tiempo llevaba allí: casi un año. Había inventado una aplicación que había vendido a un gigante tecnológico y, desde entonces, había estado dando rienda suelta al hippy que llevaba dentro. Había intentado enseñar a Hazard a meditar, quizá porque intuía su agitación interna, pero él había sido incapaz de vaciar su mente y no pensar en los pies de Neil, que estaban cubiertos de piel muerta amarillenta y tenían las uñas gruesas y costrosas, como pezuñas. Eso descalificaba a Neil en el nuevo juego de Hazard. Por desesperada que estuviera Monica, esos pies eran un jarro de agua fría. Bien pensado, varios jarros de agua y un poco de jabón era exactamente lo que Neil necesitaba. Le daba la impresión de que Monica no era alguien que se tomara a la ligera la higiene personal.

Rita y Daphne eran las otras dos veteranas, en términos relativos; ambas jubiladas, una era viuda y la otra no se había casado nunca, y compartían una adhesión inquebrantable a los buenos modales. Hazard había visto a Rita fulminar con la mirada a uno de los comensales por pasarle el brazo por delante para agarrar la jarra del agua sin disculparse. Cada una tenía una cabaña. Daphne, en teoría, vivía en el número 7, pero Hazard, que se había vuelto madrugador, solo la había visto entrando en la cabaña por la mañana, y nunca saliendo de ella, lo que le llevaba a sospechar que estaban envueltas en una aventura sáfica otoñal. ¿Y qué narices tenía de malo?

Con un floreo, Andy dejó delante de él una fuente cargada con un pescado enorme hecho al horno, suficientemente grande para que comieran tres o cuatro personas.

Hazard examinó con ojo experto la larga mesa, descartando a todas las parejas en diferentes estados de acaramelamiento y a cualquier hombre por debajo de los treinta años. Aunque alguno fuese lo bastante abierto de miras para enrollarse con una mujer mayor que él, era improbable que estuviera preparado para el asuntillo de la procreación, que para Monica era una condición bastante esencial.

La mirada de Hazard se detuvo por un momento en dos chicas de California. A ojo, ninguna de las dos pasaba de los veinticinco años y emanaban ese resplandor sedoso, inocente, como recién salidas de fábrica. Fantaseó por un momento con la idea de entrarle a una; quizá a las dos. Pero no se creía preparado para probar el sexo sin la confianza falsa de una copa, o una raya, para entrar en situación.

Ahora que lo pensaba, no se había acostado con nadie desde Blanche. Es más, no practicaba el sexo sobrio desde… Rebobinó su memoria más y más hasta concluir que… nunca. La idea resultaba terrorífica. ¿Cómo era posible estar tan presente durante algo tan íntimo y revelador? Todos aquellos ruiditos húmedos, los empujones y gemidos, acompañados a veces incluso de pedos, tenían que ser la mar de embarazosos sin el efecto insensibilizador de los narcóticos. A lo mejor no volvía a probar nunca el sexo. Por extraño que pareciera, la idea le resultaba casi menos terrorífica que la de no probar nunca más una copa o una droga, y eso que lo segundo llevaba semanas contemplándolo.

Se volvió hacia el sueco que tenía a la izquierda y le tendió la mano. Parecía un buen principio.

—Hola, debes de ser nuevo. Me llamo Hazard.

—Gunther —replicó él, con una sonrisa que revelaba la impresionante calidad de la odontología escandinava.

—¿De dónde eres y adónde vas?

Hazard recurrió a la fórmula estándar de romper el hielo en la isla, que venía a ser como hablar del tiempo en casa. Claro que allí no tenía sentido comentar el clima, porque siempre era el mismo.

—Soy de Estocolmo y voy camino de Bangkok, Hong Kong y luego Londres. ¿Y tú?

Hazard chocó mentalmente los cinco consigo mismo al oír la mención de Londres. Aquello podía funcionar.

—Soy de Londres y solo he venido a pasar unas semanas, entre empleos —respondió.

Hazard charló con Gunther con el piloto automático mientras comía su pescado. Le costaba concentrarse en la conversación porque estaba hipnotizado por la cerveza fresquita de su compañero de mesa. Gotas de condensación recorrían el lateral de la botella de cristal. Empezó a preocuparse porque, si no encontraba otra distracción, se veía capaz de arrebatarle la cerveza y tomársela de un trago.

—¿Juegas al backgammon? —preguntó en cuanto terminó de comer.

—Sí —respondió Gunther.

Hazard caminó hasta una de las mesas de la esquina, que estaba taraceada con un tablero de ajedrez en un lado y uno de backgammon en el otro.

—Entonces ¿a qué te dedicas en tu tierra, Gunther? —preguntó Hazard mientras preparaban las piezas.

—Soy profesor. ¿Y tú?

Esa era una magnífica noticia, pensó Hazard. Un oficio que viajaba bien, buena mano con los niños y, observó, mientras examinaba las grandes manos de Gunther con las uñas limpias y bien cortadas, un nivel aceptable de aseo personal.

—Trabajaba en banca —explicó—. Agente de bolsa. Pero cuando vuelva a casa pienso buscar una profesión diferente.

Gunther sacó un seis y un uno. Hazard esperó a que hiciera la clásica jugada de bloqueo. No se le ocurrió; menudo pardillo. Eso supondría una línea roja para Hazard, pero enseguida recordó que no era él el que buscaba una pareja para toda la vida en Gunther y que cabía suponer que Monica sería menos exigente en lo relativo a la capacidad de jugar bien al backgammon.

—¿Tienes esposa en casa, Gunther? —preguntó Hazard, por ir al grano.

No había visto ninguna alianza, pero siempre era más prudente asegurarse.

—Esposa, no. Novia. Pero... ¿cómo se dice? Ojos que no ven, corazón que no siente, ¿verdad? —Señaló con la cabeza a las dos californianas con gesto cómplice.

Hazard sintió que su ánimo de desinflaba como un globo pinchado. Un dominio impresionante del refranero de una lengua extranjera, quizá, pero un sentido de la moral terriblemente laxo. Con un proteccionismo paternalista que lo sorprendió, concluyó que Gunther no daba la talla. Monica merecía algo mejor. Hala, a ver si podía darse prisa en limpiar el tablero de piezas de Gunther para poder acostarse.

Cuando Hazard volvió al número 8 con una lámpara de queroseno en la mano, porque habían apagado el generador hasta el día siguiente, descubrió que no estaba cansado. Sin embargo, tampoco le apetecía unirse a la clientela del Monkey Nuts; la idea de ver cómo otros bebían alcohol mientras él daba sorbitos a una Coca-Cola Light se le antojaba demasiado agotadora. Echó un vistazo a los libros de su estante. Se los había leído todos por lo menos una vez, salvo el de Barbara Cartland que le había regalado Daphne. Había hecho un intento con el primer capítulo el día anterior, llevado por la desesperación, pero le había hecho sangrar los ojos. Entonces vio asomar la libreta de Julian, como si le suplicara que la cogiese. Hazard la bajó del estante, cogió un bolígrafo barato, buscó la primera página en blanco y se puso a escribir.

Julian

Julian despertó con la sensación de que algo había cambiado. Tardó un rato en averiguar qué era. De un tiempo a esta parte se sentía como si su cuerpo y su mente funcionasen a velocidades distintas. A primera hora de la mañana, su cuerpo despertaba, pero su cabeza tardaba un poco más en ponerse a su altura, en comprender dónde estaba y qué pasaba. Era una sensación extraña, puesto que siempre estaba en el mismo sitio y nunca pasaba nada. Se producía un breve momento de intersección, de sincronización, y luego, durante el resto del día, su cuerpo viajaba un par de pasos por detrás de su mente, luchando por no quedar rezagado.

Mientras pensaba, Julian contempló las rayas verdes de la pared que había junto a la cama: diferentes tonos, como briznas de hierba moteadas por el sol. Mary las había pintado cuando intentaba decidir cómo redecorar el dormitorio. Al final, no se había escogido ninguno de esos colores y el cuarto se había quedado del mismo marfil sucio. Tal vez Mary sabía ya a esas alturas que no serviría para nada.

Al cabo de un rato, Julian cayó en la cuenta de lo que aquella mañana tenía de nuevo: la sensación de propósito. Tenía cosas que hacer, una cita. Había gente que le esperaba, que contaba con él. Retiró las sábanas con más brío que de costumbre, salió de la cama y bajó con cuidado por la escalera de caracol que llevaba del entresuelo, donde estaban el dormitorio y el cuarto de baño, hasta el salón de planta abierta con cocina americana. Allí, pegada a la puerta de la nevera, estaba su lista.

1. Elegir ropa
2. Recoger materiales
3. Tienda de bellas artes
4. Accesorios
5. Estar en el Café de Monica <u>puntual</u> a las 19.00

Había subrayado «puntual» dos veces. No porque viera probable olvidarlo, sino porque no había tenido que estar puntual en ninguna parte, con la posible excepción de su dentista, desde hacía años, y la perspectiva le causaba una curiosa emoción.

Después de tomarse el primer café de la jornada, entró en el vestidor. En los tiempos en los que Mary y él tenían visitas que pasaban la noche con ellos había sido su habitación de invitados, pero en esos momentos estaba llena de hileras e hileras de ropa de Julian, toda colgada en percheros de metal, con las botas y los zapatos ordenados debajo. A Julian le encantaban sus modelitos. Cada uno de ellos llevaba aparejado un recuerdo: de una época, un acontecimiento o una aventura amorosa. Si cerraba los ojos e inspiraba de forma exagerada, algunos conservaban todavía el aroma de una época pretérita: la mermelada casera de Mary, la cordita de un espectáculo de fuegos artificiales en un baile de máscaras veneciano o el confeti de pétalos de rosa de una boda de postín en el hotel Claridge.

La *chaise longue* de la esquina estaba cubierta con un muestrario de posibles conjuntos para la jornada que Julian se había pasado la noche barajando (no literalmente; eso habría significado planchar todavía más). Últimamente tardaba tanto en vestirse que resultaba crucial clavar la selección de vestuario antes de empezar, o podía pasarse todo el día dale que te pego, abrochando y desabrochando botones con unas manos cada vez más artríticas y menos dispuestas a cooperar. Hizo un repaso crítico de las diversas opciones antes de decidirse por la más discreta. Profesional, de trabajo. No quería que su ropa indujera a perder de vista el asunto del día: la clase de arte.

A continuación, entró en su estudio, un espacio de doble altura muy luminoso gracias al techo de cristal y los ventanales que llegaban desde el suelo hasta todo lo alto, y abrió el cajón etiquetado como LÁPICES. Julian no era de por sí una persona ordenada; para el común de los mortales, su casa estaba hecha un desastre. Pero los dos ámbitos de su vida que mantenía bonitos y ordenados eran la ropa y el material pictórico. Escogió con esmero una selección de lápices, minas de grafito y gomas de borrar; los había bastante nuevos y los había que databan de la época de los Beatles, con todas las opciones intermedias. Julian había sacado punta tantas veces a sus lápices favoritos que apenas eran lo bastante largos para sujetarlos, pero no podía tirarlos. Eran viejos amigos.

Le alegraba bastante saber que aún conservaba poder de convocatoria. Aquella señorita tan amable, Monica, le había explicado que a la clase de esa tarde iban a acudir diez personas; ¡incluso había tenido que decir que no a algunas! Al parecer ese perro viejo seguía teniendo gancho.

Julian fue de un lado a otro del estudio recogiendo objetos que pudieran ser de utilidad para sus nuevos estudiantes. Encontró unos cuantos tableros en los que podrían clavar sus bocetos. Sacó un surtido de telas de los maniquíes sobre los que estaban tendidas, para usarlas de telón de fondo. Rebuscó en su primorosamente organizada colección de libros de referencia los ejemplares que mejor pudieran inspirar al novicio. Intentó no dejarse distraer por su biblioteca de catálogos de exposición en orden cronológico, que con tanta facilidad podían transportarlo al mundo artístico londinense de los sesenta, los setenta y los ochenta.

Monica cobraba a quince libras por cabeza la clase de dos horas. A Julian le había parecido bastante caro, pero ella había desdeñado sus objeciones alegando: «Estamos en Fulham. La gente paga más que eso a los paseadores de perros». Iba a llevarse setenta y cinco libras por clase (¡una pequeña fortuna!) y Monica le había adelantado lo que en sus palabras era «dinero para gastos» por si necesitaba comprar material extra.

Julian consultó su reloj de bolsillo. Era las diez de la mañana. La tienda de material de bellas artes estaría abriendo en esos momentos.

Cuando pasó por delante del café, vio a Monica abriéndose paso entre la cola de la caja con una bandeja cargada en la mano. Se había fijado en que nunca estaba quieta. Incluso estando sentada se movía, y su garbosa coleta morena se zarandeaba de lado a lado. Si estaba concentrada en algo, se ensortijaba un mechón de pelo una y otra vez alrededor del dedo índice y, cuando escuchaba a alguien, ladeaba la cabeza igual que su viejo jack russell terrier.

Julian todavía echaba de menos a ese perro, Keith. Lo había perdido apenas unos meses después que a Mary. Se culpaba a sí mismo por haber estado tan ensimismado en su pena que no había prestado atención suficiente a su mascota. Keith había ido languideciendo, se había ido volviendo cada vez menos enérgico y animado hasta que un día había dejado de moverse del todo. Julian había intentado emular esa manera lenta pero resuelta de estirar la pata pero, en eso como en tantas otras cosas, había fracasado. Había transportado el cuerpo de Keith hasta el cementerio en una bolsa de la compra reutilizable de esas que irónicamente anunciaban como «para toda la vida» y, cuando nadie miraba, lo había enterrado junto al almirante.

Monica siempre parecía saber lo que hacía y adónde iba. Mientras la mayor parte de la gente parecía dejarse arrastrar por las vicisitudes de la vida, ella daba la impresión de estar dirigiendo, o incluso luchando, cada paso del camino. Solo la conocía desde hacía más o menos una semana y, aun así, parecía que lo había recogido, había reorganizado su vida entera a su alrededor y luego lo había posado en una extraña pero maravillosa realidad alterada.

Con todo, por bien que Monica ya había ejercido un impacto enorme en su vida, Julian era consciente de que apenas la conocía. Tenía muchas ganas de pintarla, como si sus pinceles pudieran ser capaces de desvelar las verdades que ocultaba aquella barrera defensiva que parecía haber erigido a su alrededor. Hacía casi quince años que ya no le apetecía pintar a nadie.

¿Cuántas veces, en aquellos últimos años, había caminado Julian por esa misma calle intrigado por todas las personas que se cruzaban con él a toda prisa y se había preguntado adónde irían y qué estarían haciendo mientras él se limitaba a poner un pie delante del otro sin otro motivo concreto que el miedo a que, si no lo hacía, se quedaría agarrotado sin remedio? Pero hoy era una de ellas: alguien con un sitio adonde ir.

Empezó a tararear para sí mismo, lo que hizo que un par de personas se volvieran y le sonriesen al pasar. Poco acostumbrado a suscitar esa reacción, Julian las miró con recelo, ante lo cual retomaron el ritmo y siguieron su camino. Al llegar a la tienda de materiales de bellas artes, cogió veinte láminas grandes de dibujo de calidad y las llevó a la caja. No había nada más excitante, y a la vez más terrorífico, caviló, que una hoja de papel en blanco.

—Son para una clase de pintura que doy —le explicó al dependiente.

—Ajá —respondió este, que no era lo que se dice un gran conversador.

—Me pregunto si habrá algún Picasso en ciernes en la clase de esta tarde —añadió Julian.

—¿Efectivo o tarjeta? —replicó el dependiente.

Una insignia que llevaba en la solapa le atribuía cinco estrellas en atención al cliente. Julian se preguntó cómo serían los dependientes de una estrella.

Siguiente parada: el tema.

Julian se detuvo en la tienda de la esquina, donde grandes canastas de fruta y verdura se derramaban hasta la calle. ¿Un cuenco de fruta, tal vez? No. Aburrido y muy visto. Sin duda, hasta una clase para principiantes podía ser más atrevida. Entonces, como si le atizaran en la cara con un arenque mojado, le asaltó el olor de una pescadería. Miró por la ventana y vio exactamente lo que necesitaba.

Monica

Monica miró el gran reloj de pared de la cafetería. Dos minutos para las siete. La mayoría de los inscritos en la clase de pintura ya estaban allí, lubricando sus impulsos creativos con vino tinto. Monica ofrecía la primera copa gratis como incentivo para que la gente se inscribiera. Encontrar estudiantes había demostrado ser poco menos que una pesadilla. Había tenido que cobrarse unos cuantos favores; había engatusado a un par de sus proveedores para que se apuntaran, además de al novio de Benji, Baz. Había caído tan bajo que incluso había coqueteado con su limpiacristales para cubrir la última plaza, previas disculpas al recuerdo de Emmeline Pankhurst. La necesidad mandaba. Así, había llegado a los diez participantes, incluida ella misma: una cifra respetable. Si Benji lograba colocar suficientes copas de vino adicionales y tentempiés, con suerte podría (después de pagar a Julian y Benji y comprar los materiales) no perder dinero, a pesar de que había rebajado el precio de la primera clase a diez libras. Echó otro vistazo al reloj. Esperaba que Julian no se hubiera acobardado.

Los estudiantes conversaban animadamente, como si compitieran por contarse unos a otros el poco talento artístico que tenían. Entonces se abrió la puerta y todo el mundo se calló. Monica les había explicado que Julian era un poco... excéntrico. También había inflado su currículum una pizquita; estaba bastante segura de que en realidad no había retratado a la reina. Pero nada podía haber preparado del todo a la clase para la entrada de Julian. Estaba plantado en el umbral, vestido con una ondeante bata de pintor, un sombrero de ala curva rojo burdeos, un pañuelo de estampado extravagante y zuecos; ¡zuecos!

Julian hizo una pausa, como si quisiera dar tiempo a la clase para verlo bien. Después metió la mano debajo de la bata y, con un floreo, sacó a la luz una gran langosta. Baz se atragantó y roció de vino tinto la mesa diez entera y la camiseta SuperDry recién estrenada de Benji.

—¡Clase! —dijo Julian con una reverencia breve pero teatral—. Os presento al modelo de hoy.

—¡Hostias! —balbució Baz entre dientes—. ¿Vive aún?

—Está bastante viejo, pero muerto todavía no —replicó Benji.

—Me refería al bicho, obviamente —aclaró Baz poniendo los ojos en blanco.

—¿Qué dices, chaval? Si la langosta está roja, significa que la han cocinado.

—¿Qué es un «chaval»? ¿Una especie de lobo carroñero?

—No, eso es un «chacal» —aclaró Benji.

—Pensaba que Chagall era un pintor —protestó Baz, que ya no entendía nada.

Benji y Baz compartían sillón, porque no había sillas más pequeñas suficientes para todos. Baz ocupaba el asiento y Benji estaba encaramado a uno de los reposabrazos. Tenían en común la edad de veintitantos años y unos nombres que pegaban, por líricos y aliterados, pero desde el punto de vista del físico eran la noche y el día. Benji era un escocés pelirrojo que, un día que no hubiera tenido tiempo de peinarse y se pusiera de cara al viento, recordaría a Tintín si este hubiera crecido hasta alcanzar el metro ochenta. Baz, de ascendencia china, era bajo, moreno y fibroso. Sus padres regentaban el restaurante chino, inaugurado por sus abuelos, que había al otro lado de Broadway, y las tres generaciones convivían en el apartamento de encima del local. La abuela de Baz no cejaba en el empeño de buscarle a su nieto una buena chica que, con el tiempo, se hiciera cargo de la bulliciosa cocina.

Monica había formado un círculo con las mesas más pequeñas de la cafetería, con otra más grande en el centro. Julian depositó la langosta con gran pompa en una bandeja que habían dispuesto a tal efecto y a toda prisa en la mesa central y luego repartió el papel de dibujo, los tableros y un surtido de lápices y gomas.

—Me llamo —anunció— Julian Jessop. Y el nombre de este hermoso crustáceo es Larry. Ha entregado su vida para que ustedes puedan inspirarse; no dejen que su muerte haya sido en vano. —Paseó una mirada implacable por los boquiabiertos aprendices—. Vamos a dibujarlo. Da lo mismo que tengan experiencia o no, la cuestión es intentarlo. Yo iré paseando para ayudar. Esta semana solo tocaremos los lápices. Verán, dibujar es a la pintura lo que la gramática a la literatura. —Monica se sintió un poco más cómoda. Le encantaba la gramática—. La semana que viene podemos empezar con el carboncillo o los pasteles, y con el tiempo pasaremos a las acuarelas. —Julian trazó un gesto extravagante con el brazo, lo que hizo que la manga de su blusón se hinchara como el ala de un albatros gigante. La ráfaga de corriente resultante se llevó volando de la mesa el papel de Monica—. ¡En marcha! ¡Sean valientes! ¡Sean osados! Pero, por encima de todo, ¡sean ustedes mismos!

Monica no recordaba la última vez que dos horas habían pasado tan rápidas. Julian había deambulado en silencio por el exterior del círculo, cerrando la distancia de vez en cuando para dar una palabra de ánimo o alabanza o corregir la tonalidad de una sombra, mientras sus estudiantes trataban con arrojo de plasmar en papel aquella criatura de aspecto prehistórico. Monica se sentía relativamente satisfecha con las proporciones de su Larry; lo había medido con toda la precisión de que había sido capaz usando la técnica que Julian les había enseñado, consistente en levantar un lápiz y cerrar un ojo, aunque no podía evitar pensar que una regla sería más precisa y eficiente. Pero era consciente de lo espantosamente bidimensional que parecía la langosta, como si la hubiera aplastado un objeto pesado lanzado desde gran altura. Notó que tenía a Julian detrás. El pintor estiró la mano rodeándola, lápiz en ristre, y dibujó con pericia una pinza de langosta en la esquina de su página. Con apenas un par de trazos había creado algo que parecía a punto de brotar de la lámina.

—Ea, ¿lo ves? —le preguntó.

Sí, claro que veía la diferencia, pero ¿podía recrearla? Ni de coña.

En unas cuantas ocasiones, el silencio se había visto interrumpido por el tono de algún móvil o una notificación de buzón de voz, Twitter o Snapchat. Julian había hecho una redada por toda la sala para guardar todos los teléfonos en su sombrero, haciendo oídos sordos a gemidos y protestas, y acto seguido los había desterrado detrás de la barra. Monica cayó en la cuenta de que era la primera vez en años que pasaba dos horas seguidas sin mirar el teléfono, sin contar los momentos en que dormía o se quedaba sin cobertura. Sentía una extraña sensación de liberación.

A las nueve en punto, Julian dio una palmada, lo que hizo que media clase —enfrascada en su trabajo— diera un respingo.

—¡Eso es todo por esta semana, damas y caballeros! Un

estupendo principio. ¡Bien hecho, todos! No olviden firmar y fechar sus dibujos y luego tráiganlos aquí delante, para que todos podamos verlos.

Los alumnos avanzaron arrastrando los pies, a regañadientes, llevando unos dibujos que, a pesar de haber plasmado todos la misma langosta, presentaban enormes variaciones. Julian logró encontrar algo positivo que decir de cada uno de ellos, señalando composiciones inusuales, fascinantes observaciones de la luz y formas agradables. Por mucho que admirase aquella sensibilidad harto inesperada, lo que Monica quería saber de verdad era solo una cosa: ¿había ganado ella?

—Y ahora —dijo Julian dirigiéndose a Monica—, ¿qué vamos a hacer con Larry?

—Esto... ¿comérnoslo? —sugirió ella.

—¡Eso mismo pensaba yo! Vale, necesitaremos platos y servilletas. ¿Un poco más de pan? ¿Queso? ¿Un poco de ensalada, a lo mejor?

Monica no osaba puntualizar que ella no había querido decir «ahora mismo». Cielo santo, aquello se estaba convirtiendo en una cena. Sin un ápice de planificación o preparativos. Aquello no podía acabar bien, era imposible.

Benji y Baz salieron disparados y empezaron a hacer viajes de ida y vuelta a la pequeña cocina, cargados con platos, un par de baguetes que habían sobrado del mediodía, medio queso brie muy maduro, unos cuantos ingredientes de ensalada al azar y un tarro enorme de mayonesa. Julian se había sacado de alguna parte una botella de champán. ¿La había traído escondida junto a Larry bajo el blusón? ¿Qué más llevaría ahí debajo? Monica se estremeció.

Al cabo de poco y a pesar de sus recelos, Monica descubrió que empezaba a sentirse a gusto. Intentando no pensar en la rápida mengua de su margen de beneficios, bajó unas velas de su piso encima del café. Pronto, había una fiesta montada.

Monica echó un vistazo a Julian, que estaba recostado en su silla, contando anécdotas sobre los locos años sesenta.

—¿Marianne Faithfull? ¡La monda! Una cara de ángel, claro está, pero tenía un repertorio de chistes verdes más nutrido que el de un colegial en celo —le oyó decir.

A la tenue luz de las velas, y con cara de estar pasándolo bien, le recordó por un momento a su retrato de la National Gallery.

—¿Cómo era Fulham en aquel entonces, Julian? —le preguntó.

—¡Uy, querida, parecía el Salvaje Oeste! Yo vivía justo en la frontera, y muchos de mis amigos se negaban a adentrarse más. Era un barrio muy sucio, industrial y pobre. A mis padres los horrorizaba y nunca venían de visita. Solo eran felices en Mayfair, Kensington y los condados ricos de los alrededores de Londres. Pero a nosotros nos encantaba; todos cuidábamos unos de otros. ¡Por Larry! —gritó mientras alzaba una copa de champán—. Y, por supuesto, ¡por Monica! —añadió mientras la miraba y sonreía—. Hablando de ella, que todo el mundo meta un billete de diez en mi sombrero para costear la cena. ¡No queremos arruinarla!

Y, al oír eso, Monica también sonrió.

Hazard

Andy dejó en la mesa una gran bandeja de pescado.

—Caramba, ¡qué apetecible! —dijo el recién llegado, con un acento que Hazard supuso implantado por una niñera tradicional, moldeado en un colegio privado de la campiña inglesa y refinado en el comedor de oficiales. Se le veía bastante incómodo y fuera de lugar con sus chinos y su camisa a medida abotonada hasta arriba. Aunque por lo menos era de manga corta. Hazard se fijó la meta de hacerle vestir con un sarong antes de que acabase la semana.

Ya había efectuado algunas indagaciones previas. Sabía que el novato de pelo lacio, gritón pero muy alegre y bonachón, se llamaba Roderick y era hijo de Daphne. Por lo que Hazard adivinaba, desconocía por completo los amoríos de su madre con Rita. Roderick le había explicado que se había cansado de esperar a que Daphne volviera al Reino Unido y había decidido que, en lugar de eso, la visitaría durante un par de semanas. No acababa de entender por qué ella insistía en quedarse allí durante tanto tiempo, pero si eso la ayudaba a superar la muerte de su querido padre, no podía ser nada malo. Al oírlo, Hazard asintió con solemnidad y prefirió no mencionar que no había observado ni la más mínima muestra de duelo por parte de la viuda alegre.

—¿Dónde vives, Roderick? —preguntó mientras se servía arroz y pescado.

—¡Battersea! —respondió—. ¡Soy agente inmobiliario!

Roderick voceaba cada palabra con tanta energía y entusiasmo que Hazard era incapaz de imaginarlo contrariado o deprimido. Animaría un montón a Monica, ¿o no? Hazard sentía bastante afecto por los agentes inmobiliarios, que compartían con los ejecutivos de banca el dudoso honor de ser las personas más aborrecidas de la nación. Monica no le parecía tan estrecha de miras para rechazar de plano a toda una profesión, y el dato por lo menos significaba que Roderick se ganaba bien la vida y tenía casa propia. Lo de Battersea era otro punto a favor; para llegar desde Fulham solo había que cruzar el río.

—¿No ha venido tu mujer? —preguntó Hazard, tratando de adoptar un tono desenfadado.

—Estoy divorciado —respondió Roderick mientras se sacaba de un lado de la boca varias espinitas de pescado, revelando de paso unos niveles aceptables de higiene bucal. Las colocó pulcramente en un lateral del plato—. Fue todo muy amistoso, sin embargo. Es una chica encantadora. Novios desde pequeños. Nos distanciamos, nada más. Ya sabes lo que pasa.

Hazard asintió, comprensivo, a pesar de que ni mucho menos lo sabía, ya que nunca había tenido una relación que durase más de unos pocos meses.

—¿Y eso te ha desengañado del matrimonio? ¿Te ves repitiendo?

—¡Válgame el cielo, sí, de cabeza! La mejor institución del mundo. —Su expresión se dulcificó al mirar hacia Daphne, sin que al parecer reparase en que tenía la mano sobre la rodilla de Rita mientras le susurraba al oído—. Mis padres fueron felices a más no poder, ¿sabes? Casados durante más de cuarenta años. La verdad es que espero que mamá no se sienta demasiado sola. —Adoptó por un instante una expresión bastante nostálgica, pero luego recobró la compostura—. Yo no me las apaño muy bien solo, para serte franco. Necesito a alguien que me tenga a raya, y de paso que me cocine, que yo no valgo para eso. ¡Ja, ja! ¡Vamos, que necesito encontrar a una chica lo bastante insensata para aceptarme!

Hazard hizo memoria para recordar lo que Monica decía en la libreta: «Intento no pasarme de quisquillosa, pasar por alto que no han leído nada de Dickens, tienen las uñas sucias o hablan con la boca llena».

—No habrás traído libros, ¿verdad? Me he quedado sin nada que leer y me encantaría echarle mano a algo de Dickens —dijo Hazard, con los dedos cruzados bajo la mesa.

—Solo en el Kindle, me temo, y no he leído nada de Dickens desde el instituto.

Eso bastaría. Hazard sonrió para sus adentros. Después de varias semanas infructuosas haciendo el tercer grado a todo soltero que se aproximase a la edad adecuada, parecía que por fin, a lo mejor, había cerrado el negocio.

Descubrió, mientras conversaba con su recién seleccionado Romeo, que se sentía un poco triste. Como si lo hubieran despojado de algo. Su misión de buscarle pareja a una chica con la que nunca había hablado tal vez fuera algo extraña, pero al menos le había distraído de sus propios problemas. ¿Qué iba a hacer a continuación?

Monica y Roderick. Roderick y Monica. Hazard se imaginó a Monica mirándole, una vez más, pero en esa ocasión con un gesto de profunda gratitud donde antes había visto repugnancia. El siguiente paso era cómo iba a organizar una cita entre sus dos malhadados amantes cuando se encontraba en la otra punta del mundo. Entonces se acordó de la libreta.

Necesitaba encontrar un modo de meterla en el equipaje de Roderick. El cuaderno lo llevaría hasta ella.

Estaba a punto de volver a su cabaña para coger la libreta cuando recordó la prueba final, la más importante de todas.

—¿Tuvisteis hijos? —preguntó a Roderick.

—Una. Cecily —respondió este, con una sonrisa bobalicona en la cara mientras sacaba una foto de su cartera. Como si a Hazard le importase la cara que tenía la niña. Lo único que le interesaba era la respuesta a la siguiente pregunta.

—¿Te gustaría tener más algún día? Si encontrases a la mujer adecuada.

—Por ahí no hay nada que hacer, compañero. Me di el tijeretazo. Mi mujer insistió, dijo que no pensaba pasar por todo aquello otra vez. Ya sabes: el embarazo, los pañales, las noches en vela... —Hazard no lo sabía, ni tampoco quería, por lo menos en ese momento—. Fue uno de los motivos por los que discutimos. El principio del fin, y yo solo quería que ella fuese feliz. Además, era eso u olvidarse de hacer nada en la cama. ¡Ja, ja!

—¡Ja, ja! —repitió Hazard mientras gemía para sus adentros, porque aquello liquidaba todos sus meditados planes, como si fueran el recuento de espermatozoides de Roderick.

El tema de la reproducción no era negociable para Monica. Tenía que tachar a Roderick de la lista y volver a empezar.

En muchas ocasiones, durante las semanas siguientes, Hazard se planteó renunciar a su juego de celestinazgo. Parecía tan improbable que el hombre adecuado se presentara sin más en aquella minúscula playa de aquella minúscula isla... Pero, como suele suceder, en cuanto decidió dejar de intentarlo, como si el universo coqueteara con la serendipia, la solución ideal se le presentó como caída del cielo.

Julian

Julian no acababa de dar crédito a lo mucho que había cambiado su vida desde que dejara su libreta en el Café de Monica cinco semanas atrás. No estaba seguro de lo que había imaginado que pasaría cuando arrancó *El proyecto de la autenticidad*, pero desde luego no preveía acabar con un trabajo y un grupo de personas que llevaban camino de convertirse en sus amigos.

El viernes anterior había caminado hasta la tumba del almirante, como de costumbre, con su botella de Baileys y al acercarse a la lápida pensó que la imaginación le estaba jugando una mala pasada. No era inaudito que el pasado y el presente entrechocaran en su cabeza, de modo que no se sorprendió del todo al ver que lo esperaban dos de sus viejos amigos, armados de copas y una botella de vino. Pero en aquella ocasión no se trataba de un recuerdo, sino de Benji y Baz (qué chicos tan majos). Monica debía de haberles contado dónde encontrarlo.

Reparó en que caminaba con paso casi brioso, cuando hasta hace poco arrastraba los pies. ¿Dónde estaría a esas alturas la libreta que había propiciado semejante transformación?, se preguntó. ¿Habría llegado su proyecto a un punto muerto tan pronto o rondaba por alguna parte del mundo obrando más magia?

Aquella noche sus clases de pintura cumplían tres semanas. El grupo había aumentado hasta los quince estudiantes, gracias al boca a boca y a la ayuda de Monica, que había colgado unos cuantos de los mejores dibujos de Larry en el tablón de anuncios del café. Las cenas informales pero bulliciosas que (previo pago de las consabidas diez libras en el sombrero) seguían a las lecciones habían demostrado tener tanto atractivo como las clases en sí. Para la sesión de esta tarde había traído unas zapatillas de terciopelo, un libro encuadernado en piel y una vieja pipa que tenía por casa, que había colocado sobre una tela estampada formando una naturaleza muerta en la mesa central. Tras haber cubierto la importancia del tono, usando lápices y carboncillo, había llevado unas cajas de pasteles para la primera exploración del color de sus alumnos, y estaba enseñando a la clase varias técnicas sencillas.

Acababa de repartir varios ejemplos de pasteles de Degas para que se inspirasen cuando sonó un traqueteo a su espalda y se volvió para ver que alguien giraba el picaporte de la entrada. Monica echó atrás la silla y fue a abrir la puerta.

—Me temo que está cerrado —la oyó decir—. Es una clase de pintura privada. No es demasiado tarde para apuntarse, sin embargo, siempre que tenga quince libras y ganas de aprender.

Cuando Monica se reunió con el grupo con un joven pisándole los talones, Julian vio a las claras por qué no lo había mandado a paseo. Imaginaba que no era un hombre al que rechazasen a menudo; incluso alguien con un ojo tan crítico como el suyo para la simetría facial y la estructura ósea tenía que reconocer que el recién llegado era un adonis. Tenía la piel oscura y unos ojos castaños más oscuros todavía, pero una mata ingobernable de rizos imposiblemente rubios. Como si eso no fuera bastante encantador, se volvió para saludar al grupo con un acento australiano que llevaba consigo la playa.

—¿Cómo va, gente? Me llamo Riley.

Monica sacó una lámina más de papel y la colocó en su misma mesa, a la que acercó otra silla. Apartó sus cosas para hacer sitio.

—Tú haz lo que puedas, Riley —oyó que le explicaba—. Aparte de Julian, aquí somos todos aficionados, de modo que no tengas vergüenza ninguna. Me llamo Monica, por cierto.

Todos los demás integrantes del círculo se fueron presentando hasta acabar por Julian, que anunció su nombre con una teatral reverencia y un sombrero panamá que había escogido aquella mañana a juego con su traje de lino color crema, lo que hizo que cayeran al suelo tres teléfonos móviles. Con un simple movimiento del brazo se había metamorfoseado de propietario de una plantación a carterista.

Julian ya había reparado en cómo cada nuevo matriculado en el curso cambiaba la dinámica y el talante de todo el grupo, como si mezclara un color nuevo en una paleta. Riley añadía amarillo. No un amarillo pálido o cadmio, ni un ocre oscuro, sino el amarillo brillante y cálido del sol. Todo el mundo parecía más afectuoso, más animado. Sophie y Caroline, las dos madres de mediana edad que siempre se sentaban juntas y, mientras trabajaban, intercambiaban chismorreos cosechados a la salida del colegio, se volvieron hacia él como narcisos buscando la luz. Baz parecía embelesado y Benji, un poco celoso. Riley, por su parte, parecía ajeno por completo al efecto que estaba causando, del mismo modo en que un guijarro no ve las ondas que crea en un estanque. Miró con el ceño concentrado el papel en blanco que tenía delante.

Sophie le susurró algo a Caroline mientras señalaba a Riley con la cabeza. A la otra se le escapó la risa.

—¡Para! —le dijo—. No me hagas reír, por favor. Después de tres hijos, mi suelo pélvico no puede aguantarlo.

—No tengo ni idea de lo que es el tal «suelo pélvico» —advirtió Julian—, pero le ruego que la próxima vez lo deje en casa para que no altere mi clase de pintura.

Así aprenderían, pensó, y se quedó algo perplejo al ver que Sophie y Caroline se reían todavía con más ganas.

Empezó a realizar su habitual recorrido por la sala para aportar una palabra de ánimo por aquí, un toque de color por allá, una corrección rápida de la proporción o la perspectiva. Al llegar a Monica, sonrió. Era una de sus estudiantes más aplicadas; escuchaba con atención y se desvivía por hacerlo bien. Sin embargo, ese día, por primera vez, estaba dibujando con el corazón, y no solo con la cabeza. Sus trazos se habían relajado, eran más instintivos. Al verla reír y bromear con Riley, supo a qué se debía la diferencia: había dejado de esforzarse tanto.

Se preguntó, por un momento, si no estaría presenciando el comienzo de una historia de amor. Un auténtico idilio, tal vez, o solo un breve escarceo. Pero no. Una de las ventajas de ser artista es que se pasa mucho tiempo observando a las personas, examinando no solo las sombras y contornos de su cara, sino también el interior de su alma. Es algo que proporciona una percepción casi sobrenatural. Se adquiría, sobre todo cuando uno llegaba a la edad de Julian, la capacidad de entender a la gente y saber cómo va a reaccionar. Julian veía que Monica era demasiado independiente, ambiciosa y tenaz para dejarse distraer por una cara bonita. Tenía metas más elevadas que el matrimonio y los bebés. Era una de las cosas que admiraba tanto de ella. Ni siquiera en sus tiempos mozos habría intentado ligarse a Monica. Ella le habría inspirado terror. Concluyó que Riley perdería el tiempo.

Monica

El traqueteo de la puerta había irritado a Monica, que estaba concentrada en su intento de recrear el tono de burdeos exacto en sus zapatillas. Se había levantado para despachar al visitante indeseado, pero entonces, al abrir la puerta, se había encontrado con un hombre con una sonrisa tan cautivadora que se había descubierto haciéndole pasar y buscándole un hueco en el círculo. A su lado.

A Monica nunca se le había dado muy bien el trato con desconocidos. Solía preocuparle demasiado causar una buena impresión para poder relajarse. Nunca había olvidado algo que le habían dicho antes de su primera entrevista de trabajo importante: el 90 por ciento de la opinión que la gente tiene de ti se forma en los dos primeros minutos. Pero Riley no era un hombre que te hiciera sentir que estabas con un desconocido. Pareció encajar en el grupo sin fisuras, como si fuese el ingrediente final de una receta. ¿Aterrizaba igual de bien allá donde fuera? Qué habilidad tan extraordinaria. Ella siempre tenía que hacerse sitio a la fuerza en cualquier círculo, tirando de codos, o quedarse plantada fuera estirando el cuello para ver lo que pasaba dentro.

—¿Cuánto tiempo llevas en Londres, Riley? —le preguntó.

—Bajé del avión anteayer. Salí de Perth hace diez días y he hecho unas cuantas paradas por el camino. Me quedo en casa de unos amigos de amigos, en Earl's Court.

La actitud de Riley irradiaba una naturalidad y un relax absolutos que suponían un acusado contraste con la rigidez de la mayoría de los londinenses. Se había quitado los zapatos y balanceaba adelante y atrás uno de sus pies desnudos y morenos. Monica se preguntó si aún tendría algún grano de arena entre los dedos de los pies. Tuvo que resistirse al impulso de dejar caer un lápiz a modo de excusa para agacharse bajo la mesa y echar un vistazo. «Basta, Monica», se reconvino, recordando uno de los dichos favoritos de su madre: «La mujer necesita al hombre tanto como un pescado una bicicleta». Pero qué contradictorio resultaba todo a veces, narices. ¿Cómo demonios casaba eso con el «No dejes para demasiado tarde el formar una familia, Monica; nada te hará más feliz que la familia»? Hasta Emmeline Pankhurst había tenido esposo e hijos: cinco, nada menos. No era fácil bordar la vida.

—¿Habías estado en Londres alguna vez? —le preguntó a Riley.

—No. Es la primera vez que viajo a Europa, en realidad —respondió él.

—Mañana voy al mercado de Borough a comprar cosas para la cafetería. ¿Quieres venir? Es una de mis partes favoritas de Londres —dijo Monica, casi antes de saber lo que hacía. ¿De dónde había salido eso?

—Me encantaría —replicó Riley con una sonrisa que parecía cien por cien sincera—. ¿Cuándo vas a ir? Yo no tengo ningún plan.

¿Cómo podía alguien no tener ningún plan? Y ni siquiera le había preguntado qué era el mercado de Borough ni dónde estaba. Monica jamás hubiese accedido a una propuesta sin las debidas indagaciones, pero se alegraba de que él sí lo hubiera hecho.

—¿Por qué no quedamos aquí sobre las diez? Así nos saltamos las aglomeraciones de la primera hora.

Monica había añadido un jersey rojo brillante, botas de tacón bajo, unos pendientes de aro grandes y un toque de pintalabios rojo a su conjunto de trabajo formado por una blusa blanca bien planchada y unos pantalones negros. No paraba de recordarse a sí misma que aquello era un recado y no una cita. Riley quería conocer mejor Londres; ella necesitaba que alguien le ayudara a cargar con las bolsas. Si hubiera sido una cita, se habría devanado los sesos durante días para decidir qué se ponía, habría planificado unas cuantas anécdotas ingeniosas para dejarlas caer si la conversación decaía y habría explorado posibles destinos por si se producía un cambio de planes improvisado. La preparación es la clave de cualquier espontaneidad eficaz. Claro, que nada de aquello había funcionado hasta la fecha, pensó Monica recordando a Duncan, el vegano amante de las abejas. Tanteó aquel pensamiento, como si fuera una muela dolorida, para ver si aún escocía. No notó nada más allá de un malestar sordo. Buen trabajo, Monica.

Riley llegó tarde. Sabía que le había dicho «sobre» las diez (en un intento de aparentar calma y desenfado), pero era obvio que se refería a la hora en punto, no a las diez y treinta y dos. Pero estar mosqueada con Riley era como darle una patada a un cachorro. Se lo tomaba todo con tanto ánimo y entusiasmo, y era tan diferente de ella que lo encontraba enigmático, aunque también un poco agotador. También era guapo hasta decir basta, pensó, y luego se riñó por ser tan superficial. La cosificación sexual estaba mal, en cualquier circunstancia.

—Ojalá mis hermanos y hermanas pudieran ver esto —dijo Riley mientras paseaban entre los diferentes puestos.

Las diversas culturas e influencias que conformaban el crisol de Londres se encabalgaban unas sobre otras, asaltando los sentidos y compitiendo por la clientela.

—Ojalá yo tuviera hermanos o hermanas —replicó Monica—. Fui una hija única muy deseada.

—¿Te inventaste un amigo imaginario? —preguntó Riley.

—No, la verdad es que no. ¿Significa eso que tengo una lamentable falta de imaginación? Lo que sí hice fue ponerle nombre a todos mis osos de peluche y por la noche pasaba lista con un papel.

Cielos, ¿se estaba sincerando demasiado? La respuesta era que sí, sin ninguna duda.

—Yo pasaba todo mi tiempo libre en la playa de Trigg, haciendo surf con mis hermanos mayores. Me llevaban con ellos desde que era tan pequeño que ni siquiera podía ni cargar con mi propia tabla —dijo Riley. Se pusieron a la cola para comprar hamburguesas de cerdo desmigado—. Me chifla la comida callejera y comer con los dedos, ¿a ti no? —añadió—. Es que ¿quién inventó los cubiertos? ¡Menudo aguafiestas!

—En realidad, para serte sincera, la comida callejera me pone un poquito nerviosa —confesó Monica—. Estoy bastante segura de que no pasan inspecciones regulares de sanidad y no hay ni un solo puesto que tenga expuesto un certificado de higiene alimentaria.

—Seguro que a nadie le pasa nada por comerla —dijo Riley.

A Monica le encantaba su optimismo, pero aquella inocencia, aunque entrañable, le parecía peligrosa.

—Yo no lo veo tan claro. Mira a la señora que sirve. No lleva guantes, a pesar de que además de cocinar se ocupa de manejar todo el dinero, que es un criadero de bacterias.

Monica sabía que sus pegas probablemente sonaban algo obsesivas. Era posible, por no decir seguro, que a Riley le interesara mucho menos que a ella la seguridad alimentaria. Además, se sorprendió ruborizándose por su uso de la palabra «criadero». Contrólate, Monica.

Al cabo de un rato, sin embargo, descubrió que, a pesar de sus reservas, estaba disfrutando de ser la clase de chica que comía con los dedos en plena calle con un hombre apuesto al que apenas conocía. Estaba siendo una auténtica temeraria. El mundo de pronto parecía mucho más grande y cargado de posibilidades que unos instantes atrás. Siguieron caminando hasta un puesto que vendía churros mexicanos, todavía calientes, cubiertos de azúcar y mojados en chocolate fundido.

Riley alzó el pulgar y lo pasó con delicadeza por la comisura de la boca de Monica.

—Tenías un poco de chocolate —dijo.

Monica sintió un antojo mucho más potente que el de azúcar. Repasó a toda velocidad su lista mental de todos los motivos que imposibilitaban el cumplimiento de las visiones tan tórridas como indeseadas que habían irrumpido en su cabeza.

1. Riley solo estaba de paso. En realidad no tenía sentido empezar una relación.
2. Riley solo tenía treinta años, siete menos que ella. Y parecía más joven todavía, un niño perdido en el País de Nunca Jamás.
3. Además, él nunca se interesaría por ella. Tenía una idea aproximada del lugar que ocupaba en el escalafón del atractivo. Riley, con su belleza exótica (padre australiano, madre balinesa, según había descubierto), quedaba muy lejos de su alcance.

—Tendríamos que ir volviendo —dijo, consciente de que, si aquello era un momento mágico, lo estaba desarbolando.

—¿Tus padres también son sibaritas con la comida, Monica? ¿Lo has sacado de ellos? —preguntó Riley mientras se abrían paso por delante de un puesto abarrotado de cestas de aceitunas de todas las tonalidades de verde y de negro.

—En realidad, mi madre está muerta —replicó Monica. ¿Por qué había dicho eso? A esas alturas ya tendría que saber cómo mataba aquello cualquier conversación. Huyó hacia delante con un torrente de palabrería para no dejar una pausa que Riley pudiera sentir la necesidad de llenar—. Nuestra casa estaba llena de alimentos preparados: puré de patatas de sobre, tortitas Findus y, para las ocasiones especiales, pollo a la Kiev de Marks & Spencer. Compréndelo: mi madre era una feminista convencida. Creía que la cocina casera era una rendición al patriarcado. Cuando mi escuela anunció que las chicas harían economía doméstica mientas los chicos aprendían carpintería, amenazó con esposarse a la puerta del colegio a menos que me concedieran libertad de elección. Qué envidia me daban mis amigas, que llevaban a casa unas magdalenas preciosas y muy bien decoradas, mientras yo trabajaba como una condenada en una pajarera torcida.

Monica recordaba como si fuera ayer los gritos que le pegó a su madre: «¡Tú no eres Emmeline Pankhurst! ¡Solo eres mi madre!».

Esta había respondido, con una voz que era puro acero: «Todas somos Emmeline Pankhurst, Monica. Si no, ¿para qué lucharon?».

—Apuesto a que tu madre estaría muy orgullosa de ti ahora mismo, Monica. Dueña de tu propio negocio —comentó Riley.

Era la observación correcta, y hasta tal punto que Monica sintió que se le formaba un nudo en la garganta. «Ay, Dios, por favor, no llores.» Volvió a imbuirse de Madonna. Ella nunca se permitiría llorar en público, jamás.

—Sí, creo que tienes razón. Es uno de los motivos principales por los que abrí el café, en realidad —dijo, logrando que no le temblara la voz—. Porque sé lo mucho que le habría gustado.

—Siento mucho lo de tu madre —añadió Riley mientras le pasaba una mano por el hombro, con un movimiento algo torpe por culpa del peso de todas las bolsas de Monica que acarreaba.

—Gracias —dijo ella—. Sucedió hace mucho. Lo que nunca llegué a entender es por qué ella. Era tan enérgica, estaba tan llena de vida... Cualquiera hubiese pensado que el cáncer escogería un blanco más fácil. Ella odiaba que la gente hablase de «luchar» o «pelear» contra una larga enfermedad. Decía: «¿Cómo se creen que voy a luchar contra algo que ni siquiera puedo ver? No es un combate en igualdad de condiciones, Monica».

Caminaron al compás, envueltos en un silencio que Monica se alegró de que Riley no intentase llenar, hasta que ella misma recondujo la conversación hacia las estructuras de precios, un tema con el que se sentía mucho más cómoda.

—No estoy seguro de que pueda aguantar este clima durante mucho tiempo. ¿A quién se le ocurre venir a Inglaterra en noviembre? Nunca he estado en ningún sitio donde hiciera tanto frío —le explicó Riley mientras cruzaban el puente de Londres para volver a la orilla norte del río—. Solo tenía sitio para ropa ligera en la mochila, así que he tenido que comprarme este abrigo para no morir congelado. —Su acento australiano convertía cada frase en una pregunta.

Se levantó viento, que hizo que el pelo largo y moreno de Monica le golpeara la cara.

Pararon unos instantes en mitad del puente para que Monica pudiera enseñarle algunos de los puntos de interés que jalonaban el Támesis: la catedral de San Pablo, el HMS *Belfast* y la Torre de Londres. Mientras hablaba, sucedió algo extraordinario. Riley, que aún sujetaba una brazada de cajas y bolsas, se inclinó hacia ella y la besó. Sin más. A mitad de frase.

Pero vamos, aquello no se hacía, ¿verdad? En los tiempos que corrían, era algo de lo más inapropiado. Había que pedir permiso. O, por lo menos, esperar una señal. Ella estaba diciendo que «si los cuervos de la Torre de Londres echan a volar, los supersticiosos dicen que caerán la Corona y el país», y estaba bastante segura de que esa frase no podía tomarse como una invitación. Esperó a que la dominara la indignación. En lugar de eso, se descubrió devolviéndole el beso.

«¡Fragilidad, tu nombre es mujer!», pensó, para enseguida pasar a «Bah, a la mierda». Buscó a ciegas, desesperada, su lista mental de razones por las que aquello no era ni por asomo buena idea. Después, cuando él volvió a besarla, la hizo trizas, tiró los pedacitos por el lado del puente y los vio flotar como copos de nieves hasta el río.

Riley no iba a ser nunca un proyecto a largo plazo sensato, estaba claro, era demasiado diferente de ella, demasiado joven, demasiado pasajero, y hubiese apostado a que nunca había leído nada de Dickens. Pero ¿acaso no podía tener una simple aventura? Ver qué pasaba; ser espontánea. A lo mejor podía probarse esa personalidad, como si fuera un conjunto de lujo, aunque solo fuera durante una temporadita.

Riley

Riley llevaba varias horas en su vuelo con destino al aeropuerto de Heathrow fascinado por el mapa de la pantalla que tenía delante, donde se veía a un avioncito surcando el hemisferio norte. Apenas una semana antes, no había cruzado nunca el ecuador. ¿Era cierto que en Inglaterra el agua se arremolinaba en la dirección contraria cuando se iba por el desagüe? Supuso que sería incapaz de comprobarlo, ya que nunca se había fijado en el sentido en el que giraba cuando estaba en casa. Normal; ¿quién le prestaba atención a una cosa así?

Metió la mano en la mochila que tenía a los pies para sacar la novela de intriga que estaba leyendo y topó con una libreta verde pálido. No era suya, aunque le recordaba al cuaderno que usaba en Australia para apuntar los pedidos de los clientes de su negocio de jardinería. Por un momento se preguntó si no habría cogido la mochila equivocada, pero todo lo demás sí era suyo: pasaporte, cartera, guías de viajes y un sándwich de pollo que le había preparado Barbara con todo su amor. Se volvió hacia la mujer de mediana edad y aspecto afable que ocupaba el asiento vecino.

—¿Esto es suyo? —le preguntó, pensando que tal vez ella se había confundido de mochila y lo había metido allí, pero la señora negó con la cabeza.

Riley dio la vuelta a la libreta para echar un vistazo a la cubierta. Llevaba escritas las palabras *El proyecto de la autenticidad*. «Autenticidad.» Gran palabra. Tenía algo marcadamente... británico. La saboreó en la boca y probó a decirla en voz alta. Le trabó la lengua y le hizo sonar como si tuviera un impedimento del habla. Abrió la libreta y miró la primera página. Tenía ocho horas por delante, de modo que, ya puestos, podía ponerse a leerla, ya que al parecer se había colado como polizona en su equipaje.

Leyó la historia de Julian y la de Monica. El primero parecía todo un personaje, tal como Riley imaginaba que era un inglés. Ella necesitaba relajarse un poco. ¡Tendría que mudarse a Australia! No tardaría en destensarse y tener una camada de críos medio australianos correteando a sus pies y volviéndola loca. Buscó Fulham en la guía de Londres que un cliente le había regalado con motivo de su partida. Estaba al lado mismo de Earl's Court, que era adonde iba él. Qué casualidad. Qué extraño se le hacía pensar que no había coincidido nunca con esas personas pero que de pronto conocía sus secretos más profundos.

Pasó a la siguiente página, donde cambiaba la caligrafía y las letras pulcras y redondas de Monica daban paso a un garabateo más desordenado, como si un insecto hubiera pisado un charco de tinta y luego se hubiese muerto.

Me llamo Timothy Hazard Ford, aunque si tienes un segundo nombre como Hazard, nadie va a llamarte Timothy, de modo que durante la mayor parte de mi vida todos me han conocido como Hazard Ford.* Sí,

---

* *Hazard* significa «peligro» y es una palabra de uso común en señales y carteles de advertencia, mientras que un *ford* es un vado de río. (*N. del T.*)

ya me sé todos los chistes sobre que parece una señal de tráfico. Hazard era el apellido de mi abuelo por parte de madre y ponérmelo de segundo nombre debió de ser lo menos convencional que hayan hecho mis padres en su vida, teniendo en cuenta que su existencia entera se ha visto dominada por la pregunta: «¿Qué pensarían los vecinos?».

Hazard. Riley sabía exactamente quién era. El ex agente de bolsa al que había conocido en su última parada en Tailandia, el que se había interesado tanto por la vida y los planes de Riley. ¿Cómo había acabado su libreta en la mochila? ¿Y cómo demonios iba a devolvérsela?

Habrás leído las historias de Julian y Monica.
Al primero no lo conozco, de modo que no puedo contarte nada más de él, pero sí puedo aportar algo sobre Monica. Vivo a unos pocos minutos de su café (que está en el 783 de Fulham Road, por cierto, pegado a la librería Nomad. ¡Necesitarás esa información!), de modo que me dejé caer por ahí después de leer su historia.

¿Necesitarás esa información? ¿A quién se dirigía Hazard?, se preguntó Riley. Esperaba descubrirlo.

Fui allí únicamente para devolverle la libreta, pero no llegué a hacerlo. En lugar de eso, me la llevé a Tailandia, a una isla diminuta llamada Koh Panam.
Fui a una escuela para niños que aceptaba a niñas a partir del sexto curso. Cuando las chicas nuevas entraban por primera vez en los comedores, todos levantábamos unas tarjetas para otorgarles una

puntuación sobre diez. No es broma. Ahora me siento fatal por ello, como es obvio. En fin, si Monica hubiera entrado en aquel comedor, le habría puesto un ocho. En realidad, siendo como era un amasijo de hormonas y deseos insatisfechos, probablemente hubiese llegado al nueve.

Monica está bastante en forma. Es delgada, de rasgos limpios y menudos, con la nariz respingona y el pelo como un poni de competición. Sin embargo, irradia una intensidad que me repele hasta el punto de aterrorizarme. Me hace sentir que debo de estar haciendo algo mal (lo que probablemente es cierto, para ser sinceros). Es la clase de persona que ordena todas las latas de sus armarios para que la etiqueta quede hacia fuera y coloca todos los libros de sus estanterías en orden alfabético. Y emana una desesperación que es posible que esté exagerando en mi imaginación porque he leído su historia, pero que da ganas de poner tierra de por medio. También tiene la molesta costumbre de bloquear la acera, pero esa es otra historia.

En pocas palabras, Monica no es mi tipo. Pero espero que pueda ser el tuyo porque, como verás, la chica necesita desesperadamente un buen hombre, y espero que tú lo seas mejor que yo.

No sé si funcionó el plan de Monica para ayudar a Julian poniendo un anuncio pidiendo un profesor de pintura, pero sé que seguramente no lo habría hecho si yo lo hubiese dejado en sus manos. Puso un solo cartel, bastante cutre, en el cristal de la cafetería, que era imposible que él viera. De modo que le eché una manita. Quité el cartel, fui a la copistería más cercana y saqué diez copias, que repartí por todo

Chelsea Studios. Hasta localicé la tumba del almirante, la que mencionaba Julian, y enganché allí una fotocopia. Casi pierdo mi vuelo deambulando por aquel puto cementerio. Pensándolo ahora, veo que no fue un acto altruista; era una actividad sustitutiva. Concentrarme en la campaña publicitaria de Monica impidió que me metiese en el supermercado a comprar vodka para el viaje. La verdad es que espero que todo aquel esfuerzo valiera la pena.

Supongo que debería responder a la pregunta de Julian: ¿qué es lo que me define, lo que hace que encaje todo lo demás? Bueno, no necesito pensármelo mucho: SOY UN ADICTO.

Durante aproximadamente los últimos diez años, mi adicción ha condicionado la práctica totalidad de las decisiones, grandes o pequeñas, que he tomado. Ha determinado mi elección de amigos, cómo pasaba el tiempo libre y hasta mi carrera. Seamos sinceros, la bolsa no es más que una forma legitimada de juego de azar. Si me hubieras conocido en Londres, habrías dado por sentado que tenía la vida arreglada; un empleo con un sueldo de escándalo, un apartamento precioso y mujeres despampanantes, pero la realidad era que pasaba una proporción enorme de cada día planificando mi próximo colocón. El más mínimo atisbo de ansiedad, estrés o aburrimiento me dejaba paralizado y corría hasta el baño más cercano con una petaca de vodka o una papelina de coca para calmar los nervios.

Riley se preguntó por un momento si era posible que estuviera leyendo acerca de otro Hazard. El tío al que había conocido era un fanático de la salud; no bebía ni salía de marcha, se acostaba alrededor de las nueve la mayoría de las noches y se levantaba tempranísimo para nada menos que meditar. Riley había dado por sentado que era vegano a raja-tabla (quizá por la barba rollo hípster y esos sarongs que llevaba todo el rato) hasta que le había visto comer pescado. Pero claro, razonó, ¿qué probabilidades había de que hubiera otra persona llamada Hazard cuya libreta hubiese acabado en la mochila de Riley? Cero.

Arrugó la frente. ¿Cómo podía haber juzgado tan mal a Hazard? ¿Era todo el mundo igual de complicado? Él, desde luego, no. ¿Conocía de verdad a alguna persona? Siguió leyendo, algo receloso.

Había dejado atrás hacía mucho tiempo el punto en el que era mínimamente divertido. Los subidones ya no eran tales, sino tan solo lo que necesitaba para sobrellevar la jornada. Mi vida se fue volviendo cada vez más pequeña, atrapado en aquella rueda deprimente.

Hace poco encontré una foto mía de cuando tenía unos veinte años, y caí en la cuenta de que me había perdido. Por aquel entonces era más o menos optimista y valiente. Viajaba, buscaba aventuras. Aprendí a tocar el saxofón, a hablar español, a bailar salsa y a hacer parapente. No sé si es posible volver a ser aquel hombre o si es ya demasiado tarde.

Hubo un momento, ayer mismo, en el que me descubrí mirando boquiabierto la fosforescencia del mar de China Meridional por la noche, y eso me hizo pensar que tal vez podría redescubrir aquella sensación de maravilla y de júbilo. Eso espero.
No creo que pueda soportar la idea de vivir el resto de mi existencia sin ningún subidón.
Y ahora ¿qué? No puedo volver a mi antiguo trabajo.

Aunque consiguiera juntarme con la gente de antes y trabajar en el mercado sin recaer, digamos que quemé mis naves. Cuando le dije a mi viejo jefe que dimitía (colocado, como es obvio, mi canto del cisne y esas cosas que se dicen), dejé caer que en la última fiesta de la oficina había compartido un gramo de coca con su mujer y me la había follado sobre el mismísimo escritorio ante el que estaba sentado. Después hice un chiste sobre que aquello sí que era un final feliz. No creo que me escriba unas referencias halagüeñas.

A esas alturas, a Riley se le habían salido los ojos de las órbitas. No creía que hubiese gente como Hazard en Perth.

En cualquier caso, trabajar en la City te consume el alma. Nadie crea nada de verdad, con la excepción de dinero. Nadie deja un legado. No se cambia el mundo de ningún modo que sea importante. Aunque pudiera volver, no lo haría.
La cuestión es: Riley, ¿qué vas a hacer tú ahora?

Riley lanzó un grito ahogado al ver su nombre escrito en la página, lo que hizo que la señora de mediana edad que estaba sentada a su lado lo mirase con curiosidad. Riley le sonrió, con aire de disculpa, y siguió leyendo.

El proyecto de la autenticidad no ha ido a parar a tu mochila por casualidad. Me he pasado las últimas cuatro semanas buscando a la persona adecuada para tomar el relevo. Te llevas la libreta de Julian de vuelta al mismo rincón del mundo del que me la llevé. Me pregunto si serás la clase de persona adecuada para hacerte amigo de Julian o amante de Monica. O las

dos cosas. ¿Irás a buscar el café? ¿Cambiarás la vida
de alguien? ¿Escribirás tu historia?
  Espero enterarme algún día de lo que pasa a
continuación, porque echaré de menos esta libreta.
En un momento en el que flotaba sin rumbo por el
espacio, me mantuvo conectado a la estación orbital.
  Bon voyage, *Riley, y buena suerte.*
  Hazard

Habían pasado dos días desde que Riley había llegado a Londres y todo le parecía aún surrealista, como si viviera en un programa televisivo de viajes. Su piso de Earl's Court parecía encontrarse en pleno centro de una obra gigantesca. Todo cuanto lo rodeaba estaba siendo demolido o reconstruido. Eso le causaba una sensación de inquietud, como si quedarse quieto lo expusiera a que alguien lo echara abajo y lo remodelase.

A veces, Riley deseaba no haber encontrado nunca *El proyecto de la autenticidad*. No le gustaba conocer secretos ajenos; le parecía una indiscreción. Aun así, una vez leídas sus historias, había sido incapaz de olvidarse de Julian, Monica y Hazard. Era como tener una novela a medias, llegar a interesarse por los personajes y luego dejársela en el tren antes de acabarla.

No había podido resistirse a echar un vistazo a la cafetería. Tenía curiosidad por ver a Monica y quizá también a Julian, para ver si de verdad coincidían con las imágenes que no podía quitarse de la cabeza. Era algo que no haría daño a nadie. Lo que no pensaba hacer, y así se lo prometió a sí mismo, era involucrarse. Aun así, mientas caminaba hacia el Café de Mónica, se había ido poniendo cada vez más nervioso, hasta el punto de que, para cuando llegó a la puerta, había olvidado por completo su deseo de ser un simple espectador y, después de ver a toda la gente que había dentro, giró el picaporte.

Antes de que supiera qué había pasado, se descubrió apuntándose a una clase de pintura impartida por el mismísimo Julian. Y ahora estaba paseando por aquel mercado alucinante con la mismísima Monica.

Era tan distinta de las chicas alegres, divertidas y poco complicadas con las que Riley salía en Australia. Tanto le daba por hacerle confidencias sobre la muerte de su madre como por cerrarse en banda de golpe y echarse a hablar sobre el margen de beneficios de los productos que compraba. Eso fue bastante ilustrativo. Él, con su negocio de jardinería, decidía los precios calculando los costes a ojo de buen cubero para luego añadir lo que pensaba que el cliente podía permitirse. Siempre salía perdiendo con el trabajo que hacía para la señora Firth (viuda reciente), pero al dueño del fondo de inversión libre que vivía calle abajo le cobraba el doble. Parecía la manera más justa de trabajar.

Decidió no comentárselo a Monica, que era muy… científica con los precios que ponía. Farfullaba sobre porcentajes, gastos indirectos y descuentos por cantidad y lo desgranaba todo sin una calculadora, para luego tomar notas en una libretilla que guardaba en el bolsillo.

Tratar de intimar con Monica era como jugar al escondite inglés: avanzabas poco a poco cuando no miraba, pero enseguida que se volvía y te veía moverte te mandaba de vuelta al principio. Sin embargo, en vez de desanimarlo, eso solo le hacía tener más ganas de conocerla.

Lo único que empañaba lo bien que Riley se lo estaba pasando, aparte de la extraña obsesión de Monica con las bacterias, era saber que debería hablarle de *El proyecto de la autenticidad*. Se le antojaba que era un embuste conocer más de ella de lo que ella sabía de él, que era, de manera innata, muy sincero. Lo que estaba a la vista era lo que había.

No se había visto capaz de mencionar la libreta al conocer a Monica, en mitad de aquella clase de arte. No parecía justo decir: «Por cierto, sé que estás desesperada por encontrar marido y tener un hijo» delante de toda aquella gente. Pero cuanto más lo postergaba, más difícil se volvía. Y llegados a ese punto, pese a que era en cierto modo egoísta, no quería echar a perder el día avergonzándola e incomodándola, algo que era inevitable si le confesaba que conocía sus secretos más íntimos. Se sentía como si caminara con una bomba a punto de explotar entre todos aquellos quesos, jamones y chorizos artesanos. Al final decidió no decir nada. Era muy posible que no volviera a ver a Monica después de aquel día, en cuyo caso, lo que ella no supiera no podía llegar a hacerle daño.

Y luego había acabado besándola.

Ella le hablaba de monumentos londinenses, o algo por el estilo; había perdido el hilo, hipnotizado por la revelación de que, con el pelo moreno, los labios rojos, la piel pálida y las mejillas sonrosadas por culpa del viento, era clavada a la Blancanieves de los dibujos de Disney. Era fuerte e intrépida; por lo general una chica como ella le daría un miedo tremendo. Sin embargo, había leído su historia. Sabía que, bajo aquella fachada dura, solo quería que alguien la rescatara. Sintiéndose por un fugaz momento como el apuesto príncipe del cuento, la besó y ella le correspondió. Con bastante entusiasmo, todo hay que decirlo.

Él se hubiese quedado así para siempre de mil amores, nariz contra nariz, en un puente sobre el Támesis, de no haber sido por el secreto que se interponía entre ellos, como una barrera. ¿Cómo diablos iba a contárselo ahora?

No estaba seguro de si maldecir a Hazard o darle las gracias.

Julian

Julian tenía invitados a tomar el té.

No recordaba la última vez en la que había tenido visitas de verdad, no gente que le pidiera el voto para un partido u otro o testigos de Jehová. Intentaba poner en práctica algo que en su opinión podría describirse como «desabarrotar» pero, al cabo de dos o tres horas de trabajo duro, apenas había hecho mella en la década de variadas adquisiciones que llenaban todos los rincones de su salón.

Necesitaba abrir hueco por lo menos para que todos se sentaran. ¿Cómo había dejado que las cosas llegaran a ese punto? ¿Qué diría Mary, que siempre había mantenido la casa como una patena? Quizá la compulsión de llenar hasta el último centímetro de espacio disponible se debía a que eso hacía que se sintiera menos solo, o a que cada uno de aquellos objetos llevaba imbuido el recuerdo de una época más feliz y estos habían demostrado ser más fiables que las personas.

Había llenado de cacharros los dos cubos de basura que había delante de su casa y luego había abierto la puerta del armario del hueco de la escalera y había embutido dentro cuanto había cabido: libros, revistas, una pila de discos de vinilo, tres pares de botas de agua, una raqueta de tenis, dos lámparas que ya no funcionaban y un traje de apicultor, vestigio de un hobby efímero de dos décadas atrás. Al acabar tuvo que apoyar la espalda en la puerta para poder cerrarla. Ya lo ordenaría todo bien más adelante. Por lo menos había despejado el sofá y unas sillas.

Sonó el timbre. ¡Llegaban puntuales! Julian no se lo esperaba. Él siempre se presentaba en los compromisos sociales por lo menos media hora tarde; le gustaba tener público para sus entradas. A lo mejor la puntualidad era la última moda. Tenía mucho que aprender.

Salió de la casita y caminó hasta la puerta negra que daba a Fulham Road. La abrió con su habitual floreo e hizo pasar a los tres invitados: Monica, aquel australiano guapito, Riley, y Baz. Le explicaron que Benji se había quedado atendiendo el negocio.

—¡Pasad, pasad! —dijo al ver que los tres se quedaban plantados, contemplando boquiabiertos el patio empedrado, con su fuente borbotante en el centro, sus cuidados céspedes, sus antiguos frutales y la pequeña aldea de estudios independientes.

—Caramba —exclamó Riley—. Este sitio es alucinante.

Julian hizo una mueca al oír aquella expresión banal, acentuada por la entonación ascendente australiana, pero decidió dejarlo correr. No era momento para una lección sobre la belleza y versatilidad de la lengua.

—Me siento como la niña de *El jardín secreto* cuando sigue al petirrojo y descubre el lugar mágico que se esconde detrás del muro —dijo Monica. Era mucho más lírica que Riley, observó Julian con aprobación—. Es como viajar a una época diferente en otro país.

—Lo fundaron en 1925 —informó Julian, animado por aquel entusiasmo—. Fue un escultor llamado Mario Manenti. Italiano, obviamente. Se inspiró en la villa que tenía cerca de Florencia, para sentirse como en casa cuando viajaba a

Londres, y solo alquilaba los estudios a otros pintores y escultores de talante parecido. Ahora, por supuesto, los han convertido todos en apartamentos. Yo soy el último artista que queda y ni siquiera yo he pintado desde que Mary...

Dejó la frase en el aire. ¿Por qué no había comprendido que Mary era su musa hasta que se fue? Había dado por supuesto que una musa debía ser etérea y pasajera, no la persona que siempre estaba presente, la que se daba por descontada. Quizá si hubiera entendido aquello, las cosas habrían sido diferentes. Procuró reponerse; no era momento para la introspección y los remordimientos. Estaba ocupado.

Los acompañó hasta la puerta pintada de azul brillante por la que se entraba a su casa.

—¡Mira qué suelo! —le dijo Monica a Riley señalando los tablones de madera que alfombraban toda la planta baja; estaban cubiertos casi por completo de manchas de pintura, como si hubiese explotado un arco iris en el techo, aunque en algunos lugares las ocultaban unas vistosas alfombras kilim de estilo marroquí—. Es casi una obra de arte en sí mismo.

—No os quedéis ahí como pasmarotes. ¡Sentaos, sentaos! —dijo Julian mientras los dirigía hacia las sillas y el sofá recién despejados alrededor de una mesa de centro consistente en una pieza grande de cristal biselado sostenida sobre cuatro pilas de libros antiguos. Delante de ellos, riéndose en la cara de la normativa municipal de contaminación del aire, ardía un alegre fuego en la chimenea.

—¡Té! ¿English Breakfast, Earl Grey o Darjeeling? A lo mejor hasta yo me tomo uno de menta. A Mary le gustaba —dijo Julian.

Mientras su anfitrión trasteaba en la pequeña cocina americana y metía unos sobres en la tetera, Monica buscó el té de menta en el estante que Julian le había indicado. Al final encontró una lata con una vieja etiqueta amarillenta donde ponía MENTA. Abrió la tapa para sacar una bolsita y dentro encontró un papelito doblado. Lo desplegó con cuidado y leyó lo que decía en voz alta:

—«RECUERDA OFRECER SIEMPRE UNA GALLETA A TUS INVITADOS.»

Julian dejó la tetera y se tapó la cara con las manos.

—Ay, Dios. Es una de las notas de Mary. Antes las encontraba a todas horas, pero es la primera nueva que veo en mucho tiempo. Está claro que le preocupaba cómo me las apañaría solo porque, en cuanto supo que se iba, empezó a esconder notas por toda la casa para darme consejos útiles. Maldita sea, me he olvidado de las galletas. Pero que no cunda el pánico: ¡tengo *crumpets*!

—¿Cuánto hace que murió, Julian? —preguntó Monica.

—El cuatro de marzo se cumplirán quince años —respondió él.

—¿Y no has abierto esta lata desde entonces? Creo que me paso al English Breakfast.

Monica paró delante de un dibujo a lápiz, clavado en el estante de encima de los fogones; era una mujer removiendo un puchero grande mientras sonreía mirando por encima del hombro.

—¿Esta es Mary, Julian? —preguntó.

—Sí, señora. Es uno de mis recuerdos favoritos. Los verás por toda la casa. En el baño hay uno de ella cepillándose los dientes y allí dentro —añadió señalando hacia el salón— la tienes acurrucada en su sillón con un libro. No creo en las fotografías. No tienen alma.

Se sentaron en torno al fuego en diversos grados de comodidad, en función de cuál de los variados muebles en estado de descomposición de Julian les hubiera tocado en suerte, y tostaron *crumpets* sobre las llamas.

—Me siento como si me hubiera teletransportado a una novela de Enid Blyton —dijo Baz—. Julian es igualito que el tío Quintín. Monica, ¿vas a sugerir que vayamos de excursión a la isla Kirrin con una lata de sardinas y refrescos de jengibre a tutiplén?

Julian no estaba muy convencido con la idea de ser el tío Quintín. ¿No era un pedófilo?

—Me pregunto si podríais ayudarme con una cosa —dijo.

—Claro —respondió Baz sin dudarlo ni esperar siquiera a oír lo que Julian les iba a pedir.

—Llevo un tiempo pensando que a lo mejor necesito un teléfono móvil. Para que podáis poneros en contacto conmigo si surge algún problema con la clase de pintura o algo por el estilo.

Después de soltar aquello, deseó poder retirarlo. No quería parecer necesitado de atención ni hacer que nadie se sintiera obligado a llamarle.

—¿De verdad que no tienes móvil? —preguntó Baz, con la incomprensión absoluta de quien había nacido tras la invención de internet.

—Bueno, no es que haya sido muy móvil de un tiempo a esta parte y no suele llamarme nadie, de modo que ¿para qué lo hubiese querido? Uso eso. —Señaló hacia una esquina, donde había un teléfono verde oscuro de baquelita, con un disco para los números y un auricular macizo unido al aparato por un cable enroscado. Monica se acercó para verlo mejor. En el círculo del centro del dial ponía FULHAM 3276—. Además —prosiguió Julian—, un teléfono como ese puedes colgarlo de un golpe. Eso no puede hacerse con un móvil. Imagínate, una generación entera que jamás conocerá el placer de colgar el teléfono de un golpe.

—Mis padres tenían un teléfono como este en el recibidor, cuando era pequeña —dijo Monica.

—En realidad sí que he tenido teléfono móvil. Podría decirse que fui un pionero —les explicó Julian—. Me regalaron uno de los primeros modelos para que lo probase, ya que yo estaba bastante de moda en aquel entonces y una de las revistas quería entrevistarme acerca de si creía que triunfarían. Es probable que lo tenga todavía en alguna parte.

Intentó levantarse del sillón, pero era mucho más hondo que el que usaba normalmente. Baz le tendió una mano y le ayudó a ponerse en pie.

—Gracias, Baz —dijo—. Hoy en día, si me quedo sentado muchísimo tiempo, parece que todo se me agarrota.

—Tendrías que empezar a hacer taichí, como mi abuela —sugirió Baz—. Está encantada; no empieza el día de otra manera. Dice que así mantiene el cuerpo en movimiento y la cabeza despierta.

—¿Y qué, pronosticaste que triunfarían? Los móviles, digo —preguntó Monica.

—¡No! —respondió Julian con una carcajada—. ¡Dije que ninguna persona cuerda querría estar localizable a todas horas, que desde luego no era mi caso y que suponía una invasión de la intimidad!

Se puso de puntillas para llegar a un estante alto de un rincón de la sala y bajó una caja de cartón grande y polvorienta. Dentro había un teléfono que a duras penas podría describirse como móvil. Tenía forma de ladrillo, con una antena larga y gruesa que sobresalía por la parte de arriba, y era más grande que el bolso de Monica. Haría falta un maletín para transportarlo.

—Julian, es el mismo modelo exacto que tenía Gordon Gecko en *Wall Street* —señaló Riley—. Podrías venderlo por eBay por una fortuna. Es toda una pieza de coleccionista.

—También tuve un Nokia mucho más moderno —dijo Julian—, ya en los noventa, pero cuando dejó de funcionar, después de que Mary se fuese, no me molesté en reemplazarlo. Nunca he tenido uno de esos teléfonos listos.

—Inteligentes —corrigió Riley.

—Pero acceso a internet tendrás, ¿no? —preguntó Baz, horrorizado—. ¿Un ordenador portátil o algo así?

—Tampoco soy un ludita acabado, jovencito. Tengo ordenador. Me mantengo al día. Leo los periódicos y todas las revistas de moda, y veo la televisión. ¡Sospecho que sé incluso más que tú sobre las influencias de la moda primavera/verano de 2019! Al fin y al cabo, si algo me sobra es tiempo libre.

Baz cogió una viola que estaba apoyada en una librería, cubierta por una fina capa de polvo.

—¿Tocas, Julian? —preguntó.

—No es mía, es de Mary. Déjala en su sitio, por favor. A Mary no le gusta que nadie toque su viola.

Nada más decirlo, cayó en la cuenta de que había empleado un tono innecesariamente cortante y que cualquiera podría acusarle de exagerar. El pobre Baz parecía un poco cortado.

—¿Puedo usar tu letrina? —preguntó Riley, ofreciendo una oportuna distracción.

¿La «letrina»? Aquello era el centro de Londres y no la Australia rural. Julian decidió dejarlo correr y señaló la entrada a Riley.

Un estrépito enorme hizo que Monica se derramase sobre el regazo un poco del té que estaba tomando. Se volvieron todos para mirar a Riley, que estaba paralizado y atónito, rodeado de una montaña de objetos que habían salido del armario de sopetón, como un muñeco de resorte de su caja. Un montón de discos, que se habían salido de sus fundas, botas de agua y revistas y, en equilibrio sobre todo lo demás, una máscara de apicultor.

—Creo que me he equivocado de puerta —les gritó mientras intentaba meter todos aquellos trastos en el armario.

Era un cometido imposible, pues la montaña de cacharros parecía ocupar el doble de espacio del que había bajo la escalera.

—Déjalo, querido —dijo Julian—. Ya lo ordenaré luego. Tengo que hacer un viajecito al vertedero.

—¡Ni se te ocurra, Julian! —exclamó Riley con cara de espanto—. Seguro que aquí hay auténticos tesoros. Te ayudaré a venderlos por internet.

—No me atrevería a pedirte tanto —protestó Julian—. Seguro que tienes cosas mucho mejores que hacer con tu tiempo. O, por lo menos, tendría que pagarte unos honorarios justos.

—A ver qué te parece: me das un diez por ciento de todo lo que saque y los dos contentos. Tú te libras de una parte de los trastos y yo saco dinero para mi viaje. Me muero de ganas de ver París.

—Y yo puedo ayudarte con el teléfono —terció Monica—. Hace poco cambié de iPhone para comprarme una versión más nueva, o sea que puedes quedarte con el antiguo. Te conseguiremos una tarjeta SIM de prepago.

Julian miró a Riley y Monica, que para entonces estaban sentados uno al lado del otro en el sofá. O mucho se equivocaba, o el chico estaba un poco embelesado. Había observado, con su ojo de artista para los detalles posturales, que imitaba los gestos de Monica y se sentaba un poquito más cerca de ella de lo que cabría esperar (aunque eso podría ser efecto de los muelles a la vista y el relleno que escapaba del sofá a su izquierda).

Ay, el optimismo de la juventud.

Monica

Monica pasaba el trapo por la barra para dejarla limpia antes de abrir. Echó un chorrito de la botella de limpiador que tenía en la mano e inspiró el satisfactorio aroma a pino. Cayó en la cuenta de que estaba tarareando. No era una persona dada a ello por naturaleza, pero de un tiempo a esa parte, sorprendentemente, tenía bastantes motivos para canturrear.

Desde que había puesto en marcha la clase de pintura, se habían interesado por su local un círculo de aficionados al punto y una clase de yoga para embarazadas. El Café de Monica parecía estar convirtiéndose en un centro de atracción para la comunidad local, tal y como había soñado desde que vio por primera vez la tienda de chucherías cerrada. Por si fuera poco, cuando la noche anterior se había sentado a encorralar sus números, las cuentas casi, casi habían cuadrado. Por primera vez, atisbaba un destello de liquidez al final del túnel de su descubierto.

Y luego estaba Julian. Le encantaba sinceramente su compañía y sus clases de arte, pero también la cálida sensación de satisfacción en sí misma que se experimentaba al hacer una buena obra, al haber cambiado a mejor la vida de otro. No era una sensación que se tuviera a menudo cuando se trabajaba para un bufete de derecho corporativo.

Monica cayó en la cuenta de que había empezado la clase de pintura como una manera de ayudar a otra persona, pero que a esas alturas parecía estar siendo más útil para ella misma. No había creído en el karma hasta entonces.

Y la guinda del pastel era Riley. Desde luego, ella sabía que no era el pastel entero. Si daba demasiadas vueltas a su relación, o se planteaba un plazo demasiado largo, sabía que lo suyo no se ajustaba a sus criterios habituales. De manera que no le daba vueltas; se mantenía en el presente, aceptaba cada día tal y como le venía y se limitaba a disfrutar. ¿Quién sabía qué la esperaba al doblar la esquina o cuánto tiempo se quedaría Riley en Londres?

Como es obvio, no era una actitud que le saliera de forma natural. Monica precisaba mucha planificación y trabajo duro para estar tan relajada. Se levantaba media hora antes de lo normal para hacer sus saludos al sol y repetir sus mantras.

«Ayer es historia, mañana es un misterio, hoy es un regalo», recitaba para sus adentros mientras se cepillaba los dientes. «No es que la gente feliz sea agradecida, sino que la gente agradecida es feliz», decía mientras se cepillaba el pelo.

Monica se encontraba bastante orgullosa de aquella novedosa disposición a estar casi a punto de dejarse llevar. Lo normal a esas alturas sería que, en su cabeza, hubiese dado al botón de avance rápido de su vida hasta determinar en qué momento se casarían ella y Riley, cómo se llamarían sus hijos y de qué color serían las toallas del baño de invitados (blancas).

Pensó en todos los libros de autoayuda que había comprado, los cursos de *mindfulness* a los que había asistido y las aplicaciones de meditación que atiborraban su iPhone. Tanto esfuerzo derrochado en intentar no preocuparse por el futuro, cuando en realidad lo único que necesitaba era a alguien como Riley, porque estaba segura de que su cambio de actitud se debía a él.

La mayoría de los hombres a los que Monica conocía tenían complejos. Se avergonzaban del instituto al que habían ido, la casa en la que habían crecido, su carencia de abdominales marcados o el número de muescas de la cabecera de su cama. Riley, sin embargo, parecía comodísimo siendo él mismo. Era un dechado de franqueza, tranquilidad y sencillez. No era un hombre misterioso que escondiera una profundidad insospechada pero, en compensación, era sincero y transparente a más no poder. Riley jamás se estresaba pensando a largo plazo. En realidad, directamente no parecía que pasara demasiado tiempo pensando en nada, pero nadie era perfecto. Y su actitud parecía contagiosa. Por una vez, Monica no sentía necesidad de practicar juegos ni construir muros protectores a su alrededor.

El día anterior habían ido a tomar el té a aquel extraordinario salto en el tiempo que era la casa de Julian. A Monica le había encantado, a pesar de los evidentes riesgos para la salud. No había podido contener un alarido al entrar en la cocina y prácticamente chocar contra una repugnante tira amarilla que colgaba del techo y estaba cubierta por los minúsculos cadáveres resecos de centenares de insectos. Su horror había sido acogido por Julian con una absoluta indiferencia y el comentario de que «solo era una tira atrapamoscas». ¿«Atrapamoscas»? Pero ¿eso existía? Hasta Julian tenía que ser consciente de que no era muy aconsejable tener cuerpos muertos en un área de preparación de comidas.

Habían tostado *crumpets* sobre un fuego de verdad (intentó no pensar en los efectos sobre el cambio climático y en todos aquellos bebés de oso polar separados de sus madres por culpa de los témpanos de hielo derretidos) con auténticos tenedores para tostar. Se había sentado junto a Riley en el sofá y, cuando nadie miraba, él le había apretado la mano.

Después del té, Riley la había acompañado y había subido a su piso. No lo habían hablado; ni ella le había invitado ni él se lo había pedido. Había sucedido, sin más; espontáneamente. Monica había hecho la cena para los dos con las cuatro cosas que había encontrado en la nevera y los armarios: pasta al pesto y una ensalada de tomate, mozzarella y albahaca. Según él, era la mejor comida que tomaba desde hacía semanas. Monica sonrió al recordar las cenas meticulosamente planificadas y ejecutadas que había ofrecido a los hombres en el pasado: suflés, flambeados y reducciones que en su mayor parte no habían recibido ni por asomo una acogida tan entusiasta.

Se había producido un momento de tensión cuando vio a Riley examinando su librería. De haber previsto aquella cena romántica para dos, habría retirado algunos de los libros. Sintió un bochorno especial ante la idea de que fuese a fijarse en *¿De verdad está tan loco por ti?*, *Ignore the Guy, Get the Guy*, *Cómo conquistar marido* y *Los hombres son de Marte, las mujeres de Venus*. Monica veía esas lecturas como un trabajo preliminar con fines prácticos. Abordaba las citas como cualquier otro proyecto: había que informarse de antemano, trazar un plan y fijarse unos objetivos. Sin embargo, lo más probable era que Riley lo viera como algo obsesivo. Ninguno de los dos había mencionado los libros de autoayuda y el momento de incomodidad había pasado enseguida.

Riley no se había quedado a dormir. Habían visto una película de Netflix, se habían acurrucado juntos en el sofá y habían compartido un cuenco de triángulos de maíz. Pasaron buena parte de aquel tiempo besándose y bromeando sobre que se habían perdido el desarrollo de casi todas aquellas líneas argumentales tan enrevesadas. Ella, mientras, buscaba idear una manera de desengañarlo con buenas maneras si trataba de ir más allá y luego se llevó un chasco bastante grande al comprobar que ni siquiera lo intentaba.

Julian

Julian no estaba nada acostumbrado a que su interfono sonase a las siete y media de la mañana. Aunque, claro, desde que había arrancado *El proyecto de la autenticidad* habían pasado muchas cosas nuevas y extrañas. Todavía iba en pijama, de manera que se puso la chaqueta más cercana que pudo encontrar (Alexander McQueen circa 1995, con unas charreteras maravillosas y alamares dorados) y un par de botas de agua de las que habían brotado del armario del hueco de la escalera, y salió a la puerta de la calle.

Tuvo que bajar la vista dos palmos desde la atalaya de su metro ochenta para ver a su visitante. Era una señora china menuda como un pajarillo, con la cara como una nuez, los ojos como pasas y una mata de pelo canoso corto y revuelto. Era, muy posiblemente, más vieja incluso que él. Estaba tan absorto mirándola que se olvidó de hablar.

—Me llamo Betty Wu —dijo la recién llegada, con una voz mucho más grande que ella y sin dar muestras de que la impresionara aquel hombre vestido con una mezcla de alta costura, ropa raída de dormir y calzado impermeable—. Vengo para el taichí.

—¿Taichí? —repitió Julian, consciente de que estaba pareciendo bobo.

—Mi nieto, Biming, dice que quieres aprender taichí —explicó ella, poco a poco, con el mismo tono que se usa para hablar con un idiota o un niño muy pequeño.

—¿Biming? —repitió Julian, sonando como un idiota o un niño muy pequeño—. Ah, ¿se refiere a Baz?

—No sé por qué no le gusta nombre chino. ¿Tiene vergüenza? —preguntó con un resoplido la señora llamada Betty—. Dice que quieres que te enseñe taichí.

Julian no había dicho nada semejante, pero comprendía que no serviría de nada discutir con aquella fuerza de la naturaleza.

—Esto… no la esperaba, de modo que no voy exactamente vestido para la ocasión —protestó Julian, que sabía, mucho mejor que la mayoría, lo importante que era llevar la ropa adecuada—. ¿A lo mejor podemos empezar en otro momento?

—No hay mejor momento que presente —dijo la señora Wu, estrechando sus ojos ya estrechos para mirarlo a la cara—. Quítate el abrigo y botas grandes. —Fulminó con la mirada sus katiuskas, como si fueran una grave ofensa contra ella—. ¿Tienes calcetines gordos? —Julian, que llevaba puestos sus calcetines de lana más abrigados para dormir, asintió en silencio.

La señora Wu avanzó hasta el centro del patio enlosado mientras, con un contoneo de hombros, se quitaba el abrigo de lana negra, que luego dejó en el banco de hierro forjado para revelar unos pantalones negros anchos, ajustados con un cordón, y una blusa gris pálido. Aunque hacía frío, un desvaído sol invernal alumbraba el recoleto patio. Una ligera escarcha centelleaba como polvos mágicos.

—Yo hablo, tú copias —ordenó la señora Wu mientras se colocaba con las piernas algo separadas y dobladas por las rodillas y levantaba los brazos con un movimiento extravagante y circular por encima de su cabeza, como una grulla gigante, respirando por la nariz de forma exagerada—. El taichí es bueno para postura, circulación y flexibilidad. Hace vivir más. Yo tengo ciento cinco años. —Julian la miró pasmado, sin saber muy bien qué responder sin resultar maleducado, pero luego la vio sonreír de oreja a oreja, para lo cual reveló una dentadura mellada y no lo bastante grande para su boca—. ¡Solo es broma! Taichí bueno, pero no tan bueno.

La señora Wu dobló de nuevo las rodillas y luego se volvió hacia un lado mientras plegaba un brazo a su espalda y extendía el otro hacia delante con la palma hacia fuera, como si quisiera detener a un intruso.

—La clave del taichí es el equilibrio del yin y el yang. Si empleas dureza para resistirte a la fuerza, los dos lados se rompen. El taichí opone suavidad a dureza, hasta que la fuerza entrante se agota sola. Es filosofía para la vida también. ¿Entiendes?

Julian asintió, aunque le estaba costando procesar todo lo que decía la señora Wu a la vez que imitaba sus movimientos. La multitarea nunca había sido su fuerte; por eso no había llegado a dominar el piano: era incapaz de conseguir que sus dos manos hicieran cosas distintas al mismo tiempo. En esos instantes, hacía equilibrios sobre el pie izquierdo con el codo derecho pegado a la rodilla del mismo lado.

—Cuando llegamos, en 1973, dos hombres entraron en restaurante y dicen: «Vuelve a China y lleva contigo tu asquerosa comida extranjera». Yo digo: «Estáis enfadados. Enfado sale del estómago. Sentaos. Os traigo sopa. Gratis. Os sentará bien». Comieron mi sopa de wonton. Receta de mi abuela. Son clientes de restaurante desde hace cuarenta años. Opón suavidad a la fuerza. Receta para la vida. Ahora entiendes.

—Y, extrañamente, así era.

Mientras Julian seguía imitando los amplios movimientos

circulares de la señora Wu, un petirrojo bajó volando y le recordó la descripción que había hecho Monica de su Jardín Secreto. El pajarillo se posó en el borde de la fuente de piedra, ladeó la cabeza y miró a Julian, como si se preguntase qué estaba haciendo. «No me extraña», pensó Julian mientras se bamboleaba a la pata coja.

Transcurrida una media hora, la señora Wu unió las manos como si rezara e hizo una reverencia hacia Julian, quien, sin dejar de copiarla, inclinó la cabeza hacia ella.

—Está bien para primera lección —dijo ella—. En China decimos «una comida no pone gordo». Hay que hacer poco y a menudo. Te veo mañana. Misma hora. —Recogió su abrigo y se lo puso con un único movimiento fluido.

—¿Qué le debo por la lección? —preguntó Julian.

Betty inspiró por la nariz con tanta fuerza que las narinas se le pusieron blancas.

—¡No pagas! Eres amigo de Biming. Eres artista, ¿no? Enséñame a pintar.

—Vale —exclamó Julian mientras Betty salía por la puerta con paso decidido—. La veo en mi clase de pintura del lunes. Vaya con Baz; quiero decir, Biming.

Sin volverse, la señora Wu alzó la mano en ademán de que lo había oído, se marchó y dejó atrás un patio que se antojaba más vacío que antes de su llegada, como si hubiera absorbido parte de su energía y se la hubiese llevado con ella.

Julian cogió la chaqueta y las botas de agua y volvió a meterse en su casa, caminando con un garbo que hacía mucho tiempo que no sentía.

Los viernes parecían llegar antes, pensó Julian mientras caminaba hacia el almirante. El tiempo desde la última visita se le había pasado en un suspiro. En esa ocasión se sorprendió menos al ver que ya había unas cuantas personas apoyadas en el panteón de mármol, abrigadas con chaquetas y bufandas. Al acercarse un poco más distinguió a Riley, Baz y la señora Wu.

—Le he dicho a la abuela que venía —explicó Baz— y ha insistido en traer un poco de sopa de wonton.

—Hoy hace frío. Mi sopa calienta el cuerpo, calienta el alma —dijo la señora Wu mientras vertía sopa de un termo enorme en cuatro tazas que Baz había llevado hasta allí en una cesta de mimbre.

—Siéntese, por favor, señora Wu —pidió Julian mientras señalaba la losa de mármol que había encima del almirante.

No le preocupaba tanto la comodidad de la señora como el hecho de que estaba plantada encima de Keith.

—¡Por Mary! —brindó Riley, alzando la taza.

La señora Wu arqueó las cejas para formar dos orugas curiosas.

«Su mujer. Muerta», explicó Baz a su abuela moviendo los labios.

—¡Por Mary! —replicaron todos.

Riley

Riley estaba ordenando el armario de debajo de la escalera de Julian. Era como la TARDIS de *Doctor Who*: mucho más grande por dentro de lo que nadie imaginaría desde fuera. Se preguntó si, cuando por fin llegara hasta el fondo, se descubriría en otro universo. O en Narnia, quizá. Desde luego, no le sorprendería que estuviera nevando ahí atrás; en aquella casa helaba sin la chimenea encendida.

Había dedicado un día de la semana anterior a fotografiar algunos de sus hallazgos y subirlos a eBay, y ya había ganado más de setenta y cinco libras en comisiones. Si tan solo Julian le dejase revolver un poco en aquel vestidor, podrían sacar una fortuna. Se lo había sugerido, pero él le había replicado con un gruñido: «No venderás ni un solo calcetín». Por si no había quedado lo bastante claro, se había plantado en el quicio de la puerta con aquellos brazos largos extendidos de parte a parte para impedirle la entrada, como un gigantesco insecto palo mutante.

Riley estaba rodeado por tres grandes montones. Uno lo formaban los artículos que en su opinión se venderían bien, otro correspondía a trastos para tirar y el último era lo que debía guardarse.

Había llegado poco antes de las diez de la mañana, sabedor de que Julian saldría a dar su paseo de todos los días. Este ralentizaba el proceso de forma considerable. Rondaba a Riley como un halcón y de pronto se abatía sobre él, sacaba un jarrón roto del montón de la «basura» y exclamaba:

—Esto me lo regaló Charlie después de mi exposición de 1975 en New Bond Street. ¡Lo vendí todo en dos días! Vino la princesa Margarita, ¿sabes? Creo que le hice gracia. —Mirada teatral hacia el infinito—. A Mary no le gustó. Ni un pelo. ¡Lleno de peonías rosas, si mal no recuerdo! Imposible tirarlo, joven Riley. No, no, no. De ninguna manera.

Esa mañana, después de una hora trabajando a sus anchas, Riley había avanzado mucho. En cuanto Julian volviera, acometerían el largo y tortuoso proceso negociador, que si resultaba soportable era solo porque Julian intercalaba sus maravillosas anécdotas, coloridas y picantes, de los años sesenta, setenta y ochenta.

Cogía del montón uno de los vinilos, le quitaba el polvo y lo ponía en el antiguo tocadiscos, mientras obsequiaba a Riley con batallitas sobre sus juergas con Sid Vicious y Nancy o sus ligues con la banda sonora del «Heart of Glass» de Blondie. Riley no estaba muy seguro de cuánto creerse. Se diría que Julian había estado presente en todo acontecimiento social de importancia de la historia reciente, desde una cena con las modelos Christine Keeler y Mandy Rice-Davies hasta la fiesta en la que arrestaron a Mick Jagger y Marianne Faithfull por posesión de marihuana.

El día anterior, había dado a conocer a Riley los Sex Pistols, Talking Heads y Frankie Goes to Hollywood. Cuando fantaseaba sobre su viaje a Londres sentado en la playa de Perth nunca había imaginado que pasaría su tiempo tocando una guitarra imaginaria mientras un anciano berreaba la letra de «Anarchy in the UK» al gollete de una botella de cerveza vacía transmutada en micrófono. Cuando la canción (si así podía llamarse) se acercaba a su final, había observado con cierta alarma que los ojos de Julian se empañaban.

—¿Estás bien, Julian? —le había preguntado.

—No pasa nada —había contestado él, mientras agitaba delante de la cara una mano como una polilla moribunda—. Es solo que, cuando escucho canciones como esta, es de golpe como si estuviera allí. Me veo rodeado otra vez por aquellas personas extraordinarias, mis amigos, en aquella época increíble. Entonces termina el tema y recuerdo que no soy más que un viejo al que solo le quedan una aguja polvorienta que cabecea sobre el vinilo liso y demasiados remordimientos.

Riley no sabía qué replicarle. ¿Qué era eso de una aguja?

El viaje de Riley a Londres le estaba proporcionando los mejores momentos y los peores momentos de su vida. La ciudad le encantaba, a pesar del frío helador. Había hecho unos amigos maravillosos. El único problema era Monica. Cuanto más tiempo pasaba con ella, más la admiraba. Adoraba su determinación, su espíritu de lucha y su feroz intelecto. Adoraba cómo se había hecho cargo de Julian y la elegancia con que lo había incorporado a su círculo de amistades para hacerle sentir útil e interesante en vez de compadecido. Adoraba la pasión que demostraba por la cafetería y sus clientes. El mero hecho de estar con Monica hacía que se sintiera más valiente, enérgico y lanzado.

Sin embargo, aborrecía que toda su relación estuviese basada en una mentira. O, por lo menos, en una omisión de la verdad. Y cuanto más tiempo dejaba pasar, más difícil se volvía confesarlo todo. ¿Cómo iba a reaccionar ella cuando se descubriera objeto de la compasión de un excocainómano? La noticia la enfurecería. O la hundiría. O la humillaría. O las tres cosas a la vez.

Riley intentaba por todos los medios olvidar *El proyecto de la autenticidad*, pero la información que había leído allí no podía borrarse sin más. En circunstancias normales se limitaría a relajarse y disfrutar del tiempo que pasara con una amante en potencia, a dejarse llevar y a verlas venir. Pero con Monica era demasiado consciente de lo que ella había escrito en la libreta. Sabía que ella deseaba una relación estable, casarse, tener hijos y toda la pesca, pero él solo buscaba pasárselo bien mientras recorría Europa. ¿O no?

El espíritu de Hazard había sobrevolado incluso la encantadora velada que había pasado en el piso de Monica. Al recordar su hipótesis sobre la librería alfabetizada de Monica, no había podido resistirse a comprobarla. Resultó que no tenía los libros colocados en orden alfabético, sino por colores. Era más agradable a la vista, le había explicado.

La verdad era que partía con demasiada información y que Monica no tenía la suficiente, y eso estaba complicándolo todo. Ni siquiera era capaz de decidir cuánto le gustaba Monica sinceramente y qué parte de esos sentimientos se debían a las artes casamenteras de Hazard. Si hubiese partido de cero, ¿le habría gustado menos? ¿O quizá más? Lo más probable era que no se hubieran llegado a conocer.

Hasta que había topado con *El proyecto de la autenticidad*, Riley había sido auténtico de la cabeza a los pies. Desde entonces era un farsante.

La única solución que veía era asegurarse de que la relación no fuera a más. Así, cuando siguiera su viaje al cabo de unos meses, Monica no lo pasaría tan mal y —lo más crucial— no se enteraría de cómo había empezado todo. Eso significaba que se habían acabado los besos. Bueno, tampoco había que exagerar, porque además ya era un poco tarde para eso (y no lo lamentaba en absoluto), pero el sexo quedaba rotunda y categóricamente descartado. A Riley se le daba bien tratar el sexo con desenfado, pero tenía grandes sospechas de que Monica no lo vería igual.

Hazard

Hazard se sentía como si estuviera atrapado en el tiempo en el día de la Marmota. Todos los días hacía sol. Todos los días seguía la misma rutina: meditación con Neil, paseo por la playa, nadar, leer en la hamaca, comida, siesta, nadar, cena, cama. Era consciente de que era una «vida soñada». Vivía en la foto del salvapantallas que iluminaba miles de oficinas. Debería sentirse agradecido a más no poder. Pero se aburría. Se aburría como una ostra, como una mona; se moría de aburrimiento.

Cayó en la cuenta de que no tenía ni idea del día de la semana que era. Antes su vida entera estaba sometida a la tiranía del calendario: el abatimiento de la noche del domingo, el cruel despertar del lunes por la mañana, la joroba de indiferencia del miércoles y la euforia del viernes noche. Y de pronto, ni idea. Iba a la deriva.

Todos los días se marchaba de la playa por lo menos una persona y llegaba al menos otra, aunque por lo general eran varias, de manera que siempre había alguien nuevo a quien conocer. Pero, al cabo de un tiempo, aquellas conversaciones se difuminaban hasta convertirse en una sola. «¿De dónde eres? ¿Adónde irás después? ¿A qué te dedicas en tu país?» Se limitaban a patinar por la superficie de las fórmulas de presentación y luego se marchaban. Aquel no parar de principios constantes, sin etapas intermedias ni finales satisfactorios, resultaba agotador.

Unas semanitas más, se dijo Hazard, y ya estaré lo bastante fuerte para seguir adelante, para resistirme a la tentación, para volver a casa.

Pasaba cada vez más tiempo pensando en casa. Por extraño que pareciese, no en su familia ni sus amigos; esos recuerdos llevaban aparejados demasiados remordimientos. Ya se sabía todo el rollo de «reparar el daño». Una tarde, alrededor de un año atrás, había recibido una llamada de una chica llamada Wendy, que le informó de que estaba practicando «los pasos». La conversación se extravió durante un rato porque Hazard creyó que se refería a una clase de baile. Wendy le había explicado que el noveno paso de los doce que contenía el programa de Alcohólicos Anónimos era «reparar el daño», de manera que llamaba para disculparse por haberle engañado unos años antes. No le había contado que estaba casada. Hazard se había quedado un poco desconcertado, ya que había tenido que pasar hacia arriba muchas fotos antiguas de su iPhone antes de recordar nada de ella. Pero de pronto se acordaba mucho de Wendy y de su insistencia en que «hacer reparaciones a las personas a quienes hemos perjudicado» era crucial para recuperarse. Había que reconstruir todos aquellos puentes quemados, pero todavía no. Estaba demasiado lejos y resultaba demasiado difícil, de manera que lo archivó en el cajón de «ocuparse de ello al llegar a casa».

Entretanto, como era mucho más sencillo y estaba mucho menos entreverado de odio a sí mismo, pensaba en Julian, Monica y Riley.

¿Había convencido Monica a Julian de que impartiera su clase de pintura? ¿Se sentía este menos solo? Y el interrogante que más lo tenía en ascuas: ¿había encontrado Riley a Monica, y era el hombre de sus sueños? Hazard se sentía como un escritor que hubiera empezado una narración y después, a la mitad, hubiera visto cómo sus personajes se salían de la página y empezaban a actuar por su cuenta. ¿Cómo osaban? ¿No eran conscientes de que se lo debían todo? Sabía lo improbable que era un final feliz pero, sentado en su hamaca, en aquel entorno bello hasta lo inverosímil y totalmente al margen de la realidad, todo parecía posible.

Hazard se regodeaba en la agradable y novedosa sensación de haber hecho una buena obra. Algo desinteresado; considerado. Siempre que Riley colaborase, habría cambiado una vida. ¡Qué agradecida estaría Monica! Aunque él tampoco necesitaba que le dieran las gracias, por supuesto.

Descolgó de la hamaca una pierna bronceada y se impulsó contra los listones de madera de su porche con los dedos de los pies para mecerse suavemente de un lado a otro. Se maldijo por no haber apuntado el número de móvil de Riley ni la dirección en la que se alojaría. Ni siquiera sabía su apellido. Ojalá pudiera mandarle un simple mensaje de texto para decirle: «Hola. Soy Hazard. ¿Cómo va por Londres?». Aunque se recordó que tampoco tenía un teléfono desde el que enviarlo. Sabía dónde estaban Julian y Monica, pero ellos no habían leído su historia y era posible que Riley no les hubiera hablado de él todavía. Pero no soportaba sentirse tan al margen de todo. Siempre le había gustado encontrarse en el meollo de la acción; probablemente por eso había acabado así.

Entonces tuvo una idea. No era perfecta, pero ofrecía un camino modesto para reinsertarse en la historia, para hacerles saber que seguía formando parte de *El proyecto de la autenticidad*.

En la isla había dos minibuses que hacían un recorrido por las playas, recogían turistas para dejarlos en la única población, con su oficina de correos, su banco y sus tiendas. La siguiente vez que paró uno en el Lucky Mother, Barbara le avisó con un grito y Hazard se subió.

El autobús avanzaba dando botes por el camino lleno de polvo y de baches. No había puertas, solo un entoldado de lona para proteger a los pasajeros del sol, y la parte de atrás estaba abierta. El aire era pegajoso y olía a sudor y loción solar. Había dos bancos, uno delante de otro, cada uno ocupado por cinco o seis turistas, algunos cargando mochilas, otros simples bolsas de playa. Hazard contempló la ristra de piernas situadas en paralelo a las suyas: todas en diversas tonalidades de blanco, marrón y rojo, a menudo cubiertas de escoriaciones coloradas fruto de las picaduras de mosquito y los arañazos de los arrecifes de coral. Cruzaron los habituales «¿Dónde te alojas? ¿Dónde has estado? ¿Qué recomiendas ver?». Hazard había sostenido aquella conversación en ocasiones suficientes para conocer todos los puntos de interés turístico, restaurantes y bares reseñables, tanto en la isla como en sus inmediaciones, y no confesó que no había estado en ninguno de ellos en persona, más allá de su playita y, de vez en cuando, el pueblo más cercano. No quería explicar por qué: «No me fío de mí mismo».

El bus paró en el minúsculo embarcadero del ferry, donde un transbordador esperaba para llevar pasajeros a Koh Samui. Allí, un barco más grande podía transportarlos a Surat Thani, en el continente. Durante unos instantes, Hazard se preguntó si no debería subirse a ese ferry y punto. Llevaba el pasaporte y dinero en efectivo en la riñonera de debajo de la camiseta. Y quizá lo hubiera hecho —no le preocupaba dejar atrás todas sus pertenencias en la cabaña— si no fuera porque debía una semana de alquiler a Andy y Barbara y, después de lo amables que habían sido con él, no quería que pensaran que los había dejado tirados.

Entró en la tienda, que era donde había comprado sus

sarongs, su crema solar, el champú y la pasta de dientes. Nada más entrar había un expositor giratorio de postales. Hazard le dio unas vueltas hasta encontrar una que mostraba su playa. Una vista aérea. Si uno se fijaba bien, se distinguía incluso su cabaña.

Una vez fuera, se sentó a una de las mesitas de la cafetería de la tienda y se tomó un agua de coco con una pajita clavada en un coco grande mientras observaba cómo el ferry procedente de Koh Samuy vomitaba nuevos turistas en el embarcadero de madera. Parloteaban animados sobre la belleza de su destino, ajenos al barquero que acarreaba sus mochilas. Usando un bolígrafo que le pidió prestado al camarero, se puso a escribir:

Monica, Café de Monica, Fulham Road, 783, Londres, Reino Unido

A la señorita que vende el mejor café de la ciudad.
Hasta pronto,
Hazard

Antes de que pudiera echarse atrás, entró en la oficina de correos, compró un sello y mandó la postal.

Monica

Monica preparaba el café para la clase de pintura de aquella tarde. Su móvil sonó por quinta vez. Ni siquiera tuvo que mirar quién era: Julian volvía a llamarla desde el bolsillo. Aún no le había pillado el tranquillo a su nuevo teléfono móvil. Con todo, había logrado telefonearla por la mañana para explicarle que había decidido que sus alumnos ya estaban preparados para avanzar a la «forma humana» y que por favor le encontrase a alguien para que hiciera de modelo.

Eso no había sido tan fácil como sonaba. No había tiempo suficiente para poner un anuncio, de modo que había acudido a Benji. Le había explicado que no era desnudarse porque sí, que se trataba de una cosa artística. Nadie lo miraría como a Benji desnudo, sino como tema de la composición, tal y como había sucedido con Larry la langosta, con la diferencia de que a él no se lo cenarían al final. Estaba segura de que Julian escogería una pose discreta y de buen gusto. Nadie le vería el… (ahí dejó la frase en el aire). Al final había recurrido a ofrecerle el doble por las horas extras y un día libre adicional, con lo que habían cerrado el trato.

Llegó Julian, que había escogido el cuero para esa velada, como una versión geriátrica del Danny de *Grease*, y la clase empezó a llenarse.

—«*I got chills, they're multiplying*» —tarareó Baz en voz baja para Benji.

Este no sonrió, parapetado tras la barra con una expresión que lograba combinar el nerviosismo con la rebeldía. Cuando todo el mundo estuvo sentado a una mesa, Julian repartió lápices y papel.

—Hoy volvemos al lápiz, damas y caballeros, porque vamos a dar el paso de los bodegones al retrato al natural. Antes de empezar, permítanme presentarles a la señora Wu.

Todo el mundo saludó en voz alta a la menuda señora china, que se levantó e hizo una reverencia. De pie no era mucho más alta que sentada.

—¡Llamadme Betty! —exclamó con tono algo fiero.

—Nuestro querido Benji ha tenido la amabilidad de ofrecerse a ser nuestro modelo esta noche —dijo Julian, una vez terminadas las presentaciones—. ¿Puedes acercarte, Benji?

Este se aproximó al grupo con movimientos furtivos.

—Ejem, ¿dónde me desvisto? —preguntó.

—¿Desvestirte? No digas tonterías, querido. ¡Solo necesitamos verte las manos! No tiene sentido correr antes de aprender a caminar. Venga, siéntate en esta silla y agarra esta taza, entrelazando los dedos. Eso es. Las manos son una de las partes del cuerpo más difíciles de dibujar, de manera que, por hoy, nos centraremos solo en ellas.

Benji miró a Monica con cara de pocos amigos, preguntándose si le habían tomado el pelo. Monica correspondió con una miradita furibunda, consciente de que le había pagado una cantidad desorbitada por sentarse en una silla, vestido de la cabeza a los pies, durante dos horas. Sophie y Caroline parecían bastante alicaídas. La primera le susurró algo a su amiga, que se rio por la nariz.

Julian prosiguió, ajeno en apariencia a las corrientes subterráneas que lo rodeaban.

—Hasta los artistas más consagrados tienen problemas con las manos. —Hizo una pausa y alzó una ceja, como si quisiera transmitirles que, obviamente, no era su caso—. Intentad no pensar en el aspecto que sabéis que tienen las manos y los dedos. En lugar de eso, miradlas como una combinación de formas, bordes y contornos. Pensad en cómo podéis usar el lápiz para describir la diferencia entre la carne y el hueso de la mano y el objeto duro que esta sostiene. Y por lo que más queráis, intentad que los elegantes dedos de Benji no parezcan un manojo de plátanos.

Se impuso en la clase de forma paulatina una sensación de paz, solo interrumpida por el rasgueo de los lápices, algún murmullo discreto o las instrucciones de Julian.

Cuando se acercaba el final de la clase, Riley levantó la mano.

—¿Qué pasa, joven? ¡No estamos en el colegio, por cierto! ¡No hace falta que levantes la mano! —dijo Julian, que parecía la viva imagen de un severo director de escuela.

—Esto… tengo planeado un viaje a París y me preguntaba si podrías recomendarme unos cuantos museos que estén bien —dijo Riley mientras bajaba la mano con timidez y se la pasaba por su mata de pelo rubio revuelto.

Monica sintió aquel nudo traicionero en el estómago que aparecía siempre que Riley mencionaba su partida de Londres. Lo borró, como si fuera un dedazo en una de las ventanas de su café. Se recordó con severidad que estaba viviendo en el presente.

—Ah, París. Hace por lo menos veinte años que no voy —dijo Julian—. Hay tanto donde escoger… El Louvre es visita obligada, por supuesto. El Musée d'Orsay y el Pompidou. Eso sería un buen principio. —Se calló y reflexionó un momento, ceñudo—. ¿Sabes qué? ¡Tendríamos que ir todos! ¡Una excursión didáctica! ¿Qué me dicen?

Monica, que se pirraba por los proyectos nuevos, tomó la palabra.

—¡Qué gran idea! Podría hacer una reserva en grupo en el Eurostar. Si la hacemos ahora para enero, seguro que nos sale bien de precio. Calcularé los costes y os diré algo la semana que viene. Entretanto, la cena de diez libras de esta noche, para quien quiera quedarse, es cortesía de nuestra maravillosa Betty Wu.

—Sopa de maíz y cangrejo, empanadillas de gamba y cebollino, y rollitos de primavera de verduras —anunció Betty—. ¡Biming! Reparte palillos, cuencos y cucharas para la sopa, por favor.

—¿Biming? —susurró Monica a Benji.

—Ya lo sé. No le digas ni una palabra —replicó este—. No quiere aceptarlo.

Riley esperó mientras los demás salían de la cafetería sujetando sus dibujos de las manos de Benji con diversos grados de orgullo y vergüenza, protegidos del frío aire nocturno por el calorcillo de la sopa de Betty.

—¿Quieres que te ayude a cerrar el local? —le propuso a Monica, pasándole las manos por la columna.

Enroscó los dedos sobre la cintura de sus vaqueros y la atrajo hacia sí. El tacto de aquellos muslos de surfista contra los suyos le cortó a Monica la respiración.

—Gracias —respondió, preguntándose si debía dejarle quedarse a dormir esa noche, en caso de que él se lo pidiera.

Imaginó su cara durmiente, con las pestañas largas y oscuras posadas en las mejillas. Imaginó sus bronceadas extremidades enredadas en sus sábanas blancas y almidonadas. Sintió tanto calor en la cara que tuvo la certeza de que se había ruborizado. No estaba segura de ser lo bastante fuerte para mandarlo a casa. Caminó hacia la barra para cerrar con llave la caja. Riley la siguió, cargado con un par de vasos sucios.

—¿Qué es eso? —preguntó señalando a la batería de notas que tenía Monica detrás de la barra, en posits ordenados por colores.

—Son mis chuletas sobre los clientes —respondió Monica.

Riley despegó una y contempló la letra pulcra que reconocía de la libreta.

—«Sra. Skinner. Alergia a los lácteos. Bebé llamado Olly. Preguntar por nuevo cachorrito» —leyó en voz alta—. Y yo que creía que tenías una memoria extraordinaria.

—Y es verdad —aseguró Monica—. Escribí todas esas notas para Benji. ¡Oye, qué emocionada estoy con lo del viaje a París! —dijo, para distraer a Riley antes de que se fijara en alguna de las anotaciones menos benevolentes, como «Cuidado con Bert, el fanático del Fulham Football Club. Se limpia los mocos con la mano. Usar toallitas antibacterias»—. ¿Crees que se apuntarán todos? Buscaré sitios interesantes para comer. El problema es que hay demasiados para elegir. Te va a encantar, Riley. Es verdad que es una de las ciudades más bonitas del mundo —dijo, habiendo cambiado con rapidez un «románticas» por aquel «bonitas» a mitad de frase; aquello era una expedición cultural, no un fin de semana para tortolitos.

Aunque, bien pensado, quizá pudiera reservar una habitación en algún hotel boutique con encanto, para que los dos pudieran quedarse solos una noche más. Podían dar un paseo al atardecer por la orilla del Sena y desayunar en la cama un *pain au chocolat* caliente, con un café bien cargado y un zumo de naranja recién exprimido.

Se obligó a abandonar sus ensoñaciones y reparó en que Riley estaba distraído, mirando por encima de su hombro. Se volvió para averiguar qué le había llamado la atención. Era una postal que había clavado antes en el tablón de anuncios.

—Una playa preciosa, ¿verdad? Es de algún sitio de Tailandia. —Entornó los ojos para leer la inscripción de la esquina inferior derecha—: «Koh Panam», al parecer. Pero es una cosa muy rara; no tengo ni idea de quién la manda, aunque está claro que, sea quien sea, me conoce. Mira. —Descolgó la postal, le dio la vuelta y se la entregó a Riley—. Va dirigida a Monica. «Hasta pronto.» ¿Crees que será una especie de acosador? Y firma «Hazard». Pero ¿qué clase de nombre es ese? ¡Parece una señal de tráfico!

Entonces, sin apenas despedirse, Riley anunció que tenía que marcharse. Y Monica se quedó con la extraña postal en la mano preguntándose qué habría hecho mal.

Julian

Monica no avisó a Julian de que pensaba ir a verle. Él sospechaba que lo había hecho adrede para pillarlo desprevenido y que no pudiera protestar. Estaba plantada a su puerta, cargada con un cubo lleno de productos de limpieza de diversos colores chillones, con unos guantes de goma amarillo canario en las manos. ¿Los llevaba puestos por la calle? Seguro que no.

—Hoy hay poco trabajo en la cafetería —dijo Monica—, o sea que he pensado que podía acercarme a hacerte una limpieza a fondo. —Debió de notársele en la cara lo alarmado que se sentía, porque Monica se apresuró a aclarar sus palabras—. No a ti, sino a tu casa. No te preocupes, no me cuesta nada. Limpiar es una de mis actividades favoritas, para serte sincera. Y este sitio supone un maravilloso... —Hizo una pausa de unos segundos antes de sacar la palabra «desafío», como un conejo de una chistera—. Esto, amigo mío, es el Rolls-Royce de los proyectos de limpieza.

—Bueno, es muy amable por tu parte, querida —dijo Julian mientras ella pasaba por su lado con ademán decidido y se metía en el recibidor—, pero de verdad que no es necesario. Me gusta tal y como está. En serio. Aparte de todo lo demás, huele a Mary. Si empiezas a atacar la casa con todos esos... mejunjes, no dejarás ni rastro de ella. —Contra eso no podía tener ninguna réplica, ¿verdad?

Monica se paró en seco y dio media vuelta para mirarlo a los ojos.

—Julian, no quiero parecer grosera, pero... —Este se resistió al impulso de taparse los oídos con los dedos; la gente siempre empleaba esa expresión justo antes de soltar alguna grosería enorme—. ¿Me estás diciendo que Mary olía a moho, polvo y algo indefinible que debe de haber muerto bajo los armarios de tu cocina?

—¡Hombre, pues claro que no! —respondió él, horrorizado y algo molesto, a decir verdad.

Monica tal vez captó esto último, porque le cogió una mano entre las suyas, por suerte después de quitarse aquellos guantes ridículos y espantosos.

—Dime a qué olía tu casa cuando Mary vivía aquí, Julian —le dijo.

Este cerró los ojos e hizo memoria durante varios minutos, mientras superponía en su cabeza una capa de aromas tras otra.

—Recuerdo un olor a rosas, mermelada de fresa casera y limones frescos. Esa laca que vendían en unos botes grandes y dorados. Ah, y pintura, claro está —respondió.

—Vale. Dame media hora. Volveré —dijo Monica, antes de desaparecer tan de repente como había llegado.

Cuando regresó, veintinueve minutos más tarde, llevaba más trastos si cabe. Amontonó las bolsas en una esquina y se plantó delante para que Julian no viera lo que había dentro.

—Julian, creo que lo mejor será que te vayas a dar una vuelta y me dejes a mi aire —dijo—. Ve a hacer tiempo en el café. Le he dicho a Benji que te sirva lo que quieras de comer o beber a cuenta de la casa. Quédate el tiempo que quieras. Yo voy a tardar.

Julian, que empezaba a descubrir que llevar la contraria a

su nueva amiga era una pérdida de tiempo y energía, salió de casa y pasó una tarde muy agradable charlando con la gente que iba desfilando por el Café de Monica.

Benji le enseñó a preparar un capuchino como Dios manda, usando aquella cafetera que tenía el tamaño de un coche pequeño y venía a ser igual de complicada. Después se pasaron los dos un buen rato riendo por lo bajini como colegiales traviesos de las «notas sobre clientes» de Monica, a las que añadieron unas cuantas de su propia cosecha.

Se estaba esforzando mucho en no pensar en la devastación que estaría sembrándose en su casa.

Por primera vez desde que le alcanzaba la memoria, quizá en toda su vida, Julian llamó a su propia puerta. Le ponía nervioso entrar y se sentía más como una visita que como el propietario. Al cabo de un minuto o dos apareció Monica, con el pelo recogido bajo un pañuelo, del que se habían liberado unas pocas hebras húmedas. Estaba colorada y le brillaban los ojos, como si también les hubiera hecho una limpieza a fondo. Llevaba puesto uno de los delantales de Mary. ¿Dónde diablos lo había encontrado?

—Me temo que solo he acabado el salón y la cocina —dijo—. Volveré y haré el resto otro día. ¡Entra!

—¡Monica! —exclamó Julian—. Está... transformado.

Y era verdad. La luz entraba a chorro por las ventanas, hasta alcanzar unas superficies despejadas y abrillantadas. Las alfombras habían pasado de ser una amalgama de colores fangosos a derrochar luminosidad, y no había una telaraña a la vista. Volvía a parecer un hogar, como si Monica le hubiese quitado quince años junto con toda la mugre.

—¿A qué huele? —preguntó ella.

Julian cerró los ojos e inspiró.

—A limón, sin duda —dijo.

—Sí, señor. He usado productos de limpieza con aroma a limón. ¿Qué más?

—¡Mermelada de fresa!

—Correcto, otra vez. Hirviendo a fuego lento en el limpio y reluciente fogón de la cocina. Tendremos que localizar unos cuantos tarros. Siéntate mientras acabo.

Monica salió de la casa y volvió cargada con tres grandes ramos de rosas, que debía de haber escondido en el patio. Fue de un lado a otro de la casa buscando jarrones y colocándolos en diversas superficies.

—¡Y ahora —dijo con tono teatral—, el toque final! —Y sacó un bote de laca marca Elnett, la misma marca que usaba Mary, y roció con él el salón—. Cierra los ojos, Julian. ¿Huele ahora como cuando estaba Mary?

Julian se acomodó en su sillón favorito (que ya no tenía aquel tacto grasiento) e inspiró. La respuesta era que sí. Le entraron ganas de mantener cerrados los ojos para siempre y quedarse en 2003. Pero faltaba un último detalle.

—Monica —dijo—. Tenemos que pintar algo. Te daré una clase particular. Es lo mínimo que puedo hacer.

Abrió las puertas dobles que comunicaban el salón con el estudio. Sacó un lienzo enrollado, lo extendió sobre el suelo y empezó a mezclar pintura con alguna clase de aceite.

—Esta tarde, Monica, haremos de Jason Pollock. Te he visto dibujar. Lo haces todo con mucha pulcritud y precisión. Intentas copiar exactamente lo que ves. Pero Pollock dijo: «Pintar es descubrirse a uno mismo. Todo buen pintor pinta lo que él es». Decía que lo importante es expresar tus sentimientos, no solo ilustrar. Toma esta brocha. —Entregó a Monica un pincel casi tan grande como su mano—. Pollock usaba pintura para paredes, pero yo no tengo, de modo que usaremos óleo mezclado con linaza y trementina. Él extendía su lienzo en el suelo y pintaba en el aire por encima de él, usando todo su cuerpo, como una bailarina. ¿Estás lista?

Julian sospechaba que no y vio que a Monica le preocupaba ensuciar su casa recién adecentada, pero ella asintió de todas formas. Entonces él volvió al salón, escogió un vinilo y lo puso en el tocadiscos. Solo había un hombre que estuviera a la altura de una tarea tan melodramática: Freddie Mercury.

Julian se quitó los zapatos y volvió al estudio deslizándose por el suelo de madera, ahora limpio y reluciente, mientras cantaba «Bohemian Rhapsody» con toda la entrega, ya que no el talento, de Freddie. Escogió una brocha, la hundió en un bote de siena tostado y, con un latigazo de la mano, lanzó un amplio arco de pintura de lado a lado del lienzo.

—¡Venga, Monica, dale! —gritó—. Usa todo el brazo. Siéntelo desde el estómago. ¡Saca lo que llevas dentro!

Monica al principio se contuvo, pero bajo la atenta mirada de Julian empezó a reír, a soltarse y a lanzar pintura por encima de su cabeza, como una tenista que sirviera desde la línea de saque, salpicándose el pelo de rojo cadmio.

Julian cruzó deslizándose el lienzo entero en un amplio plié, derramando pintura por el camino con movimientos bruscos de la muñeca.

—¿Lo harás, Monica? ¿Harás el fandango? ¿Y qué es un fandango, para empezar? ¿Y quién narices es Scaramouche?

Y los dos se desplomaron, agotados y desternillados de risa, en el suelo, junto a su maravilloso desparrame de color. El olor a pintura fresca flotaba en el aire por encima de ellos, entremezclado con el aroma a rosas, limón, mermelada y laca.

—¿Mary murió en casa, Julian? —preguntó Monica cuando se calmaron y recuperaron una respiración normal—. Sé lo que se siente, ¿sabes?

—No quiero hablar del tema, si no te importa —dijo Julian, interrumpiéndola de forma abrupta. Después se sintió fatal. Había sonado como si fuera ella la que quisiera contarle algo. Por suerte, la propia Monica cambió de tema.

—¿Mary y tú no tuvisteis hijos? —preguntó.

Jesús, aquel tema no era mucho mejor.

—Lo intentamos —respondió Julian—. Pero después de una sucesión de abortos espantosos, decidimos que no iba a poder ser. No fue una época agradable. —Aquella descripción se quedaba bastante corta.

—¿Y no quisisteis adoptar? —preguntó Monica, que, como su perro Keith, se negaba a soltar el hueso.

—No —dijo, aunque aquella no fuera toda la verdad.

Mary había querido adoptar desesperadamente, pero él había vetado la idea. No le veía sentido a tener hijos si no podía transmitir sus genes. Se imaginaba escudriñando una y otra vez la cara de su propio hijo, preguntándose de dónde salía. Sospechaba que esa explicación no le dejaría en muy buen lugar. La gente se ponía muy ñoña con eso de los bebés.

—¿Tienes más familia? ¿Hermanos? ¿Sobrinos? —preguntó Monica.

—Mi hermano murió antes de cumplir los cincuenta: esclerosis múltiple, una enfermedad atroz —explicó Julian—. No le ayudé todo lo que habría debido. Llevo muy mal las imperfecciones físicas; es uno de mis muchos defectos. Él no tuvo hijos. Mi hermana, Grace, emigró a Canadá en los años setenta. Hace más de una década que no viene. Dice que es demasiado vieja para viajar. Tiene dos hijos, pero no los veo desde que eran bebés, si exceptuamos Facebook, que es un invento prodigioso. Aunque me alegro de que no existiera cuando todavía era guapo. Podría haberme obsesionado. —Cayó en la cuenta de que estaba parloteando.

—Entonces ¿con quién tienes pensado pasar esta Navidad? —preguntó Monica.

Julian fingió que lo pensaba con detenimiento.

—Vaya, tengo tantas opciones que no aún no he podido decidirme —dijo.

¿Pensaba Monica invitarlo a algo? Intentó no emocionarse demasiado por si preguntaba por mera curiosidad.

—Bueno —insistió Monica tras un incómodo silencio—, mi padre y Bernadette se van de crucero. Al Caribe. Es su quinto aniversario de boda, lo que significa que estaré sola. Riley también, porque su familia está en la otra punta del mundo. Así que hemos pensado que podríamos celebrar la comida de Navidad en la cafetería. ¿Te apetecería venir con nosotros?

—No se me ocurre nada que me apetezca más —respondió Julian, a quien le daba vueltas la cabeza de alegría—. Creo que nunca te he dicho lo mucho que me alegro de que fueras tú quien encontró mi libretita, Monica.

—Yo también me alegro mucho de haberla encontrado —aseguró ella, poniendo una mano encima de la suya.

Julian cayó en la cuenta de hasta qué punto se había desacostumbrado al contacto físico. La única persona que lo tocaba con cierta regularidad era su barbero.

—¡Julian, deberías pintar a Riley! —dijo Monica—. Sería un modelo fantástico.

—Hummm —musitó Julian, pensando que no necesitaría muchas capas. Se riñó a sí mismo; no era una reflexión muy benévola y él ya no era aquella persona mezquina—. Hablando de Riley —dijo, con un gran esfuerzo para sonar desenfadado—, sospecho que quizá esté un poquitito enamorado de ti.

—¿Tú crees? —preguntó Monica, expresando una ligerísima tristeza—. Yo no estoy tan segura.

—¿Escribiste también en la libreta? —inquirió Julian, pasando a otro tema por si acaso Monica se sentía incómoda.

Imaginó que así debía de sentirse un padre: con ganas de mostrar interés, pero temeroso de pasarse de la raya. Si ese Riley la hacía infeliz, tendría que vérselas con él.

—Sí, pero ahora me avergüenzo bastante de lo que escribí. Aunque ¿recuerdas que decías que «tal vez contar esa historia cambiará tu vida»? Pues bien, creo que el mero hecho de ponerlo por escrito obró una especie de magia, porque en efecto mi vida ha cambiado desde entonces. Es como si todo empezara a encajar. Por lo menos, eso creía. Dejé la libreta en un bar de vinos, hace semanas.

—Me preguntó quién la encontró. ¿Recuerdas lo que escribí después? «O la vida de alguien a quien todavía no hubieras conocido.»

—Bueno —dijo Monica—, ya ha conseguido muchas cosas, ¿no te parece? —Y le sonrió, aquella amiga a la que conocía desde hacía poco y que de algún modo parecía que lo fuera de toda la vida.

Riley

Riley estaba sentado en su estrecha cama individual, con un portátil —que le había pedido prestado a Brett, uno de sus compañeros de piso— sobre las rodillas. Se le clavaba en el muslo derecho uno de los muelles del colchón, duro y lleno de bultos, de manera que se desplazó un poco hacia la izquierda y reajustó el teclado sobre su regazo. Bebía té sin leche, porque alguien se había acabado la botella de medio litro que él había comprado el día anterior. Su pack de seis cervezas de pronto era de cuatro y su queso cheddar había perdido una esquina de tamaño respetable y había ganado una marca de dentadura. Había recurrido a poner etiquetas al resto de sus cosas, pero le echaba en cara a sus compañeros de piso que lo hubieran convertido en esa clase de persona. No era un etiquetador territorial.

Alumbraba la habitación el tibio sol de diciembre, que intentaba con valentía penetrar la costra de mugre que cubría las ventanas de Riley, acumulada a partir del humo del tubo de escape de los ruidosos miles de coches que circulaban por Warwick Road las veinticuatro horas del día. Riley se sentía como una planta decolorada: débil, amarillo y raquítico por falta de sol y aire fresco. El moreno natural de su piel había adoptado una tonalidad ictérica y su cabello de un rubio blancuzco se estaba oscureciendo. Pronto, pensó, su piel y su pelo acabarían teniendo el mismo color.

Por primera vez desde que había llegado a Londres, Riley añoraba Perth de un modo casi insoportable; echaba de menos los días que pasaba al sol alimentando, regando, desherbando y podando jardines ajenos. Contempló el corcho que había junto a la cama, donde había clavado un collage de fotos de su hogar. Él de adolescente, con su padre y sus dos hermanos, todos surfeando la misma ola. Sonreían a su madre, que era quien había sacado la foto. Como siempre, había metido la pata con el encuadre y por eso había demasiado cielo. Su madre con él en brazos, de bebé, durante un viaje que hicieron para ver a la familia de ella en Bali. Un grupo de amigos de Riley que alzaba botellines de cerveza hacia la cámara, en la barbacoa que habían celebrado para despedirse de él antes de su largo viaje. ¿Por qué había cambiado una vida rodeado de naturaleza gloriosa y exuberante por otra encajonada en cemento, en la que inhalaba contaminación cada vez que respiraba?

Riley estaba comprobando el estado de los diversos lotes que había puesto a subasta en eBay. El traje de apicultor (casi sin estrenar) de Julian se había vendido por un pico. ¿Quién iba a pensar que había tanto criador de abejas aficionado? Y la lámpara de Tiffany, en cuya descripción había incluido con sinceridad que «no funciona» y «necesita un poco de restauración» atraía nuevas pujas cada pocos minutos. Lo mejor de todo era que el vetusto teléfono móvil de Julian llevaba camino de venderse por más dinero que el último modelo de iPhone. Riley se apartó de los ojos un tirabuzón con un soplido mientras pasaba la pantalla hacia abajo.

Los únicos muebles de la habitación de Riley eran una cajonera, una barra con varias perchas colgando y una librería algo torcida que parecía obra de alguien que hubiera tomado unas copas de más mientras seguía las instrucciones de IKEA. Con el rabillo del ojo Riley veía asomar la libreta de Julian por entre sus manoseadas novelas y guías de viaje, provocándole.

Se sentía como si estuviera hundiéndose cada vez más en arenas movedizas. Recordó el vuelco que le había dado el estómago al ver la postal de la playa en el tablón de Monica y sus esperanzas de que fuera pura coincidencia. En cuanto Monica había mencionado el nombre de Hazard, tendría que haber confesado. Podría haber dicho: «Ah, sí, ese es el tipo al que conocí en Tailandia, justo antes de venir aquí. Me dio una libreta y así te encontré». ¿Tan difícil habría sido? Pero se había rajado. Lo que es peor, había salido por patas, dejando a Monica plantada con la postal en la mano y cara de no entender nada. Y así se había hundido más aún en el engaño. Ya no podría aducir nunca que no había surgido la ocasión adecuada para confesar, como tampoco podría argüir que pensaba que se trataba de otro Hazard. Si tan solo hubiera tenido un nombre normal, como James, Sam o Riley... Un nombre como Riley siempre funcionaba.

Hizo un pacto consigo mismo. Le contaría a Monica toda la historia y afrontaría las consecuencias. Si no quería volver a verlo nunca más, que así fuera. Tal vez ya iba siendo hora de que siguiera su camino, en cualquier caso. Aunque también era posible que ella encajara bien el golpe, que lo considerase una divertida anécdota que podría repetir para sus amigos al contarles cómo se habían conocido. Sin duda comprendería que, aunque su encuentro hubiera sido orquestado por Hazard, lo que había sucedido después se debía a que a Riley le gustaba de verdad. Y algo más que gustarle, se sorprendió a sí mismo pensando.

Solo faltaba una semana para Navidad y Riley no quería arriesgarse a echar por tierra los meticulosos planes de Monica. Sabía cuánto la emocionaba organizar la comida de Navidad en el café. Había visto todas las listas en la mesa de centro de su piso: la lista de la compra, la planificación minuto a minuto de las tareas de cocina, la lista de regalos (esa la había escondido antes de que Riley viera lo que pensaba regalarle a él). También había intentado entablar con él una conversación sobre las ventajas y desventajas de Jamie Oliver comparado con Nigella, pero sin duda había observado su cara de incomprensión y lo había dejado correr.

Monica había invitado a toda la clase de pintura a pasarse a tomar el aperitivo antes de ir a celebrar la comida con sus familias. La mayoría estarían fuera de la ciudad, pero Betty y Baz pensaban pasarse. Benji comería con ellos, ya que había decidido pasar con su familia en Escocia el *Hogmanay* en vez de la Navidad.

Decidió que se lo contaría todo después de Navidad, pero antes de Año Nuevo; sin falta.

Después de hacerse a sí mismo aquella promesa, sintió que se aligeraba un poco el peso del engaño sobre sus hombros. Echó un vistazo a la libreta. Quería librarse de ella. Una vez que había decidido qué hacer, quería olvidarse de *El proyecto de la autenticidad* durante la semana siguiente o así, pero eso resultaba imposible teniendo el cuaderno ahí delante.

Pensó en tirarlo a la basura, sin más, pero no quería ser él quien rompiera la cadena. Le daba la impresión de que sería pésimo para el karma destruir unas historias que la gente había escrito con tanto mimo y sentimiento. Quizá debiera dar el relevo a otra persona, como habían hecho Monica y Hazard. Puede que le trajera suerte a alguien; al fin y al cabo, gracias a la libreta él había conocido a Monica y a un grupo de amigos. Hasta le había procurado un empleo, si podía describirse como tal el proyecto en eBay para Julian. Estaba seguro de que el siguiente receptor no sería tan tonto como él y tendría presente que la clave de todo aquello eran las verdades, y no las mentiras.

En la habitación de al lado empezó a sonar un golpeteo rítmico, intercalado por unos gemidos histriónicos. Las paredes de aquel piso mal reformado eran tan delgadas que Riley podía oír un pedete discreto que alguien se hubiese tirado a dos habitaciones de distancia y empezaba a conocer mejor de lo que hubiera deseado la vida amorosa, bastante activa, de Brett. Había concluido que su novia del momento fingía; nadie podía disfrutar tanto con el neandertal que tenía por compañero de piso.

Sacó la libreta del estante, buscó un bolígrafo en el bolsillo lateral de su mochila y se puso a escribir.

Para cuando hubo terminado, ya había oscurecido. Sentía que se había quitado un peso de encima y lo había trasladado a la página. Todo acabaría bien. Se acercó a la ventana y, cuando se disponía a cerrar las insuficientes cortinas, vio algo extraordinario. Tenía que contárselo a Monica.

Monica

Monica acababa de dar la vuelta al cartel de la puerta, de ABIERTO a CERRADO, cuando apareció Riley, con pinta de venir corriendo sin parar desde Earl's Court. Si no hubiera abierto la puerta en aquel momento, se habría empotrado contra ella.

—¡Monica, mira! —gritó—. ¡Está nevando! —Sacudió la cabeza y lanzó gotas de agua por todas partes, como un perro labrador emocionado después de un chapuzón.

—Lo sé —dijo ella—, aunque dudo que cuaje. Casi nunca pasa. —Intuyó que aquella no era la respuesta que él esperaba—. Riley, ¿nunca antes habías visto nieve?

—Bueno, claro que sí, en películas, en YouTube y tal, pero no cayendo del cielo de verdad, como ahora —aclaró él mientras señalaba unos copos bastante anémicos. Monica lo miró con un asombro que rayaba en alarma—. Oye —añadió Riley con tono algo indignado—, ¿tú has visto alguna vez una tormenta de arena o un incendio en el *outback*? —Ella negó con la cabeza—. Ya me lo parecía. En fin, ¡tenemos que salir! Hay una pista de patinaje al lado del Museo de Historia Nacional. ¡Vamos!

—Museo de Historia Natural —corrigió Monica—. Y no puedo salir así a bote pronto. Tengo que recoger, hacer la caja y prepararlo todo para mañana. Lo siento. —¿Acaso había olvidado él que la última vez que lo había visto se había marchado de golpe y la había dejado con la palabra en la boca?

—Monica —replicó Riley—, tienes que vivir un poco. Todo eso que dices puede esperar. Aprovecha el momento. Deja de preocuparte por el futuro y disfruta un poco. Solo se es joven una vez.

Monica hizo una mueca ante aquella avalancha de tópicos propios del guion de una mala película de Hollywood.

—Y ahora me dirás que no hay nadie que en su lecho de muerte haya deseado haber pasado más tiempo trabajando, ¿verdad? —dijo. Luego lo miró a la cara, radiante y expectante, y pensó: «Qué narices, ¿por qué no?».

Monica había tomado clases de patinaje de pequeña, además de clases de ballet, piano, flauta, gimnasia y teatro. Hasta que cumplió los dieciséis y todo terminó. Sin embargo, en cuestión de unos minutos sus músculos habían sacado a flote aquellos recuerdos sumergidos durante tanto tiempo y se deslizaba y pirueteaba con confianza e incluso desenvoltura. ¿Por qué nunca había vuelto a patinar?, se preguntó. Todas aquellas pasiones de cuando era más joven, las cosas que le aceleraban el corazón y satisfacían sus sueños, todo abandonado en aras del trabajo duro, la sensatez y un futuro planificado.

Hablando de sueños, ni en los más fantasiosos se había imaginado con alguien tan increíblemente bello como Riley. No paraba de pellizcarse. Allá adonde fueran, la gente los miraba. Riley debía de estar acostumbrado a ser siempre el blanco de todas las miradas, porque no parecía darse ni cuenta. ¿Estarían todos preguntándose «qué hace con esta»?

Riley no prestaba ninguna atención a su aspecto. En aquel momento parecía Bambi en su primera excursión al lago helado: una maraña de extremidades descoordinadas que pasaba más tiempo tirada en el hielo que derecha. Se quedó tumbado boca arriba con los rizos rubios extendidos en torno a su cabeza como la aureola de un ángel expulsado del cielo. Ella le tendió la mano para ayudarle a levantarse. Riley la agarró, se puso en pie con un movimiento brusco que hizo que sus pies salieran disparados hacia delante y volviera a caer redondo, arrastrando consigo a Monica.

Ella yacía ahora tumbada de cualquier manera encima de él. Sintió el tránsito entero de la carcajada de Riley, que empezó en lo más hondo del estómago, subió burbujeando por su pecho y acabó estallando justo a su oreja. Monica la atrapó en la boca con un beso. Y con el sonido de aquella carcajada acompañada por la sensación de aquel beso, tan natural y sencillo, comprendió que todos los tópicos eran ciertos. Vale, Riley no satisfacía todos sus criterios, pero tal vez la culpa fuera de estos, y no de él.

Riley la miró sonriente.

—¿Cómo lo haces, Monica? Esos giros por el hielo, con tanta elegancia, como si fueras una Campanilla de las nieves. Estoy alucinado.

Ella creyó que iba a estallar de felicidad; al parecer era una mujer que inspiraba alucinaciones.

Riley se levantó y ayudó a levantarse a una niña pequeña que también se había caído. Ella lo miró como si fuera Papá Noel. Al parecer ni siquiera las preadolescentes eran inmunes a su encanto.

Para cuando volvieron a la cafetería eran casi las diez de la noche. Monica sabía que debía terminar todo lo que había dejado a medias, pero aún se sentía arrastrada por una ola de espontaneidad que casi se antojaba locura transitoria.

Al encender las luces del café, vio una vez más la postal, detrás de la barra, y se armó de valor para enfrentarse a Riley.

—Riley, ¿por qué te fuiste tan deprisa la otra noche? —preguntó, tratando de no sonar hostil—. ¿Te molesté de alguna manera?

—Dios, no. No pienses eso, por favor —dijo Riley. Ella le creyó, porque era demasiado sincero para mentir de forma convincente—. Es solo que de repente, no sé, me rayé. —Bajó la vista a sus pies y los arrastró a un lado y a otro, incómodo.

Monica lo entendía perfectamente. Al fin y al cabo, ella se rayaba de forma habitual con su relación, de hecho con todas las que había tenido. ¡Quién era ella para culparle! En realidad, le alivió bastante descubrir que Riley también luchaba con unas emociones complejas. A lo mejor se parecían más de lo que creía.

—¿Por qué no tomamos un poco de vino caliente? —propuso, pensando que el alcohol podría ayudarles a recuperar el ambiente relajado de antes.

Entró en la pequeña cocina de la trastienda del café, encendió un fogón de gas y echó en una sartén grande una botella de vino, condimentada con un surtido de especias, naranjas y clavo. Oyó que Riley ponía música; Ella Fitzgerald, buena elección. Removió el vino durante diez minutos, que no era ni por asomo tiempo suficiente, pero aquel día iba a lo loco.

Sacó a la cafetería dos copas de vino con el alcohol a medio evaporar. Riley las cogió, las dejó con cuidado sobre una mesa, la agarró de las manos y empezó a bailar con ella, esquivando con destreza mesas y sillas mientras la hacía girar sobre sus talones, sujeta tan solo por la punta de los dedos, y luego la acercaba a su cuerpo. Los brazos y las piernas que tan torpes se habían demostrado en la pista de patinaje de pronto hacían gala de una coordinación y un control tan airosos que costaba creer que pertenecieran a la misma persona.

Mientras bailaba, Monica constató que el nudo de nerviosismo que solía acompañarla a todas partes no estaba presente. Al menos en aquel momento no le preocupaba el «¿Ahora qué?», el «¿Y si...?» o el «¿Adónde va esto?». O su preocupación más reciente: «¿Quién diablos estará leyendo aquella estúpida libreta en la que escribí?». Lo único que importaba era el compás de la música y la sensación de encontrarse en los brazos de Riley.

Pasó un autobús que iluminó por un instante la acera y allí, justo delante de su ventana, había una joven que sostenía en brazos a un bebé precioso y regordete, como una *Virgen con el Niño* moderna. La criatura tenía el pelo de su madre enredado en el puño, como si quisiera asegurarse de que ella no la soltaría nunca.

Por un segundo, su mirada se cruzó con la de la joven madre, que parecía decirle: «Mira tu vida, tan frívola y vacía. Esto es lo que importa de verdad, lo que tengo yo».

Cuando el bus siguió su trayecto hacia Putney, la acera volvió a sumirse en la oscuridad y la visión desapareció. Tal vez nunca hubiera estado allí; quizá hubieran sido imaginaciones suyas, un recordatorio de su subconsciente para que no olvidara sus sueños y ambiciones incumplidos. Sin embargo, fuese real o no la visión, aquel momento de euforia despreocupada había pasado.

Alice

Eran casi las once de la noche y Alice pateaba las calles con Bunty en su cochecito, intentando que se durmiera. Al parecer lo había conseguido, porque los berridos habían dado paso a hipidos y, durante los últimos quince minutos, a un maravilloso silencio. Alice dio media vuelta para regresar a casa, desesperada también ella por dormir un poco. ¿Quién hubiera dicho que llegaría el día en que aquello que más ansiara en el mundo, por encima del dinero, el sexo, la fama o un par de Manolos de temporada, fueran ocho horas de sueño ininterrumpido?

Cuando pasó por delante de una de sus cafeterías favoritas —¿cómo se llamaba? ¿Café de Daphne? ¿De Belinda? Un nombre anticuado—, paró un momento. Las luces de dentro estaban encendidas y vio a dos personas que bailaban entre las mesas como si aquello fuera una inverosímil escena perfecta del último pastel romántico de Hollywood.

Alice sabía que tenía que seguir avanzando, pero tenía los pies soldados al pavimento. Observó, desde el cómodo anonimato de la acera a oscuras, mientras el hombre contemplaba a la mujer que sostenía entre sus brazos con tanto amor y ternura que le entraron ganas de llorar.

Al principio, Max la había mirado a ella como si fuera

una princesa de cuento de hadas y él no pudiera dar crédito a la suerte que tenía. Pero hacía mucho tiempo que no la miraba así. Ella sospechaba que presenciar el parto del amor de tu vida, entre alaridos, sudores, desgarros y derrame de fluidos corporales, cambiaba bastante y para siempre la imagen que tenías de él. Alice le había pedido que se quedara en «el lado de la cabeza», pero él había insistido en ver llegar al mundo a su primer vástago, una decisión que ella estaba segura de que había sido un espantoso error. Entre otras cosas, habían tenido que llamar a una comadrona extra para que se ocupara de Max cuando este se había desplomado y se había abierto una brecha en la cabeza con la camilla. El día anterior, sin ir más lejos, Max había confundido su pomada para las hemorroides con la pasta de dientes. No era de extrañar que hubiese poco romanticismo en su relación.

Alice estaba segura de que la chica de la película que se estaba desarrollando ante sus ojos no tenía un bebé pequeño, estrías o almorranas. Era libre e independiente, no tenía ataduras. El mundo entero estaba a su disposición. Entonces, como si quisiera recordarle que ella no disfrutaba de nada de todo eso, Bunty empezó a berrear, despertada por el cese repentino del movimiento del cochecito.

Alice la cogió en brazos y la tapó con su manta de cachemir de Brora, deseando poder sentir algo que no fuera irritación. Por si fuera poco, Bunty le agarró unos mechones de pelo y se los acercó a la boca, dándole un tirón que sintió en las raíces. En ese momento pasó un autobús que iluminó la acera y, justo entonces, la chica de la cafetería se volvió y miró a Alice con ojos compasivos. «Pobre —parecía decir—, ¿no desearías ser yo?»

Y tenía razón.

La accidentada noche de Alice se había visto salpicada de sueños sobre la pareja del café. Aunque, en ellos, era ella la mujer que bailaba y otra persona —no sabía quién— la que observaba. Alice sacudió la cabeza, tratando de desalojar la visión para poder concentrarse en la tarea que tenía entre manos. Lo único que logró desalojar fue su estúpida diadema navideña.

Tanto Alice como Bunty llevaban puestas sendas cornamentas de reno. Alice recolocó a Bunty de tal modo que sus narices casi se tocaban. La cara redonda de Bunty, con su sonrisa radiante de encías, entraba en la foto, pero de Alice solo se veían los reflejos color miel (cortesía de @danieldoeshair) y un poco de perfil. Alice sacó unas cuantas fotos, por si las moscas.

El nombre real de Bunty era Amelie, pero la habían apodado Baby Bunty durante los primeros días en que, después de su nacimiento, todavía discutían sobre qué nombre ponerle (todavía discutían sobre casi todo, para ser sinceros) y el apodo había calado. Ahora @babybunty tenía casi tantos seguidores como @aliceinwonderland.

Alice abrió en Facetune las mejores fotos y blanqueó lo poco que se veía de su ojo en el encuadre, eliminó las ojeras de debajo y borró todas sus finas arrugas. Bunty, de la que nadie diría que padecía engordaderas y costra láctea a juzgar por su cuenta de Instagram, recibió el mismo tratamiento. Después Alice puso un filtro, escribió «¡Llega la Navidad!» y añadió unos cuantos emojis festivos y los consabidos hashtags de mamá y bloguera de moda, mencionó a @babydressesup, que le había enviado los cuernos, y pulsó «Enviar». Dejó el móvil boca abajo sobre la mesa durante cinco minutos y luego le dio la vuelta para comprobar el número de *likes*. Ya iban por 547. Aquella funcionaría bien; las fotos de mamás y bebés a juego siempre gustaban.

Bunty empezó a aullar, lo que hizo que el pecho izquierdo de Alice empezase a derramar leche sobre su camiseta. Acababa de vestirse y aquella era su última prenda de ropa limpia. La falta de sueño le inducía un estado de disociación, como si observara su vida en vez de vivirla. Tenía ganas de llorar. Pasaba mucho tiempo sintiendo ganas de llorar.

Hizo una mueca de dolor cuando Bunty aprisionó su pezón agrietado y dolorido entre sus duras encías. Recordó la imagen idílica, artística, de ella dando el pecho que había colgado en el Instagram de @babybunty el día anterior, camuflando las ampollas, el dolor y las lágrimas a base de iluminación, ángulo y filtro. ¿Cómo podía ser tan horripilante algo tan natural como amamantar a tu bebé? ¿Por qué no la había avisado nadie?

A veces le daban ganas de estrangular a la comadrona comunitaria con el cordón de la tarjeta identificadora que llevaba al cuello, que gritaba LA LACTANCIA ES FUENTE DE VIDA de forma machacona mientras reñía con el dedo a cualquier madre que se planteara siquiera preparar un biberón de leche de fórmula. Tener ganas de matar a una comadrona no podía ser un pensamiento saludable para una madre reciente, ¿verdad?

Apartó la tostada de aguacate que había fotografiado durante el desayuno y metió la mano en el armario, con Bunty aún sujeta con la izquierda, para pescar las galletas rellenas de mermelada que guardaba para emergencias. Se comió el paquete entero. Esperó a que brotara la sensación habitual de odio a sí misma. Ah, sí, allí estaba, justo a tiempo.

En cuanto Bunty hubo terminado y regurgitado una bocanada de leche sobre el otro lado de su camiseta, Alice empezó a rebuscar en el montón de ropa para bebé que le había enviado su espónsor @babyandme. Tenía que colgar otra foto de moda para bebés antes de que fuera demasiado tarde para el envío de Navidad. Encontró un abriguito cruzado de tweed monísimo, con gorro y botas a juego. Serviría.

A continuación tenía que salir a la calle. Se vería mejor el abrigo y además la casita adosada de Alice estaba tan abarrotada de cajas de cartón, juguetes, ropa sucia y un fregadero lleno de vajilla por lavar que no valía como telón de fondo. @aliceinwonderland vivía en un hogar de buen gusto, inmaculado y aspiracional. Además, tomar el fresco con el bebé era una de esas cosas que hacían las madres primerizas, ¿no? Se ajustaba a su «imagen de marca».

Se veía incapaz de afrontar la tarea de localizar otra camiseta limpia, de manera que se limitó a echarse por encima un abrigo sobre las manchas de leche y vómito. Con suerte, nadie se acercaría lo suficiente para olerla. Se quitó los cuernos de alce y los cambió por un gorro de lana rematado por un vistoso pompón (@ilovepompoms) para tapar su pelo grasiento. Se miró en el espejo del recibidor. Por lo menos, con aquella pinta tan horrible, nadie la reconocería. Tomó nota mentalmente de que debía arreglarse un poco antes de que Max llegara a casa. Las apariencias eran importantes para un hombre como él. Antes de que diera a luz, él nunca la había visto sin que fuera perfectamente maquillada, depilada y peinada. Después todo había decaído un poco.

A continuación Alice dedicó lo que se le antojaron varias horas a meter en su inmenso bolso los diversos artículos esenciales: muselina, toallitas húmedas, pomada protectora, pezoneras, pañales, bálsamo gingival, sonajero y Dudu (el conejo de peluche favorito de su hija). Desde la llegada de Bunty, cuatro meses atrás, cada vez que salía de casa se sentía como si preparase una expedición al Everest. Recordó los tiempos en que lo único que necesitaba eran las llaves, el dinero y un móvil metidos en un bolsillo de los vaqueros. Le parecía una vida distinta, que pertenecía a una persona muy diferente.

Cuando Bunty estuvo bien vestidita y atada en el Bugaboo, Alice bajó marcha atrás los escalones que llevaban a la acera. Bunty rompió a llorar. No podía ser que ya tuviera hambre otra vez, ¿verdad?

Alice pensaba antes que estaría sintonizada a la perfección con el llanto de su bebé, que sería capaz de diferenciar el hambre del cansancio, la incomodidad del aburrimiento. Sin embargo, la realidad era que todos los llantos de Bunty parecían transmitir lo mismo: decepción. «Esto no es lo que me esperaba», parecía decir. Alice la entendía, porque ella sentía exactamente lo mismo. Apretó el paso, con la esperanza de que el vaivén del cochecito aplacase a Bunty sin llegar a dormirla antes de que hubiera podido sacar la foto.

Se dirigió hacia la pequeña zona de juegos del parque local. Podía meter a Bunty en el columpio para bebés, donde se apreciaría bien su modelito, y además a ella le encantaba columpiarse, por lo que cabía esperar que sonriese. Con el ceño fruncido adquiría un parecido inquietante a Winston Churchill. Esa cara provocaría la pérdida de una legión de seguidores.

Alice habría preferido que sus viejas amigas del instituto o la universidad también tuvieran hijos. Por lo menos entonces tendría a alguien con quien hablar sobre lo que sentía de verdad sobre todo aquello. Podría averiguar si era normal que la maternidad se le hiciera tan difícil, tan agotadora. Pero sus amigas opinaban que veintiséis años eran muy pocos para tener hijos. ¿Por qué diablos no había sentido Alice lo mismo? Había tenido mucha prisa en completar el cuadro perfecto: un marido apuesto y adinerado, un adosado victoriano en la zona buena de Fulham y un bebé precioso y feliz. Estaba viviendo su sueño, ¿verdad? Así lo creían sus seguidores, por lo menos, lo que hacía que se sintiera una desagradecida y una impresentable.

El parque estaba vacío, pero el columpio de pequeños, no; en el asiento había una libreta. Alice miró a su alrededor para ver de quién podía ser. No había nadie a la vista. Recogió el cuaderno, que se parecía mucho al que había usado para apuntar las tomas de Bunty: «5.40, diez minutos pecho izquierdo, tres minutos pecho derecho». Había tratado de fijar alguna clase de rutina, como aconsejaban los expertos. No había aguantado mucho. Al final había tirado la libreta a la papelera de los pañales en un arrebato de furia, ya que solo servía para dar fe de su más absoluto fracaso.

Su libreta tenía cinco palabras en la cubierta: «Diario de lactancia de Bunty». Había dibujado un corazón alrededor del nombre de su hija. Aquella también tenía cinco palabras, pero escritas con letra mucho más bonita: *El proyecto de la autenticidad*. Le gustaba cómo sonaba. Su marca («marcas», se corrigió, desde que Bunty se había unido) se basaba, a fin de cuentas, en la verdad. «Moda de la vida real para mamás y bebés de la vida real. Carita sonriente.»

Alice abrió la libreta y estaba a punto de ponerse a leerla cuando rompió a llover. Arg. Lloraba hasta el maldito cielo. Unos goterones gordos empezaban a correr la tinta. Secó la página con la manga y metió el cuaderno en el bolso, entre un pañal y las toallitas, para mantenerlo seco. Ya pensaría después lo que hacía con él. Ahora mismo tenía que volver a casa antes de que acabasen empapadas las dos.

Julian

Julian estaba bastante satisfecho con su conjunto para hacer taichí; lo había comprado por internet. Cayó en la cuenta de que eran las primeras prendas de ropa que adquiría desde Mary. Al ver lo fácil que resultaba comprar por internet, había pedido una gran cantidad de calzoncillos y calcetines nuevos. Ya iba siendo hora. Quizá le pediría a Riley que vendiese los viejos por eBay. Le encantaría oír su respuesta a esa sugerencia. Le estaría bien empleado por su intento de saquear el vestidor de Julian.

Había optado por un look de ninja geriátrico. Todo negro. Pantalones anchos y una camisa de mangas sueltas, con botones de pasamanería en la pechera. La señora Wu (la verdad era que le costaba pensar en ella como Betty) quedó muy impresionada, saltaba a la vista. Alzó tanto las cejas que, por un momento, dejaron de tocarse en el centro.

Empezaron a ejecutar juntos la ya familiar rutina de calentamiento. Julian se notaba mucho menos tambaleante y un poco más flexible que antes de que la señora Wu llamara a su puerta, dos semanas atrás. Su maestra había empezado a traer consigo una bolsa de alpiste cuyo contenido esparcía al principio de la sesión, de tal modo que, en breve, se veían rodeados de pájaros.

—Es bueno estar rodeados por la naturaleza —le había explicado—. Y es buen karma. Los pájaros tienen hambre y frío. Les damos de comer, se ponen contentos, nosotros nos ponemos contentos. —A veces, mientras se inclinaba hacia delante, con los brazos a la espalda, imitando a la señora Wu, veía descender a los pájaros hacia una semilla y le daba la extraña sensación de que se estaban sumando al ejercicio—. ¿Sientes a tus antepasados, Julian?

—No; ¿debería? —preguntó él.

¿Dónde estaban, y dónde se suponía que debía sentirlos? Qué idea tan desasosegante. Miró a su alrededor, casi temiendo ver a su padre sentado en el banco y observándolo con desaprobación por encima de sus gafas de leer.

—Siempre están a nuestro alrededor —dijo la señora Wu, que a todas luces se sentía en paz con ese concepto—. Lo sientes aquí —añadió mientras se daba un golpe fuerte con el puño en el pecho—. En el alma.

—¿Cómo nos hemos vuelto tan viejos? —preguntó Julian, por pasar a un territorio más cómodo. Oyó que le crujían las rodillas, contrariadas con el ejercicio—. Por dentro me siento como si aún tuviera veintiún años, pero luego me veo las manos, llenas de arrugas y manchas, y me parece que no me pertenecen. Ayer usé el secador de manos del Café de Monica y la piel del dorso se me onduló con el aire.

—Envejecer no es bueno en este país —dijo la señora Wu. Julian ya había descubierto que aquel era su tema de conversación favorito—. En China respetan a los ancianos por su sabiduría. Han tenido una vida larga, aprendido mucho. En Inglaterra, los viejos son incordio. Las familias los echan, los meten en asilos. Como cárceles para ancianos. Mi familia no me haría eso. No se atreverían.

A Julian no le cabía ninguna duda de que no. Sin embargo, él no estaba muy seguro de ser sabio o de haber aprendido mucho. No se sentía muy diferente de cuando era un veinteañero, por eso se llevaba aquellos sustos cuando se miraba en el espejo.

—Tiene una familia encantadora, señora Wu —dijo mientras levantaba la pierna derecha hacia delante, con los brazos extendidos a los lados.

—¡Betty! —corrigió ella, feroz.

—Baz, quiero decir Biming, es un encanto de chico. Y el otro, Benji, es una pareja estupenda, además.

La señora Wu hizo una pausa en mitad de un cambio de postura.

—¿Pareja? —preguntó, con cara de desconcierto.

Julian cayó en la cuenta de que a lo mejor acababa de cometer un gravísimo error. Había dado por sentado que la señora Wu sabía que su expresivo y afectuoso nieto tenía esas inclinaciones.

—Sí, ya sabe, una pareja de amigos. Se llevan muy bien. Como amigos. Ya sabe.

La señora Wu miró a Julian muy seria y, sin decir nada, adoptó con elegancia la siguiente postura.

Julian espiró aliviado. Por suerte, poseía una inteligencia emocional superior a la media. Parecía que había salido del paso.

Monica

Monica se había vuelto loca con la decoración navideña de la cafetería ese año. Las clases de pintura de Julian debían de haber liberado un instinto creativo que llevaba mucho tiempo enterrado. Había montado un árbol en La Biblioteca, decorado con adornos tradicionales de cristal y unas sencillas luces LED blancas. Cada una de las mesas presentaba un gran centro de hiedra y acebo, mientras que encima de la barra colgaba un gran manojo de muérdago. Benji repartía besos con alegría entre hombres y mujeres por igual.

—¡Será fresco! —chilló Baz desde la mesa seis.

—¿El zumo, dices? —replicó Benji con una sonrisa.

Llevaba todo el día sonando en bucle un recopilatorio navideño. Si Monica oía otra vez a Bono preguntar si la gente sabía que era Navidad, tiraría con mucho gusto el iPad de Benji al fregadero con todos los platos sucios.

El aroma intenso y complejo del vino especiado llenaba el café. Como era Nochebuena, Monica le había dicho a Benji que, por un día, la casa agasajaba con vino a todos los clientes habituales. Benji había entendido las instrucciones a su manera y entregaba cada copa con un piropo: «¡Esta noche está para comérsela, señora Corsellis!». Todos los niños se llevaban monedas de chocolate gratis, lo que ocasionó muchas sonrisas y huellas marrones de dedos. Monica luchaba desesperadamente contra el impulso de seguirlos con una bayeta húmeda. Se recordó que aquello era buena práctica para la maternidad. Miró el reloj: eran casi las cinco de la tarde.

—Benji, me llevo una petaca de esto al cementerio, si te va bien —dijo.

—No sé yo si la gente de allí necesita vuestro vino especiado, cielo —comentó burlona una de las mujeres que hacían cola.

Monica se subió al autobús y sonrió al ver que el conductor llevaba un gorro de Papá Noel. No recordaba la última vez que había estado tan emocionada por fiestas. Eran como las Navidades que habían precedido a «aquella», cuando aún eran una familia feliz de tres.

Cuando se acercaba al almirante desde la entrada al cementerio por Fulham Road, vio que Riley caminaba hacia ella desde el lado de Earl's Court. La saludó con la mano.

—«*God rest ye, Merry gentlemen*» —cantó cuando coincidieron ante la lápida de mármol.

Después dejó el villancico a medias y la besó. El calor del beso, su profundidad y el mareo que le causó reprodujeron dentro de Monica el efecto del vino que había bebido. No supo calcular el tiempo que pasaron entrelazados como la hiedra que cubría las lápidas vecinas antes de oír la voz de Julian.

—Ejem, ¿me voy a otra parte, mejor?

Se separaron de un salto. Monica se sentía como si su padre la hubiera pillado morreándose con un chico a la puerta de la disco del instituto.

—No, no, no —dijo Riley—. Al fin y al cabo, tú llegaste primero. Con al menos cuarenta años de ventaja.

—Te traemos vino especiado —anunció Monica, enseñándole el termo.

—Bueno, debo decir que no me sorprende ver que os... entendáis tan bien. Lo vi venir desde el momento en que Riley entró en mi clase de pintura. Los artistas vemos cosas que a los demás se les escapan. Tiene tanto de bendición como de maldición —lo dijo con la prosopopeya teatral de un actor shakespeariano—. Bueno, bueno, parece que todo está saliendo a pedir de boca. Y yo que pensaba que esta Navidad no podía ser mejor.

Monica sirvió un vaso de vino especiado para cada uno, satisfecha de tener una excusa para no compartir el Baileys de Julian. Quizá fuera la bebida favorita de Mary, pero era tan dulce que casi sentía disolverse sus dientes cuando la tomaba.

—Feliz Navidad, Mary —dijo, sintiéndose culpable por aquella reflexión tan poco caritativa.

—¡Feliz Navidad, Mary! —brindaron los otros dos.

—Buenas noticias con el tema de eBay, Julian —anunció Riley—. Ya hemos sacado unas mil libras limpias. Tu armario de la escalera es toda una mina de oro.

—Un trabajo excelente, joven Riley —replicó Julian—. Puedo ir de compras en las rebajas online. He encontrado una página web fantástica, se llama Mr. Porter. Tiene todo cuando necesita un caballero interesado por la moda. Tendrías que echarle un vistazo.

—Me conformo con Primark, gracias, Julian. Se ajusta más a mi presupuesto.

—Julian, tengo que volver al café para ayudar a Benji con el cierre —dijo Monica—. Pero nos vemos mañana a las once.

—Te acompaño, Monica —se ofreció Riley, lo que hizo que Julian le obsequiara con un guiño cómplice que habría parecido incongruente viniendo de cualquier otro jubilado.

Riley pasó el brazo por el hombro de Monica mientras avanzaban por Fulham Road. Londres se había vaciado con motivo de las fiestas y en las calles reinaba una paz algo inquietante. Cada transeúnte contaba una historia: el hombre que había salido a hacer compras de regalos de última hora, la madre que acompañaba a casa a sus hijos para poder envolver los regalos de sus calcetines, el grupo de machotes que volvían de una comida de Navidad con los del trabajo que se había alargado hasta primeras horas de la tarde.

Monica no recordaba la última vez que se había sentido tan relajada. Cayó en la cuenta, no sin gran sorpresa, de que en realidad no le importaba si Riley partía pronto de Londres. No le importaba cuáles fueran sus intenciones. Por el momento, era capaz de archivar mentalmente todas sus preocupaciones sobre su porvenir de solterona estéril, abandonada en un estante polvoriento, bajo la etiqueta de «pendiente». Lo único que le importaba era la perfección de aquel momento, su cabeza apoyada en el hombro de Riley y el paso leve y sincronizado de sus pies sobre la acera, al compás del villancico que sonaba en el pub. Se felicitó por haberse convertido en una auténtica gurú del *mindfulness*.

—Monica —dijo Riley, con una entonación vacilante poco propia de él—, espero que sepas lo mucho que me gustas.

Ella sintió una sacudida en el estómago como si estuviera en la montaña rusa, una combinación tan mezclada de miedo y placer que no sabía dónde empezaba el uno y terminaba el otro.

—Riley, esto parece el momento de la novela en que el protagonista confiesa que tiene mujer e hijos en casa —dijo, tratando de tomárselo a broma.

No sería su caso, ¿verdad?

—¡Ja, ja! No, claro que no tengo. Solo quería asegurarme de que lo sabías, nada más.

—Bueno, tú también me gustas mucho. —Parecía un momento tan bueno como cualquier otro para pronunciar unas palabras que llevaban una temporada en espera. Había dedicado algo de tiempo a practicar el nivel perfecto de indiferencia hasta llegar al extremo de grabarse con el iPhone para luego escucharse. Dios, ¿se había acordado de borrar la grabación?—. ¿Te apetece quedarte esta noche, ya que total tienes que venir mañana por la mañana? Siempre que no te importe que ande corriendo de un lado a otro rellenando pavo y pelando coles de Bruselas.

Riley titubeó, un segundo más de lo esperable; tiempo suficiente para telegrafiar lo que venía a continuación.

—Me encantaría, pero les prometí a mis compañeros de piso que celebraría esta noche con ellos, ya que mañana no estaré. Lo siento mucho.

Monica oyó en su cabeza el familiar sonsonete del «pues tampoco le gustas tanto» y lo aplastó como si fuera un mosquito pesado. Se negaba a dejar que nada la pusiera de mal humor. El día siguiente iba a ser perfecto.

Alice

Lo que más deseaba Alice en el mundo por Navidad era dormir seguido; le bastaría con aguantar hasta las siete de la mañana. Pero Bunty tenía otros planes. Se había despertado pidiendo comida y mimos a las cinco. Alice había tenido que usar leche de fórmula otra vez, aunque Bunty la odiara, por si acaso quedaban rastros de alcohol de la noche previa en su organismo. Tendría que sacarse leche para tirarla. Ni siquiera era lo bastante responsable para alimentar a su bebé como era debido. La cocina parecía una juguetería donde se hubiera producido un tumulto. Alice quería tenerlo todo recogido y dejar las verduras de la comida de Navidad preparadas antes de acostarse, pero la bronca tremenda que había tenido con Max había dado al traste con sus planes. Buscó el Nurofen en el armario, como si pudiera medicarse el recuerdo, además de la resaca.

Max había llegado a casa bastante tarde y además, claramente, un poco tocado después de llevarse su equipo a la comida de Navidad, que se había alargado en una tarde de juerga. Para cuando volvió a casa, ella estaba agotada y convencida de que sufría un principio de mastitis: un dolor atroz en las tetas, duras como piedras, y unas décimas de fiebre. Había buscado los síntomas en Google, donde había leído que unas hojas de col bien frías dentro del sujetador de lactancia la aliviarían. No había podido salir a comprar sin despertar a Bunty, que, por fin, dormía como una bendita. Por lo tanto, cuando Max apareció al fin, le pidió que fuese a comprar una col.

Tardó lo que a Alice se le antojó una eternidad, mientras ella se iba encendiendo poco a poco de rencor pensando en que él llevaba todo el día de parranda mientras ella estaba hasta el cuello entre pañales y toallitas húmedas. Al final regresó... ¡con una bolsa de coles de Bruselas! Le explicó que, como era Nochebuena, la mayoría de las tiendas estaban cerradas o tenían los estantes vacíos.

—¡Y qué hago yo con unas coles de Bruselas, con esas hojitas canijas e inútiles! —le chilló.

—Pensaba que eran para comer. ¿No come todo el mundo coles de Bruselas por Navidad? Es como una ley —replicó él, con su parte de razón, comprendió entonces Alice, mientras lo veía agacharse para esquivar las hortalizas de la discordia que ella le había tirado a la cabeza. Falló, pero las coles golpearon la pared, como si fueran metralla, y torcieron un collage enmarcado de fotos de Bunty de bebé sacadas de su página de Instagram.

Después Alice había sacado de la nevera una botella de vino y una caja de bombones con menta After Eight (ambas reservadas para el día de Navidad) y se las había acabado en un tiempo récord mientras repasaba todas sus redes sociales y pensaba de manera incongruente: «Así aprenderá».

En ese momento comprendió que Max no había aprendido nada o por lo menos no lo que ella había pretendido enseñarle. Lo único que había conseguido había sido despertarse a las tres de la mañana, deshidratada y sudando sauvignon blanco. Después había empezado a revolverse, gritándose en silencio a sí misma durante dos horas, tras las cuales Bunty se había unido a la fiesta, pero en su caso chillando a pleno pulmón.

Max entró en la cocina, le dio un beso en la parte de arriba de la cabeza, que aún se estaba sosteniendo con las manos, y dijo:

—Feliz Navidad, cariño.

—Feliz Navidad, Max —respondió ella, con toda la alegría que pudo reunir—. ¿Supongo que no podrás ocuparte tú un rato de Bunty, mientras duermo un poquito más?

Max la miró con los ojos como platos, como si hubiese sugerido invitar a casa a sus ancianos vecinos para una sesión de intercambio de parejas.

—Sabes que en otras circunstancias lo haría, cariño —dijo, aunque ella no era consciente de ello en absoluto—, pero mis padres llegan dentro de unas pocas horas y tenemos mucho que hacer. —Eso último lo dijo con un tono cargado de reproche y lo acompañó con una significativa mirada a los montones de juguetes, el fregadero rebosante, las basuras y las patatas sin pelar.

—Cuando dices «tenemos», Max, ¿significa que vas a ayudar? —preguntó Alice, tratando de mantener un tono lo más neutral posible. No quería otra discusión el día de Navidad.

—¡Pues claro que sí, cielo! Solo tengo que rematar un par de trámites engorrosos antes, y enseguida estoy contigo. Por cierto, te pondrás algo más apropiado antes de que lleguen mis padres, ¿no? —preguntó.

—Por supuesto —contestó Alice, que no se había planteado tal cosa.

Cuando Max se fue a su despacho, deseó poder cambiar de vida con la misma facilidad que de ropa.

Se sujetó a Bunty contra el pecho con el pañuelo para que estuviera contenta y segura mientras ella corría de un lado a otro ordenando y preparando la comida para los suegros. No le caía mal la madre de Max (por lo menos, eso intentaba), pero Valerie tenía... estándares. Rara vez criticaba en voz alta, pero Alice sabía que por dentro era un amasijo de juicios de valor, aún más virulentos por ser contenidos. Nunca había superado del todo que a Alice la hubiera criado en una vivienda de protección oficial de las afueras de Birmingham una madre soltera que trabajaba en la cafetería de un instituto. El padre de Alice las había dejado cuando su hermano menor era un bebé.

Valerie se había pasado toda su boda sentada con la espalda derecha como un palo, con su traje color lavanda con sombrero a juego, lanzando miraditas de reojo con cara de ciruela pasa decepcionada al otro lado del pasillo, donde estaba la familia de Alice. Esperaba algo mejor para su único hijo. Había puesto el listón tan alto que Alice, a pesar de su gusto impecable, sus modales cuidados y su pronunciación practicada, jamás podía aspirar a superarlo, así que en general limitaba a ahogar la frustración bebiendo.

Max, por supuesto, era ciego a todo aquello. A sus ojos, mamá no podía hacer nada mal.

Tras dos horas de actividad frenética, había dejado la cocina presentable y la comida encauzada. Quizá no estuviera lista para la hora de comer, pero si no pasaba nada podían empezar a las tres. Alice, sin embargo, seguía sintiéndose lejos de estar lista o presentable. Tenía el pelo sin lavar y recogido en un moño alto y despeluchado, mientras que su cara acusaba los estragos del vino, el chocolate y la falta de sueño, y su barriga posparto, acrecentada por su adicción a las galletas con mermelada, se derramaba por encima de los pantalones de yoga.

Entró en el estudio de Max sin llamar y le vio cerrar apresuradamente la pantalla del portátil. ¿Qué era lo que no había querido que viese? Le depositó a Bunty en el regazo sin miramientos y fue a ducharse.

Alice había supuesto que un bebé los acercaría más como pareja. Tendrían un nuevo propósito y una aventura compartida. Sin embargo, en la práctica, la llegada de Bunty parecía estar separándolos más.

Pensó en aquel portátil cerrado, las reuniones a altas horas de la noche y los silencios cada vez más largos entre ellos. ¿Tenía una aventura? ¿De verdad sería tan horrible que así fuese? Por lo menos así ella no tendría que sentirse culpable por todas las veces que fingía dormir, o padecer una migraña, para evitar el sexo. Pero pensar siquiera en semejante traición le dejaba sin aliento por la ansiedad. Ya se sentía inútil, antisexy e indigna de amor. Que Max confirmara esas sospechas podría ser la puntilla para ella. ¿Y si además quería el divorcio? No soportaba la idea de renunciar a su vida perfecta, por la que tanto había trabajado y por la que miles de mujeres menos afortunadas suspiraban al verla por Instagram.

«Para, Alice. Son las hormonas. Todo irá bien», se dijo mientras la ducha con hidromasaje azotaba su piel cansada.

No fue hasta más tarde cuando Alice cayó en la cuenta de que, mientras se preocupaba por si Max la abandonaba, no había pensado una sola vez que lo echaría de menos. Pero vamos, seguro que sí.

Julian

Julian estaba poniendo una particular atención al vestirse, ya que era un «día especial». Había escogido un conjunto diseñado por su vieja amiga Vivienne Westwood (quizá tendría que intentar localizarla; probablemente lo daba por muerto): falda y americana con estampados de cuadros escoceses desemparejados y corte asimétrico. Si uno no podía vestirse de Westwood el día de Navidad, entonces ¿cuándo iba a hacerlo? Tenía sintonizada en la radio una emisora de música que ponía «Fairytale of New York» y él coreaba la letra sobre que podría haber sido alguien en la vida.

Julian sí que había sido alguien y luego, nadie. Ese día volvía a sentirse alguien otra vez. Alguien invitado a una comida de Navidad, por lo menos. Con amigos. Porque eran amigos, ¿no? De los de verdad. Monica no se lo había pedido solo por compasión o sentido del deber, estaba seguro.

Recordó su primera Navidad después de Mary, en la que ni siquiera había sido consciente de lo señalado de la fecha hasta que había encendido la tele a media tarde. Todo aquel jolgorio navideño televisado lo había mandado de vuelta a la cama con una lata de alubias frías, un tenedor y un cuenco lleno de remordimientos.

Ensayó uno de sus movimientos de taichí delante del

espejo del vestidor. Se dio cuenta de que parecía un montañés escocés enloquecido. Pasó al salón, donde sus regalos para Monica, Riley, Benji, Baz y la señora Wu esperaban sobre la mesa de centro a que los envolviera. Tardó un poco más de lo previsto, ya que sus torpes dedos la liaron bastante con la cinta adhesiva. Intentó desenmarañarse sujetando el celo con los dientes y consiguió engancharse la boca a las manos.

Al salir a Fulham Road, vio a Riley caminando hacia él. Debía de haber atajado por el cementerio entrando por Earl's Court. Así que no se había quedado a dormir en casa de Monica. Qué anticuado. Julian nunca había sido tan chapado a la antigua, ni siquiera en los tiempos en que era de rigor. Su vestimenta pareció chocar un tanto a Riley; saltaba a la vista que estaba impresionado.

Monica tenía una pinta adorable al abrirles la puerta del café. Llevaba un vestido rojo cubierto por un sencillo delantal blanco de chef. Al parecer la habían pillado ante los fogones, porque tenía las mejillas encarnadas y los mechones de pelo que habían escapado de su habitual cola de caballo estaban húmedos. Además, tenía en la mano una cuchara de madera, con la que hizo un gesto amplio de bienvenida a la vez que decía:

—¡Pasad!

Había una mesa lo bastante grande para ocho puesta para cuatro en el centro de la cafetería. Estaba cubierta por un mantel de lino blanco sobre el que habían extendido pétalos de rosa pintados de color dorado con espray. Cada sitio estaba identificado con una piña dorada que sostenía una tarjetita con el nombre correspondiente. Había cartuchos rojos de cotillón, velas rojas y doradas y un centro de mesa de hiedra y acebo. Incluso Julian, con su ojo crítico, lo encontró soberbio.

—¿Te has pasado toda la noche en vela, Monica? —preguntó—. Está precioso. Como tú. Y es una opinión profesional.

Monica se ruborizó más aún.

—La verdad es que me he levantado bastante temprano. Podéis ir con Benji a La Biblioteca y dejar esos regalos bajo el árbol.

Una botella de champán descansaba en una cubitera sobre una de las mesas de la cafetería, junto a una gran bandeja de blinis con salmón ahumado. En el aire flotaban el olor del pavo asado y los villancicos del coro del King's College. Era uno de esos días en los que todos los planes cuajaban.

Monica se acercó y se quitó el delantal mientras se sentaba.

—Vale, disponemos de una hora antes de que tenga que meter las últimas verduras. ¿Abrimos unos regalos? Podríamos abrir unos cuantos ahora y los otros después de comer.

Julian, que, a diferencia de Monica, no era aficionado a posponer las gratificaciones, dijo:

—¿Podemos empezar con los míos, por favor?

Sin darles tiempo para poner pegas, sacó de debajo del árbol su montón de regalos, envueltos con papel a juego, y los repartió.

—Me temo que en realidad no he comprado nada —explicó—. Me ha bastado con rebuscar por mi casa.

Benji, que había sido el primero en rasgar el papel de su paquete, contemplaba el regalo que tenía en el regazo con la boca abierta.

—El *Sergeant Pepper*. En disco de vinilo. No puedes regalar esto, Julian. Debe de valer una fortuna —protestó Benji, aunque tenía el álbum agarrado como si no soportase la idea de separarse de él.

—Prefiero dárselo a alguien que lo aprecie como es debido, querido muchacho, y sé lo mucho que te gustan los Beatles. A mí nunca me hicieron mucha gracia. Demasiado buenos niños. Me iban más los Sex Pistols. Eran más de mi rollo.

Se volvió hacia Riley, que sostenía una camiseta original de los Rolling Stones con cara de pasmo.

—Bueno, hace un montón que quieres meterle mano a mi ropa, joven Riley. Puedes venderla, si quieres, pero creo que te quedará muy bien puesta.

El regalo que más ganas tenía de ver abierto Julian era el de Monica. Observó cómo retiraba el celo tira a tira y con cuidado, tardando una eternidad.

—¡Rómpelo y listo, querida muchacha! —le dijo.

Ella pareció escandalizarse un poco.

—Si lo rompes, después no puede reutilizarse —observó con el tono con el que se reñiría a un mocoso pasado de revoluciones.

Al final, apartó el papel y lanzó una exclamación ahogada. Era la reacción que Julian esperaba. Los demás formaron un círculo para contemplar el regalo que Monica tenía en el regazo.

—Julian, es precioso. Mucho más bello que yo —dijo.

La había pintado al óleo, en parte de memoria y en parte usando los bocetos que se había conseguido dibujar subrepticiamente durante sus clases de pintura. Solo era un pequeño lienzo en el que se veía a Monica con la barbilla apoyada en la mano y un mechón de pelo enroscado en torno al índice. Como en todos los retratos de Julian, las pinceladas eran atrevidas y amplias, casi abstractas, y el cuadro transmitía tanto por los detalles que omitía como por los que había incluido. Julian observó a la verdadera Monica. Parecía que estuviera a punto de llorar. De alegría, supuso.

—Es lo primero que pinto en quince años, aparte de nuestra reciente colaboración al estilo de Pollock —señaló—, o sea que me temo que estoy un poco oxidado.

Los interrumpieron unos golpes a la puerta. Benji, pensando que serían Baz y su abuela, fue a abrir. Julian dejó preparados los regalos de Baz y la señora Wu sobre la mesa, a su lado. Estaba de espaldas a la puerta, de manera que no vio la cara de Baz hasta que llegó adonde estaban con ellos. Los demás se habían callado.

—¿Pasa algo, Baz? —preguntó Monica—. ¿Dónde está Betty?

Julian tuvo el angustioso presentimiento de que sabía lo que venía a continuación. Sentía clavados los ojos de Baz mientras hablaba, pero no se atrevió a mirarlo. En lugar de eso, se concentró en sus zapatos. Un clásico calzado de cuero negro, muy bien abrillantado. Qué poca gente lustraba ya sus zapatos como era debido.

—La abuela no sale de su habitación desde anoche —dijo, con la voz tensa de rabia controlada.

—¿Por qué no? —preguntó Benji—. ¿Está enferma?

—A lo mejor deberías preguntárselo a Julian —replicó Baz.

Julian tenía la boca llena de blini, pero no podía tragar porque en apariencia se le había secado el gaznate. Cogió una copa de champán y le dio un buen trago.

—Lo siento muchísimo, Baz. Pensaba que lo sabía. No me puedo creer que hoy en día importe mucho de quién se enamora uno. No es como en los sesenta, cuando mi amigo Andy Warhol era el único hombre homosexual declarado que conocía. El armario, entretanto, estaba lleno a rebosar.

Todo el mundo guardaba silencio, tras sumar dos y dos y ver que daba cuatro.

—La abuela no se ha puesto del todo al día con la modernidad. No está muy... «concienciada», que digamos. Lleva horas gimoteando mientras dice que su vida ha sido en vano. ¿Qué sentido tiene haberse dejado los dedos trabajando para montar un negocio que heredasen sus descendientes si no va a tenerlos? Está fuera de sí.

Baz se sentó y apoyó la cabeza en las manos. Julian pensó que lo prefería furioso a desolado.

—¿Qué pasa con tus padres, Baz? ¿Se lo han tomado bien? —preguntó Benji mientras le tendía la mano.

Baz apartó la suya con un movimiento brusco, como si su abuela pudiera estar observándolos.

—Se lo han tomado con una calma sorprendente. Creo que lo saben desde siempre.

—No pretendo justificarme por haber descubierto el proverbial pastel, mi querido muchacho, pero ¿no es mejor que estas cosas salgan a la luz? ¿No es un alivio? Los secretos pueden costarte la salud. Lo sé por experiencia —dijo Julian.

—¡No te correspondía a ti revelar ese secreto, Julian! Yo se lo hubiese contado a mi manera, llegado el momento. O no. La franqueza no siempre es la mejor política. A veces guardamos secretos por un motivo, para proteger a la gente a la que queremos. ¿Tan terrible hubiese sido que la abuela se fuera a la tumba creyendo que mi esposa china y yo heredaríamos el restaurante y lo llenaríamos de pequeños bebés Wu?

—Pero yo... —dijo Julian, antes de que Baz lo interrumpiera.

—No me interesa, Julian. Y por cierto, no me creo ni por asomo que fueras amigo de Andy Warhol. O de Marianne Faithfull. O de la princesa Margarita, joder. Eres un fantasmón, ahí sentado con esa ridícula falda a cuadros. ¿Por qué no vuelves a tu vertedero y dejas de meterte en mis asuntos?

Y, tras decir esto, se levantó y salió por la puerta.

En el silencio atónito que dejó a su partida, podría haberse oído la caída de una aguja de pino sobre el suelo de roble pulido.

Riley

Riley nunca habría imaginado que el menudo, cariñoso y bonachón Baz pudiera enfadarse tanto. Había volcado toda la fuerza de su ira en Julian, que parecía haberse encogido en su asiento, como una mosca reseca atrapada en una telaraña. Desde que Riley lo conocía, había cobrado estatura, se había ido volviendo más confiado y exuberante. En espacio de unos minutos, todo eso se había esfumado.

Riley observó a Benji, un caso claro de daños colaterales. Parecía horrorizado y aterrorizado a partes iguales. El eco del portazo de Baz resonó en la cafetería durante varios segundos. Entonces habló Benji, con una vocecilla muy poco propia de él.

—¿Creéis que tendría que ir tras él? ¿Qué hago?

—Me parece que deberías dejarle solo durante un tiempo, para que se aclare y hable con su familia —dijo Monica.

—¿Y si su familia me odia? ¿Y si no le dejan verme más?

—Mira, no me ha parecido que tengan un problema contigo. Ni siquiera parece que sus padres tengan un problema con que Baz sea gay. Estamos en 2018, por el amor de Dios. Su abuela tiene que repensarse todo ese rollo dinástico y punto —protestó Riley—. En cualquier caso, no pueden impedir que te vea. Sois adultos los dos. Esto no es *Romeo y Julieta*.

—Mejor me voy —dijo Julian, en cuya voz se notaban todos y cada uno de los años que tenía—. Antes de causar más problemas.

—Julian —atajó Monica mientras se volvía hacia él con expresión feroz y la palma de la mano hacia delante, como una guardia de tráfico mandando parar a los coches que se acercaban—, quédate. Baz no hablaba en serio. Se quería desahogar, nada más. Esto no es culpa tuya; no podías saberlo. Yo sé que no querías que pasara esto.

—No, no quería —aseveró Julian—. En cuanto me di cuenta de que había metido la pata, intenté rectificar. Pensaba que lo había conseguido.

—Es posible que al final todo sea para bien. Benji, ¿no te parece bueno dejar de preocuparte continuamente por si la familia de Baz se entera? ¿Poder pasar por delante del restaurante cogidos de la mano? Hasta iros a vivir juntos. Quizá decidáis, algún día, que Julian os ha hecho un favor enorme. Ay, cielos. ¡Las patatas asadas!

Monica salió disparada hacia la cocina y Julian metió la mano en su bolsa, de la que sacó una polvorienta botella de oporto.

—La compré para después de comer, pero tal vez un buen lingotazo ahora podría calificarse como medicinal —dijo mientras servía un buen chorro en los vasos de Benji y de Riley, y luego en el suyo.

A Riley no le gustaba el conflicto; no estaba acostumbrado. ¿Allí era siempre todo tan complicado o era solo cosa del círculo en el que había aterrizado?

Los tres permanecieron en silencio, bebiendo el viscoso oporto color sangre, demasiado afectados por los sucesos recientes para hablar. Al cabo de unos quince minutos, que se antojaron horas, Monica avisó de que la comida estaba lista.

Por suerte, el cambio de escenario, de La Biblioteca a la mesa principal, obró una transformación en los estados de ánimo. Abrieron los cartuchos y cada uno se puso un sombrero de papel, y poco a poco la celebración fue recuperando una parte del buen ambiente con el que había empezado. Los cuatro parecían decididos a olvidar, al menos por el momento, el incidente.

—Monica, esta comida es fantástica. Tú eres fantástica —comentó Riley, apretándole la rodilla por debajo de la mesa.

Entonces, incapaz de resistirse al impulso, escaló por su muslo con los dedos. Monica se puso roja y se atragantó con una col de Bruselas; Riley no estaba seguro de si aquello se debía al cumplido o al contacto físico. Deslizó la mano un poco más hacia arriba.

—¡Arrrggg! —chilló cuando Monica le clavó el tenedor en la mano.

—¿Qué pasa, Riley? —preguntó Benji.

—Un calambre.

Riley miró comer a sus amigos. Monica cortaba cada bocado de comida con precisión y lo masticaba durante una eternidad antes de tragar. Julian había organizado su plato como una obra de arte abstracto. De vez en cuando cerraba los ojos con la boca llena y sonreía como si degustara todos los sabores. Benji, entretanto, paseaba la comida por el plato con aire melancólico; apenas probó bocado.

Se turnaron para leer los chistes malísimos que venían dentro de los cartuchos, siguieron dándole al vino, bebiendo más deprisa de lo que aconsejaba la prudencia, y el día pareció ir retomando el rumbo. Ya afrontarían más tarde la situación con Baz.

Riley ayudó a Monica a recoger la mesa. Metieron los platos en el lavavajillas o, mejor dicho, Riley los metió para que luego Monica los sacara y los colocara a su manera. Según ella, tenía un sistema. Luego Riley la alzó del suelo, la sentó en la encimera y la besó mientras la envolvía con los brazos y apretaba con fuerza. Olía a grosella negra y clavo. El beso, el vino y las emociones de la jornada hicieron que se sintiera mareado.

Le deshizo la coleta y la peinó con los dedos, ensortijando su pelo en torno a ellos para después tirarle de la cabeza hacia atrás con suavidad y besarle el hueco húmedo y salado de la base del cuello. Monica lo abrazó con las piernas y lo atrajo hacia sí. Riley amaba viajar. Amaba Londres. Amaba la Navidad. Y empezaba a pensar que amaba también a Monica.

—¿Es que no tenéis casa? —gritó Benji, y Riley se volvió para descubrirlos a él y a Julian plantados en el umbral, sonrientes. Julian llevaba una salsera y Benji, un cuenco de coles que habían sobrado.

—¡Pero no os vayáis hasta que hayamos tomado el pudin! —añadió Julian.

Monica colocó el pudin de Navidad en el centro de la mesa y todos se situaron de pie en torno a ella. Julian vertió brandy por encima y Riley prendió una cerilla y lo encendió, pero no sin antes quemarse los dedos.

—Eso te pasa por jugar con fuego, Riley —señaló Monica, alzando una ceja sugerente.

Riley se preguntó cuánto tardarían en irse Julian y Benji.

—Oh, bring us some figgy pudding! —cantó Benji.

Riley le pasó la mano a Monica por la cintura y ella apoyó la cabeza en su hombro.

Entonces se abrió la puerta. Riley cayó en la cuenta de que nadie había cerrado con llave tras la partida de Baz. Se volvió pensando que vería a este o a la señora Wu, pero no era ninguno de los dos.

—¡Feliz Navidad a todos! —dijo un hombre alto de pelo moreno con una voz que pareció llenar la sala entera y reverberar en las paredes—. ¡Me encanta que los planes salgan bien!

Era Hazard.

Hazard

Faltaban tres días para Navidad. La playa estaba repleta de recién llegados, incluidas al menos tres parejas de luna de miel que salpicaban todas sus frases con las palabras «mi marido» y «mi mujer» y trataban de superarse la una a la otra con sus demostraciones públicas de afecto. Hazard estaba tomando el té con Daphne, Rita y Neil en el Lucky Mother. Habían adoptado aquel ritual tan inglés un par de semanas antes y habían descubierto en él un reconfortante recordatorio del hogar, aunque Hazard no recordaba la última vez que había tomado el té por la tarde cuando estaba en Londres. A esas horas era más probable que estuviera atiborrándose de Lucozade y ketamina que de té y pastel. Rita hasta había enseñado a Barbara a hacer *scones*, que comían calentitos con mermelada de coco. Solo faltaba un poco de crema espesa para que todo fuera perfecto.

Neil les estaba enseñando el tatuaje que se había hecho durante su última visita a Koh Samui. Era un mensaje escrito en tailandés enroscado en torno a su tobillo izquierdo.

—¿Qué pone? —preguntó Hazard.

—Dice «quietud y paz» —replicó Neil.

A juzgar por la cara de pasmo de Barbara cuando echó un vistazo para ver lo que estaban admirando, no ponía eso en absoluto. Hazard le guiñó el ojo a Barbara y se llevó un dedo a los labios. Lo que Neil no sabía no podía hacerle daño.

—¿Qué haremos por Navidad para comer, Barbara? —preguntó Daphne—. ¿Tomaremos pavo?

—Pollo —respondió Barbara—. No serán los pollos escuchimizados de por aquí. He encargado unos bien hermosos en Samui. En Samui todo es más gordo. Hasta los turistas son más gordos.

Infló los carrillos y abrió los brazos para imitar el perímetro de un obeso, mientras sus clientes se recreaban en el cumplido implícito.

De improviso Hazard sintió añoranza de Londres. Del pavo relleno de castañas, las patatas asadas y las coles de Bruselas. Del frío y los villancicos. De los autobuses de dos pisos, la contaminación del tráfico y los metros abarrotados. De la BBC, el servicio de información horaria y el Kebab Kid de New King's Road. Y entonces lo supo.

Volvía a casa.

El único vuelo en el que pudo encontrar asiento fue el que nadie quería: implicaba viajar durante la Nochebuena y aterrizar en Heathrow la mañana de Navidad. En el avión se respiraba un ambiente tremendamente festivo, y el personal de cabina repartió champán gratis y el doble de bebidas de lo habitual. Todo el mundo se emborrachaba alegremente. Salvo Hazard, que intentaba mantener la vista fija al frente, pegada a la película que se reproducía en su pantalla, sin hacer caso al chasquido de los tapones metálicos de las botellas al desenroscarse ni la explosión de los corchos de champán. ¿Sería capaz algún día de oír un descorche sin sentir unas ansias viscerales?, se preguntó.

El aeropuerto y las calles estaban tan vacías que daban

escalofríos. Recordaba un poco a una película apocalíptica de zombis, pero mucho más alegre y sin hordas de muertos vivientes harapientos. Las pocas personas que había a la vista estaban llenas de amor al prójimo y tendían a llevar sombreritos cómicos y jerséis navideños.

Hazard había logrado compartir uno de los escasos taxis de servicio hasta Fulham Broadway, donde se apeó, saludó al aire frío como si fuera un viejo amigo y se echó la mochila a la espalda. Se sentía como si no hubiera estado allí desde hacía una eternidad, cuando era una persona totalmente distinta. Todavía no les había contado a sus padres que había vuelto. No quería alterar sus planes y, en cualquier caso, no le vendrían un mal unos días para aclimatarse antes de emprender la penosa tarea de tender puentes.

Caminó por Fulham Road en dirección a su piso. Vio, delante de él, el Café de Monica. Se moría de ganas de saber lo que había pasado desde que había despachado a Riley con *El proyecto de la autenticidad*. Comprendía que se había convertido en una obsesión tirando a malsana, algo que le ayudaba a no pensar en su desesperado anhelo de salir de su propia cabeza. Sabía que era muy improbable que Monica hubiese conocido a Julian, y más aún a Riley; solo era una historia pergeñada por su calenturienta imaginación.

Cuando llegó a la cafetería, no pudo resistirse a echar un vistazo dentro. Parecía una escena sacada de una felicitación navideña: velas a tutiplén, acebo, hiedra y una mesa cargada de sobras de un banquete de Navidad. Por un momento creyó que se trataba de un espejismo, porque allí mismo, tal y como había imaginado, estaban Monica y Riley, abrazándose. Y un anciano vestido con un extraordinario conjunto de dos tonos de tartán que no podía ser otro que Julian Jessop.

¡Era un genio! Qué extraordinaria proeza de ingeniería social, un fabuloso acto de bondad que daba su fruto. Hazard ardía en deseos de conocer a Monica y Julian como era debido, de presentarse como un agente crucial en el drama y comentar cómo habían llegado todos hasta allí. Abrió la puerta y entró, sintiéndose como un héroe en su triunfo.

La reacción no fue del todo la que se esperaba. Monica, Julian y el cuarto tipo, un pelirrojo alto, se limitaron a mirarlo estupefactos. Riley, entretanto, era como un conejo paralizado ante los faros de un camión. Parecía hasta horrorizado.

—¡Soy Hazard! —aclaró—. ¡Es evidente que entonces encontraste la libreta, Riley!

—Usted es el hombre que mandó la postal —dijo Monica, que no lo miraba con gratitud, como él había imaginado, sino con suspicacia y desagrado—. Será mejor que explique lo que está pasando.

Algo le dijo a Hazard, un poco demasiado tarde, que aquello tampoco había sido tan buena idea, a fin de cuentas.

Monica

Monica estaba reventada después del trajín de los preparativos, el carrusel de emociones y el exceso de alcohol, pero no recordaba un momento en el que hubiera sido más feliz. Experimentaba un subidón de buena voluntad, amistad y —gracias a la tórrida sesión de sobateo con Riley en la cocina— feromonas. Había logrado incluso no pensar en las consecuencias para la higiene y la seguridad de morrearse en la superficie de trabajo de una cocina profesional.

Entonces entró un hombre en el café. Tenía una cabellera morena y ondulada que daba la impresión de no haber visto unas tijeras en bastante tiempo, un mentón firme de superhéroe de cómic cubierto por una barba corta y un bronceado intenso. Cargaba con una gran mochila y parecía literalmente recién descendido de un avión procedente de algún lugar exótico. Le sonaba de algo y tenía el aire de alguien que espera que lo reconozcan. ¿Sería una especie de famosete de segunda fila? En ese caso, ¿qué diablos hacía en su café en pleno día de Navidad? Había anunciado que se llamaba Hazard.

Monica tardó unos minutos en recordar dónde había oído aquel nombre. ¡La postal! También se acordó de dónde había visto aquella cara. Era el capullo arrogante que la había embestido en la acera hacía unos meses. Una versión más delgada, morena y peluda de aquel. ¿Qué la había llamado? ¿«Guarra imbécil»? ¿«Zorra estúpida»? Algo por el estilo.

Monica estaba tan distraída que se perdió lo que dijo a continuación, pero saltaba a la vista que conocía a Riley. Allí pasaba algo raro. Ella le había enseñado la postal a Riley, que le había dicho que no conocía a Hazard. Una serpiente de angustia se enroscaba y desenroscaba en su estómago, mientras su cabeza hacía malabarismos con los hechos, tratando de encajar unos con otros.

Se negó a ofrecerle una silla. Iba listo si se creía que iba a mostrarse hospitalaria. Podía explicarle qué demonios pasaba estando de pie. «Zorra imbécil», eso le había dicho.

—Ejem —dijo Hazard, con una mirada algo nerviosa a Riley—. Yo encontré la libreta, *El proyecto de la autenticidad*, en una mesa del bar de allí enfrente. —Señaló hacia el local de vinos de la acera opuesta—. Leí la historia de Julian —prosiguió, saludando al aludido con la cabeza— y pensé que no te vendría mal que te echara una mano con tu campaña publicitaria, que me pareció algo insuficiente. —Monica le dedicó una de sus miradas más fulminantes. Hazard carraspeó y siguió adelante—. De manera que hice copias de tu cartel y las colgué en los sitios más obvios. Y me llevé conmigo la libreta a una isla de Tailandia. Quería ayudarte un poco, Monica. —No sabía por qué se tomaba tantas familiaridades con ella, como si la conociera—. Entonces, cuando ya estaba allí, cada vez que conocía a un tipo sin pareja hablaba con él para averiguar si sería un buen novio. Ya sabes, para ti...

Dejó la frase en el aire. Debió de ver lo humillada que se sentía. De repente todo cobraba una claridad espantosa.

—Y tú fuiste a parar a esa isla, ¿verdad, Riley? —dijo Monica, apenas capaz de mirarlo.

Él no dijo nada; se limitó a asentir con gesto contrito. «Cobarde. Traidor.»

Monica dio vueltas en su cabeza a aquella nueva realidad. Riley no había aparecido en la clase de pintura por una feliz casualidad. Lo había mandado Hazard para que se cepillara a su triste vecina solterona. No se había enrollado con ella porque fuera preciosa y no pudiera contenerse. Pues claro que no, niñata estúpida y arrogante. Había leído su historia y había sentido pena por ella. O había pensado que estaría desesperada. O las dos cosas. ¿Se habían estado riendo de ella a sus espaldas? ¿Era el motivo de alguna apuesta? «Te doy cincuenta libras si te llevas a la cama a la estrecha de la cafetería.» ¿La habría puesto Hazard en el punto de mira después de chocar con ella aquella noche? Y, de ser así, ¿por qué? ¿Qué le había hecho ella? ¿Estaba Julian también en el ajo?

De repente sintió un agotamiento insoportable. El vino y la comida que tanto había disfrutado de pronto se le removían en el estómago. Pensó que iba a vomitar y poner perdida su mesa, tan bien preparada. Pétalos de rosa pintados de dorado mezclados con cachos de zanahoria reconstituida. Todas sus flamantes visiones del futuro, el ridículo y optimista final feliz que había ido cobrando forma en su ilusa imaginación, debían ser rebobinados, borrados, para grabar encima la trama insulsa y anodina a la que estaba acostumbrada.

—Creo que será mejor que os vayáis todos —dijo—. Os habéis comido mi comida. Os habéis bebido mi vino. Ahora os podéis largar DE UNA PUTA VEZ de mi café.

Monica nunca decía palabrotas.

Riley

¿Cómo podía haberse torcido todo tanto? Hacía un momento tenía en perspectiva una ración de pudin de Navidad y otra de sexo, con la única preocupación de cuánto comer del primero para no echar a perder el segundo. De pronto, al cabo de un instante, Monica lo estaba echando a patadas. Y todo era culpa de Hazard.

—Lo siento mucho, Monica —dijo Hazard—. Solo intentaba ayudar.

—Para ti era un juego, Hazard. Jugabas con mi vida, como si estuviéramos en una especie de *reality* de la tele. No soy tu apadrinada, ni tu experimento social —le espetó Monica.

¿Qué diablos podía decir Riley para hacerle entender?

—Monica, puede que te conociera gracias a Hazard, pero no me he quedado contigo por eso. Me importas de verdad. Tienes que creerme —dijo, sospechando que sus palabras caían en saco roto.

Monica giró sobre sus talones para ponerse de cara a él. Deseó haberse quedado callado.

—No tengo que creer nada de lo que digas, Riley. Me has estado mintiendo todo este tiempo. Yo confiaba en ti, creía que eras auténtico.

—Nunca te he mentido. No te conté toda la verdad, lo reconozco, pero no dije ninguna mentira.

—¡Eso son puros sofismas de mierda, y lo sabes! —¿Sofismas? ¿Y eso qué era?—. Si estabas conmigo era solo por la libreta. Y yo que creía que era el destino; serendipia. ¿Cómo he podido ser tan tonta?

Parecía al borde de las lágrimas, lo que a Riley le parecía más alarmante que su furia.

—Bueno, eso es verdad, más o menos —dijo, intentando que se le notara en el tono que era sincero—, en el sentido de que pareces increíblemente fuerte pero, gracias a la libreta, yo sabía que, en realidad, por dentro, eres muy... —buscó en su cabeza la palabra adecuada y la encontró en el último momento— vulnerable. Creo que eso es lo que ha hecho que te quiera. —Cayó en la cuenta de que nunca le había dicho a Monica que la quería y que la primera vez llegaba demasiado tarde.

Por un instante, pensó que sus palabras quizá hubieran surtido efecto. Entonces Monica alzó el pudin de Navidad, que por suerte ya no estaba ardiendo, aunque sí tenía clavado un trozo de acebo muy puntiagudo, y lo arrojó levantando el brazo como una lanzadora de peso. Riley no supo distinguir si su objetivo era él, Hazard o los dos. Se apartó y el postre cayó al suelo como una montañita pegajosa.

—¡Fuera! —chilló Monica.

—Riley —dijo Hazard en voz baja—, creo que lo mejor será que hagamos lo que dice la señorita y esperemos a que se calmen un poco las aguas, ¿no te parece?

—Ah, ¿conque ahora soy «la señorita», y no la «zorra imbécil»? ¡Capullo condescendiente! —exclamó Monica.

Riley se preguntó de qué narices estaba hablando. ¿Había perdido el juicio?

Caminaron marcha atrás hasta la puerta y salieron antes

de que Monica les tirase nada más. Riley distinguió a Julian a un par de manzanas de distancia. Le dio una voz, pero el pintor no le oyó. Desde atrás, parecía un hombre mucho más anciano que el que Riley conocía. Caminaba encorvado y arrastrando los pies, como si intentase ejercer el menor impacto posible sobre su entorno. Un taxi le pasó por delante y al pisar un charco le salpicó de agua las piernas desnudas, aunque Julian no pareció ni darse cuenta.

—Todo esto es culpa tuya, Hazard —dijo Riley, consciente de que sonaba como un crío repelente, aunque le daba lo mismo.

—¡Oye! Eso no es justo. Yo no sabía que no ibas a hablarle de *El proyecto de la autenticidad*. Esa decisión fue cien por cien tuya, y bastante estúpida, si no te importa que te lo diga. Deberías saber que lo de ocultar un dato clave nunca acaba bien —protestó Hazard.

A Riley sí que le importaba, en realidad. Monica tenía razón: Hazard era un capullo condescendiente.

—Mira, el bar está abierto. Vamos a tomarnos una copa —dijo Hazard, tirando a Riley del brazo y dirigiéndole hacia el otro lado de la calle.

Riley estaba dividido. No tenía nada claro que le apeteciese pasar un rato con Hazard en esos momentos, ni de hecho nunca, pero quería hablar de Monica con alguien y no estaba de humor para aguantar el jolgorio etílico de sus compañeros de piso. Al final se impuso su necesidad de charlar y siguió a Hazard al interior del local.

—Aquí fue donde encontré la libreta de Julian —le informó Hazard—, en esa mesa, ahí mismo. Parece que haga muchísimo tiempo de eso. ¿Qué quieres tomar?

—Una Coca-Cola para mí, por favor —dijo Riley, que había tomado alcohol de sobra para un día.

—Una Coca-Cola y un whisky doble —pidió Hazard al

barman, que llevaba, con bastante poca gracia, una diadema luminosa de cuernos de reno.

Riley se interpuso entre los dos.

—Bien pensado, amigo, mejor que sean dos Coca-Colas, por favor. —Se volvió hacia Hazard—. Olvidas que he leído tu historia. Eso no te sentaría nada bien.

—En realidad lo haría estupendamente. Aparte, ¿qué más te da a ti que pulse el botón de autodestrucción? Ahora mismo no soy tu persona favorita en el mundo, que digamos, ¿verdad?

—En eso tienes razón pero, aun así, no pienso dejar que te jodas la vida delante de mis narices. Con lo bien que lo llevabas. Cuando te conocí en Koh Panam te tomé por un fanático de la vida sana.

—¿Y si solo me tomo uno? Eso no puede hacerme ningún daño, ¿a que no? A fin de cuentas, es Navidad.

Hazard miró a Riley como un niño que sabe que se está pasando de la raya pero aun así no renuncia a intentarlo.

—Sí, claro. Y dentro de diez minutos me dirás que otra más tampoco importa y, para medianoche, me estaré preocupando sobre cómo diablos llevarte a casa. La verdad, ya me has causado bastantes problemas.

Las palabras de Riley hicieron que Hazard se viniera abajo.

—Ya, cojones. Si sé que tienes razón. Por la mañana me habría odiado a mí mismo. Hace ochenta y cuatro días que no pruebo el alcohol ni las drogas, ¿sabes? Tampoco es que lleve la cuenta ni nada parecido —dijo Hazard mientras cogía, sin demasiado entusiasmo, la Coca-Cola que le ofrecía el barman. Caminó hasta la mesa que le había señalado antes a Riley y se sentó en el banquito—. ¿No se te hace raro pensar que la última vez que tomamos algo juntos fue en la otra punta del mundo, en la playa más perfecta del planeta? —le preguntó a Riley.

—Sí. Allí todo era mucho más fácil —respondió este con un suspiro.

—Lo sé pero, créeme, cuando llevas dos meses empiezas a darte cuenta de que todo es muy superficial. Tanta amistad pasajera acaba por ser aburrida. Yo estaba desesperado por volver con mis amigos de verdad. El problema es que no me queda ninguno. Los sustituí hace años por cualquiera a quien le gustara tanto la fiesta como a mí. Y aunque quisiera ver a esos amigos fiesteros, no me habría ni quitado el abrigo y ya me estarían ofreciendo alcohol y drogas. No hay nada que le guste menos a un adicto que una persona sobria. Sé de lo que hablo.

Hazard contemplaba su vaso de Coca-Cola con una expresión tan lastimera que a Riley le estaba costando mantenerse enfadado con él.

—Las cosas superficiales no tienen nada de malo, socio —dijo Riley—. Lo que causa problemas es tanta profundidad. ¿Qué demonios le cuento a Monica? Cree que los dos nos traíamos entre manos una especie de juego. Sé que ahora mismo no lo parecía, pero en realidad debajo de esa fachada es muy insegura. Estará destrozada.

—Mira, no soy el mayor experto mundial en lo que pasa dentro de la cabeza de las mujeres, como habrás adivinado, pero estoy bastante seguro de que, cuando Monica se calme un poco, comprenderá que se lo ha tomado demasiado a la tremenda. Por cierto, unos reflejos impresionantes. Pensaba que te daba de lleno con ese pudin —dijo Hazard con una sonrisa.

—¡Te apuntaba a ti, no a mí! Tiene que estar muy cabreada. Si algo odia Monica es ver comida en el suelo, aunque sean unas migajas diminutas, invisibles para el ojo humano —replicó Riley, irónico.

—¿Y qué, cuánto te gusta? —preguntó Hazard—. Acerté de lleno, no me digas que no.

—Ahora ya no tiene importancia, ¿verdad? —dijo Riley. Después le preocupó que hubiera sonado un poco hostil, y añadió—: Para ser sincero, al principio fue todo un poco confuso, por culpa de la condenada libreta. Me hacía sentir que la entendía muy bien, pero también me dio un poco de miedo. O sea, solo he venido a pasar una temporadita, y lo que ella busca es un gran... compromiso. Quizá esto sea para bien. —Nada más pronunciar esta frase, Riley comprendió que no opinaba eso en absoluto.

—Mira, dale un día o dos y luego habla con ella. ¿Sabes qué?, intenta demostrar «autenticidad»; ja, ja —dijo Hazard—. Seguro que te perdona.

Pero ¿qué sabía Hazard? Él y Monica no estaban exactamente en la misma longitud de onda. A decir verdad, el único consuelo de Riley en aquella situación era que, por atravesado que lo tuviera Monica a él en esos momentos, a Hazard no podía ni verlo.

Alice

La comida fue un desastre. Max había descorchado el champán nada más llegar sus padres a las once de la mañana. Alice se había tomado dos copas con el estómago vacío. Después se había empujado otra de vino tinto que tenía reservada para la salsa mientras cocinaba. La combinación de falta de sueño, nervios y demasiado alcohol la había llevado a liarse con todos los tiempos de cocción. El pavo quedó seco, las coles de Bruselas hechas una plasta y las patatas asadas, duras como piedras. Y se había olvidado por completo de la salsa.

La madre de Max había recitado las consabidas fórmulas de felicitación a la cocinera, pero —como tenía por costumbre— colando de rondón unas críticas disfrazadas de cumplido.

—Qué bien pensado usar relleno del súper. Yo siempre lo hago en casa y es una tontería, porque tardo una eternidad para que me quede bueno.

Alice sabía a la perfección lo que insinuaba, pero Max no tenía ni idea.

Habría preferido estar en casa de su madre, con sus hermanos y sus respectivas familias, apretujados y felices en el pequeño salón. Con el paso de los años, las alfombras, cortinas y muebles que su madre había ido escogiendo en función de su disponibilidad y precio, más que por estética, se habían combinado hasta crear un dispar y chocante mosaico de motivos y colores. Todos llevarían sus chillones jerséis navideños y sombreritos de papel, mientras discutían y se tomaban el pelo unos a otros.

La casa de Alice en Fulham estaba pintada con la tonalidad exacta del surtido de Farrow & Ball, mientras que los muebles estaban conjuntados y eran discretos, con algún toque suelto del último color de moda. Todo el espacio era de planta abierta, y un asesor de iluminación había invertido horas, y una porción nada desdeñable de la prima de Max, para asegurarse de que pudiera crearse el ambiente adecuado para cada ocasión. Todo de un gusto impecable. Todo sin rastro de alma. No había nada que desagradase, pero tampoco nada que encantara.

Después de comer, Alice ayudó a Bunty a abrir más regalos. Comprendía que se le había ido la mano por completo y estaba segura de que un psicólogo diría que se trataba de una reacción a las Navidades de su infancia, cuando la mayoría de los regalos eran algo hecho en casa o heredado de otro niño. Todavía recordaba el desdén con el que había recibido el costurero que su madre le había hecho con todo el cariño cuando tenía diez años, provisto de agujas y un arco iris de hilos, botones y telas. Ella quería un reproductor de CD. ¿Cómo podía haber sido tan desagradecida?

Se obligó a volver al presente y subió a Instagram una foto muy mona de Bunty mordiendo el papel de uno de sus regalos, con todos los hashtags de costumbre. Sin venir a cuento, Max le arrancó el teléfono de las manos.

—¿Por qué no puedes vivir de verdad tu puñetera vida en vez de fotografiarla a todas horas? —le dijo entre dientes mientras lanzaba el móvil a una esquina de la habitación, donde aterrizó en una caja de piezas de construcción, que hizo saltar afuera como si fuera una bola de demolición.

Se produjo un silencio atónito.

Alice esperó a que alguien la defendiera, a que alguien le dijese a Max que se había pasado de la raya y que no podía hablarle así a su mujer.

—Alice, cielo. ¿Cuándo le toca la siesta a Bunty? —preguntó su suegra en cambio, como si los instantes anteriores no hubieran sucedido.

—No, ejem, no tiene una hora fija para hacer la siesta —respondió Alice, tratando de no llorar.

La madre de Max frunció los labios con gesto de desaprobación. Alice se preparó para el consabido sermón sobre la importancia de la rutina y lo perfecto que había sido Max de bebé, porque dormía toda la noche del tirón desde el mismo instante en que llegó a casa del hospital.

—Bueno, ¿por qué no sacáis a la pequeñina a dar un paseo Max y tú, Alice, y ya ordeno yo un poco por ti? Os sentará bien un poco de aire fresco.

A Alice no se le escapó que aquello era una crítica velada a su desempeño como ama de casa camuflada de amabilidad, pero no pensaba discutir. Ardía en deseos de perder todo aquello de vista, a pesar de saber que, en cuanto traspasara la puerta, sus suegros se pondrían a hablar de sus numerosas carencias. Sin humillarse más aún rebuscando en la caja de juguetes, se olvidó del móvil, cogió a Bunty y su bolsa y salió de la habitación, seguida por Max, que parecía tener las mismas ganas de pasar un rato con ella que ella con él.

En cuanto se cerró la puerta, se encaró con él.

—¿Cómo te atreves a humillarme de esta manera delante de tus padres, Max? Se supone que somos un equipo —dijo, y esperó una disculpa.

—Bueno, pues a mí no me parece que seamos ningún

equipo, Alice. Cada segundo que no estás con Bunty lo pasas tonteando con las puñeteras redes sociales. ¡Yo también tengo necesidades, sabes!

—¡Joder, Max! ¿Tienes celos de un bebé? ¿Tu bebé? ¡Perdona si no te hago tanto caso como antes! —exclamó, pensando que era verdad que no se lo hacía—, pero Bunty me necesita más que tú. A lo mejor podrías intentar ayudar un poco más.

—No es solo eso, Alice —replicó Max, que de pronto parecía más triste que enfadado—. Has cambiado. Hemos cambiado. Solo intento hacerme a la idea.

—¡Pues claro que hemos cambiado! ¡Ahora somos padres! Hace nada he tenido que pasar un melón por el ojo de una cerradura, me he convertido en un tirador de leche con patas de la noche a la mañana y hace semanas que no duermo más de tres horas seguidas. Es evidente que no puedo ser la misma persona que la relaciones públicas marchosa con la que te casaste. ¿Qué te esperabas?

—No estoy seguro —contestó Max en voz baja—. ¿Sabes? Recuerdo nuestra boda, cuando te vi caminar hacia el altar y pensé que era el hombre más afortunado del mundo. Creía que nuestras vidas estaban bendecidas.

—Yo sentí lo mismo, Max. Y sí que estamos bendecidos. Es normal que ahora lo pasemos mal. Todo el mundo dice que los primeros meses con un bebé recién nacido son difíciles, ¿no es verdad?

Esperó a que Max respondiera, pero este no lo hizo.

—Mira, vuelve adentro y habla con tus padres —dijo Alice—. No tengo ganas de pelear más. Estoy demasiado cansada. Volveré a tiempo para el baño de Bunty.

Tenía la sensación de que habían retirado un ladrillo más de los tambaleantes cimientos de su matrimonio.

Alice se sentó en el banco del parque desierto. Empujaba el Bugaboo de Bunty adelante y atrás con el pie para ver si le entraba sueño. Veía que a su hija le pesaban los párpados cada vez más mientras se mascaba el puño con las encías y ponía perdido de babas su pelele de renos (@minimes).

Alice no sabía qué hacer con las manos sin su móvil. No paraba de tocarse el bolsillo para luego recordar que lo había dejado en casa. No quería volver allí, pero estaba en un sinvivir sin nada que valorar, publicar o comentar. Necesitaba una distracción para no tener que pensar en la bronca con Max; era demasiado deprimente. ¿Qué hacía para matar los ratos libres antes de meterse en las redes sociales? No lo recordaba.

Abrió la bolsa, por si había dejado dentro algún número de *Grazia*. No hubo suerte, pero sí encontró aquella libreta verde que había cogido en el parque unos días antes y luego olvidado por completo. A falta de otra cosa que hacer, la sacó y empezó a leer.

«Todo el mundo miente sobre su vida.» ¡Ya te digo! Los cien mil seguidores de @aliceinwonderland desde luego no veían la lamentable realidad de la existencia de Alice. Pensó en todos sus *posts* que la mostraban con Max, mirándose arrobados el uno al otro o extasiados con el bebé. ¿Qué era esa libreta? ¿La habían dejado adrede para ella?

«¿Qué pasaría si, por una vez, compartiéramos la verdad?» ¿Hay alguien que quiera saberla? ¿En serio? A menudo no es bonita; tampoco es aspiracional. No encaja limpiamente en un cuadradito de Instagram. Alice presentaba una versión de la verdad; la que la gente quería ver aparecer en su muro. Como se pasara de real, perdería seguidores a patadas. Nadie quería saber nada de su matrimonio no tan perfecto, sus estrías o la conjuntivitis y la costra láctea de Bunty.

Leyó la historia de Julian. Parecía una persona fabulosa,

pero muy triste. Se preguntó qué estaría haciendo ese día. ¿Tenía alguien con quien compartir la comida de Navidad? ¿Estaría solo en su casita de los Chelsea Studios? ¿Seguía poniendo la mesa para su difunta esposa?

Empezó a leer la historia de Monica. Conocía bien esa cafetería. Estaba bastante segura de que la había etiquetado en unas cuantas publicaciones recientes. Lo típico: mirad mi café, con un corazón dibujado en la espuma de la leche, y mi saludable cuenco de fruta, yogur y avena. A decir verdad, tenía una imagen mental de Monica: eficiente, yendo de un lado a otro del café, diez años mayor que ella pero todavía guapa, con un aire intenso y algo estirado.

Entonces cayó en la cuenta, pasmada, de que la mujer que la había obsesionado, la que bailaba con tanto abandono la noche anterior, era Monica, ni más ni menos. En su momento no había atado cabos porque la visión que había contemplado parecía muy diferente de la mujer que estaba acostumbrada a ver durante el día.

Leyó sobre las ansias de maternidad de Monica. «Ten cuidado con lo que deseas», pensó torvamente mientras Bunty empezaba a revolverse con cara de estar preparándose para una sesión de berreo. ¿Había sentido ella aquella desesperación por tener un bebé en algún momento? No lo recordaba, pero suponía que sí.

Qué extraordinario resultaba que hubiera envidiado la vida de Monica, cuando en todo momento lo que esta quería era lo que Alice más daba por sentado. Sintió un hilo invisible pero irrompible que la conectaba con aquella mujer fuerte pero triste a la que no conocía de verdad. Contempló a Bunty, sus preciosas mejillas regordetas, sus ojos azules sin fondo, y sintió una oleada de amor que juró que jamás se permitiría olvidar.

Hazard. Ese sí que era un nombre para un héroe romántico. Esperaba de todo corazón que fuera un bellezón. Sería un desperdicio llamarse Hazard pero ser un tipo esmirriado con la nuez demasiado marcada y acné. Se lo imaginó cabalgando, sin silla ni camisa, al borde de un acantilado en Cornualles. Ay, Dios; debían de ser las hormonas.

Alice estaba firmemente en contra de las drogas pero, al leer aquella historia, tuvo la inquietante sensación de que su propia relación con el alcohol no distaba mucho de la que tenía Hazard con la cocaína. No solo bebía para soltarse el pelo en las fiestas, lo hacía para superar la jornada. Dejó de lado aquel pensamiento irritante. Se merecía una copa de vino (o tres) por la noche. Además, todo el mundo hacía lo mismo. Sus redes sociales estaban llenas de memes sobre «las vino en punto» y «el reposo de la mamá». Hacía que se sintiera adulta, como si aún tuviera una vida. Eran los momentos que reservaba para ella misma y —la verdad— se merecía algunos.

Leyó hasta el final la historia de Hazard y comprendió lo que este había hecho. ¡Qué fuerte! ¡Era como aterrizar en mitad de una novela de Danielle Steel! Hazard había encontrado al hombre de los sueños de Monica, Riley, y lo había enviado a Londres para que la salvara de su deprimente soltería. ¡Qué romántico! ¡Y además había funcionado! Seguro que Riley era el hombre con el que la había visto en el Café de Monica, mirándola a los ojos con tanta adoración.

Se moría por leer la siguiente historia, que daba por sentado que sería la de Riley. La vio escrita con una letra claramente masculina a lo largo de las tres siguientes páginas de la libreta, pero tenía que volver para bañar a Bunty. A lo mejor podía permitirse unos minutitos en dar un pequeño desvío y pasar por delante del Café de Monica, para de ese modo echar un vistazo rápido por la ventana, nada más. Así se quitaría de la cabeza durante un rato más aquella pelea espantosa con Max. Estaba bastante segura de que estaría cerrado por Navidad, pero no costaba nada acercarse para comprobarlo. A Bunty le gustaría alargar el paseo.

Giró a la izquierda para salir del parque a Fulham Road, justo por delante del restaurante chino. Estaba allí desde que le alcanzaba la memoria, pero nunca había entrado. Ella era más de makis de aguacate y cangrejo que de pollo *chow mein*. Las aceras estaban bastante despobladas, ya que la mayor parte de Fulham parecía haberse evacuado al campo para pasar las vacaciones, motivo por el cual los dos hombres que vio plantados delante del restaurante le llamaron la atención. Formaban una pareja curiosa. Uno parecía chino; era muy bajito pero estaba muy enfadado, e irradiaba una energía que contrastaba con su estatura. El otro hombre era un pelirrojo alto y bien formado que estaba seguro de reconocer de alguna parte. Parecía que estuviese... llorando. ¿Qué demonios pasaba allí? A lo mejor no era la única que llevaba un día de perros. Se sintió un poco culpable, porque aquello la animaba un poco.

Mientras caminaba hacia el café, se dio cuenta de que era lo primero que hacía con cierta emoción, en lugar de porque fuese su deber y punto, desde hacía mucho tiempo. Los últimos meses habían sido una sucesión de tareas domésticas mundanas: dar el pecho, pasar toallitas, limpiar, cambiar ropa, cocinar, planchar, hacer la colada y repetimos, *ad infinitum*. Lo de no saber qué pasaría a continuación era una novedad. La vida con un recién nacido era espantosamente predecible. Después Alice se riñó por haber pensado aquello y se recordó la suerte que tenía.

Al acercarse al café, le pareció ver que las luces estaban encendidas. Eso no significaba necesariamente que estuviera abierto. Se diría que muchos de los comercios locales dejaban las luces encendidas las veinticuatro horas del día y los siete días de la semana. Era algo que le molestaba bastante; @aliceinwonderland estaba muy concienciada con tratar bien el planeta. Había dejado de usar vasos de café desechables y bolsas de plástico mucho antes de que estuviera de moda. Había intentado incluso utilizar pañales reutilizables, pero eso no había acabado bien.

Miró por la ventana. Allí, sentada a solas a una mesa puesta para varias personas, estaba Monica. Llorando. Llorando de verdad, con la cara inflada y a moco tendido, nada de llanto fotogénico. Era sin duda de esa clase de mujeres a las que no les conviene llorar en público. A lo mejor, si llegaban a hacerse amigas, Alice podía decírselo. Le haría un favor.

Sintió que se evaporaba su buen humor. Con lo que le habría gustado creer que vivieron felices y comieron perdices. ¿Qué demonios podía haber salido mal? ¿Cómo podía la perfecta escena romántica que había presenciado apenas unos días antes haberse metamorfoseado en aquella estampa de soledad y tristeza?

Alice era una gran defensora de la solidaridad femenina. Las mujeres tenían que cuidarse entre ellas. También suscribía el lema de «En un mundo en el que puedes ser cualquier cosa, sé amable». Lo tenía estampado en una camiseta. No podía pasar de largo y dejar a una mujer como ella misma berreando de aquella manera. Aparte de todo, no sentía que Monica fuera una extraña. Le daba la impresión de que la conocía, por lo menos un poquito. Mejor que a la mayoría de sus «mejores amigos», para ser sincera.

Alice sacó la libreta de la bolsa, como tarjeta de presentación, se irguió en toda su altura, esbozó una sonrisa amistosa pero comprensiva y entró en el local, donde tuvo que bordear una plasta marrón de aspecto maligno que había en el suelo. ¿Qué diablos era aquello?

Monica alzó la vista con la cara surcada de rímel.

—Hola, me llamo Alice. Encontré *El proyecto de la autenticidad*. ¿Estás bien? ¿Puedo ayudarte?

—Ojalá nunca hubiera tocado esa maldita libreta y, desde luego, no quiero volver a verla —replicó Monica, pronunciando cada palabra como si fuera una ráfaga de ametralladora, de tal modo que hizo que Alice diera un paso atrás—. No quiero ser grosera, la verdad, y estoy segura de que tú, como todos los demás, crees que me conoces, porque has leído la historia que nunca debería haber escrito, pero no es cierto. Y desde luego yo no tengo ni puta idea de quién eres tú. Ni tampoco quiero saberlo. Así que, por favor, lárgate y déjame en paz.

Y eso fue lo que hizo Alice.

Monica

Monica no bajó de su piso hasta la tarde del veintiséis. El café parecía un escenario de teatro abandonado a mitad de obra. Estaba la mesa, todavía puesta para el postre, con los vasos medio llenos. Estaba el árbol de Navidad, bajo el que aún quedaban regalos sin abrir. Y después, en el suelo, como una gigantesca boñiga de vaca con fruta, estaba el pudin de Navidad, de cuyo centro aún asomaba un airoso tallo de acebo.

Monica llenó un cubo de agua caliente y jabón, sacó los guantes de goma y se puso manos a la obra. Limpiar siempre le había parecido terapéutico; demasiado, para ser sincera. Las cinco estrellas de su clasificación de higiene, que exhibía en un lugar destacado de la ventana del café, eran uno de sus mayores orgullos. Hasta las expresiones relacionadas ayudaban. Un corte limpio. Pasar a limpio. Barrer con todo.

Después de haber tenido un tiempo para calmarse, Monica comprendía que era improbable que Hazard y Riley le hubieran tendido una trampa. Creía la afirmación de Riley de que ella le gustaba de verdad (no pensaba que aquellos besos pudieran fingirse), pero aun así se sentía humillada. La indignaba que Riley le hubiera mentido durante todo aquel tiempo. La indignaba pensar que Hazard y Riley se compadecían de ella. Le ardía la sangre cuando los imaginaba hablando de ella, planeando cómo rectificar su triste vida. Qué estúpida se sentía. No estaba acostumbrada a sentirse estúpida. Si había ganado el premio Keynes en el examen preuniversitario de Economía, por el amor de Dios.

Justo cuando empezaba a creer que podían pasar cosas buenas de improviso y que era digna de que la amase alguien tan maravilloso como Riley, resultaba que todo estaba preparado de antemano. Su madre siempre le había dicho que, si algo parecía demasiado bueno para ser cierto, probablemente era así. Y Riley, desde luego, parecía demasiado bueno para ser cierto.

A lo largo de las semanas anteriores había sentido que se destensaba. Había empezado a dejarse llevar y a contener las manifestaciones más exageradas de su obsesión por planificarlo todo. Se había sentido más feliz y despreocupada. Y mira para lo que había servido, menudo desastre.

Monica ya no tenía ni idea de qué pensar.

Lo que sí sabía era que no quería verlos a ninguno de ellos, por lo menos durante una temporada. Quería que todo volviera a ser como antes de descubrir aquella estúpida libreta en su café, antes de escribir su historia y antes de involucrarse sin saberlo en un plan maestro ajeno. Aquel mundo, pese a ser insulso y anodino, por lo menos resultaba seguro y predecible.

Cayó en la cuenta, con un sobresalto, de que no había cancelado la clase de pintura de aquella semana. Cogió el teléfono y abrió el grupo de WhatsApp que había montado para el curso. «Se cancelan las clases de pintura hasta nuevo aviso», escribió. No sentía necesidad de disculparse o dar explicaciones. ¿Por qué iba a hacerlo?

Caminó hasta La Biblioteca. El precioso retrato que le había pintado Julian estaba, boca arriba, sobre la mesa de centro. Desde él la miraba una Monica diferente, una que no sabía que su vida se basaba en una mentira.

Metió la mano debajo del árbol y sacó el regalo en cuya etiqueta ponía PARA MONICA CON AMOR, DE RILEY XXX. Se planteó tirarlo a la basura sin mirar lo que había dentro, que era lo que le pedía el orgullo, pero le pudo más la curiosidad.

Retiró el papel de regalo con cuidado. Debajo había un precioso cuaderno color turquesa que reconoció de inmediato como un Smythson. ¿Le había comentado a Riley que era su marca favorita de toda la vida? Debía de haberle costado una fortuna. En la tapa, escritas con letras doradas, estaban las palabras ESPERANZAS Y SUEÑOS. Se lo acercó a la nariz y aspiró el olor a piel. Después lo abrió y leyó la dedicatoria de la guarda:

> *¡Feliz Navidad, Monica! Sé lo mucho que te gustan los artículos de escritorio de calidad, sé lo mucho que te gustan las listas y sé lo mucho que te mereces que todos tus sueños y esperanzas se hagan realidad.*
> *Con amor,*
>
> *Riley xxx*

Era el regalo perfecto. No fue hasta que empezó a ver borrosas las palabras que Riley había escrito cuando se dio cuenta de que estaba llorando y que unos manchurrones salados emborronaban la perfección del cuaderno. Eso la hizo llorar más aún.

Lloró por lo que podría haber sido, por la versión de un futuro perfecto que había flotado por un momento ante sus ojos y que había empezado a creer que podría hacerse realidad. Lloró por la fe en sí misma que había perdido; se creía muy fuerte e inteligente pero se había demostrado crédula y estúpida. Pero, por encima de todo, lloró por la chica en la que creía haberse convertido: una mujer impulsiva, espontánea y amante de la diversión, que hacía las cosas por capricho, sin preocuparse por las consecuencias. La chica que escribía secretos en libretas y los echaba a volar. La chica que se enamoraba alegremente de apuestos desconocidos.

Ya no existía.

Alice

Eran las once de la noche y Alice estaba sentada en la mecedora del cuarto de Bunty, a la que amamantaba a la tenue luz de una lamparilla de Beatrix Potter. Todavía estaba hecha polvo por la discusión con Max del día anterior y que ninguno de los dos había vuelto a mencionar desde entonces. Los chillidos que le había pegado Monica, por otro lado, tampoco ayudaban; para que hablaran de sororidad. Metió la mano en la bolsa, sacó la libreta y subió un poco la luz para poder leer, aunque no tanto como para que Bunty se despertase y no volviera a conciliar el sueño. Buscó la página donde la letra de Hazard daba paso a la de Riley y sintió un hormigueo de emoción. ¿Qué secretos podía ocultar un hombre tan guapo?

Me llamo Riley Stevenson. Tengo treinta años y soy un jardinero de Perth; la de Australia. Al parecer hay otra en Escocia. Por responder a las preguntas de Julian, sé cómo se llaman todos mis vecinos y ellos me conocen a mí. Desde que era muy pequeño. Al cabo de un tiempo puede resultar un poco agobiante, la verdad. En parte me fui por eso.

¡Vaya! ¿Cómo se las estaría apañando en Londres? Eso sí que era pasar de un extremo a otro. Alice cambió ligeramente de postura a Bunty, para poder pasar la página.

Supongo que mi verdad es que estoy cabreado porque todo el mundo da por sentado que, solo porque no me como tanto la cabeza como muchos de estos británicos, soy una especie de bobalicón. Y no es paranoia, ojo. Lo piensan de verdad.

Ser feliz y franco debería ser algo bueno y no una especie de defecto de carácter, no fastidiemos. No ser complicado no es lo mismo que ser simple, ¿verdad?

Ay, pensó Alice, qué monada de niño.

A veces veo que Monica o Julian me miran como si fuera un crío, veo que piensan: «Qué mono».

Hala. ¿Le estaba leyendo la mente aquel cuaderno?

Mira, en realidad esta libreta no me gusta nada. Gracias a ella he hecho varios buenos amigos, pero desde que la encontré mi vida se ha vuelto menos auténtica, en vez de más. Mi relación con Monica se basa en una mentira. Todavía no le he contado que nos conocimos gracias a esta libreta y ni siquiera recuerdo por qué no lo hice.

Vivir en esta ciudad sin sol, sin plantas, sin tierra, me está cambiando. Siento que tengo que volver a mis raíces. Ni siquiera lo que he escrito aquí lo siento como mío. Yo no me dedico a esto de analizarme. Conmigo las apariencias no engañan. Por lo menos antes era así.

¿Y sabes qué? La libreta tampoco cuenta la verdad sobre ninguno de los demás.

Al leer la historia de Julian te imaginas a un anciano triste e invisible, pero el Julian al que yo conozco es el ser humano más maravilloso del mundo. Hace que la vida parezca más colorida. Hace que te entren ganas de ver lugares en los que no has estado y experimentar sensaciones nuevas.

Por lo que respecta a Hazard, si no lo hubiera conocido en persona pensaría que era un capullo arrogante y egoísta, pero el hombre con el que hablé en Tailandia era tranquilo, amable y un poco triste.

Luego está Monica, que cree que nadie puede quererla. Sin embargo, es cariñosa, generosa y buena. Junta a la gente y cuida de ella. En ese sentido, es una jardinera nata, como yo, y será una mamá genial. Si consigue relajarse un poquito, sé que encontrará todo lo que desea.

Voy a contarle a Monica la verdad. Después de eso, no estoy seguro de lo que pasará. Pero al menos nuestras raíces estarán plantadas en una tierra fértil, no en la arena, y así tendremos una oportunidad.

¿Qué harás tú ahora? Espero que esta libreta te traiga más suerte que a mí.

Alice sintió una extraordinaria melancolía. A juzgar por su encuentro con Monica de aquella tarde, la cosa no había salido todo lo bien que Riley esperaba. No le había parecido que Monica tuviese nada de cariñosa, generosa o buena, ni tampoco había cuidado mucho de Alice. Había sido un poco borde, la verdad.

Adorable Riley. Un jardinero sin jardín.

Y fue entonces cuando se le ocurrió un plan.

Julian

Julian estaba cómodo envuelto en su capullo. Era vagamente consciente de que sonaba un timbre a lo lejos, pero no podía hacer nada al respecto, ni siquiera aunque hubiese querido. Se sentía muy alejado de todo.

—¡Julian! Hora de levantarse. No puedes quedarte en la cama todo el día —dijo Mary.

—Déjame —protestó él—. Me pasé casi toda la noche pintando. Mira en el estudio y lo verás. Casi he terminado.

—Lo he visto y es brillante, como siempre. Tú eres brillante. Pero ya casi es hora de comer. —Después, como sabía que era su debilidad—: Te haré unos huevos Benedict.

Julian estiró una pierna hacia el suelo para ver si tocaba a Keith, tumbado a los pies de la cama. No estaba allí.

Abrió un ojo. Mary tampoco estaba. Hacía mucho tiempo que no estaba allí. Volvió a cerrar el ojo.

Solo una cosa le impedía dejarse arrastrar por el sueño y lo mantenía amarrado, a duras penas, al suelo. Sabía que había algo que tenía que hacer. Tenía la sensación de que había gente que dependía de él. Tenía una responsabilidad.

Oyó un pitido. En esa ocasión sonó al lado mismo de su oreja. Estiró el brazo para coger el móvil que había olvidado que tenía. Había un mensaje en la pantalla: «Se cancelan las clases de pintura hasta nuevo aviso». Eso era, la cosa que buscaba a tientas en su cabeza. Ahora podía despreocuparse. Quizá podía quedarse allí sin más, bajo las mantas, hasta que llegado el momento lo apartasen los bulldozers para dejar sitio a un complejo de ocio corporativo.

BATERÍA BAJA, advertía la pantalla. Dejó el teléfono donde estaba sin enchufar el cargador y volvió a taparse la cabeza con la colcha, inhalando su olor mohoso y reconfortante.

Hazard

Hazard había vuelto a la ciudad después de pasar cuatro días en Oxfordshire con sus padres. Por increíble que pareciera, no le habían echado muchas cosas en cara y se habían limitado a dar muestras de alivio por verlo sano y relativamente feliz, aunque a su madre sí le había sorprendido bastante coincidir con él en el desayuno todas las mañanas, como si hubiese esperado que escapara por la noche para irse de juerga. Para ser justos, eso es exactamente lo que hubiese hecho en los viejos tiempos. Se preguntó cuánto tiempo haría falta antes de que volviera a confiar en él. A lo mejor ese momento no llegaba nunca.

Se habría quedado más tiempo, pero sus padres habían organizado una fiesta de Nochevieja para el Rotary Club y le pareció más seguro pasar la noche solo. Tenía planeado estar acostado mucho antes de la medianoche, dando gracias a la suerte porque, por primera vez desde que le alcanzaba la memoria, empezaría el Año Nuevo en su propia cama, sin resaca ni la compañía de alguien cuyo nombre no recordaba.

Cogió el teléfono para mirar la hora. Era un modelo básico de prepago. Nunca había sonado, ya que nadie tenía el número (con la excepción de su madre desde esa misma mañana). Cayó en la cuenta de que ni siquiera sabía qué tono estaba seleccionado. Siempre había sido una persona gregaria, sociable y trabajadora, de modo que le estaba costando adaptarse a aquel mundo sin amigos ni empleo. Sabía que no podía evitar la vida eternamente.

Eran las cuatro y media de la tarde. Se puso el abrigo, cerró su piso con llave y caminó hacia el cementerio. Estaba seguro de que, a esas alturas, las secuelas del artefacto incendiario que había detonado sin querer el día de Navidad habrían amainado y se encontraría con que Monica, Julian y Riley volvían a ser amigos. Dado que su antiguo círculo social estaba vedado en esos momentos, tenía puestas bastantes esperanzas en poderse unir al de ellos.

Pasó por delante del Café de Monica. Estaba oscuro. En la puerta un cartel anunciaba: CERRADO HASTA EL 2 DE ENERO.

Sentado en la tumba del almirante, Hazard estaba tan pendiente de si Julian o Monica se acercaban por el lado sur del cementerio que no reparó en que Riley llegaba por el norte hasta que lo tuvo a un par de pasos de distancia. ¿A lo mejor Riley querría tener su número de teléfono? ¿Cómo pedírselo sin sonar un tanto triste o desesperado?

—Entonces ¿no sabes nada de ellos? —preguntó Riley—. Llevo toda la semana esperando a que fuese el viernes a las cinco, con la esperanza de que apareciesen.

—Nada. Llevo quince minutos aquí. Estamos solos los cuervos y yo. ¿Cómo están las cosas entre tú y Monica? —preguntó Hazard, aunque el encorvamiento derrotado de los hombros de Riley le hacía sospechar que sabía la respuesta.

—No me devuelve las llamadas y el café está cerrado. También me preocupa Julian. Tiene el teléfono apagado y he llamado a su puerta todos los días desde Navidad, pero no hay respuesta. Por lo general solo sale de casa entre las diez y las once de la mañana, y no dijo que fuera a irse de viaje. ¿Crees que debería llamar a la policía?

—Vamos juntos y haces otro intento —propuso Hazard—.

Entre otras cosas, si me quedo aquí un rato más puede que se me congele el trasero y se quede pegado a la tumba del almirante.

El nombre que había junto al timbre de Julian ponía J&M JESSOP, a pesar de que M llevaba ausente casi quince años. Hazard lo encontró insoportablemente triste. Empezaba a descubrir que el nuevo Hazard se estaba volviendo un sentimental. A pesar de que llamaron al timbre sin parar durante unos cinco minutos, siguieron sin obtener respuesta.

—Vale, vamos a preguntarle a Monica si sabe dónde está y, de lo contrario, llamamos a la policía —dijo Hazard.

—Conmigo no quiere hablar —advirtió Riley—, o sea que mejor pruébalo tú. Aunque tampoco es tu mayor fan.

Por su voz se diría que le aliviaba bastante no ser el único en el disparadero.

—¿Vive cerca? —preguntó Hazard.

—Sí, encima del café —respondió Riley.

—Genial, vamos a verla.

Aquella misión compartida creaba un vínculo entre los dos, como soldados embarcados en una operación especial, y marcharon con camaradería silenciosa y resuelta en dirección al café. Riley señaló la puerta, pintada de amarillo botón de oro, a través de la cual se subía al piso de Monica, y llamaron al timbre. No hubo respuesta. Aporrearon la puerta del café. Nada. Hazard se bajó de la acera, lo que hizo que un taxi negro que pasaba en aquel momento diera un volantazo y le pitase, y estiró el cuello hacia atrás para inspeccionar la ventana de Monica.

—¡Has pasado demasiado tiempo viviendo en una isla que solo tenía una carretera, tío! —exclamó Riley.

—Nadie que no sienta una saludable falta de respeto a la muerte puede tomar drogas duras durante una década —explicó Hazard—. Aunque sería irónico que, después de todo lo que he pasado, me matara un taxi en plena Fulham Road. —Después añadió—: Mira, hay luz. ¡MONICA! ¡TENEMOS QUE HABLAR CONTIGO! ¡MONICA! MONICA, ¿HAS VISTO A JULIAN? ¡NECESITAMOS TU AYUDA!

Cuando ya estaba a punto de rendirse, se abrió la ventana de guillotina y apareció la cabeza de Monica.

—Por el amor de Dios, ¿qué van a pensar los vecinos? —susurró furiosa, con un tono que guardaba un parecido inquietante con la madre de Hazard—. Esperad. Bajo yo.

Al cabo de unos minutos se abrió la puerta. Monica llevaba el pelo recogido en un moño imperfecto y ensartado con un lápiz, y se había puesto una camiseta grande y amorfa y unos pantalones de chándal, dos prendas que Hazard ni siquiera imaginaba que pudiera tener. Más que invitarles a entrar en el café, los empujó.

—Monica, estaba desesperado por hablar contigo —dijo Riley.

—Riley, de momento vamos a centrarnos en el asunto que tenemos entre manos, ¿vale? —interrumpió Hazard antes de que su compañero se pusiera todo intenso y mandara al garete la misión—. Ya os ocuparéis de eso más tarde. La pregunta que importa ahora es: ¿has sabido algo de Julian recientemente? ¿Desde el día de Navidad?

Monica arrugó la frente.

—No. Ay, Dios, me siento fatal. He estado tan ensimismada con mis problemas que ni siquiera he pensado en él. ¿Qué clase de amiga soy? Entiendo que ya habéis probado en su casa y con su móvil.

—Un montón de veces —dijo Riley—. Ojalá supiera su número fijo. No sale en la guía.

—Fulham 3276 —recitó Monica.

—Caramba —exclamó Riley—, ¿cómo es posible que recuerdes eso?

—Memoria fotográfica. ¿Cómo te crees que me saqué el título de abogada de la City? —replicó Monica, sin dejarse engatusar por los elogios de Riley—. Creo que esta zona de Fulham va con el 385, de modo que el número completo sería 0207 385 3276.

Marcó el número en su móvil y puso el manos libres. El teléfono sonó y sonó hasta que acabó por volver al tono de línea.

Estaban tan concentrados en el teléfono de Monica que tardaron un rato en darse cuenta de que alguien llamaba a la puerta del café. Era Baz, que lucía unas gafas estilo John Lennon, una chaqueta de cuero negra y una expresión agobiada. Monica abrió la puerta y le hizo pasar.

—Hola, chicos. Tengo que hablar con Benji, de verdad. ¿Sabéis dónde está? —preguntó, con la respiración algo entrecortada—. Quiero pedirle perdón. Me pasé un poco.

—Ahora es un poco tarde para eso —dijo Monica, tajante—. Ha ido a pasar el *Hogmanay* a Escocia. Estuvo unos días intentando como un loco hablar contigo. Baz, te presento a Hazard —dijo sin mirarlo ni una sola vez. Pronunció su nombre como si fuera una palabrota.

—Hola —saludó Baz sin apenas una pausa para echarle un vistazo—. ¿Sabes su teléfono fijo de allí? Tiene el móvil apagado o fuera de cobertura.

—No, lo siento. Parece que estamos todos igual —añadió Monica—. Nosotros intentamos localizar a Julian. Nadie ha sabido nada de él desde Navidad.

Se produjo una pausa incómoda tras la mención de la palabra «Navidad», durante la cual todos rememoraron aquel día.

—Eso no pinta bien. Vamos a buscar a la abuela. Suele verlo todas las mañanas para hacer taichí. Ella sabrá lo que pasa.

Partieron los cuatro juntos hacia la estación de Broadway, suspendidas las hostilidades en pro de una causa mayor.

Betty negó con vigor con la cabeza.

—Fui a hora de siempre para taichí, pero no abre lunes, martes, miércoles, jueves, viernes —explicó, contando los días con los dedos—. Supone que está con familia.

—No tiene familia en el Reino Unido —aclaró Monica—. Vamos a su casa, a ver si podemos entrar.

Los cinco juntos dejaron atrás Broadway y siguieron hasta los Chelsea Studios. A esas alturas ninguno albergaba ya demasiadas esperanzas de que hubiera respuesta en la entrada, y así fue.

—Encontramos vecino —dijo la señora Wu, que se puso a tocar todos los botones que había por encima y por debajo del nombre de Julian con índices agresivamente puntiagudos, al tuntún, como si estuviera dirigiendo una pieza experimental con una orquesta sinfónica.

—Recordad que la abuela escapó de la China comunista en los años setenta —les susurró Baz a Riley y Hazard—. Ella y mi padre cruzaron nadando la bahía hasta Hong Kong, con sus pertenencias más preciadas atadas a la espalda, como tortugas. Betty Wu no se anda con chiquitas.

Al cabo de un rato sonó una voz metálica, no poco irritada, por el interfono.

—Si pretenden venderme paños de cocina o hablarme de la salvación eterna, no me interesa —dijo.

—Abra, por favor. Nos preocupa amigo. No visto desde hace días —explicó la señora Wu.

Oyeron un gemido inconfundible y luego, al cabo de unos minutos, una rubia platino repeinada de cierta edad les abrió la puerta. Su cara presentaba una lisura cérea, pero el cuello envuelto en un fular de Hermès recordaba al de un pavo. Parecía la clase de mujer que, cuando su marido la acompañaba en coche a alguna parte, se sentaba en el asiento de atrás.

—¿A quién buscan? —preguntó sin presentarse.

—A Julian Jessop —contestó Monica, que no pensaba dejarse intimidar por nadie.

—Bueno, suerte con eso. Nosotros llevamos casi seis años viviendo aquí y puedo contar con los dedos de las manos las veces que lo habré visto. —Agitó ante sus ojos sus garras recién salidas de la manicura—. A lo mejor con los de una mano, bien pensado. No ha participado en ninguna reunión de la asociación de vecinos. —Los miró con los ojos entornados, como si los culpara personalmente de la escasa participación de Julian—. Yo soy la presidenta —añadió, un dato que era tan innecesario como previsible—. Supongo que será mejor que entren. Cielo santo, pero ¿cuántos son?

Pasaron por delante de ella dándoles las gracias con un asentimiento de cabeza y se dirigieron hacia la entrada de la casita de Julian.

—¡Si lo encuentran, díganle que Patricia Arbuckle tiene que hablar con él urgentemente! —les gritó a la espalda—. ¡Si no tengo noticias suyas pronto, lo dejaré en manos de mis abogados!

Riley llamó con fuerza a la puerta. A Hazard le sudaban las palmas de las manos mientras esperaban respuesta. Y eso que él ni siquiera conocía a Julian, aunque en realidad sentía que sí.

—¡JULIAN! —gritó la señora Wu, con una voz muy potente viniendo de alguien tan menuda.

Monica y Riley miraron a través de las ventanas de la parte delantera, que, gracias a la primera, ya no eran del todo opacas.

—No veo nada fuera de lo normal, aunque es difícil de apreciar, para ser sincera —dijo Monica—. Ya vuelve a estar todo desordenado.

Empujó hacia arriba la hoja de la ventana de guillotina y la abrió unos treinta centímetros. Lo que de verdad necesitaban, pensó Hazard, era un niño pequeño.

—¡Yo entro por ventana! —exclamó la señora Wu, que, en efecto, tenía el tamaño de un niño pequeño—. ¡Biming! ¡Sujeta pies! ¡Tú, grandullón, sujeta cuerpo!

Hazard tardó unos instantes en deducir que se dirigía a él.

La señora Wu alzó las manos por encima de la cabeza y Hazard la agarró por el torso mientras Baz y Riley se ocupaban de sus piernas. La mujer estaba de cara al suelo.

—¡Derecha! ¡Delante! ¡Por ventana! —les gritó como una comandante militar, y por la brecha la introdujeron, cual paquete por buzón. Se produjo una pausa de unos instantes mientras la señora Wu descendía al suelo y luego se levantaba.

—¡Abre la puerta, abuela! —dijo Baz.

Al cabo de unos minutos, habían conseguido entrar.

La casa de Julian olía a falta de cariño. Las cortinas estaban echadas, hacía un frío helador y las telarañas habían vuelto por sus fueros. Riley, que conocía la distribución mejor que nadie, estaba haciendo un reconocimiento de la planta baja.

—Aquí abajo no hay ni rastro de él, vamos a mirar en su dormitorio. Se sube por allí —dijo señalando la escalera de caracol de hierro forjado que llevaba al entresuelo. Monica abrió la marcha, seguida por Riley la señora Wu. Hazard la oyó gritar:

—¡Julian!

Era evidente que lo habían encontrado. Hazard contuvo la respiración, temiéndose lo peor. Al final, Monica asomó por la puerta del dormitorio de arriba.

—Está bien, solo tiene mucho frío y está confundido —anunció. Hazard vio que su aliento formaba vaho cuando exhaló poco a poco—. Dios sabe cuándo fue la última vez que comió. Baz, ¿puedes encender la calefacción? Señora Wu, ¿puede traer un poco de su sopa mágica curativa? Julian está emperrado en que no quiere ir al hospital, o sea que iré a ver si puedo encontrar un médico que venga a hacerle un reconocimiento. Riley, si encuentras alguna tienda abierta, ¿puedes intentar comprar un poco de Angel Delight? Sabor caramelo, como es obvio.

¿Por qué era obvio?, se preguntó Hazard. Le daban ganas de levantar la mano para preguntar si había algún encargo para él, pero le daba miedo que Monica volviese a tirarle algo a la cabeza. Fue en busca de una tetera. Su madre siempre decía que en caso de crisis lo mejor era una buena taza de té.

Monica

No parecía el Julian que Monica conocía. Lo había encontrado hecho un ovillo en la cama, como un apóstrofe, tan flaco y consumido que su cuerpo apenas abultaba bajo las mantas. En el suelo, junto a la cama, había tres latas vacías de alubias en salsa de tomate, una de ellas con un tenedor dentro, además del teléfono móvil. La falda y la americana de cuadros que llevaba la última vez que lo había visto estaban tiradas en el suelo de cualquier manera junto a la puerta, como si la persona que las llevaba puestas se hubiese evaporado de repente o hubiera sucumbido a una combustión espontánea, como la bruja de *El mago de Oz*.

Por un pavoroso instante, que le pareció que durase una hora, Monica lo había dado por muerto. Estaba totalmente inmóvil y, cuando le había tocado la mano, le había notado la piel fría y pegajosa. Sin embargo, al gritar su nombre, le había visto agitar los párpados y emitir una especie de gemido.

En esos momentos estaba sentado en un sillón frente a un fuego vivo. Baz, después de pasar un rato buscando la caldera, había comprendido que Julian no tenía calefacción central, solo unos cuantos radiadores eléctricos independientes, ninguno de los cuales estaba encendido. En esos momentos estaba envuelto en varias mantas mientras saboreaba una taza de la sopa de pollo y maíz de Betty.

Había pasado a verlo uno de los médicos de cabecera del consultorio local y le había recetado calor, comida y fluidos, además de unos antibióticos para las úlceras que le había causado su larga inmovilidad en la cama. Había mascullado unos enigmáticos comentarios sobre la presión creciente que ejercía «cada uno de estos episodios» sobre el corazón ya débil de Julian, por lo que Monica supuso que no era la primera vez que sucedía algo parecido. Por lo menos ya habían conseguido que volviera algo de color a sus mejillas, y se le veía un poco menos cadavérico.

Monica estaba segura de que la postración de Julian estaba relacionada con las broncas del día de Navidad, de manera que se estaba desviviendo por mostrarse amable con Riley delante de él. Riley, entretanto, parecía hacer todo lo posible por congraciarse con ella. Monica había estirado la cuerda, por curiosidad, para ver hasta dónde estaba dispuesto a llegar, diciéndole que el baño de debajo de Julian necesitaba una limpieza a fondo. Riley había salido al trote con un cubo, lejía y un estropajo, como un cachorrillo obediente. Ni en broma iba a tener de nuevo un enredo romántico con él, pero suponía que podían ser amigos por el bien de Julian.

Por lo que respectaba a Hazard, no creía que fuese a gustarle nunca alguien que jugaba tan alegremente con la vida de las personas. ¿Qué hacía él allí? ¿Quién lo había invitado a acoplarse a su círculo? Ya había conocido a otros como él, tan acostumbrados a ser objeto de admiración y a salirse con la suya que ni siquiera se cuestionaban su derecho a ser incluidos.

Todo en él la irritaba, desde su sonrisa hollywoodiense demasiado perfecta y su estúpida barba de hípster hasta sus mocasines de niño pijo. Cuando tenía dieciséis años, poco después de que muriera su madre, su padre la había convencido, en contra de su criterio inicial, para que fuese al baile del instituto. La había besado un chico que parecía una versión joven de Hazard y ella había empezado a pensar que tal vez, con un poco de suerte, las cosas empezarían a mejorar. Después había descubierto que el chaval lo había hecho por una apuesta. «A ver si consigues que la empollona de la clase se te abra de piernas.» Había dejado de ir al instituto durante varios meses después de aquello.

Además, ¿qué clase de nombre era Hazard? Aunque la verdad era que le pegaba. Era la clase de tío que debería venir con una señal de advertencia.

Como si intuyera que estaba pensando en él, Hazard se volvió hacia ella.

—Oye, Monica. ¿Conseguiste convencer a Julian para que diera una clase de pintura en el café? —preguntó.

—Sí —contestó ella mientras tomaba nota mental de que debía restablecer las clases lo antes posible, aunque solo fuera por el bien de Julian.

Hazard insistió, a pesar de la escueta respuesta de Monica.

—¿Puedo apuntarme? No hago nada artístico desde la universidad. Me encantaría probar otra vez.

Monica lo imaginó en la universidad, organizando fiestas de etiqueta y lamiendo helado italiano de las caderas, afiladas como cuchillas, de exalumnas del internado de Roedean con nombres como Davina.

—No creo que haya sitio —dijo. Luego añadió, tras una pausa que era un desplante—: Lo siento.

Por desgracia, a pesar de su avanzada edad, Julian tenía oído de murciélago.

—Pues claro que hay sitio, compañero. ¡Metemos una silla más y listos!

—¿Te doy mi nuevo número de teléfono? —le preguntó Hazard mientras le mostraba un móvil sorprendentemente anticuado.

—¿Y para qué demonios lo querría yo? —le espetó Monica.

¿Se creía acaso que todas las mujeres estaban interesadas en él?

—Esto... ¿para que puedas llamarme si hay novedades sobre la clase de pintura? —respondió Hazard, que parecía algo desconcertado.

—Ah, ya entiendo. No hace falta, basta con que te presentes. Los lunes a las siete de la tarde. —Pensando que a lo mejor se había pasado un poco de agresiva, Monica decidió tenderle una hojita de rama de olivo—. ¿Qué hacías en Tailandia, Hazard? —preguntó, obligándose a adoptar un tono más amistoso.

—Hummm. Fui a desintoxicarme —contestó él.

Monica tuvo que contenerse para no poner los ojos en blanco. Se lo imaginaba a la perfección. Cada dos por tres veía imágenes de famosos que lo hacían en las revistas del corazón que la gente dejaba en su cafetería y ella fingía no leer. Habría estado en un algún balneario de lujo, bebiendo batidos orgánicos y recibiendo varios masajes al día, para rebajar unos kilitos antes de la temporada de fiestas. Seguro que todo había corrido a cuenta de un fondo fiduciario cortesía de papá y mamá.

—Qué suerte que en el trabajo te dieran tanto tiempo de vacaciones —dijo, para poner a prueba su teoría.

—No, en realidad ahora mismo estoy entre trabajos —aclaró él.

Aquello significaba en idioma pijo que no tenía necesidad de trabajar. Estaba convencida de que Hazard nunca había tenido que preocuparse por sacar la nota necesaria en un examen o vender ropa de cama suficiente para pagar el alquiler; a él le bastaba con acudir a la red de padrinos y amigotes del instituto para encontrar una ocupación elegante que no entorpeciera su vida social, sus vacaciones o sus «desintoxicaciones».

Baz había tenido que volver al restaurante para ayudar a sus padres, que lo tenían completamente reservado con motivo de la Nochevieja. Los demás no querían dejar a Julian. A Monica le preocupaba que se pusiera a hibernar otra vez en cuanto salieran por la puerta. Betty se había ausentado y había vuelto con empanadillas al vapor y rollos de primavera para todos y, a instancias de Julian, Riley había subido de la bodega una botella de champán para que recibieran el Año Nuevo con un brindis. Había vuelto con ella pálido y tembloroso. Monica no había tenido ocasión de preguntarle qué había allí abajo.

—Señora Wu —dijo Julian, con una voz que todavía recordaba bastante a un graznido.

—¡Betty! —gritó ella.

—Lamento haberla alterado, hablando de Baz y Benji.

—¡Biming! —gritó ella.

—Benji es un encanto de niño, de verdad, y hace muy feliz a Biming. ¿No es eso lo único que importa? —añadió Julian con tacto.

Monica miró a Betty, que lucía una arruga tan pronunciada en la frente que las cejas se le juntaban como un gigantesco ciempiés gris. Se preguntó si Julian realmente querría morir.

Betty suspiró.

—Por supuesto, quiero que sea feliz. Quiero a ese chico. Es mi único nieto. Seguro que ese Benji es buen hombre. ¡Pero no puede ser esposa para Biming! No puede tener bebés Wu. No puede cocinar comida china en restaurante.

—Eso no es verdad, ¿sabe? Podrían adoptar. Muchos gais lo hacen hoy en día —objetó Julian.

—¿Adoptar bebé de China? —preguntó Betty con tono casi reflexivo.

—Además, Benji es un cocinero excelente —añadió Monica—. En la cafetería lo cocina casi todo él. Es mucho mejor que yo.

—Ejem —carraspeó Betty mientras se cruzaba de brazos. Sin embargo, Monica creyó detectar un mínimo ablandamiento de su postura—. Biming me cuenta que te gritó —le dijo a Julian—. Yo le digo que me avergüenzo. Debe mostrar respeto a mayores.

—No se preocupe, señora Wu. Se ha disculpado ahora mismo, aunque en verdad no hacía falta —aseveró Julian.

Monica sonrió. Había oído sin querer la disculpa de Baz, que no había sido del todo contrita. Había perdido perdón por llamar «vertedero» a la casa y había comentado que estaba mucho más bonita desde que Monica le había metido mano. Eso le dio una idea.

—Julian —dijo—. ¿Por qué no empezamos el nuevo año con otra limpieza a fondo? Puedo pasarme la semana que viene, si te va bien.

—Oye, podrías pasarte por mi casa ya que estás, Monica —apuntó Hazard.

Ahí estaba: la gota que colmaba el vaso.

—¿Por qué? ¿Eres demasiado puto vago para limpiarla tú mismo, Hazard? ¿O es que piensas que limpiar es cosa de mujeres y tú eres demasiado macho para eso?

—¡Tranquila, Monica! ¡Solo era una broma! —dijo Hazard, perplejo—. A veces hay que relajarse un poco, ¿sabes? Diviértete, que es Año Nuevo, a fin de cuentas.

Monica le lanzó una mirada iracunda y él se la sostuvo. Seguía aborreciéndolo, pero por lo menos le plantaba cara.

Como abogada, no le gustaba nada que un adversario quisiera pactar demasiado pronto.

—¡Cinco minutos para medianoche! —anunció Riley—. ¿Todo el mundo tiene una copa de champán?

—Yo tengo un té de menta —respondió Hazard—. El té es el nuevo champán. Lo bebe todo el mundo.

—¿Empiezas pronto con tus resoluciones del nuevo año, Hazard? —preguntó Monica, a quien le gustaban tanto las resoluciones que las repartía a lo largo de todo el año. ¿Por qué limitarlas a enero?

—Algo así —contestó él.

Monica pensó en preguntarle si había comprobado la fecha de caducidad del té, pero no lo hizo. Era improbable que lo matase, por desgracia.

Entonces el cielo se encendió de pronto por encima de Fulham y Chelsea y el estruendo de los fuegos artificiales resonó en los edificios cercanos. Monica se volvió hacia los ventanales del estudio de Julian, iluminados por un derroche de color.

Arrancaba un año nuevo.

Riley

Riley sintió alivio al ver a Julian caminando hacia el almirante el viernes siguiente. A instancias de Monica, había pasado por su casa a diario desde Nochevieja; oficialmente, para seguir ordenando los trastos de Julian, pero también para asegurarse de que se levantaba, no pasaba frío y comía. La verdad era que, en apariencia, aunque todavía no era el de siempre, por lo menos llevaba camino de recuperarse. Aquella tarde se le veía directamente animado.

—¡Riley! ¡Me alegro de verte! ¿Sabes qué?

—¿Qué? —respondió Riley.

—¡Monica ha reservado los billetes de Eurostar para la excursión de la clase de pintura! ¡Llevo toda la tarde planeando nuestras visitas a museos!

—¡Genial! —exclamó Riley, que quería ir a París desde que vio a Nicole Kidman en *Moulin Rouge* de adolescente. Esperó a que Julian se fijara en lo que había traído.

—¿Quién es tu amigo? —preguntó Julian, observando aquella cola que se meneaba de un lado a otro.

—Espero que sea el tuyo. Los obreros lo encontraron viviendo en la casa vacía de al lado. Creemos que era de la anciana que murió hace poco. Le han estado alimentado a base de sándwiches de sus meriendas y los rollitos de salchicha de Gregg, pero necesita un hogar de verdad —dijo Riley.

La verdad era que, en su opinión, Julian necesitaba incluso más alguien a quien cuidar. Así tendría un buen motivo para no renunciar de nuevo a la vida.

—¿Qué es? —preguntó Julian.

—Es un perro —contestó Riley.

—No, me refiero a qué raza.

—Dios sabe. Imagino que habrá habido mucho amor libre de por medio. Es lo que viene siendo un mil leches. Más terrier que otra cosa, diría —replicó Riley.

—También tiene algo de jack russell mezclado, no cabe duda —dijo Julian.

Él y el perro se miraron, en un duelo silencioso de ojos legañosos, bigotes grises, articulaciones artríticas y hastío vital.

—¿Cómo se llama? —preguntó Julian.

—No lo sabemos. Los obreros le llaman Wojciech.

—Cielo santo —replicó Julian.

—Son polacos.

—Le llamaré Keith —dijo Julian—. Keith es el nombre de perro perfecto.

—¿Eso significa que te lo quedas? —preguntó Riley.

—Eso creo. Podemos formar un dúo de viejales amargados, ¿verdad, Keith?

—Vaya por delante que puede ser un poco… ventoso —avisó Riley.

—Bueno, no se hable más. Otra cosa que tenemos en común —dijo Julian—. Así tendré alguien a quien echarle la culpa cuando haya visitas. ¿Crees que le gustará París? —añadió observando a su nueva mascota. Después, sin esperar respuesta, siguió hablando—: ¿Y te parece demasiado ambicioso intentar abarcar el arte moderno y el Renacimiento en un solo día? Pero ¿cómo se puede escoger, Riley? Nunca se me ha dado muy bien acotar mis opciones. Mary siempre me lo decía.

Riley se encogió de hombros. Se encontraba algo fuera de su zona de confort.

—¡Tú asegúrate de nos queda tiempo para subir a la Torre Eiffel! —dijo.

—Mi querido muchacho, esta será una jornada de enriquecimiento cultural, no una visita a todas las trampas para turistas. Pero supongo que, si tengo que quedarme con uno de los clichés, bien puede ser *la Tour Eiffel*.

A Riley le distrajo una mujer que caminaba hacia ellos empujando un cochecito, con brío, como si fuera un aparato de gimnasia. Era de todas todas lo que algunos describen como «mami sexy». Muy fina ella, rica de nacimiento, sin duda. Rondaría los veinticinco años y llevaba un corte de pelo perfecto, con la clase de reflejos que en Londres cuestan una fortuna pero el sol australiano otorga gratis. Parecía un poni palomino acicalado que fuera de camino a un concurso de doma. La mano que sostenía una botella de agua (reutilizable) lucía una manicura preciosa. En Perth no había madres así. Tendían a ir despeinadas y llevar vestidos de playa arrugados y chanclas. Riley esperó a que pasara por delante de ellos; pero no lo hizo.

—Hola —saludó—. Tú debes de ser Julian, y tú serás Riley, ¿no?

—Sí —respondió, confuso.

—Lo sabía. ¡Y ese acento australiano te delata! ¡Yo soy Alice! —Les tendió una mano que ambos estrecharon—. ¡Y esta es Bunty! —Señaló el cochecito—. ¿Y este quién es? —preguntó mirando al perro que en esos momentos estaba sentado sobre el almirante, al lado de Julian.

—Keith —contestaron Julian y Riley en perfecta sincronía.

—¿Cómo sabes nuestros nombres? —preguntó Riley.

¿Sería una especie de acosadora?

—Encontré *El proyecto de la autenticidad*. En el parque —explicó ella.

Riley había pasado tanto tiempo pensando en el daño que había causado aquella estúpida libreta que no se había interrogado en absoluto acerca de sus andanzas desde que la había dejado en el parque infantil que había entre su piso y el café, una pequeña zona verde en la que a menudo se sentaba para despejarse.

—¡Madre mía! —exclamó Julian—. ¡Mi cuadernillo sigue rodando por el mundo! ¿Cómo está? Encantado de conocerla.

Riley adoptó por un segundo una expresión exasperada. Julian no podía resistirse a una cara bonita.

—¡Ay, por favor! ¡Julian, esa chaqueta es una pasada! Tiene que ser de Versace. ¿Me equivoco? ¿De los ochenta?

Riley se había vuelto tan inmune al vestuario de Julian que apenas había alzado una ceja al ver el profuso estampado de la chaqueta de seda que su amigo llevaba bajo el abrigo, pero a Alice le estaba induciendo un paroxismo de emoción.

—¡Anda, por fin! —dijo Julian—. ¡Otra amiga de la alta costura! Había empezado a perder la esperanza, rodeado de esta panda de sosainas. No te equivocas, por supuesto. El maravilloso Gianni. Qué pérdida tan trágica para el mundo. Nunca la he superado del todo.

¿«Sosainas»?, pensó Riley indignado. ¿Es que nadie se había fijado en que llevaba las Nike de edición limitada que había encontrado en eBay? Vio a Julian secándose los ojos con un pañuelo de seda. Cómo sobreactuaba aprovechando que tenía público. Seguro que Alice le veía el plumero, ¿no?

—Por favor, ¿puedes quitarte el abrigo un momento para que te haga una foto? —preguntó Alice.

¿Hablaba en serio? Julian parecía encantado de quitarse el abrigo en uno de los días más fríos del año cuando poco antes había estado a punto de morir de hipotermia. Hasta empezó a posar.

—¿Las botas tejanas? —dijo, en respuesta a otra de las banales preguntas de moda de Alice—. Son de R. Soles, en King's Road. Un gran nombre, ¿verdad? Claro que lo más probable es que ya hayan cerrado. Ahora será un Pret a Manger o alguna franquicia igual de horrenda. —Adoptó una expresión melancólica—. ¡Qué divertido es esto! Me recuerda los buenos ratos que pasé con mi gran amigo David Bailey.

Riley pensó que Alice iba a desmayarse. Se preguntó dónde estaban todos esos «grandes amigos» durante los quince años que Julian había pasado viviendo como un ermitaño.

—¿Preferís que os deje solos? —preguntó, aunque nada más decirlo se dio cuenta de que sonaba un poco como un niño celoso.

Alice se volvió hacia él.

—En realidad, Riley, a quien venía a ver era a ti, por mucho que me esté encantando tu amigo Julian. —Este exhibió una sonrisa bobalicona y muy obvia. Monica, pensó Riley, jamás se rebajaría a coquetear con tanto descaro—. Tengo una propuesta que hacerte. —Le entregó un pedazo de papel—. ¿Puedes venir a verme a esta dirección mañana a las diez de la mañana? ¡Julian, tú también puedes ir! Os encantará. ¡Os lo prometo! He apuntado mi número por si acaso tenéis que cancelarlo, ¡pero sé que no lo haréis! ¿Verdad que no? Ahora tengo que llevar a Bunty a clase de música. ¡Chaíto!

¿¿¿«Chaíto»???

—Uau. ¿No te ha parecido fabulosa? —dijo Julian—.

Qué ganas tengo de descubrir de qué se trata. ¿Tú no? Tenemos que presentársela a Monica sin falta; le encantará.

Monica, pensó Riley, valía más que cien Alices. En realidad no le apetecía acudir a aquella cita misteriosa, pero veía claro que Julian no pensaba dejarlo correr.

Alice

Alice estaba superemocionada con su cita con Julian y Riley. Desde la llegada de Bunty sus días tendían a confundirse unos con otros, llenos por igual de actividades centradas en el bebé: natación para bebés, masajes para bebés, yoga para bebés y un sinfín de conversaciones con otras madres sobre etapas de desarrollo, hábitos de sueño, dentición y destete. Alice sentía que su identidad se le escapaba entre los dedos, hasta el extremo de que era un simple apéndice: bien la madre de Bunty, bien la mujer de Max. Menos en internet. Online, seguía siendo @aliceinwonderland.

Observó cómo se acercaban Julian y Riley. El segundo tenía unos andares más apropiados para pasear por la playa que sobre una acera de Londres. Era demasiado exuberante y alegre para estar enjaulado en una ciudad. Aunque quizá no pensaría eso si no hubiese leído su historia. Era extraño saber de alguien más de lo que se debería. Julian, entre tanto, era... espectacular. Como un ave del paraíso, a la que nunca podría enjaularse.

—¡Julian! ¡Hoy vas mejor vestido todavía que ayer! —exclamó.

—No merezco tanta amabilidad, querida muchacha —respondió él y, ni corto ni perezoso, le cogió la mano y la besó.

Alice pensaba que eso solo ocurría en las películas—. Esta es la mismísima chaqueta Nehru de seda que llevaba Sean Connery en *Agente 007 contra el Dr. No*, de 1962. Combina especialmente bien con estos zapatos de cocodrilo, ¿no te parece?

—¿Sean también era un gran amigo tuyo? —preguntó Riley. Algo mosqueado, pensó Alice.

—No, no. Conocidos, nada más. La compré en una subasta benéfica —respondió Julian.

—Por favor, por favor, ¿le puedo hacer unas fotos? —preguntó Alice.

Julian parecía encantado y se apoyó en una farola, con aspecto de galán. Hasta se sacó unas Ray-Ban de aviador del bolsillo interior y se las puso. Keith, que con su pajarita también iba de punta en blanco, se sentó a su lado.

—Por mucho que lamente interrumpir el pase de modelos —dijo Riley, que no estaba poniendo mucho de su parte por el momento—, ¿puedes explicarnos a qué hemos venido?

—Bueno —respondió ella—, es probable que no lo sepáis, pero yo soy *influencer*.

—¿Una qué? —preguntaron Julian y Riley al unísono.

—Tengo más de cien mil seguidores. —Julian miró a su alrededor, como si esperase ver a una muchedumbre pisándole los talones—. En Instagram —aclaró. Aquello iba a ser difícil. ¿Tendría que empezar su explicación con la invención de la World Wide Web?—. Tú estarás en Insta, ¿verdad, Riley?

—Qué va. Lo único que hay en Instagram son fotos absurdas de gente muy delgada que hace poses de yoga a la puesta de sol, ¿o no?

—Bueno, algo de eso hay, lo reconozco, pero también mucho más —respondió Alice, tratando de no sentirse ofendida—. Por ejemplo, esta casa. —Señaló con un gesto el gran adosado victoriano que tenían delante—. Su propietario se la dejó al morir a una asociación benéfica local. La han convertido en una guardería gratuita para hijos de mujeres de la zona que están en rehabilitación por su adicción a las drogas o el alcohol. Las mujeres a menudo se niegan a buscar ayuda porque les preocupa que los servicios sociales les quiten a sus hijos. Esta casa las ayuda a mantener la custodia mientras se curan. Y los voluntarios se aseguran de que los niños reciban cuidados adecuados: alimentación, ropa, higiene y, algo muy importante, que jueguen. Se llama El Pequeño Ayudante de Mamá.

—Eso mola mucho —dijo Riley—. Entonces ¿tú trabajas aquí?

—Bueno, no exactamente —contestó Alice—. Han organizado algunos actos para recaudar fondos y yo los he publicitado a través de @aliceinwonderland. —Al ver que se quedaban igual, añadió—: Mi cuenta de Instagram. Veréis, una publicación mía puede dar pie a que entren miles de libras en donaciones. O sea que no todo son perros boca abajo al amanecer. —Se dio cuenta de que sonaba algo repelente.

—¿Qué hacemos aquí? —preguntó Riley por segunda vez—. ¿Necesitas ayuda para una venta de pasteles?

—¡Ja! No. Ya tenemos a mano muchas mamás del vecindario para esa clase de cosas. Y la verdad es que a Julian no lo necesito para nada; solo está aquí para embellecer el lugar. Eres tú quien me hace falta, Riley. Entrad y os lo enseñaré. —Riley parecía bastante satisfecho con la sensación de ser necesario. Julian parecía bastante satisfecho con la sensación de ser bello. Alice llamó al timbre y una señora de aspecto matronal con el pecho como un parachoques les abrió la puerta—. Lizzie, te presento a Riley y Julian —dijo Alice.

—¡Ah, sí, pasad! Os estaba esperando. Por favor, no hagáis caso del desorden. Ni del ruido. ¡Ni del olor! Estaba en pleno cambio de pañales. —Julian no hubiese necesitado tanta información: se puso un poco verde y evitó darle la mano a la su anfitriona—. Ay, lo siento —añadió Lizzie—. Me temo que aquí no se admiten perros.

—Keith no es un perro —dijo Julian. Lizzie le lanzó una mirada que podía acallar a una habitación llena de críos revoltosos—. Es mi cuidador —prosiguió Julian, sin dejarse arredrar—. Te propongo una cosa: lo llevo en brazos y así ni siquiera tocará el suelo.

Sin esperar respuesta, Julian se encajó a Keith bajo el brazo y entró en la casa. Alice se preguntó si el pedo que Keith soltó al pasar por delante de Lizzie estaba sincronizado adrede. No le sorprendería. Aquel perro era más malévolo de lo que aparentaba.

Las paredes del pasillo estaban cubiertas de dibujos de niños. En la habitación contigua sonaba «En la granja de mi tío» e imperaba una cacofonía de niños cantando, dando golpes y berreando. Flotaba un extraordinario olor a plastilina mezclada con témpera, productos de limpieza y los pañales de marras.

—Venid por aquí —les dijo Alice mientras los llevaba hasta la cocina que había en la parte de atrás—. Por eso estáis aquí.

Entonces señaló hacia la cristalera que daba al jardín. Este era una jungla: la hierba alcanzaba los treinta centímetros de altura y los arriates estaban tan infestados de maleza que costaba apreciar si contenían algún arbusto o una flor. Un rosal trepador descontrolado había creado un muro de espinas como el que protegía a la Bella Durmiente.

—Caramba —dijo Riley, la reacción exacta que había esperado Alice—. Soy jardinero, ¿sabías?

—¿Hola? He leído la libreta, recuérdalo. Sé que eres jardinero. Por eso estás aquí —replicó Alice—. Ahora mismo ni siquiera podemos dejar que los niños salgan; es una pesadilla desde el punto de vista de la salud y la seguridad.

—Sobre eso tendrías que hablar con Monica —dijo Riley—. La salud y la seguridad son su pasión.

—Riley tiene razón —terció Julian, como si aquello fuera una competición para demostrar quién conocía mejor a Monica la cascarrabias—. Si Monica fuera a *El tiempo es oro*, seguro que elegía ese tema.

Madre mía. ¿Cómo podían ser la pasión de nadie la salud y la seguridad? Alice prefirió abstenerse de hacer ningún comentario. Era evidente que los dos le tenían mucho cariño.

—La mayoría de nuestros niños no tienen espacio al aire libre en casa y sería maravilloso que pudiéramos convertir esto en un jardín de verdad, con su casita infantil y su arenero, a lo mejor. ¿Qué te parece?

—¡No veo la hora de empezar! —exclamó Riley, que flexionó las manos como si ya se viera cavando.

—Me temo que no podemos pagarte —dijo Alice— y no empezaremos enseguida, porque no vamos muy sobradas de fondos para equipo de jardinería y plantas. Es posible que la floristería local nos regale algo, con un poco de suerte.

—¡Aquí puedo ayudar yo! —se ofreció Julian, que claramente empezaba a sentirse un poco excluido—. ¡Riley, con mucho gusto donaré mi parte de los beneficios que obtuvimos con nuestro proyecto de eBay para el presupuesto del jardín! —Parecía la mar de satisfecho consigo mismo, como un tío bonachón repartiendo caramelos en un cumpleaños.

—¡No puedes hacer eso! —protestó Riley—. Estás jubilado. Necesitas ese dinero.

—No digas tonterías, querido. No vivo de la pensión del gobierno. En mis tiempos gané mucho dinero. Tengo inversiones que me rentan más que suficiente para ir tirando. Será un placer. —Los miró radiante y ellos le devolvieron la sonrisa.

—¡En la granja de mi tío! —cantaron en la sala grande.

—Ía, ía, ooo —coreó Riley.

Julian

Julian se palpó los bolsillos por séptima vez. No buscaba su billete, porque Monica los llevaba todos, dado que seguramente no se acababa de fiar de ellos, sospechaba Julian. Euros, sí; pasaporte, sí; horario, sí; guías, sí. Apenas dos semanas antes, Riley le había preguntado si tenía el pasaporte en regla y Julian había caído en la cuenta de que, al no haber salido del país desde hacía más de quince años (apenas había salido de Fulham), lo tenía caducado. Monica le había ayudado a renovarlo en tiempo récord.

Julian había pensado que Monica lo iba a matar cuando insistió en sacarle pasaporte también a Keith. Tuvo que formular prácticamente un ultimátum: o viajaban los dos, o ninguno. Sabía que era un poco melodramático, pero Keith no era ningún jovenzuelo y, como era sabido, todo el mundo debía visitar París por lo menos una vez antes de morir.

Sea como fuere, Monica, que era la persona más eficiente que hubiera conocido nunca, lo había conseguido. Si tan solo la hubiese tenido a mano en la década de los sesenta, cuando apenas era capaz de saber qué día de la semana era, por no hablar ya de si tenía algún compromiso. ¿Qué hubiese pensado Mary de Monica?

Habían quedado todos en el café y Riley había convencido

al conductor del minibús de El Pequeño Ayudante de Mamá para que los llevase hasta el Eurostar. Julian no estaba tan emocionado desde que le pidieron que pintase a la princesa Diana. Bien pensado, en realidad no estaba seguro de tal cosa. Desde luego nunca la había retratado, de manera que tal vez nunca se lo hubiesen propuesto. A veces se confundía un poco con lo que era cierto y lo que era un cuento. Si se repetía un cuento suficientes veces, pasaba a ser verdad... o casi.

Julian hizo un alto a unos pocos metros del café, esperando a que el grupo de los que ya habían llegado reparasen en Keith y él antes de dar los últimos pasos. Los acogió una andanada de exclamaciones, tal y como había esperado.

—¡Julian! ¡Keith! Dejando bien alto el pabellón inglés, ¿eh? —exclamó Riley.

—No sé de qué me sorprendo —dijo Monica, mirándolos de arriba abajo.

Julian llevaba una camiseta de los Sex Pistols con el GOD SAVE THE QUEEN, botas Doc Martens y una bomber de Vivienne Westwood con la bandera del Reino Unido. Keith llevaba un chaleco patriótico a juego, con toda la confianza y desenfado de una modelo en la pasarela. Una modelo de caderas artríticas, se entiende.

Monica había enrolado a un par de sus empleados temporales para que se ocuparan del café y así Benji también pudiera acompañarlos en el viaje. Ni Sophie ni Caroline, que eran madres trabajadoras las dos, habían podido tomarse el día libre, de modo que Julian había invitado a Hazard y Alice para completar el cupo. Baz no había podido venir, porque el restaurante andaba corto de personal, pero había insistido en que su abuela fuera. La señora Wu nunca había estado en París.

Monica, que sería una gran maestra de primaria, pensó Julian (no por primera vez), los fue contando mientras subían al minibús.

—Cinco, y yo, son seis, más un perro. ¿Quién falta? Es tu amiga, ¿verdad, Julian?

—Sí. ¡Mira, ahí viene! —respondió él al ver que Alice se les acercaba con Bunty por delante en la mochila. Llevaba una bolsa gigantesca al hombro que Julian reconoció de inmediato como una Anya Hindmarch—. Monica, esta es Alice. Te va a encantar.

Monica y Alice, una vez cerca, eran como dos imanes del mismo polo. La tensión resultaba palpable. Julian no entendía nada.

—Ah, sí. Ya nos conocemos —dijo Monica.

—Cierto. Me echaste a patadas de tu café, si mal no recuerdo. ¿Cómo estás? Me llamo Alice y esta es Bunty —replicó Alice mientras tendía una mano, que Monica estrechó.

—Perdona —dijo Monica—. No tenía un buen día. ¿Podemos empezar de cero?

—Claro —respondió Alice.

Julian vio pasar su cara de la sorpresa a un instante de duda, para luego quedarse fija en una cálida sonrisa que revelaba los frutos de años de cara ortodoncia.

—¡Vale, todos a bordo! ¡Cuidado con la cabeza! —El aviso de Monica llegó algo tarde para Hazard, que al superar con creces el metro ochenta de estatura había logrado golpearse la frente al entrar en el minibús. Si Julian no la conociese mejor, habría dicho que Monica sonreía al ver aquello—. ¡No os olvidéis de los cinturones! ¡La seguridad ante todo!

—¡Somos igualitos que el Equipo A! Aunque apuesto a que ellos nunca se ponían el cinturón de seguridad —comentó Julian—. ¡Me pido a M. A.! —Entonces, al ver que los demás se habían quedado a cuadros, añadió—: Madre mía, ¿sois todos demasiado jóvenes para recordar *El Equipo A*?

—Ninguno de nosotros nacimos en la Edad de Bronce;

que lo sepas, Julian —respondió Riley—. Esto es como volver a la escuela. ¿Recordáis cómo nos peleábamos todos para quedarnos los asientos de atrás?

—A mí siempre me gustó sentarme delante —replicó Monica, que ocupaba el primer asiento, al lado del conductor, y agarraba con ambas manos su bolsa de viaje, colocada sobre una rodilla.

—¡Traigo de restaurante galletas de la suerte para el viaje! —anunció la señora Wu, que hundió la mano en su bolsa y empezó a repartir galletas con envoltorio de plástico individual.

Hazard, a quien obviamente nunca se le había dado muy bien resistirse a sus impulsos, abrió la suya de inmediato, la partió por la mitad y sacó de dentro el papelito.

—¿Qué dice? —preguntó Julian, que estaba sentado a su lado.

—¡Dios mío! Dice: «¡Socorro! ¡Me tienen prisionero en una fábrica de galletas!». No, en serio, lo que pone es: «Morirás solo y mal vestido». No me parece muy alegre, la verdad.

—Eso es algo que por lo menos nunca podrán decir de mí —comentó Julian—. Es posible que muera solo, pero nunca voy mal vestido.

—Mal vestido a lo mejor no, yo diría más bien disfrazado —replicó Riley desde el asiento de detrás.

Julian le lanzó un manotazo a la cabeza, pero su objetivo se agachó y acabó golpeando a Alice, que ocupaba el asiento de al lado.

—¡Cuánto lo siento, querida! —exclamó a la vez que Bunty, en su sillita de bebé, empezaba a bramar.

—¡Las ruedas del autobús girando van! —le cantó Alice para intentar calmarla.

—El vejestorio del autobús fardando va de que lleva un Westwood —le dijo Benji a Monica en voz baja.

—¡Te he oído! —exclamó Julian, que tenía mejor oído de lo que Benji se pensaba.

—¿A que no sabéis lo que pone mi galleta? —preguntó Benji, con prisas por cambiar de tema—. «Emprenderás un viaje.» Vaya. ¡Funcionan de verdad!

Julian pilló a la señora Wu fulminando al novio de su nieto con una mirada digna de Oso Paddington, pero nada iba a arruinar aquel día. Iba a ser fabuloso.

Hazard

Julian regresaba del vagón restaurante por el pasillo del tren, rebotando contra los asientos de ambos lados y con Keith sujeto bajo un brazo. Hazard hizo una mueca, asaltado por una visión en la que tenían que desembarcar a Julian en camilla con la cadera rota.

—Como sospechaba, la carta de vinos del tren es lamentable. Suerte que he venido preparado —dijo mientras sacaba de su bolsa una botella de champán.

Hazard se preguntó cuánto tardaría Monica en protestar.

—Julian, es la hora del desayuno —protestó Monica.

No mucho, como Hazard había pronosticado.

—Pero, querida, ¡estamos de vacaciones! Además, solo da para una copita por cabeza. ¿Usted beberá conmigo, verdad, señora Wu? ¿Y tú, Alice?

Hazard se preguntó si Julian tendría alguna idea de lo mucho que le gustaría arrancarle esa botella de las manos y bebérsela entera. No necesitaría perder tiempo con copas. Sorprendió a varios de sus compañeros de vagón mirándolos de reojo. Debían de parecer una extraña pandilla, con más de cincuenta años de diferencia entre Julian y Benji o Alice; en realidad, setenta y nueve años si contábamos a la pequeña Bunty. ¿La señora Wu era mayor o más joven que Julian? Nadie se atrevía a preguntarlo.

Julian se sentó satisfecho con su champán y su cuaderno de bocetos. Estaba dibujando a Keith, que sentado en el asiento de enfrente contemplaba las ovejas de la campiña de Kent. Lo más probable era que no hubiera visto nunca ninguna. Se acercó un revisor, con aire de autoridad y desaprobación.

—Disculpe. No se permite que los perros se suban a los asientos. Tendrá que sentarse en el suelo —le dijo a Julian.

—No es un perro —le corrigió este.

—¿Qué es, entonces? —preguntó el revisor.

—Es mi musa.

—Las musas tampoco pueden ocupar asientos —replicó el revisor.

—Lo siento, buen hombre —dijo Julian, que claramente no lo lamentaba en absoluto—, pero ¿en qué parte de su normativa pone que «las musas no pueden ocupar asientos»?

—¡Julian! —intervino Monica—. Haz lo que te dicen. ¡Keith! ¡Abajo!

El perro saltó del asiento al instante. Sabía que no convenía buscarle las cosquillas a Monica, aunque Julian no hubiese acabado de pillarlo.

Monica siguió haciendo estragos en un librito de sudokus. Cuando se quedaba atascada (que no era a menudo) se daba golpecitos en la sien con la punta del lápiz, como si fuera una prestidigitadora intentando sacar un conejo de la chistera. Bunty apretaba la carita contra la ventanilla del tren, a la vez que la golpeaba con los puños, mientras Alice le sacaba fotos con su iPhone. Riley veía vídeos de surf en YouTube e iba pasando a izquierda y derecha una bolsa enorme de M&M. Betty había cubierto la mesa entera de delante con una madeja de lana y estaba haciendo punto.

A Hazard le había encantado que Julian le invitara ir con ellos a París. Esperaba que aquel ecléctico grupillo lo acogiera y así reemplazar a sus viejos amigos.

Algo que para él le quitaba un poco de gracia a la jornada era Monica, que sin lugar a dudas ya le estaba haciendo el vacío. Hazard no estaba acostumbrado a que las mujeres pasaran de él. Parecía bastante injusto, teniendo en cuenta que en Koh Panam había dedicado varias semanas a ayudarla. ¡Hasta le había enviado una postal! Ni siquiera sus padres habían recibido una, como su madre había señalado en más de una ocasión. Menuda gratitud. Volvió a intentarlo.

—¿Monica?

Ella le miró recelosa por encima del borde de su libro de sudokus.

—Muchas gracias por invitarme. Te lo agradezco mucho.

—Deberías agradecérselo a Julian, más que a mí. Fue idea suya —contestó Monica.

Un poco borde, pensó Hazard. Intentar acercarse a Monica era como tratar de acariciar a un erizo.

Nunca le habían preocupado las opiniones que tuvieran los demás sobre él, pero desde que se había desintoxicado se descubría deseando que, aunque fuera de vez en cuando, alguien le dijera que lo estaba haciendo muy bien y que no era una persona odiosa. Pero sabía que era improbable que ese alguien fuera Monica.

Se armó de valor y se inspiró en Tom Cruise en *Top Gun*. «Goose, vamos a hacer otra pasada.»

—Te admiro mucho, ¿sabes? —dijo, y al pronunciar aquella frase se dio cuenta de lo cierto que era.

Por lo general, su manera de admirar a las mujeres había sido casi en exclusiva carnal, de manera que aquella modalidad totalmente sana constituía una nueva experiencia. Monica alzó la vista. ¡Ja! ¡Eso le ha interesado! «Armas listas.»

—¿De verdad? —preguntó, algo recelosa.

«¡No pierdas el blanco!»

—Bueno, mira cómo has juntado a este grupo de gente, variopinto pero guay —dijo Hazard.

—El mérito es de la libreta de Julian —protestó Monica, aunque Hazard notó que parecía algo menos hostil.

—Claro, la libreta fue el arranque —dijo Hazard—, pero has sido tú, y tu café, quien lo ha unido todo.

Monica sonrió, nada menos. No le dedicó la sonrisa a él, exactamente, pero al menos la lanzó en su dirección aproximada. «¡Objetivo alcanzado! Volvemos a la base. Viviremos para luchar otro día.»

Hazard desvió su atención hacia Alice. Ella y Monica eran como el pescado y la carne. En realidad, fijándose bien, Alice no tenía nada que ver con ninguna clase de pescado. Tal vez un delfín elegante y fotogénico, pero esos eran mamíferos. Era mucho más simpática y relajada que Monica y, además, ¡Hazard había descubierto que era @aliceinwonderland! Una de sus exnovias había estado obsesionada con ella y daba grititos cada vez que Alice le daba un «me gusta» a una de sus publicaciones de Instagram. Aquello le sacaba de quicio a Hazard, pero en secreto le impresionaba que Alice hubiera logrado atraer a un grupo tan devoto de seguidores. Sacó el teléfono, contento de haber reemplazado el vetusto Nokia por una versión mejor, y abrió de escondidas la página de Instagram de Alice.

Allí, como Hazard esperaba, había un montón de imágenes de Alice vestida ideal, en sitios ideales y con personas ideales. Pero también encontró algo que no esperaba en absoluto: ¡dos fotos de Julian! Una la había sacado claramente en el cementerio, cerca del almirante, mientras que en la otra se lo veía apoyado en una farola de una calle londinense con Keith a sus pies. En Instagram parecía, si acaso, más excéntrico e increíble que en persona.

—Alice —dijo, olvidándose de fingir indiferencia—, ¡has colgado a Julian en tu Instagram!

—¿A que está maravilloso? —replicó ella—. ¿Cuántos *likes* lleva ya?

—Esta última tiene más de diez mil —dijo Hazard, asombrado.

—El perro ayuda —señaló Alice—. En Insta nunca sobran los perros.

—Y además tiene un montón de comentarios. Todos quieren saber cómo seguirle. Tenemos que hacerle una cuenta —dijo Hazard—. Julian, ¿me prestas tu teléfono?

Hazard se cambió de sitio para colocarse junto a Alice y los dos inclinaron la cabeza sobre el móvil de Julian.

—¿Qué nombre le ponemos? —le preguntó Hazard.

—¿Qué te parece @fabulousat80?

—¡Solo tengo setenta y nueve! Nací el día en que se declaró la guerra, de modo que nadie me hizo ni un poquito de caso. Llevo luchando por conseguir la atención que me corresponde desde entonces —gritó Julian dos filas más adelante, lo que hizo que varios de sus compañeros de vagón bajaran el periódico y los mirasen.

—No se puede tener «solo» setenta y nueve, es una contradicción total —observó Alice—. Además da igual, son casi ochenta. Vale, subimos las dos fotos que tengo, etiquetamos a todos los diseñadores de la ropa que lleva y añadimos los hashtags de todos los blogueros de moda. Luego informaré a mis seguidores de dónde encontrarlo. Causará sensación.

Ver manejarse a Alice por las redes sociales era increíble. Tras diez minutos de digitación frenética con la frente arrugada, soltó el teléfono de Julian con un gesto que transmitía satisfacción por un trabajo bien hecho.

—Creo que ya está —dijo.

—No estoy seguro de lo que tramáis vosotros dos, pero espero que sea legal —avisó Julian—. No me arrestan desde aquella noche con Joan Collins en 1987.

Nadie pensaba darle el gusto de pedirle más detalles.

Monica

Las vistas desde lo alto de la Torre Eiffel compensaban toda la cola que había que hacer, pero Monica estaba agotada. No era solo el zigzag de recorridos en metro por París y el deambular por los museos, sino también el esfuerzo constante de llevar el recuento y procurar que nadie se separase. Lo había intentado enarbolando un paraguas en alto, para que todos la distinguieran entre la muchedumbre y pudieran seguirla con facilidad, pero Hazard se había burlado de ella, de modo que lo había plegado y lo había vuelto a meter en la bolsa. Si perdían a alguien, sería culpa de él. Ya se veía teniéndole que explicar a Baz que se habían olvidado a su abuela y que la última vez que la habían visto había sido comiéndose una galleta de la suerte al lado de la pirámide del Louvre.

Keith era una complicación añadida. Todos los museos prohibían la entrada a perros. Julian había intentado convencer a las autoridades del Pompidou de que era un perro lazarillo. Ellos habían señalado, no sin razón, que si Julian era ciego tampoco le molestaría perderse las obras expuestas. Al final, Julian había comprado una gran bolsa de lona de una tienda de regalos en cuyo costado ponía MIS PADRES FUERON A PARÍS Y LO ÚNICO QUE ME COMPRARON FUE ESTA MISERABLE BOLSA. La usaba para colar a Keith por los controles de seguridad, lo que sumía a Monica en paroxismos de ansiedad. Julian insistía en jugar con fuego deteniéndose delante de sus cuadros favoritos mientras susurraba hacia el interior de la bolsa:

—¡Keith! Este tienes que verlo. Un clásico en su género.

Los comentarios de Julian sobre todas las piezas resultaban fascinantes, aunque Monica sospechaba que no siempre eran del todo verídicos. Parecía sentir aversión a reconocer que ignoraba la respuesta a cualquier pregunta, de modo que, en lugar de eso (como Monica había descubierto contrastando sus anécdotas con lo que ponía en las guías que llevaba), se inventaba cualquier cosa. No estaba segura de que nadie más se hubiera percatado, pero era cuestión de tiempo; Julian se estaba creciendo y las historias eran cada vez más estrambóticas, coloridas e inexactas.

El centelleo del Sena bajo el pálido sol invernal recordaba a Monica las fantasías románticas sobre paseos con Riley a la orilla del río que había tenido cuando planificaba aquel viaje. Se riñó una vez más por haber sido tan boba. La vida no funcionaba así.

Observó cómo Hazard y Alice sacaban una foto a Julian, que estaba dándolo todo, como una Kate Moss sarmentosa y avejentada, apoyado en la barandilla y contemplando París. A su alrededor se había congregado un grupillo de curiosos, deseosos de averiguar si se trataba de alguien famoso. Betty contribuía al espectáculo ejecutando unos movimientos de taichí con una paloma posada en la mano (una de las muchas cosas que parecía llevar en su gigantesca bolsa de plástico era alpiste). ¿No le preocupaba que alguna le hiciese caca encima? A Monica la mera idea le daba náuseas.

Estaba haciendo un gran esfuerzo por que Alice le cayera bien, con su rostro y su tipo perfectos y su preciosa bebé. Hazard y Alice le recordaban a los chicos populares del instituto, los que parecían encajar a la primera y siempre decían y llevaban lo correcto; incluso cuando se ponían alguna prenda ridícula, nadie se reía y sin darse ni cuenta creaban una nueva tendencia. Monica había trabajado mucho en su momento para elevarse por encima de esa clase de cosas. Ella iba a estudiar en Cambridge y llegar lejos. En secreto, había sentido una gran ilusión las (muy) escasas veces que la habían invitado a comer a su mesa.

Por lo general, si se sentía acomplejada, Monica hacía un esfuerzo concertado por mantener una fachada impasible. Sin embargo, eso de pronto le estaba vedado por culpa de aquella maldita libreta. Tanto Hazard como Alice sabían a la perfección lo insatisfecha que estaba con su vida. Bueno, por lo menos ella no era espantosamente superficial ni estaba obsesionada con la aprobación de unos desconocidos a través de las redes sociales, pensó mientras los veía agachados sobre el teléfono de Julian, subiendo la foto.

La madre de Monica no habría visto a Alice con buenos ojos. Monica recordaba todas las ocasiones en las que la había acompañado a ayudar en el albergue femenino para víctimas de violencia doméstica. «Asegúrate siempre de tener independencia económica, Monica. Nunca permitas que tus necesidades básicas, o las de tus hijos, dependan de un hombre. Nunca se sabe lo que puede pasar. Tienes que poder mantenerte sola.» Aquello del Instagram que hacía Alice no podía ser un trabajo de verdad. Solo era algo que hacía por vanidad.

—Me encanta tu vestido, Alice —le dijo desde lejos, porque quería hacer un esfuerzo y pensaba que eso era lo que se decía a las personas como ella.

—Ah, gracias, Monica —respondió Alice con una sonrisa de hoyuelos perfectos—. ¡Me salió tirado de precio, pero no se lo cuentes a nadie!

Y a quién demonios, pensó Monica, se lo iba a decir.

Sintió que alguien le cogía la mano. Era Riley. La apartó de golpe y luego se riñó a sí misma por borde.

—Gracias por organizar este viaje, Monica, ha sido una pasada —dijo él, lo que solo sirvió para que Monica se entristeciera pensando en lo que podría haber sido.

Habría deseado poder recrear la relación relajada, feliz y sin complicaciones que habían tenido, pero le resultaba imposible. Era como intentar quitar la mancha de una alfombra. Por mucho que una frotase, diese vapor y cepillara, siempre quedaba un tenue contorno de lo que se había derramado. Además, aunque pudiera volver atrás en el tiempo, ¿qué sentido tendría? Riley partiría a viajar por Europa al cabo de poco y luego regresaría a Australia, que no era un sitio como para verse todos los fines de semana. No, era mucho más prudente mantener a toda costa el muro que había levantado alrededor de sus emociones.

—Dios, mira a esos tres con su estúpida fijación con el Instagram —comentó Riley—. Están aquí, en lo alto de uno de los monumentos más alucinantes del mundo, con vistas a la ciudad más alucinante, y solo tienen ojos para la ropa de Julian.

Y en ese momento, Monica casi, casi se lo perdonó todo. Salvo su uso constante de la palabra «alucinante», que la estaba sacando de quicio.

Monica tardó una eternidad en conseguir que el grupo bajase al nivel del suelo, ya que nadie, aparte de ella, parecía preocuparse en lo más mínimo por la inminente partida de su tren de vuelta a Londres. Avanzaba a la cola del grupo, tratando de encauzarlos a través del torno de salida, como un granjero que metiese sus ovejas en el bañadero. Betty iba la primera y tenía problemas para que su enorme bolsa cupiera por la estrecha salida. Monica observó cómo un joven encantador le indicaba por señas que le entregara la bolsa, para ayudar a pasarla por encima del torno. Al cabo de un segundo, el muchacho se alejaba de la torre corriendo como una bala, con todas las pertenencias de Betty en sus brazos. Al parecer tampoco era tan encantador.

Betty empezó a chillar en mandarín. Aunque Monica no entendía una palabra, entendió por dónde iban los tiros. Desde luego había palabrotas de por medio. Benji, como si fuese el héroe de una película de acción, se abrió paso entre la muchedumbre, saltó por encima del torno apoyándose en una mano y salió corriendo detrás del ladrón.

Los turistas reunidos lo animaron a gritos en una cacofonía de idiomas distintos, como si fueran el público de una final de la Copa de Europa de fútbol. Benji alcanzó al ladrón y lo agarró del brazo. La muchedumbre lo vitoreó enfervorecida. La señora Wu incluso levantó el puño varias veces como si golpeara el aire. Entonces el caco se quitó la chaqueta y, sin soltar la bolsa de la señora Wu, arrancó a correr de nuevo y dejó a Benji agarrado a la prenda. Los mirones gimieron y maldijeron, de forma mayormente ininteligible. Benji reemprendió la persecución y en esa ocasión derribó a su presa con una impresionante segada.

—¡Gol! —gritó Riley.

El gentío enloqueció cuando Benji se sentó sobre el ladrón y le sujetó las manos a la espalda. La bolsa de Betty estaba tirada en el suelo, entre las galletas de la suerte, el alpiste y la lana que se habían salido de ella. Monica llamó a la policía.

Betty lanzó una certera patada a una de las espinillas del caco.

—A mí no me jodas, señorito —dijo.

Lamentaría el día en que fue a topar con Betty Wu, pensó Monica. Solo esperaba que Betty no hubiera visto a Keith alzando una pata sobre la lana.

Riley

El trayecto de vuelta en tren fue bastante más tranquilo que el de ida, porque todos estaban agotados después de aquella vertiginosa combinación de ejercicio, cultura y dramatismo.

Riley observó con interés cómo Betty se levantaba y caminaba hasta el asiento vacío de al lado de Benji, que la miró con cara de sorpresa y algo de pavor. Mucho más, desde luego, del que había demostrado al detener a aquel ladrón. Riley se fingió absorto en su guía de viajes, cuando en realidad aguzaba el oído para captar lo que Betty diría.

—Entonces, Monica me dice tú buen cocinero —empezó.

—Bueno, me encanta cocinar, pero a usted no le llego ni a la suela de los zapatos, señora Wu —replicó Benji, con lo que Riley imaginó que era la cantidad precisa de deferencia y obsequiosidad. Reparó en que Betty no le gritaba «¡Llámame Betty!».

—La próxima semana, vienes a restaurante. Te enseño cocinar sopa de wonton. —Se trataba a todas luces de una orden, no una sugerencia—. Receta enseñó mi madre y a ella su madre. No escrita. Aquí dentro. —Y se tocó la cabeza con un dedo tan resuelto como el pico de un pájaro carpintero que buscara bichos en la corteza de un árbol. Sin esperar respuesta, Betty se levantó y regresó a su asiento, dejando a Benji bastante perplejo.

Riley sintió una oleada de afecto. Quizá la Ciudad del Amor ya había obrado su magia. Le encantaban los finales felices.

Alice se sentó junto a Julian y le enseñó su nueva página de Instagram.

—¡Qué fuerte, Julian! ¡Ya tienes más de tres mil seguidores! —exclamó.

Julian parecía desconcertado.

—¿Eso es bueno? —preguntó—. ¿Cómo me han encontrado?

—No es solo bueno, es ESPECTACULAR en tan solo doce horas. Vas a ser una SENSACIÓN. He colgado varias de tus fotos en mi página y he sugerido a mis seguidores que te sigan, y se están apuntando en tropel. ¡Mira los comentarios! ¡Te ADORAN! Espera, tienes varios mensajes privados, mira. —Alice atacó con los dedos el móvil de Julian un par de veces y entornó los ojos para mirar la pantalla—. ¡No me lo puedo creer! —chilló, lo que hizo que Bunty rompiera a llorar y varios pasajeros la mirasen con cara de pocos amigos—. ¡Hay un mensaje de VIVIENNE WESTWOOD! La de verdad.

¿Quién era Vivienne Westwood?, se preguntó Riley. ¿Por qué causaba tanta emoción, y acaso había una que no era de verdad? Le habría gustado que Alice dejara de hablar en mayúsculas. Le estaba dando dolor de cabeza. Riley nunca habría imaginado que fuese posible que alguien le hiciera sentirse cansado y hastiado, pero Alice parecía conseguirlo.

—Dice que se alegra de que sigas llevando su ropa, porque la he etiquetado, ¿ves?, y que si vas a su sede puedes probarte la última colección.

—Ay, esta Vivi. Siempre me cayó bien —dijo Julian—,

pero me temo que no puedo permitirme nada suyo hoy en día. Hace más de una década que no vendo un cuadro.

—Pero eso es lo más ALUCINANTE de Insta, Julian. En cuanto tienes suficientes seguidores, te darán toda su ropa GRATIS. No creerás que yo he COMPRADO de verdad nada de todo esto, ¿o sí? —preguntó, señalando su ropa y la bolsa.

—Caramba —dijo Julian—. Entonces será mejor que me enseñes cómo lo haces. Esto del teléfono no se me da muy bien. Tengo los dedos demasiado gordos y torpes. Es como escribir a máquina con un racimo de plátanos.

—No te preocupes, te compraré un punterito para que lo uses —replicó Alice—. Insta te encantará. Es tan bonito. Es como el ARTE, pero en más moderno. Te pega un montón. Si Picasso viviera ahora, vamos, estaría a muerte con Instagram. —A Julian se le desorbitaron un poco los ojos ante aquella teoría.

Julian se las había ingeniado para comprar más champán en la Gare du Nord, para que pudieran —explicó— celebrar el heroísmo de Benji durante el viaje de vuelta. Había colocado varios vasos de plástico en la mesa delante de él y los estaba llenando uno por uno con cuidado. Riley cayó en la cuenta de que solo él y Alice habían leído la historia de Hazard en la libreta. Le echó un vistazo y lo vio sentado a solas, con la cabeza apoyada en la ventanilla del tren. Cualquiera habría dicho que dormía, de no ser por sus manos, que estaban cerradas con tanta fuerza que los nudillos se habían puesto blancos. Riley se levantó y se sentó a su lado.

—Hazard, lo estás haciendo superbién, ¿sabes? Aquí tú eres el auténtico superhéroe —le dijo.

Este se volvió para mirarle.

—Gracias, amigo —replicó, con un tono que evidenciaba genuino agradecimiento, pero también un inmenso cansancio.

—¿Sigues buscando trabajo? Te lo pregunto porque Alice me ha puesto a trabajar en un jardín y me vendría muy bien algo de ayuda, si tienes tiempo.

—Claro. Me encantaría. Ando un poco perdido, para serte sincero. No quiero volver a la City, pero no estoy seguro de servir para ninguna otra cosa. No me conviene tener demasiado tiempo libre —explicó Hazard—. Ahora lo último es que me estoy obsesionando con los culebrones y los concursos de la tele. La cuestión es estar enganchado a algo. Y algo de dinero tampoco me vendría mal. Ya casi me he gastado entera mi última prima y, como no encuentre trabajo pronto, tendré que vender mi piso.

—Me temo que en eso no puedo ayudarte. Este trabajo es para una organización benéfica local. Pero ¿te interesa de todas formas? —preguntó Riley.

—¡Desde luego! —contestó Hazard con verdadero entusiasmo—. Ya arreglaré mis finanzas más adelante. Estoy seguro de que surgirá algo. Por cierto, no te preocupes por Monica. Fijo que al final vuelve contigo.

Riley pensó que, si hubiesen sido chicas, podrían haberse abrazado en ese momento. Pero no lo eran, de modo que le dio a Hazard un puñetazo suave en el brazo y luego volvió a su asiento.

Bunty ya no podía más y estaba berreando con la cara roja, apenas reconocible como @babybunty. Alice la paseaba pasillo arriba y abajo, ya que lo único que parecía aplacarla era el movimiento constante. Riley se preguntó si aquello no estaría haciendo que Monica se repensara el asunto de la procreación. A él desde luego le estaba quitando las ganas, y eso que siempre le había encantado la idea de formar una gran familia.

Al cabo de unos minutos, Riley cruzó el vagón para ir al baño y apretó el botón para abrir la puerta. Esta se deslizó para revelar a Bunty, boca arriba en el lavabo, desnuda, sacudiendo las piernas en el aire, y caca por todas partes: en el lavamanos, el espejo e incluso las paredes. Alice lo miró con la boca abierta y las manos llenas de toallitas y dijo:

—Perdón, pensaba que había cerrado con el pestillo.

La única respuesta de Riley fue un grito inarticulado mientras pulsaba el botón para cerrar la puerta con la intención de borrar aquello de la cabeza, pero la imagen había quedado grabada a fuego en su retina. Murmuró algo mientras la puerta se cerraba y oyó la voz apagada de Alice.

—¡En realidad, Riley, me vendría muy bien un poco de ayuda!

—¡Claro! —dijo—. ¡Voy a por Monica!

Se refería a eso, ¿no?

Monica

Riley volvió del lavabo con cara de mareo.

—¿Te encuentras bien, Riley? —preguntó Monica.

—Sí, la mar de bien. Pero creo que Alice a lo mejor necesita ayuda —dijo él mientras se deslizaba con un movimiento rápido hasta un asiento, sin mirar atrás.

Monica se encaminó en la dirección de la que venía Riley, algo alarmada. Esperaba que el día no se torciera ahora que ya casi estaban en casa, sanos y salvos. La puerta del baño estaba cerrada. Monica llamó.

—¿Estás ahí, Alice? Soy Monica. ¿Necesitas una ayudita? —preguntó.

—¡Un momento, Monica! —respondió Alice.

Al cabo de un minuto o dos, se abrió la puerta y Alice le echó encima a Bunty como si fuera un fardo de ropa.

—¿Me sujetas a Bunty mientras limpio aquí dentro? La tenía encima del cambiador, pero cada vez que el tren coge una curva me da miedo que se caiga al suelo. Salgo en un minuto. ¡Muchas gracias!

La puerta corredera volvió a cerrarse. Ya que estaba a solas, Monica adelantó la cabeza y respiró encima de la pelusa de la cabeza de Bunty. Olía a Johnson & Johnson, a algodón recién lavado y a ese inefable aroma a nuevo ser humano que recordaba a Monica todo cuanto ella no tenía. Se abrió la puerta y salió Alice.

—Es una preciosidad, Alice —dijo Monica mientras volvían a sus asientos.

Esperaba una de las respuestas al uso, tipo «lo sé» o «¿verdad que sí?». O quizá la falsa modestia de un «¡eso es que no la has visto a las tres de la mañana!». Pero en lugar de eso, Alice paró en seco y la miró fijamente.

—Te digo una cosa, Monica, con un bebé no llega lo de vivir felices y comer perdices. Y a veces un matrimonio puede ser lo más solitario del mundo. Sé lo que me digo.

—No lo dudo, Alice —replicó Monica mientras se preguntaba qué historia habría ahí detrás—. Estar soltera en realidad tiene muchas ventajas.

Y, por primera vez, Monica creyó que podía ser cierto.

—¡Me acuerdo! —exclamó Alice—. Comer lo que quieres, cuando quieres, el control total del mando a distancia, no tener que explicarle a nadie adónde vas y con quién. Vaguear en pantalones de yoga y alpargatas. Por no hablar del sexo regular, ja, ja. ¡Qué tiempos! —Hizo una pausa con gesto melancólico—. Monica, el otro día leí una cosa en Instagram. Decía: «Ser madre es un verbo, no un nombre». Creo que se refiere a que hay muchas maneras de actuar como una madre sin serlo propiamente. Fíjate en ti y en tu café. Cuidas de un montón de personas, a diario.

Monica no podía creer que aquella idea tan reveladora, por bien que algo condescendiente, pudiera venir de labios de la mujer a la que tan alegremente había despreciado al principio de la jornada, delante del baño de un tren y por cortesía de un meme de Instagram bastante ñoño.

Después de recorrer el pasillo de un lado a otro con Bunty un par de veces para calmarla, Monica se la devolvió a Alice y se sentó junto a Riley.

El chico debía de sentirse envalentonado por el champán de Julian, porque en la cara se le veía la expresión que adoptaba cuando estaba a punto de decir algo importante. Monica se preparó.

—Monica, de verdad que siento muchísimo no haberte hablado de la libreta. En serio que no era mi intención ocultártelo, lo que pasa es que no pude decírtelo la noche en que nos conocimos, con tanta gente delante, y luego nunca encontré el momento. Se hizo demasiado tarde y no sabía cómo arreglarlo. Es probable que no me creas, pero tenía planeado contártelo justo después de Navidad.

Y la miró con tanta franqueza que Monica le creyó y, aunque aquello no bastara para arreglar las cosas, por lo menos sí que las mejoraba. Le agarró la mano y apoyó la cabeza en su hombro.

Alice

Alice fue derecha a la nevera y se sirvió una copa bien llena de chablis. Era consciente de que había bebido más de lo que le correspondía en el viaje de vuelta (esperaba que nadie lo hubiese notado), pero aun así el champán no le había hecho ni cosquillas. Se sentó en la encimera de granito negro, se quitó los zapatos con los pies y los dejó caer al suelo de cemento pulido. Su cocina minimalista, con sus líneas y aristas perfectas, tenía «el factor uau», como le gustaba decir a Max, pero no era acogedora. A veces una no quería que una habitación fuese una declaración de intenciones o dijera nada de una misma; bastaba con que se callara y fuese una habitación.

Qué día tan maravilloso… De no haber sido por la constante necesidad de impedir que Bunty chillara, de intentar darle el pecho sin escandalizar a Julian enseñando demasiada teta y de cambiarle el pañal en unos diminutos baños de tren, habría sido perfecto.

Nunca olvidaría la cara de Riley cuando había interrumpido el cambio de pañal. Y decía que le gustaba estar en contacto con la naturaleza. Aun así, mientras cerraba la puerta con cara de estar a punto de vomitar, le había dicho «¿Estás bien, Alice?», con una voz ahogada que delataba la lucha entre sus buenos modales y la repugnancia. Qué mono. Por no hablar de Benji, a quien acababa de ver lloriqueando delante de un restaurante chino el día de Navidad, que de pronto había rescatado heroicamente la bolsa de la señora Wu. No tenía nada que envidiar a una serie de Netflix. Oyó la puerta de la entrada. Max volvía del trabajo, tarde como de costumbre.

—¡Hola, cariño! ¿Qué hace Bunty levantada? Son las nueve y media. ¿Y qué hay de cenar? Me muero de hambre.

Alice echó un vistazo en la nevera. El único contenido no alcohólico consistía en medio limón, un paquete de mantequilla, un poco de ensalada mustia y un cuarto de quiche, que no era comida para hombres de verdad, según Max.

—Lo siento, cariño —contestó, tratando de aparentar que lo lamentaba de verdad—. No he preparado nada. He estado en París todo el día, ¿recuerdas? Acabo de volver.

—Dios, qué bien te lo montas, ¿no?, comiendo en París como una reina mientras yo trabajo más horas que un reloj para que Bunty siga usando pañales desechables. Pues tendré que pedir algo por Deliveroo.

Alice echó un vistazo al bloque de mantequilla fría sin abrir, que tenía la forma y el tamaño aproximados de un ladrillo, y pensó a qué velocidad tendría que lanzarlo para hacer daño, pero sin causar secuelas permanentes. Decidió que metería en la lavadora por accidente sus calzoncillos Calvin Klein blanco nuclear con unos calcetines rojos. Le vino a la cabeza, burlona, la conversación que había sostenido con Monica acerca de las ventajas de estar soltera.

Bunty arrancó a chillar otra vez, probablemente por haber pasado tanto tiempo expuesta al frío de la nevera abierta. Alice pasó con ella por delante de Max, sin mediar palabra, y subió al cuarto de la niña.

Mientras le daba el pecho, sosteniéndole la suave cabeza con una mano, con la otra iba pasando para abajo su Instagram. Lucy Yeomans, directora de la revista *Porter*, sesenta mil seguidores, había reposteado la foto de Julian en París. El mismo Julian tenía ya más de veinte mil seguidores. «Ahora estás lejos de ser invisible», pensó. Eso le recordó la libreta. Estiró el brazo por el lateral de la mecedora, donde la había dejado, colocó a Bunty, que por suerte empezaba a parecer algo adormilada, en su camita, sacó un bolígrafo de la bolsa y se puso a escribir.

A Alice le encantaban sus visitas al Pequeño Ayudante de Mamá. En la urbanización de protección oficial en la que había crecido, varias de las madres tenían problemas de adicción al alcohol o las drogas, y la madre de Alice había ampliado sus responsabilidades en la cocina del instituto para que incluyeran dar de comer a todos los niños malnutridos del vecindario. Ella y muchas otras de sus vecinas se turnaban para cuidar de ellos. Además de asegurarse de que comieran como era debido, les pasaban la ropa y los juguetes que sus propios hijos ya no usaban y les ofrecían un espacio tranquilo para hacer los deberes o una oyente comprensiva si la necesitaban. Aquel sistema informal de cuidados no parecía existir en el anonimato de Londres, de modo que aquel lugar cubría ese hueco.

Hasta ese momento Alice no había sido consciente de lo increíble que era su madre, que había sacado adelante a cuatro hijos, había encontrado un empleo que le permitía mantenerlos económicamente y, aun así, pasaba tiempo con ellos después de clase para hacerles la merienda y ayudarlos con los deberes. Alice recordó cómo fingía no conocer a su madre en la escuela cuando le servía la comida y la llamaba señora Campbell con tono desdeñoso, como todos los demás. Cómo debía de dolerle aquello. Alice se estremeció.

Por lo general, las madres que recogían a sus hijos del Pequeño Ayudante de Mamá al final de la jornada entraban y salían lo más deprisa posible. Desde luego, ninguna había demostrado antes el menor interés por el jardín. Sin embargo, ese día se había reunido un buen corro junto a las ventanas de la cocina para contemplar cómo Riley, Hazard y Brett, el compañero de piso australiano del primero, se peleaban con unos cardos gigantescos y el ingobernable rosal trepador. Debía de ser un trabajo duro porque, a pesar del frío, los tres iban en camiseta.

—Pueden pasar a ocuparse de mi jardín cuando quieran —dijo una, a lo que otra, a juzgar por las risillas, respondió con un comentario picante que Alice no oyó.

Alice ayudó a los chicos a cargar en el minibús las bolsas de basura del jardín para que las llevaran al vertedero local. Vio cómo una mami sexy de manual que pasaba por ahí se paraba en seco.

—¿Sois jardineros, chicos? —preguntó, con una voz que era en parte de internado pijo, en parte de película porno, dirigiéndose a Hazard, al que a todas luces había atribuido el papel de jefe.

—Esto, supongo que sí —contestó Hazard, que claramente nunca se había visto antes como tal.

—Os doy mi tarjeta. Llamadme si queréis venir a hacerme un presupuesto para mi jardín.

Hazard cogió la tarjeta y la examinó con aire reflexivo. Parecía, pensó Alice, un hombre con un plan.

Fue más tarde, aquella misma noche, cuando Alice descubrió que la libreta había desaparecido. Estaba segurísima de que la había metido en su bolso, porque le preocupaba tanto que Max —o cualquier otra persona— leyera lo que había escrito que no quería dejarla por la casa. En el calor del momento había confesado algunas cosas que no quería reconocer, ni siquiera ante sí misma. Era algo que no pensaba compartir, por mucho que dijera Julian de la autenticidad. Había pensado en pasar la libreta entera por la trituradora de papeles del despacho de Max por la mañana, pero no le parecía correcto destruir las historias ajenas, de modo que la había metido en la bolsa hasta que tuviera un momento para arrancar sus páginas meticulosamente, sin dañar las demás, para luego devolverle el cuaderno a Julian.

Y ahora no estaba.

Julian

Julian había convencido a Alice de que se apuntara a su clase de pintura. Aquella semana dibujaban a Keith. No era el modelo ideal, porque era improbable que se quedara quieto el tiempo suficiente, pero era la única manera que se le ocurrió a Julian de sortear la ridícula prohibición de Monica contra la entrada de perros en su café. «No es un perro —le había dicho—. Es un modelo.»

—¡Los móviles en el sombrero como de costumbre, por favor! —exclamó mientras su sombrero pasaba de una persona a otra.

Alice parecía horrorizada. A Bunty la dejaba en manos de Caroline y Sophie sin el menor escrúpulo, pero se aferraba a su móvil como un bebé a su juguete favorito.

—Te prometo que no lo tocaré. Palabra de boyscout. Que me muera si miento —imploró—. Solo lo dejaré en el borde de la mesa para ver si llega alguna notificación crucial.

—Sí, no vaya a ser que te pierdas un aviso de vida o muerte, como la presentación de un bolso con personalidad —dijo Hazard, lo que valió una mirada iracunda de Alice, que había acabado por entregar su teléfono a Julian a regañadientes.

—¿Sabías que la industria de la moda aporta cincuenta

mil millones de libras a la economía del Reino Unido? No todo son chorradas y vender humo —replicó Alice.

—¿En serio? ¿Esa es la cifra exacta? —preguntó Hazard con una sonrisilla.

—Bueno, para ser sincera, no recuerdo la cantidad exacta, pero sé que es muy muy grande —confesó Alice.

Caroline y Sophie (Julian nunca estaba seguro de cuál era cuál, pero no suponía que eso importase demasiado) se turnaban para hacerle el caballito a Bunty sobre la rodilla y deshacerse en comentarios sobre lo mona que era.

—¿No te vuelve a despertar el instinto maternal? —le preguntó una a la otra.

—Solo porque puedo devolverla al final de clase. No quisiera pasar otra vez por esas noches sin dormir... —respondió la segunda.

—... o los pañales. Y los pezones agrietados. Ugh —remató la primera, mientras reían con júbilo cómplice.

Julian confió en que no estuvieran inquietando a la buena de Alice, que era a todas luces una madre nata que disfrutaba de cada instante que pasaba con Bunty, como cualquiera podía ver en su Instagram.

—Vale, clase, tengo algo que anunciar —proclamó Julian con su mejor voz de presentador, intentando que no se le notara lo emocionado que estaba. Molaba más aparentar indiferencia hacia esa clase de cosas—. Nos van a acompañar un fotógrafo y un periodista del *Evening Standard*, que quiere sacar un reportaje sobre mí y mi popularidad en Instagram. Por favor, haced como si no estuvieran. No les interesáis vosotros, solo yo. Vuestro papel es aportar contexto, un telón de fondo.

—¡Por el amor de Dios, hemos creado un monstruo! —le dijo Hazard a Alice, no lo bastante bajo para que Julian no lo captase—. ¿En qué estábamos pensando?

Julian les clavó su mejor mirada de director de escuela.

Ese día, Julian había optado por el estilo *preppy*, en homenaje a uno de los grandes: Ralph Lauren. ¿Lo había conocido? Estaba seguro de que sí. Cuando llegaron los dos periodistas y empezaron a revolotear a su alrededor, Julian cayó en la cuenta de lo mucho que había cambiado su vida en los cuatro meses transcurridos desde que dejara *El proyecto de la autenticidad* en aquel mismo sitio, y en las dos semanas que habían pasado desde que empezase a «revolucionar el mundo de Instagram» (eran palabras del *Standard*, no suyas, compréndase).

Nada de todo aquello era nuevo para Julian. Tenía la extrañísima sensación de haber cerrado el círculo, de haber vuelto a la posición que siempre le había correspondido: el candelero. Casi le parecía que aquellos quince años de invisibilidad le hubieran sucedido a otra persona. Tenía la sensación, más bien incómoda, de que solo existía realmente en el ojo de quien miraba, de que cuando dejaba de ser el objeto de atención, en realidad desaparecía de la existencia. ¿Lo delataba eso como una persona espantosamente superficial? Y de ser así, ¿acaso importaba? Toda aquella gente que tenía ganas de entrevistarlo y le mandaba invitaciones a fiestas, anticipos y desfiles no parecía creerlo. Ellos lo veían como una persona maravillosa. Y lo era, ¿no?

¿Qué pensaría Mary si lo viese ahora? ¿Le alegraría que volviera a ser el de siempre? Siendo franco consigo mismo, sospechaba que no. Se la imaginaba poniendo los ojos en blanco y soltándole un sermón sobre lo que era real y auténtico y lo que era mera vanidad. Fue el recuerdo de uno de aquellos sermones lo que inspiró el título de su libreta. La libreta que lo había cambiado todo.

Se sentó en el borde de una de las mesas, con las piernas cruzadas y la espalda echada hacia atrás con gesto relajado, tal como le había pedido el fotógrafo. Miró a lo lejos, como si estuviera pensando en asuntos mucho más eruditos y artísticos que los meros mortales. Era una de sus miradas marca de la casa. Le preocupaba haber olvidado cómo hacer todo aquello, pero resultó que era como montar en bicicleta. ¿Había montado en bici alguna vez? Seguro, ¿no? Y con estilo, por supuesto.

—¿Julian? —preguntó Riley con un tonillo algo irritado—. Sé que solo estamos aquí para «aportar contexto y un telón de fondo», pero ¿crees que podrías echarme una manita con la perspectiva?

—Me temo que Julian ha perdido la perspectiva, Riley —dijo Hazard.

Julian se rio junto con toda la clase. Era importante que lo vieran reírse de sí mismo. Sus amigos nunca habían tenido que vivir bajo la mirada del público; no entendían la presión que se sentía.

Cuando la clase, y los periodistas, fueron acabando, Benji dio una voz desde la cocina.

—Hay sopa de wonton para quien quiera quedarse a cenar. Y empanadillas de gamba. Todo hecho con estas manitas —dijo el hombre cuyas manos grandes y pecosas, de uñas mordidas, jamás habían sido descritas hasta ese momento con un diminutivo.

—No preocuparse. Comer es seguro. Yo le he enseñado —añadió la señora Wu.

Hazard

A Hazard le encantaba trabajar en el Pequeño Ayudante de Mamá. Cuanto más charlaba con las madres sobre sus diversas adicciones —a la heroína, al crack, al cristal—, más cuenta se daba de cuánto se parecían a él. Intercambiaban consejos sobre cómo sobrellevar el ansia y competían para ver quién contaba las anécdotas más escandalosas sobre las «malas rachas».

—¡Buen trabajo, pandilla! ¡Fin, Zac, Queenie, a embolsar! —dijo Hazard a la cuadrilla de «ayudantes» de aquel día, niños de entre cuatro y ocho años que le habían estado siguiendo a la espera de instrucciones.

Cavar un agujero aquí, plantar unas semillas allá, recoger hojas en bolsas por todas partes. Repartió bolsas de basura para todas las malas hierbas que había arrancado del arriate. Seis ojos lo contemplaban desde abajo, como si fuera una persona a la que hubiera que mirar con respeto y emular. Aunque eso le hacía sentirse mucho mejor consigo mismo, también lo aterrorizaba. No podía decepcionarlos. Bastantes desengaños se habían llevado ya.

—¡Fin, socio! ¡Por aquí! —dijo mientras se agachaba para ponerse a la misma altura que el niño pequeño que se le acercaba corriendo, sucio y con las mejillas coloradas—. No le digas a Queenie que me he chivado, pero mira que no lleves babosas en los bolsillos antes de volver a casa.

Hazard había tirado incluso de sus menguantes ahorros para comprar un par de minúsculas carretillas y un juego de rastrillos y palas diseñados para manos pequeñas. Nunca había pasado mucho tiempo con críos. Desde luego, no había sido la clase de persona a la que le dejaran bebés para que los vigilasen o le pidieran que hiciese de canguro, pero le asombraba lo mucho que lo estaba disfrutando. Había olvidado cómo apreciar los subidones del día a día, como un vaso de zumo de naranja exprimida después de horas cavando como un condenado, o lo divertido que era montar granjas de gusanos y carreras de caracoles.

Estaba exhausto tras la jornada de trabajo en el jardín, pero era un cansancio bueno; un cansancio honrado. Le dolían los músculos después de horas de ejercicio duro y su cuerpo ansiaba otras tantas de sueño largo y sin complicaciones. No tenía nada que ver con el cansancio de otrora, tóxico, irritable y arrastrado tras una juerga de treinta y seis horas seguidas, que se aguantaban en vela gracias a un cóctel de sustancias.

Le encantaba sentirse conectado con la naturaleza. Era el primer empleo de su vida que se le antojaba... real. Creaba algo, hacía crecer, mejoraba, dejaba algo bueno. Sin embargo, no podía seguir trabajando gratis o acabaría durmiendo en la calle. Si no se hubiera metido por la nariz una porción tan grande de lo que había ganado en la City... Aun así, por lo menos lo había dejado cuando aún tenía tabique nasal. Uno de sus amigos en la banca había estornudado en un pañuelo de papel durante una reunión y se había dejado media nariz en las manos. No se había dejado arredrar por las expresiones de espanto de sus clientes y había seguido adelante con la presentación. En su momento aquello a Hazard le había parecido pura clase.

Sacó la tarjeta de negocios que le había entregado aquella mujer en la calle la semana anterior. No se le había pasado por alto la conmoción que habían causado él y sus compañeros de trabajo australianos en el Pequeño Ayudante de Mamá. Sabía que no era solo su físico lo que se estaba demostrando popular, sino también el carácter alegre, exuberante y abierto de los australianos, cuyo acento mismo hacía pensar en playas, llanuras despejadas y koalas, y que ofrecían un antídoto muy bienvenido contra el complejo hastío londinense.

Hazard se había pasado la mañana entera interrogando a Riley y Brett sobre la comunidad australiana en Londres. Resultaba que la ciudad estaba llena de jóvenes compatriotas suyos que, gracias a su pertenencia a la Commonwealth, podían acogerse a un programa de movilidad que les permitía trabajar, de forma legal, durante un período de hasta dos años en el Reino Unido, suponiendo que encontrasen empleo.

¿Qué pasaría, pensó Hazard, si él y Riley formaban a unos cuantos de ellos en el jardín del Pequeño Ayudante de Mamá para luego poder aceptar encargos pagados en los jardines de Fulham, Putney y Chelsea? En Londres ya había muchas empresas de jardinería, era consciente de ello, pero aquella tendría un atractivo único, una razón de ser. La llamaría Jardineros Australianos.

Tendría que publicitarla, por supuesto. Lo que necesitaba de verdad era alguien con la capacidad de llegar a miles de mujeres, a ser posible en el ámbito local y que no anduvieran cortas de dinero. Y tenía a alguien ideal justo ante sus narices: Alice. Bastarían uno o dos posts en que ella los mostrara a él, a Riley y a Brett trabajando duro en un jardín y que diera sus datos de contacto para que les llovieran los encargos. Estaba seguro de que Alice apreciaría la sensación de karma: ellos la habían ayudado (y seguirían haciéndolo) y ahora ella tenía la posibilidad de apoyarlos a ellos. Favor con favor se paga.

Tal vez Julian podría diseñarles un folleto para que hicieran una campaña de buzoneo local, aunque de un tiempo a esa parte no parecía que tuviera mucho tiempo para ellos, desde que se lo había tragado una vez más el agujero negro que era el mundo de la moda. ¿En qué estarían pensando cuando le hicieron aquella cuenta de Instagram?

Cuanto más lo pensaba, más se emocionaba con la idea de tener su propio negocio. ¡Podía ser como Monica! «¿Qué haría Monica?», se convirtió en su nuevo mantra, dentro de su propósito de ser más reflexivo, más sensato y más fiable. Tenía mucho camino que recorrer.

Hazard abrió la puerta de su edificio y se limpió los zapatos con brío en la estera, para no dejar rastros de tierra por todo el reluciente vestíbulo. Aquel bloque de pisos moderno y acristalado, rodeado de jardines de diseño y con servicio de portería las veinticuatro horas proclamaba a gritos «exitoso agente de bolsa», y no tanto «jardinero». Una tarde había dejado una bolsa con herramientas de jardinería en la entrada durante un par de horas. A la vuelta se había encontrado pegada con celo a ella una nota que decía: «OBREROS: ¡NO DEJEN AQUÍ SUS HERRAMIENTAS! ¡RETÍRENLAS O SERÁN CONFISCADAS!».

Echó un vistazo a los casilleros de la pared donde se guardaba el correo de los residentes. En el suyo, además de los folletos y las facturas de costumbre, había una carta que su madre habría descrito como «paquetón» (lo que siempre hacía que su padre y él esbozaran una sonrisilla mientras ella fingía no entender por qué): un sobre de buena calidad que contenía una cartulina abultada. Una invitación.

Hazard la abrió mientras subía por la escalera. Con bellas letras grabadas, decía:

Daphne Corsander y Rita Morris
le invitan a
celebrar su matrimonio
el sábado 23 de febrero de 2019, a las 11.00,
en la iglesia de Todos los Santos, Hambledore,
y después en la antigua vicaría.
S. R. C.

En la esquina superior izquierda habían escrito con una pluma «Sr. Hazard y acompañante».

De manera que Daphne y Rita salían del armario por todo lo alto. Bien por ellas. Se preguntó cómo se habría tomado Roderick la noticia. Esperaba que no estuviera estresándose pensando en que su padre se revolvería en la tumba. Tampoco podía decirse que hubieran perdido el tiempo. Solo faltaban tres semanas para el veintitrés de febrero. Suponía que, a su edad, era sensato no marear la perdiz.

Hazard no sabía con qué carta quedarse. Por un lado, le apetecía una barbaridad celebrar la ocasión con sus viejas amigas de la isla pero, por el otro, todavía no había asistido a ninguna fiesta sobrio, por no hablar ya de una boda, con su tradición de beber durante todo el día. Aunque llevaba limpio ya cuatro meses enteros; estaría a salvo, ¿no? Podía confiar en sí mismo. Era improbable que alguno de sus antiguos amigotes estuviera invitado a la boda de Daphne y Rita.

Releyó lo que habían escrito en la esquina: «y acompañante». ¿A quién diablos llevaría? Cualquiera de sus exnovias lo arrastraría a una recaída en menos de lo que se dice «¡Salud!». Sin embargo, tampoco le parecía buena idea acudir solo. Necesitaba llevar a alguien que lo mantuviera a raya.

Se sentó en su sofá de cuero color crema, se quitó las botas y estiró los dedos, momento en el cual captó, con la nariz arrugada, el inconfundible olor de unos pies sudados tras una jornada de largo trabajo. De camino a casa había cogido un *Evening Standard* para poder leer el artículo sobre Julian. Había una foto de él en pleno centro de la página, con la mirada perdida en la lejanía y aire melancólico, que no se parecía en nada al Julian que conocía. La entrevista, efusiva y desparramada, abarcaba toda la vida de Julian, desde que perdió la virginidad en Shepherd Market a los dieciséis años con una prostituta pagada por su padre como regalo de cumpleaños hasta el momento en que se había convertido en una estrella de las redes sociales a los setenta y nueve. Incluía una extensa historia sobre la gran amistad de Julian con Ralph Lauren, de quien se revelaba que había basado una colección entera en el excéntrico estilo inglés de Julian, después de que ambos realizaran un viaje en coche por los prados, pubs y campos de críquet de Dorset. Cada día se aprendía algo nuevo de Julian.

Riley

Cuando Riley llegó al almirante, solo encontró a Monica.

—¿Dónde están todos? —le preguntó—. Sé que Hazard está terminando un jardín en la calle Flood, pero pensaba que los otros vendrían.

Monica miró su reloj.

—Son las cinco y veinte. A lo mejor no viene nadie más. Qué raro. Que yo sepa Julian no se ha saltado ningún viernes, menos el de Nochevieja. Incluso en la época en la que apenas salía de casa, me dijo que seguía viniendo todas las semanas. Espero que esté bien.

Riley sacó el teléfono y abrió el Instagram de Julian.

—No te preocupes, está mejor que bien. Mira.

—Hostias, ¿sabes que esa con la que está ahí es Kate Moss? Y una panda de personajes del mundo de la moda, encantados de conocerse, tomando mojitos en el hotel Soho Farmhouse. Podría habernos avisado de que iba a salir de la ciudad —dijo Monica, con cierto tono de niña enrabietada. Julian ya era mayorcito, a fin de cuentas. No tenía que pedirles permiso para ir a pasar un fin de semana con unos famosos—. Oye, hablando de Julian, me he dado cuenta de que tenemos clase de pintura el cuatro de marzo, que es el decimoquinto aniversario de la muerte de Mary. He pensado que quizá será un momento difícil para él, o sea que podríamos organizar una especie de fiesta sorpresa para conmemorarlo. ¿Qué te parece?

—Me parece que eres una de las personas más consideradas que he conocido nunca —respondió Riley, que nunca había sido amigo de callarse lo que pensaba ni de juegos y subterfugios—. Además de inteligente; ¿cómo puedes acordarte de todas las fechas? Yo apenas me acuerdo de mi propio cumpleaños.

Monica se ruborizó, lo que hizo que pareciera menos temible y, en verdad, bastante mona. Además, como ya no había secretos entre ellos, Riley se sentía más ligero, más como su yo de siempre. De modo que se agachó y la besó.

Ella le devolvió el beso. Sin mucha convicción, pero era un principio.

—Siempre me ha dado nosequé besarme en un cementerio, ¿a ti no? —le preguntó ella. Pero sonreía.

—Algo me dice que el almirante ha visto cosas mucho peores a lo largo de los años —replicó Riley, a la vez que se le acercaba un poco y le pasaba un brazo por los hombros—. ¿No crees que Julian y Mary debieron de, ya sabes…? —dijo mientras subía y bajaba las cejas con aire insinuante—; en algún momento, a lo largo de los años. ¿Allá por los locos sesenta, quizá?

—¡Puaj, no! —exclamó Monica—. ¡Mary jamás hubiese hecho eso! En un cementerio, ¡ni hablar!

—No la conociste, Monica. Era comadrona, no una santa. A lo mejor tenía un lado travieso. Debía de ser así, si estaba casada con Julian, digo yo.

Inclinó el cuerpo hacia Monica y la memoria muscular se ocupó de ensamblar sus cuerpos formando el rompecabezas de siempre. Intentó besarla otra vez, pero ella lo apartó con delicada firmeza.

—Riley, ya no estoy enfadada —dijo—. Me alegro mucho de que seamos amigos pero, la verdad, ¿qué sentido tendría? Te marcharás pronto, de modo que no viene a cuento volver a empezar con esto, ¿no?

—Monica, ¿por qué todo ha de tener sentido? ¿Por qué tiene todo que formar parte de un plan? A veces es mejor dejar que las cosas crezcan de forma natural, como las flores silvestres.

Estaba bastante satisfecho con la imagen; sonaba la mar de poético.

Para ilustrar sus palabras, señaló un grupo de campanillas de invierno, perfectamente blancas, que empezaba a asomar a través de la tierra helada de febrero.

—Riley, eso es precioso —dijo Monica—, pero no quiero pasarlo mal otra vez metiéndome en una relación que tiene un punto final marcado. ¡La vida no es tan sencilla como la jardinería!

—¿Estás segura? —preguntó Riley, que empezaba a sentirse frustrado. A él le parecía muy obvio. Ella le gustaba y él a ella. ¿Qué problema había?—. ¿Por qué no probamos a ver dónde nos lleva? Haz lo que te pide el cuerpo. Si no quieres que nos despidamos en junio, siempre puedes venir conmigo.

Nada más enunciarla, se dio cuenta de lo brillante que era la idea. Serían unos compañeros de viaje perfectos (con derecho a roce, esperaba). Él podía ocuparse de la diversión y ella, de la cultura.

—No podría acompañarte, Riley —dijo Monica—. Aquí tengo responsabilidades. Tengo mi empresa; empleados, amigos, familia. ¿Qué me dices de Julian? Mira lo que pasó la última vez que lo dejamos solo durante unos días; casi se muere de hipotermia.

—Es fácil, Monica —insistió Riley, que lo creía de todo corazón. A fin de cuentas, él había dejado su vida entera al otro lado del mundo sin apenas echar la vista atrás—. Encuentra a alguien que lleve el café por ti durante unos meses. Tus amigos y parientes te echarán de menos, pero les encantará saber que estás viviendo una aventura, y por lo que respecta a Julian… se diría que hace poco se ha echado unos cientos de miles de nuevos «amigos». No creo que tengamos que preocuparnos por él.

Monica intentó meter baza, pero Riley la atajó.

—¿Cuándo fue la última vez que viste el mundo que hay más allá de Fulham y Chelsea? ¿Cuándo fue la última vez que te subiste a un tren solo para ver dónde acababas? ¿Cuándo te has pedido un plato de nombre raro de una carta, por la diversión de comer algo que no te esperabas? ¿Has practicado sexo alguna vez solo porque te apeteciera y no como parte de alguna clase de plan vital?

Monica guardaba silencio. A lo mejor le había dado que pensar.

—Solo te pido que te lo pienses, Monica —remató.

—Sí. Sí, lo haré. Lo prometo.

Caminaron juntos hacia la salida del cementerio. Monica hizo un alto junto a una lápida que tenía a la izquierda, agachó la cabeza y musitó algo en voz muy baja. Debía de ser la tumba de un familiar. Riley leyó la inscripción.

—¿Quién era Emmeline Pankhurst? —le preguntó.

Monica le lanzó una de esas miradas que a Riley no le gustaban ni pizca, pero no dijo nada.

Cuántas veces le parecía, con Monica, que estaba suspendiendo un examen al que no era consciente de haberse presentado.

Monica

Monica lo había estado pensando. Largo y tendido. Le hacía bastante gracia el cuadro que Riley le había pintado y se preguntaba si ella podía ser esa chica. ¿Era demasiado tarde para vivir la vida con arreglo a un conjunto de reglas completamente diferente? ¿O, mejor dicho, directamente sin reglas?

Nunca se había tomado un año sabático para viajar por Europa. Había tenido demasiada prisa por empezar en Cambridge. Había tantas ciudades que le encantaría visitar. Y luego estaba Riley, el hombre más guapo con el que hubiera salido nunca; que había conocido nunca, bien pensado. Además era atento y alegre. Ir a cualquier parte con Riley era como llevar unas lentes de color rosa: todo parecía mucho mejor.

¿De verdad importaba que nunca hubiera oído hablar de Emmeline Pankhurst?

No había querido seguir adelante con la conversación y explicarle que Emmeline era la más famosa de todas las sufragistas, por si eso dejaba claro que Riley tampoco había oído hablar nunca de ellas. Eso sí que sería imperdonable.

Pero era australiano, se recordó a sí misma. Quizá en su tierra no se llevara la historia feminista. Les habían concedido el derecho a voto a las mujeres mucho antes, en 1902.

Avistó a Hazard, sentado a una gran mesa de La Biblioteca, que tenía cubierta de papeles.

—¿Otra vez trabajando aquí, Hazard? —le preguntó.

—¡Ah, hola, Monica! Sí. Espero que no te moleste que ocupe tanto sitio. Me siento un poco solo trabajando en casa. Echo de menos el murmullo de la oficina. Además, aquí el café es mejor.

—Nosotros encantados, aunque estoy a punto de cerrar. Puedes quedarte un poco más, de todas formas, mientras recojo y hago caja.

Monica estiró el cuello para ver en qué andaba ocupado.

—¿Puedo enseñarte lo que he estado haciendo? —preguntó él—. Me encantaría conocer tu opinión.

Monica acercó una silla; le encantaba dar opiniones.

—He diseñado estos folletos, mira, para Jardineros Australianos. Los hemos repartido por casi todos los buzones de Chelsea y Fulham. Tardamos días en hacerlo.

—Son geniales, Hazard —comentó Monica, con sincera admiración—. ¿Habéis tenido una buena respuesta?

—Sí. Y Alice colgó en Insta algunas fotos de nuestro trabajo que atrajeron mucho interés.

Monica se preguntó si no serían los trabajadores, más que el trabajo, los que habían originado ese interés, pero luego se riñó a sí misma con severidad. La cosificación sexual funcionaba en los dos sentidos.

—Tengo trabajo suficiente para que yo, Riley y los cinco chavales australianos que me ha ayudado a formar nos mantengamos ocupados por lo menos durante los próximos dos meses. Además, si hacemos un buen trabajo, correrá la voz y nos irán llegando más proyectos.

—¿Y has calculado los gastos e ingresos previstos? —preguntó Monica—. ¿Tienes en mente un margen de beneficios que tomar como objetivo?

—Sí, por supuesto. ¿Quieres ver mi plan de empresa? —preguntó Hazard.

Y la cuestión era que sí, naturalmente. Había pocas cosas que le gustarán más a Monica que un buen plan de empresa. Y el de Hazard lo era, incluso para su ojo crítico. No obstante, le pudo sugerir un par de ajustes y mejoras, obviamente.

—No olvides que, en cuanto facturéis más de ochenta y cinco mil libras, tendréis que empezar a presentar el IVA —le recordó—. ¿Y os habéis apuntado ya en el registro mercantil?

—No. ¿Eso es difícil? —preguntó Hazard.

—En absoluto. No te preocupes, te enseñaré cómo hacerlo.

Monica se dio cuenta de que Hazard empezaba a caerle hasta bien. ¿Podía haberlo juzgado mal? No solía pasarle.

—Oye, Monica, debo decir que no creo que haya mantenido jamás una conversación como esta con una mujer atractiva. Ya sabes, de negocios, sin ligoteo —dijo él.

¿«Una mujer atractiva»? Monica intuyó que debería sentir un arrebato de justa indignación feminista, pero le traía sin cuidado. ¿Disfrutar con esas palabras la convertía en alguien espantosamente superficial?

—Hablando de acontecimientos sociales —dijo Hazard, lo que era extraño, por falso: habían estado hablando de hojas de Excel. Monica le había explicado las numerosas ventajas de codificar por colores—. La semana pasada recibí una invitación a una boda. Es una gran historia de amor: Rita y Daphne, a las que conocí en Tailandia. Las dos pasan de los sesenta años y, por lo que sé, son completas novatas en el lesbianismo.

—Anda, es genial. Un nuevo comienzo en la vida. ¿Riley también va?

Monica se preguntó si, en ese caso, la invitaría.

—No. Solo pasó dos o tres días en Panam, de manera que

no llegó a conocerlas bien. Esto, supongo que no te apetecerá acompañarme, ¿o sí? —dijo, lo que la pilló completamente por sorpresa, tanto que se quedó muda. ¿Por qué ella?—. Verás —prosiguió Hazard, como si le hubiera leído el pensamiento—, siento que estoy en deuda contigo. No solo por el tema de la empresa, sino por mantenerme distraído cuando estaba en Koh Panam.

Monica sintió que empezaba a acumularse en su interior aquella irritación familiar. Había empezado a olvidar que ella había sido para Hazard un jueguecito al que recurrir cuando se aburría entre masajes y sesiones de meditación guiada en su balneario de salud. En aquel momento lo recordó. Por mucho que le gustase una buena boda, no pudo evitar pensar que pasar demasiado tiempo con Hazard podía suponer una presión enorme para su reciente amistad, ya de por sí bastante frágil.

—Tengo una propuesta —añadió Hazard antes de que pudiera ofrecerle una educada negativa—. ¿Sabes jugar a backgammon? Podemos apostárnoslo al que gane. Si venzo yo, vienes como mi acompañante a la boda; si ganas tú, no hace falta que vayas. A menos que quieras, claro está.

—Vale —dijo Monica—. Acepto el reto.

Nadie le ganaba nunca al backgammon, y eso le ahorraría tener que tomar una decisión, en un sentido u otro, por el momento.

El Café de Monica tenía una estantería de juegos para los clientes, con un surtido que incluía ajedrez, damas, Trivial Pursuit, Scrabble y, por supuesto, backgammon, además de varios clásicos de los que arrasaban entre los niños.

—He intentado enseñar a Riley a jugar —dijo Monica mientras preparaban el tablero—, pero él prefiere el Monopoly. —Por un momento creyó que Hazard estaba soltando una risita, pero resultó ser solo tos.

Monica hizo la tirada inicial. Un seis y un uno. Era una de sus aperturas favoritas. Solo había una manera razonable de jugarla: bloquear tu propio punto barra, que fue lo que hizo.

—Cuánto me alegro de que hayas hecho eso —comentó Hazard, casi susurrando.

—¿Por qué? —preguntó ella—. Es una buena jugada. La única que vale para esa tirada, en mi opinión.

—Lo sé —respondió Hazard—. Es solo que me ha recordado a la última vez que jugué. Con un sueco, en Tailandia. No era un buen contrincante.

Siguieron jugando, con silenciosa concentración, igualados y demostrando una determinación equiparable. Estaban en la recta final de la partida cuando Monica sacó una combinación que de inmediato vio que le permitiría mandar a la barra una de las piezas de Hazard. Era una tirada decisiva; Hazard no podría recuperarse.

Antes de analizar en serio lo que estaba haciendo, Monica movió otra pieza.

—¡Ja! —exclamó Hazard—. ¡Acabas de dejar pasar una oportunidad de acabar conmigo, Monica!

—Oh, no, cómo puedo haber sido tan tonta —respondió ella mientras se daba una palmada en la frente.

Hazard sacó un doble seis.

Al parecer tendría que asistir a la boda, a fin de cuentas…

Alice

Alice acababa de ponerle a Bunty un vestidito blanco y rosa precioso, con nido de abeja bordado a mano, de @vintagestylebaby, en preparación para la sesión fotográfica del día, cuando hizo una caca tan explosiva que escapó de los confines del pañal y le embadurnó la espalda, casi hasta el cuello.

A Alice le faltó poco para echarse a llorar. Pensó en sacar las fotos de todas formas; podía colocar a Bunty en un ángulo que ocultara las manchas de caca color mostaza. Nadie se enteraría. Pero la niña empezaba a poner reparos en sentarse sobre un pañal sucio y aullaba como un alma en pena. Otra vez.

Alice estaba agotada. Por la noche se había tenido que levantar cada tres horas. Cada vez que lograba cerrar los ojos otra vez, Bunty le dejaba el tiempo justo para sumirse en un sueño profundo y entonces, como si lo supiera, se ponía a berrear pidiendo más comida, como un cliente descontento y prepotente del Savoy.

Cambió a Bunty, la cogió en brazos y empezó a bajar con ella a la cocina. A lo mejor un poco de cafeína la ayudaba.

Cada vez que bajaba las escaleras con la niña en brazos tenía la misma visión. Se imaginaba tropezando y rodando por los escalones enmoquetados. En la versión número uno mantenía a Bunty abrazada contra su pecho y luego, al aterrizar al pie de las escaleras, la aplastaba por accidente y la mataba. En la versión dos soltaba a Bunty al caer y la veía golpearse la cabeza contra la pared para luego desplomarse en el suelo como un fardo inerte.

¿Pasaban el resto de las madres todo su tiempo imaginando las diversas maneras en que podían matar sin querer a sus bebés? Dormirse mientras los amamantaban y ahogarlos, conducir en estado de agotamiento y estrellarse contra una farola de tal modo que la parte trasera del coche que contenía la sillita se arrugaba como un acordeón, no darse cuenta hasta que tenía la cara azul de que se había tragado una moneda de dos peniques que se había caído al suelo en un momento de despiste.

No era lo bastante adulta ni responsable para mantener con vida a otro ser humano. ¿Cómo podían haberla dejado salir del hospital con un bebé de verdad sin darle siquiera un manual de instrucciones? ¿Qué clase de irresponsabilidad, de estupidez, era aquella? Por supuesto, por internet corrían millones de listas de instrucciones, pero todas se contradecían entre sí.

Hasta hacía poco Alice se había defendido bastante bien. Había sido gestora de una gran empresa de relaciones públicas, antes de dejarlo cuando estaba embarazada de seis meses para ser madre a tiempo completo e *influencer* en las redes sociales. Había conducido reuniones, dado presentaciones para centenares de personas y planificado campañas globales. Y, aun así, tenía problemas para sacar adelante un pequeño bebé.

Además, se aburría. La interminable repetición de dar pecho y cambiar al bebé, cargar el lavavajillas, tender la ropa, quitar el polvo, leer cuentos y empujar columpios la tenía amargada. Pero no podía contárselo a nadie. ¿Cómo podía

@aliceinwonderland, con su vida perfecta, envidiable, aspiracional, confesar que, a pesar de quererla más que a la vida misma, a menudo @babybunty no le gustaba mucho? En realidad, la vida misma no le gustaba mucho. Y estaba bastante segura de que ella tampoco le gustaba demasiado a Bunty. ¿Y quién podía culparla?

Apartó una pila de revistas que había en el sillón de la esquina de la cocina para hacerle sitio a Bunty mientras ponía agua a calentar y abría la nevera para sacar la leche.

Oyó un chillido espeluznante. Bunty había conseguido precipitarse, de cabeza, por el borde del sillón y había aterrizado en los duros azulejos del suelo de la cocina. Fue corriendo a recogerla y mirar si se había hecho alguna herida. Por suerte, su cabeza había caído sobre un ejemplar de la *Parenting Magazine*, que había amortiguado el golpe. Por lo menos las revistas para padres novatos servían para algo.

Bunty la miró con cara de pocos amigos, comunicándose con más claridad si cabe por no usar palabras: «¿Qué clase de madre incompetente eres? ¿Te puedo cambiar por otra, por favor? Yo no pedí que me cuidara semejante imbécil».

Sonó el timbre. Alice caminó hacia la puerta como un autómata, un avatar de la mujer anteriormente conocida como Alice, después de dejar a Bunty, todavía gritando, en el suelo de la cocina. Contempló en silencio a su visitante. No lograba comprender qué hacía allí. ¿Habría olvidado una cita? Era Lizzie, una de las voluntarias del Pequeño Ayudante de Mamá.

—Ven aquí, pobrecita mía. Dame un abrazo —le dijo—. Sé exactamente cómo te sientes, o sea que vengo a ayudarte con Bunty.

Antes de que tuviera ocasión siquiera de preguntarse

cómo sabía Lizzie exactamente lo que sentía, se vio hundida en un busto gigante y esponjoso.

Alice, por primera vez desde que había llevado a Bunty a casa, lloró y lloró, hasta empapar de lágrimas la blusa floreada de Lizzie.

Lizzie

A Lizzie le encantaba su trabajo de media jornada en el Pequeño Ayudante de Mamá, aunque solo le sirviera para pagarse los gastos. Había cumplido los sesenta y cinco el año anterior y estaba oficialmente jubilada, pero quedándose en casa lo único que hacía era engordar y entontecerse, y Jack, su marido, la estaba volviendo loca, de manera que los dos días que pasaba allí eran sus favoritos de la semana.

Se había pasado toda la vida cuidando niños: primero, como la mayor de seis hermanos, después como niñera, madre de sus propios cinco retoños y, en tiempos más recientes, como enfermera de maternidad, una actividad en cuyo desempeño había ido pasando, gracias al boca a boca, de una madre primeriza pija y privilegiada de Chelsea o Kensington a otra. «¡Lizzie es un amor! ¡Un regalo del cielo!», decían. «¡La sal de la tierra!», como si eso significara de verdad otra cosa que «no es como nosotros, ya sabes, pero en principio puedes confiar en que no robará la plata».

Acababa de entregar a todos los niños a sus diversas cuidadoras, incluida la pequeña Elsa, con su nariz perpetuamente moqueante y sus uñas sucias, cuya madre había llegado, como de costumbre, más de media hora tarde. Para confusión de todas, en esos momentos tenían matriculadas tres Elsas. Esa película, *Frozen*, tenía gran parte de responsabilidad.

Lizzie fue a coger el abrigo que colgaba del perchero del recibidor y vio que, en el suelo, directamente debajo, había una libreta verde pálido, como las que habían usado sus hijos para hacer sus primeras sumas. Debía de habérsele caído a alguien del bolso o el abrigo. La recogió. En la portada alguien había escrito *El proyecto de la aritmética*. Se la metió en el bolso. Ya la reclamaría alguien al día siguiente.

Pasaron unos días antes de que Lizzie volviera a pensar en el cuaderno de matemáticas. Les había preguntado a varias de las mamás si alguno de sus hijos lo había perdido y lo llevaba encima por si acaso, pero nadie mostró interés. Así pues, aprovechando que estaba disfrutando de un merecido descanso con una taza de té, lo sacó y le echó un vistazo. No ponía «aritmética» en absoluto; lo había leído mal la primera vez porque no llevaba puestas las gafas de cerca. Ponía «*El proyecto de la autenticidad*». ¿Qué diablos significaría eso? Hojeó las páginas. No encontró las sumas que había imaginado; en lugar de eso, había textos escritos por diferentes personas.

Sintió un maravilloso hormigueo de emoción. Siempre había sido cotilla. Era una de las mejores cosas que tenía trabajar de niñera o enfermera de maternidad: se descubría toda clase de cosas sobre una persona husmeando sin reparos en su cajón de las bragas. Desde luego la gente podría mostrar un poco más de inventiva al elegir sus escondites. Y aquel cuaderno tenía pinta de contener... secretos. Como un diario, tal vez. Ella nunca hacía nada con la información que recopilaba. Se enorgullecía de ser honrada y decente. Lo único que pasaba era que el prójimo le resultaba fascinante, nada más. Se puso cómoda y empezó a leer.

«¿Conoces bien a las personas que viven cerca de ti? ¿Y ellas a ti? ¿Sabes siquiera cómo se llaman tus vecinos?» ¡Ja! En realidad, Lizzie conocía a todos sus vecinos. Se sabía su nombre, el de sus hijos y el de sus gatos. Sabía cuáles no reciclaban bien, cuáles tenían más broncas conyugales, cuáles tenían una aventura y cuáles pasaban demasiado tiempo en las casas de apuestas. Sabía mucho más sobre todos de lo que ellos querrían. Sabía que tenía fama de fisgonear tras los visillos, pero al menos era popular entre la patrulla de vigilancia del barrio.

«Julian Jessop.»

A veces oía un nombre y las paredes se esfumaban, como en un cambio de decorado en el teatro, y se veía transportada a otra época, y en ese momento estaba en 1970, en King's Road, con su amiga Mandy. En aquel entonces pasaban tanto tiempo juntas que las llamaban «Lizymandy». Tenían quince años y se habían vestido con una minifalda para la ocasión, con el pelo cardado y los ojos pintados con kohl negro como el azabache.

Estaban mirando por la ventana del fabuloso estudio de Mary Quant cuando se les acercó caminando un grupo de personas de entre veintimuchos y treinta y pocos años. Tenían un estilo increíble. Los tres varones iban a la última con pantalones de campana y la chica llevaba un vestido minifaldero que terminaba bastantes centímetros más arriba del muslo que el de ellas, un abrigo de piel y los pies descalzos. ¡En público! Su melena descendía en rizos desordenados hasta la cintura, como si acabara de levantarse. Lizzie estaba segura de que, si se le acercaba lo suficiente, olería a sexo. Claro que ella tampoco sabía a qué olía el sexo en aquel entonces, pero se imaginaba que sería a algo así como sardinas en lata. Uno de los hombres llevaba un loro de verdad en el hombro.

Lizzie era consciente de que los miraba con la boca abierta.

—Ostras, Lizzie, ¿sabes quiénes eran? —preguntó Mandy, que no esperó para darle la respuesta—. Eran David Bailey, el fotógrafo, y Julian Jessop, el pintor. ¿Verdad que son guapísimos? ¿Has visto que Julian me ha guiñado el ojo? Te juro que sí.

Hasta aquel día Lizzie no había oído hablar nunca de Julian (aunque no lo había reconocido ante Mandy, por supuesto; no quería darle más motivos para que se creyera la más enrollada de las dos), pero había visto su nombre varias veces en los años posteriores, por lo general en la sección de chismorreos. Llevaba décadas sin oírlo, sin embargo. Si hubiera pensado en él en algún momento, lo habría dado por muerto, víctima de algo trágico pero vagamente glamuroso, como una sobredosis o una enfermedad venérea. Sin embargo, ahí lo tenía, escribiendo en una libretita que alguien había dejado en su camino.

«Monica.» A esa Lizzie también la conocía: se había tomado una taza de té y un trozo de tarta en su cafetería una o dos veces, cuando se sentía rica. Monica le caía bien, porque a pesar de que siempre era obvio que estaba ocupada, tenía la generosidad de dejar lo que estaba haciendo para charlar un poco. Habían hablado de la biblioteca pública, si no le fallaba la memoria, y del tesoro que suponía para la comunidad.

Sabía exactamente cuál era el problema de Monica. Las jóvenes de hoy en día eran demasiado quisquillosas. En sus tiempos, las mujeres entendían la necesidad de sentar la cabeza. Encontrabas un joven de la edad más o menos adecuada, cuyos padres por lo general eran conocidos de los tuyos y vivían cerca, y te casabas. A lo mejor se hurgaba la nariz al conducir, se dejaba en el pub una parte demasiado grande del presupuesto familiar o no tenía ni idea de dónde encontrar el clítoris, pero una comprendía que probablemente tampoco era perfecta y que un marido regular tirando a bueno era mejor que estar soltera. El problema con toda aquella tecnología nueva era que la gente tenía tantas opciones que era incapaz de decidirse. Buscaban y buscaban sin parar hasta que un día descubrían que se les había pasado el arroz. Monica tendría que dejar de perder el tiempo y ponerse las pilas.

Maldición. Se había acabado su pausa para el té. Se moría por leer más, pero tendría que esperar.

—¿Qué estás leyendo, Liz? —preguntó Jack.

Sonó un poco como si farfullara porque todavía se estaba intentando sacar un trozo de pollo enganchado entre las muelas con el dedo índice. No era de extrañar que no lo hubiera besado en la boca desde hacía años. De un tiempo a esa parte tendía a darle un piquito en la cocorota, donde tenía una calva grande como un helipuerto, al pasarle por delante.

—Una cosa del trabajo —respondió ella con deliberada vaguedad.

Estaba leyendo la historia de Hazard. A él también lo conocía, porque era de suponer que no podía haber dos jóvenes de Fulham con ese nombre: de modo que había vuelto de Tailandia y estaba trabajando en el jardín del Pequeño Ayudante de Mamá. Estaba bastante bueno, a pesar de la barba. Lizzie por lo general no quería saber nada de barbudos porque, a ver, ¿qué tenían que esconder? Aparte de la barbilla.

No lo juzgaba por el asunto de la adicción. Sabía que esas cosas golpeaban a traición. Ella misma había pasado por una etapa en la que se le había ido de las manos su afición al jerez para cocinar, por no hablar del rasca y gana, mientras que Jack seguía fumándose dos paquetes de John Player Special al día, a un coste desorbitado, sin hacer caso de las fotos espantosas de pulmones renegridos que recubrían todas las cajetillas.

Riley le pareció una monada, un pobre chico confuso. También lo conocía. Era uno de esos encantadores jóvenes australianos que trabajaban con Hazard. Se moría por descubrir si Hazard seguía sin recaer, si Julian impartía su clase de pintura y si Riley había arreglado las cosas con Monica. Aquello era mejor que el culebrón.

Le quedaba una historia por leer. ¿Quién sería el próximo? La guardaría para el descanso del día siguiente.

Lizzie se estaba poniendo cómoda para la pausa del té perfecta en la sala de recreo: té PG Tips, dos galletas Jammie Dodgers, el programa de Steve Wright en Radio 2 y un cuaderno lleno de secretos ajenos. ¿Qué más se podía pedir? Se puso cómoda en su sillón favorito y empezó a leer.

Me llamo Alice Campbell. Es posible que me conozcáis como @aliceinwonderland.

¡BINGO! Lizzie tenía un completo. Conocía a todos los que salían en el cuaderno. Es más, sabía exactamente cómo había llegado a sus manos la libreta. Alice era la rubia guapa que las ayudaba a recaudar fondos. Recordaba que Archie, uno de los niños más pequeños, había jugado con la bolsa que Alice había dejado en el recibidor, debajo de los abrigos. El crío debía de haber sacado el cuaderno y lo había dejado en el suelo.

Cada vez que Alice pasaba por el Pequeño Ayudante de Mamá, a Lizzie le preocupaba un poco que hiciera sentirse inferiores a las demás madres. Iba siempre de punta en blanco, tenía un control ostensible de la situación y era muy diferente de las madres a las que ayudaban, que eran casi todas desorganizadas y pasaban sin excepción por malos momentos. Aunque Lizzie no dejaba de preguntarse si Alice no sería en buena parte fachada. A veces la perfecta modulación de su acento flaqueaba un poquito y dejaba entrever otro, mucho más colorido y accesible. Siguió leyendo.

Aunque, si me seguís, en realidad no me conocéis en absoluto, porque mi vida real y la otra, la que veis, tan perfecta, cada vez tienen menos que ver entre sí. Cuanto más desastrosa se vuelve mi vida, más ansío los likes *de las redes sociales para convencerme de que todo va bien.*

Yo antes era Alice, la exitosa experta en relaciones públicas. Ahora soy la mujer de Max, la madre de Bunty o @aliceinwonderland. Me siento como si todo el mundo tuviese un trozo de mí, menos yo misma.

Estoy muy cansada. Estoy cansada de noches sin dormir, de dar el pecho, de cambiar pañales, de limpiar la casa y la ropa. Estoy cansada de pasar horas documentando la vida que quisiera tener y respondiendo a los mensajes de unos desconocidos que se creen que saben quién soy.

Quiero a mi bebé más de lo que nunca hubiese creído posible, pero no pasa día sin que le falle. Merece una madre que se sienta constantemente agradecida por la vida que comparten, no una que siempre está intentando escapar a un mundo virtual que es mucho más bonito y manejable que el real.

Ojalá pudiera contarle a alguien cómo me encuentro, que a veces me siento en el círculo de la clase infantil de música y solo quiero reventar de un puñetazo la estúpida pandereta rosa del mono. Ayer mismo, en natación, sentí un impulso casi incontenible de hundirme hasta el fondo de la piscina y tragar una buena bocanada de agua. Pero ¿cómo puedo confesar que @aliceinwonderland solo es un fraude?

Y si no soy ella, ¿quién soy?

Ay, Alice. Antes incluso de que la depresión posparto estuviese reconocida, las mujeres de la familia y el círculo social de Lizzie conocían los síntomas. En los tiempos en los que ella tuvo a su primer bebé, todos los abuelos, tíos, padrinos y amigos formaban piña alrededor de la madre recién parida. Se ofrecían a hacer de canguros, llevaban comida y ayudaban con la casa, lo que contribuía a aminorar el impacto físico, emocional y hormonal de dar a luz.

Y allí estaba Alice, que sentía que tenía que hacerlo todo sola y además intentaba desesperadamente que pareciera perfecto.

En cuanto acabó su turno, Lizzie buscó la dirección en su agenda de contactos. Lo que la pequeña Alice necesitaba era una profesional.

Hazard

Hazard había tomado prestado el minibús del Pequeño Ayudante de Mamá por un día. Había descubierto que Monica
nunca había aprendido a conducir, pues había pasado la vida
en Londres, con su plétora de opciones de transporte público,
y el pueblo quedaba a kilómetros de cualquier estación de
tren, de modo que le tocaba hacer de chófer. Una de las madres había pegado un gran rótulo en la parte de atrás que
ponía DÉJALO AL HAZARD. Muy gracioso; ja, ja.

Paró en la línea amarilla doble que había delante del Café
de Monica y tocó el claxon.

—¿Qué azar te trae por aquí, Hazard? —dijo Monica.

Otra que tal. Lanzó un lento silbido admirativo.

—¡Monica, vas hecha un pincel! ¡Un pincel especialmente
sexy! —aclaró mientras ella subía al asiento del copiloto con
su vestido amarillo canario con pamela a juego—. No creo
que te haya visto nunca vestida de un color que no sea negro,
blanco o azul marino.

—Bueno, a veces me gusta hacer un esfuerzo —replicó
ella, bastante satisfecha, según le pareció a Hazard—. Y mí-
rate tú, hecho un dandi con tu chaqué. Y hasta te has recor-
tado la barba, si no me equivoco. —Pronunció «barba» de
una manera que implicaba la presencia de unas comillas iró-

nicas—. Toma, he cogido café para llevar, para el trayecto. El tuyo es un café con leche grande con la leche entera. Sé que he acertado —dijo, mientras señalaba la bolsa de papel marrón que sostenía.

—De lleno, gracias —replicó él, extrañamente encantado de que recordara lo que solía pedir—. Yo traigo gominolas Rowntrees. Coge las que quieras. No te cortes, llevo una bolsa tamaño familiar, de las que tienen forma de frutitas. Siempre me han gustado.

Circulando por la M3, se relajaron y empezaron a charlar con soltura.

—¿Estás emocionada? —preguntó Hazard.

—La verdad es que no. Las bodas me parecen más bien deprimentes. El matrimonio... solo es un papel y las estadísticas de divorcios son alucinantes. Es una pérdida de tiempo y dinero, francamente.

—¿En serio? —preguntó, sorprendido.

—¡No, claro que no es en serio! ¿Te has leído mi historia o no? No hay nada que me guste más que un final feliz y una boda por todo lo alto. —Luego, sin venir a cuento, Monica le sorprendió diciendo—: Hazard, siento haber sido tan borde contigo cuando llegaste. Estaba avergonzada. Y te tenía por un niño de buena familia vago y al que le gustaba entrometerse en las vidas ajenas para sentirse superior.

—Ay. No es de extrañar que me odiases —dijo Hazard—. En realidad siempre me he mantenido yo solo. Mis padres son de clase media acomodada, pero se gastaron hasta el último penique de sus ahorros para mandarme a una escuela privada pija en la que me hicieron la vida imposible por ser el único chico cuya casa tenía número en vez de nombre y que giraba hacia la derecha al subir a los aviones en vez de a la izquierda.

—¿Y a qué te dedicabas antes de entrar en el sector de la jardinería? —preguntó Monica.

—Estaba en la City. Operaciones de bolsa. Ahora sospecho que escogí esa profesión porque estaba harto de ser siempre la persona menos rica de la sala. Supongo que no habrás leído mi historia de la libreta, ¿verdad? ¿Riley no te la contó?

—No, Riley es muy considerado para estas cosas. Preferiría que me lo contases tú. Y bien, ¿qué escribiste, si no te importa que lo pregunte? Al fin y al cabo, tú sí has leído mi historia.

—Esto... escribí que estaba harto de la City, que me tomaba un tiempo libre para aclararme las ideas y que quería encontrar una carrera que aportara más a mi vida y me hiciera sentir más satisfecho —dijo, lo cual era cien por cien cierto, aunque, desde luego, no toda la verdad.

Había un gran secreto en el minibús, sentado entre ellos aplastando el cambio de marchas. Sin embargo, Monica era la última persona del mundo con la que le apetecía conversar de su adicción. Era tan decente, limpia e impecable que el tema parecía todavía más sucio. Monica le hacía sentirse mejor persona y no quería recordarse a sí mismo que no lo era. Sospechaba que ella no le había dado ni una calada a un porro en su vida. Y mejor para ella.

—¡Y es lo que ha pasado! Te juro que esa libreta hace magia. Mira a Julian, con sus centenares de nuevos amigos, y tú, que has montado una empresa nueva que va muy bien. Estoy impresionada con lo rápido que la has puesto en marcha. Has hecho un gran trabajo.

Hazard no cabía en sí de orgullo. No estaba acostumbrado a sentirse complacido consigo mismo o a que la gente lo halagara.

—Bueno, he intentado hacer bien las cosas por una vez en la vida. Como tú. Eres una empresaria excelente: creativa, trabajadora y una jefa genial. Además, tienes principios.

¿Se estaba pasando de la raya? Con Monica siempre se descubría esforzándose un poco de más por caerle bien. No estaba seguro de por qué; no era nada propio de él.

—¿A qué te refieres? —preguntó Monica.

—Bueno, por ejemplo, si un cliente te cabrea, pero de verdad, ¿alguna vez escupes en su comida? ¿Solo por revancha? —preguntó Hazard.

Monica puso cara de horror.

—¡Pues claro que no! Eso sería antihigiénico a más no poder y, muy probablemente, ilegal. Y si lo no es, debería serlo, vamos.

—Y si se te cae comida al suelo de la cocina, pero aterriza boca arriba, ¿la vuelves a poner en el plato y listos, o la tiras?

—¡No puedes volver a emplatar comida que se ha caído al suelo! Piensa en las bacterias —protestó Monica.

—Ya lo ves. Tienes estándares.

—¿Tú no? —preguntó ella.

—Oh, sí, por supuesto. Pero son... bajos. Apenas se levantan del suelo.

—Hazard —dijo Monica con la vista puesta en el salpicadero—, vas muy por encima del límite de velocidad.

—Ups, perdón —replicó él, a la vez que levantaba muy levemente el pie del pedal—. Me temo que tengo un problemilla con las normas. A la que me enseñas una, quiero saltármela. Nunca he respetado el límite de velocidad, ni literal ni metafóricamente.

—Somos como la noche y el día, ¿verdad? —dijo Monica—. A mí me chifla una buena norma.

—Coche amarillo —comentó Hazard mientras adelantaba a un estridente Peugeot 205. Monica le miró desconcertada—. ¿No jugabais con tu familia al «coche amarillo»? —le preguntó.

—Esto... no. ¿Cómo se juega?

—Bueno, en cuanto ves un coche amarillo, dices «coche amarillo» —explicó Hazard.

—¿Y cómo se gana? —preguntó Monica.

—En realidad no lo hace nadie —dijo Hazard—, porque el juego nunca termina. Sigue eternamente.

—No es muy estimulante para el intelecto que digamos, ¿verdad? —observó Monica.

—Bueno, ¿cómo os entreteníais vosotros entonces en los viajes familiares en coche?

—Yo llevaba un cuaderno y apuntaba las matrículas de los coches a los que adelantábamos —dijo Monica.

—¿Por qué? —preguntó Hazard.

—Por si volvía a ver la misma alguna vez.

—¿Y la viste?

—No.

—Bueno, creo que me quedo con coche amarillo, gracias. ¿Y qué, *El proyecto de la autenticidad* ha hecho su magia contigo también?

—Bueno, sí —respondió Monica—. En cierto sentido ha salvado mi negocio. Montar la clase de pintura sirvió para que llegaran muchas más propuestas semanales de tarde, y luego Alice y Julian no paran de enseñar el café en Instagram, lo que atrae a un montón de clientes nuevos. Puede que hasta tenga que contratar un barista más. Antes de encontrar la libreta, pensaba que a estas alturas el banco ya habría cerrado el grifo y habría perdido el café y, de paso, todos mis ahorros.

—Eso es genial —dijo Hazard. Luego, con tacto—: ¿Y el cuaderno ha arreglado también tu vida amorosa? ¿Ya va todo bien con Riley? —Esperaba no sonar demasiado cotilla.

—Bueno, vamos día a día. Nos dejamos llevar, a ver qué pasa —dijo ella.

—No te lo tomes a mal —replicó Hazard—, pero nunca habría asociado contigo ninguna de esas expresiones.

—Ya lo sé, qué cosas ¿no? —dijo Monica con una sonrisilla—. Intento tomarme las cosas con más calma. Debo decir que es todo un desafío.

—Pero Riley se va dentro de unos meses, ¿no es así? —preguntó Hazard—. ¿A principios de junio?

—Sí, pero me ha pedido que le acompañe —explicó Monica.

—¿Y vas a ir?

—Mira, ahora mismo no tengo ni la más remota idea, lo que para mí es una situación sumamente inusual —respondió Monica.

—Tiene que resultar tan fácil ser Riley —dijo Hazard.

—¿Por qué?

—Ya sabes, caminar por la vida con esa despreocupación, verlo todo con tanta sencillez, en dos dimensiones —explicó Hazard—. Coche amarillo.

—Sé que no era tu intención, pero le has hecho parecer un imbécil —dijo Monica.

Y era verdad que no era su intención, por supuesto que no.

Monica se quitó los zapatos de tacón alto y subió sus estrechos pies al salpicadero. Ese simple movimiento espontáneo le mostró a Hazard lo mucho que ella había cambiado.

—He cambiado un montón desde que conocí a Riley —dijo, como si le hubiera leído el pensamiento.

—Bueno, no cambies demasiado, ¿vale? —replicó Hazard.

Monica no dijo nada.

Circularon durante una hora más por calzadas cada vez más estrechas y menos transitadas, y el hormigón dio paso a la naturaleza.

—¡Oye, de acuerdo con Google Maps, hemos llegado a nuestro destino! —anunció Monica, a la vez que entraban en uno de esos pueblecillos perfectamente formados que haría que los buscadores de localizaciones de Hollywood se desmayaran de la emoción. Las campanas de la iglesia de piedra color miel repicaban con alegría—. No pensaba que la Iglesia oficiara ya bodas gais.

—No lo hacen, pero del matrimonio legal se ocuparon ayer en el ayuntamiento y esto es una bendición. Imagino que será igual que una boda tradicional, pero con palabras algo diferentes —replicó Hazard.

Aparcaron y siguieron a la muchedumbre de gente endomingada que se dirigía hacia la entrada de la iglesia.

Monica

Monica hizo una parada en los baños portátiles para asegurarse de que no se le hubiera corrido el rímel. Había soltado unos lagrimones de nada en la iglesia al ver a aquellas dos novias, vestidas ambas de blanco de la cabeza a los pies. Era algo que siempre le pasaba en las bodas, aunque se casaran personas a las que no conocía. El motivo era, más que nada, la alegría por la pareja, por supuesto, pero aunque le desagradase admitirlo sabía que con eso se mezclaba una pizquita de envidia y de pena.

Hazard la esperaba al salir y caminaron juntos hasta la carpa. La entrada estaba adornada con rosas blancas y a cada lado había un camarero con una bandeja de plata cargada de copas de champán. Monica y Hazard cogieron una por cabeza.

—Pensaba que Riley me había dicho que habías dejado de beber mientras estabas en Tailandia —observó Monica.

¿O era Alice quien se lo había dicho? Estaba segura de que alguien se lo había contado, en cualquier caso.

—Ah, sí, es verdad —respondió Hazard—. Bebía demasiado, una barbaridad. Pero tampoco es que sea un alcohólico ni nada por el estilo. Puedo tomarme una o dos copas en ocasiones especiales. Como esta. De un tiempo a esta parte la moderación es mi lema.

—Muy bien —dijo Monica, que opinaba que mantener el control era un arte que no se apreciaba lo suficiente. Hazard le caía cada vez mejor—. No olvides que tienes que conducir para el viaje de vuelta.

—Claro que no —la tranquilizó Hazard—. Pero faltan varias horas para que nos vayamos y sería de mala educación no participar en la fiesta, ¿no te parece? —Alzó la copa hacia ella y echó un trago largo—. ¿Qué crees que habrá en el menú de la cena? ¿Pollo o pescado?

—A juzgar por el público, me inclino por el pescado. Salmón al vapor —respondió Monica.

Se lo estaba pasando muy bien. Hazard no paraba de hacer comentarios desternillantes sobre todos los invitados, a pesar de que —con la excepción de Roderick y las novias— no conocía a ninguno. Intercambiaron anécdotas de bodas a las que habían asistido en el pasado, tanto las románticas y maravillosas como las totalmente desastrosas.

Tener una cita con alguien con quien no salía le estaba pareciendo mucho más relajante. En todas las bodas a las que había asistido antes, se descubría pasando rápido hacia delante en su imaginación la relación de pareja que tuviese en aquel momento. Tomaba notas mentales sobre las diferencias que habría entre su boda y aquella, cuáles de sus parientes serían damas de honor fotogénicas (aunque no demasiado) y quién podría elegir él como padrino. Luego lo miraba de reojo durante la ceremonia para ver si la emoción le superaba y si pensaba lo mismo que ella.

Con Hazard solo importaba… divertirse. Se alegraba mucho de haber ido.

Los habían puesto en la misma mesa para el banquete, aunque era redonda y enorme, y tenía un centro de flores gigantesco, de manera que Monica no podía hablar con Hazard y solo lo veía si estiraba el cuello por un lado de las flores. En el centro había una tarjeta con el menú. Salmón al vapor. Le encantaba acertar. Cruzó una mirada con Hazard y le guiñó un ojo.

El banquete no parecía acabar nunca, ya que entre plato y plato siempre caía un discurso. Monica hacía todo lo posible con los hombres que tenía a ambos lados, pero se estaba quedando sin temas de conversación. Ya habían tocado de qué conocía cada uno a la feliz pareja, lo entrañable que había sido la ceremonia y lo astronómico de los precios de la vivienda en Londres, y luego se habían quedado secos.

Empezaba a sentirse cada vez más preocupada por Hazard, porque estaba bastante segura de que había aceptado una copa de vino blanco que le había ofrecido un camarero, y luego otra de tinto, y le daba la impresión de que ambas las estaban rellenando con regularidad. Intentó cruzar la mirada con él, para recordarle que tenía que conducir, pero se diría que Hazard la evitaba de forma deliberada. Las chicas que tenía al lado no paraban de echar la cabeza atrás para reírse a carcajadas. Monica tenía la sensación de que una de ellas tenía una mano apoyada en su muslo. Saltaba a la vista que estaba siendo graciosísimo. Pero a ella no le hacía gracia; era irresponsable y egoísta.

Cuando la comida por fin tocó a su fin y la gente empezó a pasear de una mesa a la otra, Monica fue a sentarse en una silla libre cerca de Hazard, con su copa de agua con gas bien a la vista, para ver si captaba el mensaje.

—Hazard —le susurró—, tenías que llevarnos de vuelta a casa, no emborracharte.

—Vamos, Monica, no seas tan cortarrollos. Es una boda: lo que toca es emborracharse. Para eso son las bodas. Suéltate el pelo por una vez; vive un poco —dijo él mientras apuraba otra copa de vino—. Monica, te presento a... —añadió mientras movía una mano en la dirección de la rubia que tenía sentada al lado, cuyos labios estaban claramente recauchutados con algo artificial. También estaba claro que no había oído aquel consejo sobre el vestir que recomendaba enseñar solo o piernas o escote.

—Annabel —terminó la rubia por él—. Hola. —¿Cómo era posible estirar una palabra tan corta durante tanto tiempo? Saludó a Monica solo con la punta de los dedos, como si no mereciera una mano entera—. ¿Hazard? Llevo un poco de perico en el bolso, por si te apetece una rápida —propuso, sin molestarse siquiera en disimular ante Monica o incluirla. ¿La tomaba por demasiado muermo para consumir drogas? Bueno, lo era, pero no se trataba de eso.

—Música para mis oídos, guapa —dijo Hazard a la vez que empujaba la silla hacia atrás y se levantaba, con un equilibrio algo precario—. Te sigo; aparte de todo, así tendré la oportunidad de recrearme en tu espléndido culo.

—¡Hazard! —gritó Monica—. Hasta el culo me tienes a mí. ¡No seas tan idiota!

—Joder, Monica, no seas tan coñazo. ¿Por qué no vas a desestresarte a una mercería? No eres mi madre ni mi mujer; ni siquiera eres mi novia. Y menos mal, joder.

Dicho esto, se fue, abriéndose paso entre la gente en pos de las generosas posaderas de Annabel, como una rata que siguiera al flautista de Hamelín. Annabel volvió la cabeza para mirar a Monica por encima del hombro, dobló el cuello hacia atrás y lanzó una risotada, retirando los labios para revelar unos dientes demasiado grandes.

Monica se sentía como si le hubieran dado una bofetada. ¿Quién coño era aquel? Desde luego no era el Hazard al que creía conocer. Entonces se acordó. Quizá no fuera el Hazard al que había llegado a conocer hacía poco, pero no era la primera vez que lo veía: era el mismo que había chocado con ella por la calle y la había llamado «zorra imbécil». ¿Y cómo se atrevía a tirarle en cara su obsesión por las mercerías? Había olvidado por completo que había escrito eso en la libreta. Era un golpe bajo. Ya no quería estar allí; solo le apetecía irse a casa. Sacó el móvil del bolso, encontró una esquina tranquila de la carpa y llamó a Riley.

«Cógelo, por favor, Riley, cógelo, por favor.»

—¡Monica! ¿Os lo estáis pasando bien? —preguntó con su voz maravillosamente animada.

—La verdad es que no. Por lo menos yo no. Hazard se lo está pasando demasiado bien, para ser precisos. Va ciego perdido. Y tampoco lleva trazas de aflojar. No sé cómo volver a casa; Hazard está demasiado borracho para conducir y yo no sé. No puedo dejar aquí el minibús. Lo necesitan a primera hora de la mañana para una excursión. ¿Qué voy a hacer?

Monica odiaba pedir ayuda y, más todavía, actuar como una damisela en apuros. Iba en contra de todos sus principios feministas. Su madre se estaría revolviendo en la tumba. Si alguna vez lograba salir de aquella maldita carpa, iba a matricularse en una autoescuela.

—No te preocupes, Monica. Quédate ahí, que yo cogeré un tren e iré a buscarte. Puedo llevarte a casa con el minibús. Mándame un mensaje con tu dirección y cogeré un taxi desde la estación. Tardaré un par de horas, pero la boda todavía durará un rato más, ¿no?

—Riley, no sé qué haría sin ti. Gracias. No tengo ni idea de qué mosca le ha picado a Hazard. Nunca lo había visto así —dijo.

—Supongo que ese es el problema de ser un adicto. Una vez que empiezas, no puedes parar. Con lo bien que lo estaba llevando, además. Casi cinco meses sin probar nada de nada —comentó Riley.

Monica sintió un vuelco en el estómago. Qué idiota era.

—Riley, no tenía ni idea. Me ha dicho que lo tenía controlado. Tendría que haberle parado —dijo.

—No es culpa tuya, Monica. Estoy seguro de que te ha engañado adrede. Y a sí mismo, probablemente. Si es culpa de alguien, lo es mía. Tendría que haberte avisado de que le echaras un ojo. En fin, por lo menos no está esnifando cocaína como un loco otra vez —dijo Riley. Monica no replicó. ¿De qué habría servido?—. Mira, cuanto antes me vaya, antes llegaré allí. Aguanta. —Y colgó.

A veces no hay sitio donde una se sienta más sola que en una sala llena de gente. Monica se sentía como una niña con la nariz pegada a una ventana mirando una fiesta a la que no estaba invitada. Hazard bailaba, ostentosamente, en pleno centro de la pista de baile y las mujeres se le pegaban como aquellas moscas a la repugnante tira de papel de Julian. Sintió que alguien le tocaba el hombro.

—¿Me concede el siguiente baile?

Era Roderick, el hijo de Daphne. Hazard los había presentado en la iglesia.

Monica, a la que siempre se le antojaba de mala educación rechazar a alguien que reunía el valor suficiente para invitarla a bailar, asintió en silencio y dejó que la llevara hasta la pista, donde Roderick se desentendió de todas las convenciones de los movimientos de baile modernos y se puso a lanzarla de un lado a otro en una versión enérgica y torpe del rock and roll de los años cincuenta. Aquello le concedió abundantes oportunidades de posarle una mano pegajosa en la espalda, el hombro o las nalgas. Monica se sentía como un poni de competición en una prueba de gimnasia.

Hazard, que a todas luces se lo estaba pasando pipa viéndola sufrir, la miró por entre la gente con los dos pulgares levantados en un gesto exagerado. Roderick le acercó la cara y le susurró al oído, con un aliento caliente y pegajoso que olía a whisky mezclado con pavlova de fresas.

—Oye, ¿Hazard y tú estáis juntos? —preguntó.

—No, por Dios —respondió Monica.

Roderick tomó aquella vehemencia como una luz verde y le agarró el trasero con más entusiasmo todavía.

Riley avanzó con cuidado por entre los invitados que aún quedaban, un intruso de paso firme entre aquella masa que se movía a bandazos impredecibles. Monica era la única ocupante de una mesa grande y redonda, como la única superviviente de un naufragio en una isla desierta. Hazard rondaba por las mesas como un tiburón, apurando copas de vino abandonadas.

—¡Riley! —gritó Monica, lo que hizo que toda la gente que había en las inmediaciones se volviera para mirar al recién llegado.

Este sonrió y fue como si el sol asomara entre nubarrones de tormenta.

—No te imaginas cuánto me alegro de verte —dijo Monica.

Hazard

Fue como volver a casa. Hazard había olvidado cuánto le gustaba aquella sensación. Desde aquel primer sorbo de champán había sentido cómo se le destensaba la mandíbula, se le relajaban los hombros y todo se volvía más fluido. Después de meses viéndoselas con todas las emociones en alta definición y enfocadas con máxima nitidez, la bebida lo cubría todo con un filtro borroso que hacía que la realidad resultase más suave, más amable y más manejable. Estaba envuelto en un edredón de lasitud.

Para cuando se acabó la primera copa ya no recordaba por qué había combatido aquella sensación durante tanto tiempo. ¿Por qué había pensado que la bebida era su enemiga, cuando en realidad era su mejor amiga?

Nada más descubrir en el coche que Monica no estaba al tanto del calado de sus problemas de adicción, la idea había quedado sembrada: quizá, solo por un día, ya que es una ocasión especial, pueda tomarme una copa. Solo una. Dos, como mucho. Al fin y al cabo, ya hace meses. Ahora estoy mejor. Me conozco mejor. Puedo ser sensato. No será como antes. Soy otra persona.

Durante toda la ceremonia aquellos pensamientos habían rodado una y otra vez por su cabeza, en bucle. Por lo tanto, en cuanto habían entrado en la carpa y se habían encontrado a un camarero allí plantado con copas de champán en bandeja de plata, había cogido una. Como todos los demás. Cómo le gustaba pensar que simplemente era como todos los demás. Le había dicho a Monica que no era «un alcohólico» y que se le daba de maravilla la moderación, y nada más decirlo en voz alta había empezado a creérselo. Al fin y al cabo, los alcohólicos dormían en los bancos de los parques, olían a pis y bebían alcohol de quemar, y él no tenía nada que ver con eso, ¿verdad?

Había bebido mucho más de lo que se había propuesto, pero en realidad no importaba. Un día era un día. Ya volvería a ser bueno a la mañana siguiente. ¿Cómo era esa expresión que usaba siempre su madre? «Preso por mil, preso por mil quinientos.» Aunque ella se refería a tomar un trozo más de pastel Battenberg.

Siguiendo ese razonamiento, la cocaína se le había antojado una oportunidad maravillosa, y un par de rayas habían aportado a la mezcla energía y una sensación de confianza e invulnerabilidad. Era un superhéroe. Constató que tampoco había perdido un ápice de su maña para el ligue. Estaba sembrado. Era la primera boda a la que iba en la que no se hubiera acostado ya con al menos dos invitadas. Quizá tocaba rectificar eso.

Avistó a una figura que le sonaba. Parpadeó y se frotó los ojos, creyendo que la imaginación le jugaba una mala pasada. Le parecía más probable eso que estar viendo allí de verdad a Riley. Al fin y al cabo, antes había confundido a Monica con su madre. Hazard soltó una risilla para sus adentros. Pero sí que era Riley. ¿Qué cojones pintaba allí, por qué le aguaba la fiesta?

—Hazard, amigo, es hora de irse a casa —dijo.

—No me llames amigo, Riley. ¿Qué coño haces aquí?

—Soy la caballería. Vengo a llevaros a casa.

—Bueno, pues coge tu puto caballo y vete a la mierda con él. Me lo estoy pasando bien con mis nuevas amigas. —Señaló con un movimiento del brazo a como se llamara aquella y la otra.

—Bueno, yo me llevo a Monica a casa. Y el minibús. Y esta fiesta se está acabando, o sea que, a menos que quieras pasar la noche con «tus nuevas amigas», te sugiero que vengas con nosotros. Tú eliges... amigo.

Riley sonaba un poco cabreado. Riley nunca se cabreaba. Monica, en cambio, siempre estaba cabreada y estaba plantada junto a Riley como si fuese la condenada esposa del condenado párroco, mirándolo como si fuera un monaguillo que se hubiese tomado todo el vino de misa. Estaba hasta las puñeteras narices de tanta desaprobación.

Hizo un cálculo mental rápido. Por lo menos, lo más que le permitieron sus facultades mentales después de lo que les había hecho pasar en las horas anteriores. Si se quedaba allí, tendría que confiar en que la rubia se lo llevara a casa. No solo le estaba costando recordar su nombre (¿Amanda? ¿Arabella? ¿Amelia?), sino que sabía que su principal atractivo eran las drogas que llevaba en el bolso y estaba bastante seguro de que, a esas alturas, se habían prácticamente acabado. Le convenía más, por mucho que le doliera, hacer lo que le decían. Así, siguió a los santurrones de sus amigos con toda la docilidad que estaba al alcance de un superhéroe hasta arriba de cocaína.

Cuando llevaban una hora de trayecto, empezó a pasársele el efecto de la última raya que había esnifado un par de horas antes y le entraron los nervios y el agobio. Además, ya no era capaz de mantener el delicado equilibrio entre estímulo y relajación, y todo el alcohol que había tomado le hacía sentirse mareado y somnoliento, aunque sabía por experiencia que el sueño le sería esquivo durante horas.

Se tumbó a lo largo de tres asientos en la parte de atrás del minibús y observó cómo se acercaban los dementores. Recordaba también esa sensación. Todo lo que sube baja. Cada luz tiene su sombra; cada fuerza, su contrafuerza. Era el momento de pagar la cuenta.

Sintió que alguien, Monica, le echaba algo encima: ¿una manta? ¿Un abrigo?

—Creo que te quiero, Monica —dijo.

Estaba bastante seguro de que se había portado fatal con ella. Era una persona deleznable que no merecía tener amigos.

—Claro, Hazard. La única persona a la que quieres es a ti mismo —replicó ella, aunque eso no era cierto ni por asomo. La única persona a la que nunca había podido querer era a sí mismo. Había pasado meses levantando su autoestima ladrillo a ladrillo, aprendiendo a respetarse otra vez y en un día se había venido abajo por completo.

—Lo siento mucho —dijo—. Pensaba que podía tomarme solo una.

Y ese era el problema. Siempre pensaba que podía tomarse solo una. Al fin y al cabo, las demás personas parecían capaces de hacerlo. Pero él nunca lo lograba. Con Hazard era todo o nada. No solo con la bebida y las drogas, sino con todo. Si encontraba algo —lo que fuera— que le gustaba, siempre quería más. Era eso lo que le había convertido en un agente de bolsa tan exitoso, en un amigo popular y en un adicto sin remedio.

Oía charlar a Riley y Monica en la parte delantera. Se acordaba de cuando él podía conversar así, sobre el tiempo, el tráfico, las últimas novedades de los conocidos en común, pero en ese momento ni se imaginaba cómo. Un pensamiento indeseado se impuso por la fuerza entre todos los demás, igual de indeseados. ¿Dónde estaban sus llaves? Se palpó los bolsillos. Sabía que los encontraría vacíos.

—Monica —dijo, tratando de no arrastrar las palabras—. No encuentro mis llaves. Se me habrán caído en la goleta.

—Glorieta —corrigió Monica.

—No seas tan referente —le espetó Hazard.

—Repelente —apuntó ella.

La oyó suspirar. Era la clase de sonido que emitía su madre cuando era pequeño y había olvidado los deberes o se había hecho un descosido en los pantalones.

—No te preocupes, Hazard. Puedes dormir en mi sofá. Por lo menos así te tendré controlado.

Durante un rato avanzaron en silencio, salvo por el roce rítmico de los limpiaparabrisas y el suave murmullo de los neumáticos contra el asfalto.

—Coche amarillo —oyó que decía Monica desde la parte delantera del minibús.

—¿Qué? —preguntó Riley.

—Nada —replicó ella.

Hazard habría sonreído, pero tenía la mejilla pegada al plástico del asiento sobre el que estaba tumbado.

Monica

Antes siquiera de abrir los ojos, Monica supo que había algo diferente. Su piso, que solía oler a café, Jo Malone, Cif con aroma a limón y, de vez en cuando, a Riley, apestaba a alcohol rancio. Y a Hazard.

Salió de la cama, se puso una sudadera ancha encima del pijama —no pensaba adecentarse— y se recogió el pelo en un moño descuidado. Entró en el baño, se echó agua en la cara, después se lo pensó mejor y se puso un pelín de rímel y se pasó el pintalabios. No intentaba impresionar a nadie, como es obvio, solo quería asegurarse de que Hazard no tuviera ninguna excusa para volver a burlarse de ella.

Abrió la puerta de su salón con bastante cautela. Entró de puntillas para no despertarle. No estaba ahí. El sofá sobre el que lo había dejado estaba vacío y su edredón de repuesto estaba encima, bien doblado. El barreño que había dejado en el suelo por si Hazard necesitaba vomitar (otra vez) volvía a estar en la cocina americana. Las cortinas estaban descorridas y las ventanas abiertas para airear la habitación. No había nota.

Monica no sentía el menor deseo de ver a Hazard, y menos aún a esas horas de la mañana y después de lo sucedido la noche anterior, pero —aun así— le parecía un poco grosero que se hubiera despedido a la francesa de aquella manera. ¿Cómo podía haber esperado otra cosa?

La puerta del piso se abrió a su espalda y la hizo saltar del susto. Por ella entró un ramo descomunal de rosas de color amarillo pálido, seguido de Hazard.

—Espero que no te importe, he cogido prestadas las llaves —dijo mientras las dejaba sobre la mesa con mano temblorosa.

Monica había visto a Hazard con muchas caras distintas —el abusón desconsiderado que la había llamado «zorra», el pretendido héroe que se llevó un chasco el día de Navidad, el jardinero y empresario trabajador y decidido y el pelmazo maleducado de la víspera— pero, en cualquiera de aquellas encarnaciones, Hazard había parecido muy seguro de sí mismo. Siempre daba la impresión de tener una presencia mayor de lo que se justificaba por su estatura, y eso que medía metro noventa.

Aquel Hazard era diferente. Para empezar, estaba hecho una pena, cansado, ojeroso y gris, todavía vestido con su chaqué arrugado, pero lo más desconcertante era que parecía... inseguro. Toda la grandilocuencia y la confianza de la noche anterior se habían esfumado y lo habían dejado menguado; triste. La luz de sus ojos parecía más tenue.

—Gracias —dijo Monica mientras agarraba las rosas y llenaba de agua el fregadero de la cocina para mantenerlas frescas.

Esas cosas había que hacerlas al instante. Hazard se dejó caer en el sofá.

—Monica, no sé qué decir —empezó—. No hay excusa para lo mal que me porté anoche contigo. Lo siento muchísimo. Aquel hombre no era yo. Por lo menos, supongo que es una parte de mí, pero una que he intentado mantener enjaulada. Odio al hombre en que me convierto cuando me emborracho y me gustaba bastante el hombre en el que me estaba convirtiendo estos últimos meses. Y ahora lo he echado todo a perder. —Hundió la cabeza entre las manos y el pelo, apelmazado y sudado, se le cayó hacia delante.

—Te pusiste inaguantable —dijo Monica—. Indescriptiblemente inaguantable.

Pero a la vez que lo decía cayó en la cuenta de que, por primera vez, estaba viendo al auténtico Hazard. El chico imperfecto, inseguro y vulnerable que en todo momento debía de haber estado ahí, detrás de las bravatas. Y no parecía justo seguir enfadada con él. Saltaba a la vista que de eso ya se estaba ocupando él solo bastante bien. Suspiró y aparcó el discurso que había ensayado en su cabeza durante el largo trayecto de vuelta a casa la noche anterior.

—Empecemos de cero a partir de hoy, ¿vale? Espera aquí. Bajaré, nos subiré unos cafés y le diré a Benji que se ocupe del local.

Monica y Hazard estaban sentados uno a cada lado del sofá, compartiendo un edredón y un cubo de palomitas mientras encadenaban capítulos en Netflix. Cuando Hazard estiró el brazo para coger palomitas, Monica se fijó en las uñas, mordidas hasta dejarlas en carne viva. Le recordó vivamente a cómo se las había dejado ella misma a la muerte de su madre: inflamadas, agrietadas y ensangrentadas de tanto lavarlas. No estaba segura de si lo hacía por ayudar a Hazard o por curarse a sí misma, pero tenía que contar la historia.

—Mira, yo entiendo lo que son las compulsiones, esa necesidad abrumadora de hacer algo aunque sepas que no deberías —dijo, con la vista puesta al frente en vez de mirar a Hazard.

Él no replicó nada, pero notaba que la escuchaba, de modo que siguió.

—Mi madre murió cuando tenía dieciséis años, justo antes de Navidad, cuando estaba en el instituto. Quería morir en casa, de modo que convertimos el salón en una habitación de hospital. Como la quimio le había arrasado el sistema inmunológico, la enfermera de Macmillan me dijo que mantuviera la habitación desinfectada en todo momento. Era lo único que podía controlar. No podía impedir que mi madre muriese, pero podía matar todos los gérmenes. De modo que limpiaba y limpiaba, y me lavaba las manos cada hora, varias veces. No paré ni siquiera cuando murió. No paré ni siquiera cuando empezó a caérseme la piel de las manos. Ni siquiera cuando los compañeros del instituto empezaron a susurrar a mis espaldas y a llamarme chalada a la cara, ni siquiera entonces paré. O sea que sé lo que es.

—Monica, lo siento mucho. Es una edad atroz para perder a una madre —dijo Hazard.

—No la «perdí», Hazard. Odio esa puta expresión. Hace que parezca que me fui de compras y me la dejé en una tienda. Tampoco «nos dejó» ni «pasó a mejor vida». No fue nada así de dulce o pacífico. Fue algo brutal, desagradable y maloliente, e injusto, joder. —Las palabras le arañaban la garganta.

Hazard le cogió la mano, abrió el puño apretado y la sostuvo.

—¿Qué me dices de tu padre? ¿No pudo ayudarte?

—Él también lo estaba pasando mal. Es escritor. ¿Has leído esos libros infantiles ambientados en un mundo fantástico que se llama Dragonlia? —Vio asentir a Hazard con el rabillo del ojo—. Bueno, pues los escribió él. O sea que desaparecía en su despacho y se enterraba en un mundo más justo donde el bien siempre triunfaba y el mal salía derrotado. Aquella primera Navidad, éramos como dos náufragos que intentaban mantenerse a flote, pero agarrados a dos pecios diferentes.

—¿Cómo saliste de aquello, Monica? —preguntó Hazard, con delicadeza.

—Empeoré, antes de mejorar. Abandoné el instituto durante una temporada y hasta dejé de salir de casa. Me enterré en mis libros y no hacía nada más. Y limpiaba, obviamente. Mi padre se dejó una parte enorme de sus derechos de autor para pagar un montón de terapia y, para cuando acabé el instituto, me encontraba mucho mejor. Sigo teniendo cierto exceso de celo en lo tocante a la higiene pero, por lo demás, ¡totalmente normal! —dijo, con un deje de ironía.

—Y yo que creía que eras la persona más cuerda que había conocido. Las apariencias engañan, ¿eh? —dijo Hazard.

—Bueno, yo creía que tú eras la persona más sobria que había conocido, hasta ayer —replicó Monica, sonriéndole.

Se volvieron para mirar la pantalla cuando se cargó un nuevo episodio de forma automática.

Hazard agarró un puñado de palomitas y tiró un grano de maíz al otro lado de la habitación. Monica no tenía ni idea de dónde había aterrizado. Después volvió a hacerlo. ¡Tres veces!

—¡Hazard! —exclamó Monica—. ¿Qué demonios te crees que haces?

—Llámalo «terapia de aversión» —dijo Hazard mientras lanzaba otro grano a la otra punta del salón—. Intenta ver un capítulo entero sin preocuparte por el maíz.

Monica podía hacerlo. Por supuesto que sí. ¿Cuánto duraban aquellos condenados episodios, de todas formas? Aguantó quince minutos, que se le antojaron horas, intentando no pensar en aquellos granos rebeldes, agazapados en grietas y junturas, acechando bajo los muebles.

Hasta aquí había llegado. Fue a por el aspirador de mano.

—Lo has hecho muy bien, Monica —dijo Hazard, una vez que hubieron localizado y aspirado hasta el último grano y volvían a estar sentados.

—No tienes ni idea de lo duro que es esto para mí, Hazard —señaló ella.

—En eso te equivocas —replicó él—. Sé exactamente lo duro que es. Es como me siento yo cada vez que paso por delante de un pub. Mira, todos intentamos huir de la realidad de alguna manera: yo con las drogas, Julian volviéndose un ermitaño, Alice con las redes sociales. Pero tú no. Tú eres mucho más valiente que ninguno de nosotros. Tú plantas cara a la vida e intentas luchar contra ella para controlarla. A veces te pasas un poco, nada más.

—Todos tenemos que ser un poco más como Riley, ¿no crees? —dijo Monica—. Por eso es tan bueno para mí.

—Mmm —replicó Hazard.

Guardaron silencio durante un rato. Habían empezado en lados opuestos del sofá, pero habían acabado por encontrarse en el centro, cabeza con cabeza, con las piernas colgando por los respectivos reposabrazos.

—Sabes, esa es la historia que tendrías que haber escrito en la libreta, Monica —dijo Hazard—. Lo de afrontar la muerte de tu madre y salir airosa, esa es tu verdad, no todo ese rollo del matrimonio y los bebés.

Ella sabía que tenía razón.

—Por curiosidad —prosiguió Hazard—, ¿todas las latas de tus armarios miran hacia fuera?

—Por supuesto —respondió ella—. ¿Cómo si no va a leerse la etiqueta?

Hazard estiró el brazo y, con delicadeza, le quitó un trozo de palomita que se le había enganchado en el pelo, para después dejarlo en la mesa de centro. Solo por un momento,

Monica pensó que iba a besarla. Pero no había sido su intención, claro.

—¿Hazard? —dijo.

Él se volvió y la miró a la cara.

—¿Podrías tirar ese trozo de palomita a la basura?

Riley

Los ingleses, decidió Riley, eran muy parecidos a su clima. Eran mudables e impredecibles. Complicados. Parecía que todo iba bien y, de pronto, se levantaba una borrasca de la nada y arrancaba a granizar y rebotaban los pedruscos en las aceras y los capós de los coches. Por esmero que se pusiese en observar las formaciones de nubes y el pronóstico, era imposible estar seguro de lo que pasaría.

Hazard no había sido el mismo desde el desastre de la boda. Riley estaba seguro de que no había vuelto a beber ni tomar drogas. Se mostraba increíblemente arrepentido y parecía que hubiese aprendido una valiosa lección, pero se había venido abajo.

Monica, entretanto, había florecido un poco. Pasaban mucho tiempo juntos y habían compartido unas sesiones de sofá bastante tórridas en casa de ella, pero era como la clásica rosa: bella, fragante, muy prometedora pero, si te acercabas demasiado, encontrabas las espinas.

Aunque había pasado la noche en su casa un par de veces, todavía no habían hecho el amor. Eso confundía a Riley. El sexo, para él, era uno de los placeres más simples de la vida, como hacer surf, la bollería recién horneada y una buena caminata al amanecer. No le veía sentido a reservarse, toda vez que ya no acechaban secretos entre ellos. Y, aun así, Monica parecía cargar el tema de un gran significado y lo abordaba con mucha cautela. Como si fuese una bomba sin detonar.

Además, todavía no le había dicho si pensaba acompañarlo en el viaje. Aunque eso tampoco alteraba sus planes. No los necesitaba. Se limitaría a hacer la mochila, dirigirse a la estación y ver qué pasaba a continuación. Pero le gustaría saberlo, de todas formas, aunque solo fuera por si, cuando se imaginaba en las gradas del Coliseo, debía hacerlo con Monica sentada a su lado. O no.

Arrancó una pequeña mata del margen herbáceo, que estaba poco menos que inmaculado incluso antes de que empezara a trabajar. La señora Ponsonby era de esa clase de mujeres a las que les gustaba que todo estuviera perfecto. No quería saber nada de malas hierbas, vello púbico o maridos. Ni de diversión, sospechaba Riley. Les había preparado una taza de té a él y a Brett, de esas pretenciosas con un ligero regusto a flores. Él prefería el té normal y corriente, el que sabía cuál era su lugar.

Cuando le había entregado la taza, la señora Ponsonby le había rozado el brazo y le había sostenido la mirada durante más rato del necesario.

—Si necesitas algo, dímelo enseguida, Riley. Lo que sea —le había soltado, como si fuera el guion de una peli porno mala de los años setenta.

¿Qué les pasaba a aquellas amas de casa de Chelsea? ¿Era el aburrimiento? ¿Buscaban una simple manera de hacer ejercicio que fuese más divertida que el consabido pilates o acaso era la emoción del riesgo lo que las atraía? Tal vez fueran meras imaginaciones suyas y lo único que le ofrecía la señora Ponsonby era una galleta de chocolate orgánica.

En cuanto terminase allí, iría de un salto al Pequeño Ayudante de Mamá, donde estaba cultivando narcisos en macetas para el Café de Monica. Su plan consistía en llenarlo de flores para la clase de pintura del cuatro de marzo, que sería el decimoquinto aniversario de la muerte de Mary. Monica haría un pastel. Lizzie, la nueva amiga de Alice que trabajaba en la guardería, ya vivía en el barrio en tiempos de Mary, de modo que se había ofrecido a buscar fotos de ella en internet para que pudieran montarlas en una cartulina.

Alice había cambiado un poco desde que Lizzie había entrado en su vida. Parecía mucho menos cansada y tensa, ya que Bunty dormía como era debido desde que Lizzie le había organizado «una rutina como Dios manda». Riley no sabía qué significaba eso, pero Alice lo había anunciado como si Lizzie hubiese dividido el genoma. Tampoco tenía muy claro lo que era un genoma, pero eso era lo de menos. Como Lizzie le hacía de canguro muy a menudo, Alice ya no llevaba a Bunty soldada a la cadera a todas horas. También había empezado a dejar de estar tan pendiente del teléfono. Al parecer, «Lizzie decía» que necesitaba rebajar un poco el tema de las redes sociales. Para ser sincero, resultaba un tanto irritante que Alice empezase todas las frases con «Lizzie dice».

Julian seguía sin tener ni idea de que habían organizado una fiesta. Lo más probable era que ni siquiera supiese que Monica había tomado nota mental de la fecha que había mencionado de pasada hacía ya tiempo. Hasta Alice había conseguido mantener el secreto. Iba a ser una gran sorpresa.

Lizzie

Por el momento, Lizzie se había resistido al impulso de hurgar en los cajones de Alice. Parecía un tanto desleal. Por Max no sentía esa clase de lealtad, sin embargo, de modo que en los suyos sí rebuscó hasta quedarse a gusto. No había topado con ningún indicio de que estuviera mariposeando: ni recibos sospechosos en los bolsillos, ni pintalabios en el cuello de las camisas ni recuerdos escondidos. Lizzie era una experta olfateando infidelidades, cual cerda que hozase buscando trufas. Fue un alivio. Alice, aunque fuese una cabeza hueca, tenía buen corazón y no merecía que le jugaran una mala pasada. Sin embargo, Lizzie tampoco pensaba eximir a Max de toda culpa. Si no era una mujer lo que lo mantenía alejado de casa tantas horas, se trataba de puro descuido y desinterés hacia su agotada esposa y su joven bebé.

Lizzie también había echado un ojo al reciclaje. Alice y Max se fundían una cantidad considerable de botellas de vino, y sospechaba que era ella quien se bebía la mayor parte. Lo bueno era que, como le complació bastante observar, el número de botellas había disminuido desde que ella había logrado que Bunty adoptase una rutina más predecible y manejable.

Por último, había echado un vistacillo rápido a la papelera del baño, siempre interesante. Y aquella no la defraudó: encontró un frasco vacío de somníferos (no era de extrañar que Max no ayudara con las tomas nocturnas) y una prueba de embarazo usada. Negativa, gracias al cielo. De lo contrario podría haber sido la gota que colmara el vaso para Alice. Y por lo menos ella y Max seguían haciendo el amor.

En esos momentos, Lizzie se lo estaba pasando bomba haciendo búsquedas en Google con el portátil de Alice, a la caza de fotos de la difunta esposa de Julian. Le encantaba curiosear por internet. Era como un cajón de las bragas gigante, listo para desembuchar todos sus secretos. Había hecho un repaso rápido del historial de búsqueda. Como era de prever, Max había mirado algo de porno, pero nada de mal gusto o ilegal.

Había buscado «Mary y Julian Jessop» y había encontrado una foto maravillosa del día de su boda en la que aparecían los dos en los escalones del ayuntamiento de Chelsea. Ella llevaba un vestido blanco con minifalda y botas de tacón alto del mismo color, mientras que él lucía un traje blanco elegantísimo con pantalones acampanados y camisa de seda. Los dos reían como locos. Envió la foto a la impresora de Alice. Al pie encontró una mención al apellido de soltera de Mary: Sandilands. Volvió a abrir el buscador de Google y en esa ocasión escribió «Mary Sandilands». Lo que encontró fue incluso más interesante.

Oyó la llave en la cerradura y cerró enseguida la página que estaba mirando.

—¡Hola, Lizzie! ¿Todo bien? —preguntó Alice.

—Todo de perlas. Le he dado a Bunty un poco de arroz para bebés y puré de manzana y ha caído redonda, justo a su hora. Dudo que ni siquiera la oigas respirar hasta las seis de la mañana.

—Eres un ángel —dijo Alice mientras colgaba el abrigo

de cachemir en el perchero situado junto a la puerta, se quitaba los tacones de vértigo y se sentaba a la mesa de la cocina junto a Lizzie.

Max había subido derecho a la habitación. Oyó cómo se cerraba la puerta de su estudio.

—¿Cómo ha ido la cita? —le preguntó Lizzie.

—Bien, gracias —respondió Alice; sin excesivo entusiasmo, le pareció a Lizzie—. Un restaurante nuevo fabuloso, en esta misma calle, más abajo. También estaba Hazard, ¡con una chica! Un bellezón. ¿Qué tal con las fotos?

—Genial. Tengo algunas preciosas. Mary era un bombón. Me recuerda un poco a Audrey Hepburn. Esos ojos tan grandes y la expresión inocente, como Bambi. Fíjate.

Estaba sentada en la cama escuchando roncar a Jack. A veces, el ruido cesaba durante lo que se le antojaba una eternidad, y se preguntaba si habría muerto y, en ese caso, hasta qué punto le importaría. Entonces, como un motor de coche arrancando con un petardeo, empezaba de nuevo.

Se rascó la cabeza. Maldición. Estaba bastante segura de que uno de los mocosos de la guardería le había pegado otra vez piojos. ¿Debería dormir en el cuarto de invitados hasta que los hubiera exterminado con napalm? Contempló la cabeza casi calva de Jack. La probabilidad de que un piojo desorientado encontrara allí un lugar donde esconderse era remota. No quería tener otra charla sobre parásitos con él. El hombre había tardado semanas en superar el incidente de las lombrices.

Metió la mano en su propio cajón de las bragas —soltando una risilla interna ante lo irónico de la situación— y sacó la libreta que había recogido en la guardería. Le había llegado el turno de escribir a ella y sabía exactamente qué decir.

Hazard

Habían pasado seis días desde «la boda» y Hazard sentía que, por fin, las aguas habían vuelto a su cauce. Se había recuperado físicamente de la juerga y se sentía más decidido que nunca. Aquella recaída tan espectacular había servido para recordarle que la vida sin todo aquello era mucho mejor. También había aprendido que el «solo una» era un espejismo que nunca sería capaz de alcanzar.

Su empresa crecía a buen ritmo y, por primera vez desde que le alcanzaba la memoria, se sentía feliz y... en paz. Solo había un ámbito de su vida que lo preocupara: al margen de sus nuevos amigos de la clase de pintura, Hazard carecía de vida social. Desde que se había desenganchado se había vuelto una suerte de ermitaño y aquel estado de cosas no podía prolongarse eternamente. También seguía algo afectado por haber estado a punto de besar a Monica. No solo era todo lo contrario de su tipo, sino además la novia de Riley, y Hazard no tonteaba con las novias de sus amigos. Por lo menos, ya no.

El problema era que en realidad no recordaba cuál era su tipo.

Intentaba pasar un peine por su pelo enmarañado cuando avistó, medio escondida en su cajonera, como un mensaje en una botella lanzada al mar de su historia antigua y arribada a las playas del hoy, una nota. Ponía «SE LLAMA BLAN-CHE», con su letra de cuando estaba bastante borracho. Después, debajo, con letra de chica, habían añadido «Y SU NÚMERO ES 07746 385412. LLÁMALA».

Hazard sonrió. La mayoría de las mujeres se hubieran enfurecido al encontrar esa nota. A lo mejor Blanche era más interesante de lo que recordaba. Cuando la conoció iba pedo perdido, a fin de cuentas. Y ella desde luego que era su tipo: despampanante, rubia, confiada y dispuesta a todo. La llamaría. Había un nuevo restaurante, súper de moda, que era exactamente la clase de local que le encantaba, en su misma calle. Podían ir esa noche si Blanche estaba libre.

Hazard estaba en lo cierto acerca del restaurante. Era un local que parecía hecho aposta para él: de estilo minimalista e industrial, y lleno de gente guapa que emitía un murmullo continuo de chismorreos y bravatas. Era espantoso. No podía evitar pensar en su mesa del Café de Monica y su viejo sillón de cuero bajo una lámpara de pie y rodeado de libros. Miró a su acompañante, tratando de ver lo que había detrás de aquellos grandes ojos azules, pero lo único que apreció fue el reflejo de su propia cara.

Blanche paseaba por el plato con aire desganado la ensalada de endivias y remolacha que había pedido. No podía haber comido más que un par de bocados. Hazard, entretanto, estaba muerto de hambre tras haber devorado con fruición las minúsculas porciones de comida que le habían servido. Era una sensación nueva para él. Hacía años que no comía, lo que se dice comer, en un restaurante bueno. Antes se le iba la mayor parte del tiempo en viajes al baño para esnifar coca, para luego fingir entusiasmo por una comida que le sabía a corcho.

—¿No te encanta este sitio? —preguntó Blanche por tercera vez, gritando para hacerse oír por encima del barullo.

—Sí —contestó Hazard. Después intentó esforzarse un poco más por mantener una conversación—. Me pregunto qué pensaría mi amigo Julian de la decoración. Es pintor. —Señaló las feas instalaciones que colgaban, sin venir a cuento, del techo como móviles para niños diseñados por alguien puesto de ácido.

—¡Anda, un pintor! ¿Lo conozco? —preguntó Blanche.

—Lo dudo. Tiene setenta y nueve años —dijo Hazard.

Blanche parecía de pronto mucho menos interesada.

—¡Hazard, mira que eres mono, cuidando de un ancianito! —exclamó con una risita—. Sabes, cuando iba al instituto tenía que ir a tomar el té con viejos una vez por semana como parte de nuestros servicios a la comunidad. Lo llamábamos «paliza de abuelas». —Movió dos dedos de cada mano en el aire—. No es que pegáramos palizas a nadie, claro está. Lo único que hacíamos era aguantar sentadas en salas que olían a pis mientras nos aburríamos escuchando aquel parloteo interminable sobre los viejos tiempos y contábamos los minutos hasta que pudiéramos escaparnos a fumar un pitillo con nuestros colegas antes de volver al instituto. —Soltó una risilla y luego adoptó una expresión reflexiva—. Oye, ¿crees que te dejará una herencia que te cagas?

Hazard la miró fijamente. No paraba de pensar en Monica y en lo bien que se lo estaría pasando si estuviera ella allí. Lo que era extraño, porque «Monica» y «pasarlo bien» no eran dos cosas que uno asociase a primera vista. En cualquier caso, tampoco estarían allí. Monica no reservaría mesa en aquel restaurante ni en broma. Con esfuerzo, devolvió su concentración a la charla insustancial sobre conocidos mutuos, sitios sin alma y símbolos de estatus sin sentido.

Tenía muy claro que no podía reubicarse como si tal cosa

en su vida anterior. Había cambiado de forma y ya no encajaba. Además, por mucho que lo intentara, no podía quitarse de la cabeza la idea de que, a lo mejor, donde encajaba era con Monica: la mujer más fuerte, y más vulnerable, que conocía.

En cuanto pudo, pagó la cuenta, haciendo una mueca al ver el precio desorbitado de la ensalada que Blanche no se había comido, y la dejó con unas amigas a las que había visto en la barra. Al otro lado del restaurante divisó a Alice y su marido cenando. Qué maravilla poder compartir una cena romántica como aquella aun después de casarse y tener hijos, y estar tan cómodos el uno con el otro que no hiciera falta ni hablar.

Salió a Fulham Road y pasó por delante del Café de Monica. Había luz en el piso de encima. Probablemente estuviera ahí arriba con Riley, disfrutando del sexo salvaje australiano.

Siguió caminando hacia su vacío, tranquilo y seguro hogar.

Alice

Alice aún se sentía algo depre tras su «cita» con Max. Decidida a devolver el romanticismo a su relación tras la conversación que había mantenido con Monica en el tren, en un arrebato había reservado mesa para dos en el nuevo restaurante que había abierto calle abajo. Había cometido el error de decirle a Max, nada más llegar, que tenían prohibido hablar de nada que tuviera que ver con Bunty. El problema era que ninguno de los dos parecía capaz de recordar de qué conversaban antes de que su hija les bendijera la vida. Se habían producido largos momentos de silencio incómodo y Alice había descubierto, con horror, que se habían transformado en una de aquellas parejas de las que se mofaban cuando empezaron a salir, las que se sentaban a la mesa de un restaurante y no tenían absolutamente nada que decirse.

Sacó una foto y la subió a su página de Instagram. Era la primera que colgaba en tres días. Estaba intentando moderarse. En el caso de aquella foto no había podido resistirse, sin embargo, porque el Café de Monica estaba espectacular. Habían encendido un montón de velitas y las mesas estaban llenas de narcisos. En la del centro había varias fotos preciosas de Julian y Mary, un bizcocho de limón con azúcar glaseado (el postre favorito de Julian) y unas botellas de Baileys.

—Ahora ya empiezo a preocuparme —dijo Monica—. ¿Os parece que es un poco morboso celebrar una fiesta en honor de una muerta? ¿Lo recogemos todo antes de que llegue Julian?

—No, es bonito —aseguró Hazard—. Es muy importante rendir homenaje a la vida de las personas a las hemos amado. Además, ¿no es esto lo que lleva haciendo Julian todos los viernes a las cinco de la tarde durante los últimos quince años? La única diferencia es que ahora tiene amigos para celebrarlo con él.

Alice estaba sorprendida con Hazard. No lo tenía por un sentimental. Aquel hombre era un conglomerado de contradicciones. De no ser por Max, a esas alturas estaría un poquito enamorada de él. Al observarlo, lo vio torcer el gesto. Siguió su mirada hasta Riley, que estaba abrazando a Monica. Interesante. Lo que una veía cuando no estaba con los ojos en la pantalla del iPhone. ¿Quién lo iba a decir?

Todo estaba preparado y pasaban de las siete. La clase entera estaba reunida y expectante. Lo único que faltaba era Julian.

—Julian nunca llega tarde a la clase de pintura —señaló Monica, a pesar de las pruebas en sentido contrario—. Lo único que se toma increíblemente en serio es su clase. Ah, y la moda, claro está. Y ese chucho sarnoso.

—No es un perro, querida —dijo Riley haciendo una imitación asombrosa de Julian—. Es una obra maestra. ¿Te parece que podemos empezar a pegarle al Baileys de todas formas? Ya nos alcanzará.

—Adelante —respondió Monica, echando otro vistazo a la puerta.

Hacia las siete y media, los ánimos empezaban a decaer. Intentaban mantener distraída a Monica, pero no estaba funcionando. Alice cogió el teléfono y cargó el Instagram de Julian.

—Monica, he localizado a nuestra estrella invitada —anunció—. Acaba de colgar una foto suya con el reparto de un *reality* de la tele, en la plaza Sloane.

—Me cago en todo. Será capullo —dijo Monica. Alice no la había oído tan cabreada desde aquella vez que la echó de esa misma cafetería el día de Navidad—. Y no me coge el teléfono.

—Le mandaré un mensaje por Insta —propuso Alice—. Seguro que eso sí lo mira.

«JULIAN, MUEVE TU ESCUÁLIDO CULO AL CAFÉ DE MONICA YA MISMO O A ELLA LE VA A DAR ALGO. BESOS, ALICE», escribió mientras veía a Monica caminar de un lado a otro, tensándose un poco más con cada paso que daba.

Dieron las ocho antes de que Julian apareciese por fin, con una expresión mucho menos contrita que la que Alice imaginaba que Monica se esperaba. Iba a tener que empezar a pedir perdón de rodillas y pronto. Alice sabía lo que era entrar en la lista negra de Monica y no se lo recomendaba a nadie.

—¡Mil perdones a todos! ¡Espero que hayáis empezado sin mí! No os creeréis lo que ha pasado... Cielos, ¿a qué viene todo esto?

—Bueno, te hemos preparado una fiesta sorpresa. Pensábamos que hoy a lo mejor te sentías un poco decaído por ser el decimoquinto aniversario de la muerte de Mary, de manera que se nos ocurrió ayudarte a recordarla —explicó Monica con una voz que era puro acero—. Te habías olvidado del aniversario, ¿no?

—¡No, por supuesto que no! —respondió Julian, cuando era evidente que sí—. Y muchísimas gracias a todos por montar esto. No sabéis cuánto significa para mí.

Alice echó un vistazo a Monica para ver si Julian había logrado aplacarla. Ni un poquito.

—¿Qué pasa con la «autenticidad», Julian? ¿Qué pasa con lo de «compartir la verdad»? ¿Tú te acuerdas siquiera de lo que es la verdad? —preguntó Monica.

Todos los demás se habían callado y paseaban la mirada de Julian a su anfitriona y viceversa como el público de una tensa final de Wimbledon.

—Vale, vale, Monica, solo soy un viejo bobo, lo siento —dijo él sin sonar del todo convincente y extendiendo las manos hacia delante, como si quisiera protegerse de un ataque.

Monica no había terminado.

—¿Por qué pasas todo el tiempo con tus «amigos» de Instagram —recalcó la palabra «amigos» con unas agresivas comillas con los dedos—, con unos famosillos superficiales de tres al cuarto, por los clavos de Cristo, en vez de con unas personas a las que les importas de verdad? No tienes ni idea de qué significa la amistad.

Alice sintió alivio cuando se abrió la puerta y pensó que un recién llegado podía ayudar a calmar los ánimos. Y es cierto que Monica paró en seco.

Apartó la vista de Julian y miró hacia la puerta, donde había una extraña bien vestida y de pelo blanco que por algún motivo le parecía familiar.

—Es una fiesta privada —le dijo—. ¿Puedo ayudarla?

—Tú debes de ser Monica —respondió la recién llegada, que parecía serena a pesar de la evidente tensión que se respiraba en la sala—. Yo soy Mary. La esposa de Julian.

Mary

Mary no había tenido oportunidad de abrir el correo hasta entrada la tarde. Gus y William, los hijos de Anthony, habían ido a comer con ellos, con sus respectivas mujeres e hijos. Tenían cinco entre las dos parejas y ella los quería como si fueran sus propios nietos. A la que sus madres se despistaban, les daba de escondidas monedas, pastillas de chocolate y ganchitos.

Se lo había pasado en grande interpretando su papel de matriarca aquel día. Los había visto ponerse tibios con su asado desde su posición a la cabecera de la gran mesa de roble raspado de la cocina, con Anthony, su pareja, en el otro extremo. Pese a todo, a sus setenta y cinco años los días como aquel le resultaban bastante agotadores.

El montón de correo era, en líneas generales, poco interesante. Era la norma últimamente. Las sorpresas eran para los jóvenes. La factura de la luz, el catálogo de Boden y una carta de agradecimiento de una mujer a la que había invitado a comer la semana anterior. Pero también había un paquete delgado, con la dirección escrita a mano con una letra que no reconoció. Iba dirigido a Mary Jessop, un apellido que no usaba desde hacía quince años. En cuanto se había marchado de los Chelsea Studios, había recuperado el nombre de Mary Sandilands, lo que había sido como redescubrir la chica que era.

Quince años antes no solo había dejado atrás su apellido de casada, sino todo lo demás. Había escrito una nota explicando que, tras años de soportar la humillación y el dolor de todas las otras mujeres, al final se había hartado. También había dejado un cargamento de instrucciones, del estilo de cómo poner la lavadora, escritas en trocitos de papel y escondidas por toda la casa. Había cuidado de Julian durante tanto tiempo que sabía que iba a costarle arreglárselas sin ella. Quizá cada vez que encontrase uno de sus mensajes le serviría como recordatorio de cuánto había hecho por él. Esa idea la consolaba un poco, hasta que comprendió que lo más probable era que hubiera instalado en casa a una de las modelos nada más vaciar los armarios de su ropa.

Algún instinto le hizo sentarse antes de abrir el paquete, de manera que se acomodó en el sillón de la cocina, se puso las gafas de leer y abrió con cuidado el sobre prieto con las tijeras de cocina. Dentro había una libreta escolar, forrada de plástico transparente, en cuya cubierta se leía lo siguiente: «*El proyecto de la autenticidad*». Qué raro. ¿Por qué le habría mandado alguien aquello? Abrió el cuaderno por la primera página.

Reconoció la letra de inmediato. Recordaba la primera vez que la había visto formando las siguientes palabras: «Querida Mary, sería un honor que me acompañara a cenar al Ivy el sábado a las nueve de la noche. Atentamente, Julian Jessop».

El mensaje no podía haberle parecido más glamuroso y emocionante. «El Ivy», del que tanto había oído hablar pero al que nunca había ido; no cenar hasta las «nueve de la noche» y, por encima de todo, el autor de las palabras: Julian Jessop, el pintor. Había dado la vuelta al papel en que estaban escritas y al otro lado había un boceto: unas simples líneas a lápiz que, de todas maneras, formaban sin lugar a dudas su cara.

¿Por qué ella? No tenía ni la menor idea, pero sentía una gratitud increíble. Y siguió sintiéndose agradecida durante casi cuarenta años, hasta que, un buen día, descubrió que la gratitud se había esfumado. Y, al cabo de poco, ella hizo lo mismo.

Empezó a leer.

ESTOY SOLO.

¿Julian? ¿El sol alrededor del cual todos habían girado, atrapados por su atracción gravitatoria? ¿Cómo podía Julian sentirse «solo»? ¿«Invisible»?

Entonces leyó las siguientes palabras: «Que Mary [...] muriese a la edad relativamente temprana de sesenta años». Menudo cabrón. La había liquidado. ¿Cómo se atrevía?

Supuso que no tendría que sorprenderle tanto. Julian siempre había tenido una relación más bien flexible y creativa con la verdad. Era su capacidad para reescribir los acontecimientos en su cabeza de tal modo que se adecuasen a sus necesidades lo que le había permitido mentirle a Mary durante tanto tiempo. Todas aquellas modelos a las que había «solo pintado, nunca nada más, ¿cómo podía sugerir siquiera semejante cosa?». Estaba «desquiciada, paranoica, celosa». Y, aun así, el olor a sexo, mezclado con la pintura, flotaba en el aire con las motas de polvo. Desde entonces nunca podía notar el olor a pintura al óleo sin pensar en la traición.

Había pasado años, décadas, evitando leer las columnas de chismorreos y haciéndose la loca cuando los corrillos paraban de cotillear en cuanto ella entraba en la habitación, para luego cambiar de tema a toda prisa. Intentó no reparar en las miradas compasivas de algunas mujeres y las hostiles de otras.

Después, a renglón seguido de la última gran falsedad de Julian, una sencilla verdad: «tenía que ser el más amado [...] daba a Mary por sentada».

Y ese, comprendió, era el motivo por el que había aguantado tanto tiempo: Julian la había hecho sentir menos que él, como si fuera superior en todos los sentidos imaginables y ella tuviera que darse con un canto en los dientes por permitirle compartir su vida, habitar su firmamento.

Fue un suceso relativamente insignificante el que lo cambió todo.

Había llegado a casa temprano, vestida aún con el uniforme de comadrona, tras un aviso de parto que había resultado ser un caso de contracciones Braxton-Hicks. Julian estaba repantigado en el sofá, vestido solo con su blusón de pintor y fumando un Gauloises. Delphine, la última de sus modelos, estaba de pie junto al fuego, desnuda a excepción de un par de zapatos de tacón de aguja, tocando, mal, la viola de Mary.

Hacía años que otras mujeres tocaban a su marido, pero nadie tocaba su viola. Echó a Delphine a patadas, sin hacer caso de las consabidas apelaciones de Julian al «arte», la «musa», su «imaginación calenturienta» y «es solo una condenada viola».

Mary había pasado años pensando que Julian maduraría con el tiempo y dejaría de ser tan mujeriego, que un buen día descubriría que había perdido el deseo, la energía o el atractivo. Pero lo único que cambió fue la brecha de edad entre ella y las chicas de Julian. Calculó que la última debía de ser treinta años más joven que ella. Al día siguiente, mientras Julian pintaba a la condesa de Denbigh en Warwickshire, dejó sus notitas domésticas y de paso a él.

Nunca había mirado atrás.

Un año después conoció a Anthony, que la adoraba. Todavía era así. Le decía constantemente lo afortunado que era de haberla encontrado. Le hacía sentir especial, amada y segura. Nunca le había hecho sentir agradecida, pero ella lo estaba... cada día de su vida.

Había intentado llamar a Julian para hablar del divorcio y le había escrito varias veces, pero no había obtenido respuesta y había acabado por dejarlo correr. No necesitaba un papel oficial para sentirse segura con Anthony y tampoco es que el matrimonio hubiera funcionado de maravilla la primera vez.

A veces se preguntaba si Julian estaría muerto. Hacía mucho que no tenía noticias de él. Pero el orgullo le impedía buscarlo en Google o hablar con alguien que pudiera conocer su paradero o a qué se dedicaba. Además, como pariente cercana oficial, si hubiese muerto en teoría tendrían que habérselo notificado, ¿verdad?

Leyó las historias que seguían a la de Julian en la libreta bastante deprisa, incapaz de concentrarse como era debido, intentando —sin éxito— no juzgar a los protagonistas sobre la marcha.

Monica: intenta relajarte un poco.

Hazard: eres un hombre valiente que ha plantado cara a sus demonios.

Riley: un encanto, espero que encuentres a tu chica.

Alice: no sabes la suerte que tienes de tener ese bebé.

Solo le quedaba una historia. Era corta. Debía de haberla escrito quienquiera que le hubiese enviado la libreta. La letra era desacomplejadamente grande y trenzada, y había una carita sonriente en la «o» de «amor».

Querida Mary:

Me llamo Lizzie Green. He aquí mi verdad: soy extremadamente curiosa. Algunos dirían que cotilla. Me encanta la gente: sus rarezas, sus puntos fuertes y sus secretos. Por eso te he encontrado. Resulta que no estás muerta, sino viva y en Lewes.

Otra cosa que deberías saber de mí es que odio los engaños. Estoy dispuesta a defender a quien sea hasta las últimas consecuencias, siempre que sean sinceros, conmigo y con ellos mismos. Y Julian, como sabes, no ha sido sincero.

Si hay algo que El proyecto de la autenticidad *debería conseguir, es hacer más auténtico a su creador.*

De modo que por eso te he mandado este cuaderno y por eso te cuento que Julian da una clase de pintura en el Café de Monica todos los lunes a las siete de la tarde.

Un abrazo,

Lizzie

Julian

¿Cómo era posible sentirse tan horrorizado por su presencia allí y, a la vez, alegrarse tantísimo de verla? Las emociones encontradas se revolvían juntas como los dos colores de una lámpara de lava. Estaba cambiada, cómo no; habían pasado quince años. Su cara se había... vencido... un poco. Pero estaba tan derecha, alta y fuerte como un abedul, luminosa.

¿Había sido siempre así y lo que pasaba era que él no había sabido verlo, o era un cambio que se había obrado cuando lo había abandonado? Después, una incómoda revelación: tal vez había sido él quien había destruido esa luminosidad. Era lo que le había atraído de Mary en un principio y luego él se lo había arrebatado.

Recordaba la primera vez que la había visto, en la cafetería del hospital de St. Stephen. Se había roto un dedo del pie trepando el muro de los estudios un día que se había dejado las llaves. Había oído que una de las otras comadronas la llamaba por su nombre: «Mary». No había podido dejar de mirarla, de manera que dibujó su retrato en una página del cuaderno de bocetos que siempre llevaba encima, escribió una invitación a cenar en el otro lado, la arrancó y la colocó en su bandeja al pasar cojeando por delante.

—Hola, Mary —dijo en ese momento—. Te he echado de

menos. —Cinco palabras que ni siquiera empezaban a describir quince años de remordimientos y soledad.

—Me mataste —replicó ella.

—A mí me mató que me dejaras —dijo Julian agarrándose a la silla más cercana para no caerse.

—¿Por qué mentiste, Julian? —preguntó Monica. En voz baja esta vez.

Mary se le adelantó a la hora de responder.

—Solo quería caeros bien. Lo único que ha deseado siempre en la vida es gustarle a la gente. Veréis… —Hizo una pausa, en busca de las palabras adecuadas. Lo único que se oía en el café era el tráfico que seguía circulando arriba y abajo por Fulham Road—. Si la verdad no cuadraba con cómo quería verse a sí mismo, la cambiaba. Como quien añade color a un cuadro para tapar las imperfecciones. ¿No es verdad, Julian?

—Sí, aunque no era solo eso, Mary —respondió él, y luego calló, como un pez boqueando fuera del agua.

—Sigue, Julian —le animó Monica.

—Supongo que me resultaba más fácil creerte muerta que recordarme a todas horas que te había alejado yo. Todas las mujeres, todas las mentiras. Lo siento. Lo siento mucho —dijo.

—Fíjate en que no fueron solo las mujeres, Julian. A eso estaba acostumbrada. Fue el que me hicieras sentir tan… insignificante. Tienes tanta energía; eres como el sol. Cuando te interesa alguien, diriges tus rayos hacia ellos y disfrutan con tu calor. Pero luego te giras hacia otra parte y los dejas en la sombra, y ellos gastan toda su energía intentando recrear el recuerdo de la luz.

Julian apenas se atrevía a mirar a Monica, su nueva amiga a la que había decepcionado, tal y como había hecho con tantos otros a lo largo de los años.

—No era mi intención hacerte daño, Mary. Te quería. Lo sigo haciendo —aseveró—. Cuando te fuiste, mi mundo se vino abajo.

—Por eso estoy aquí. He leído tu historia en la libreta. —Julian reparó, por primera vez, en que Mary tenía en la mano *El proyecto de la autenticidad*. ¿Cómo diablos había llegado eso a sus manos?—. Pensaba que apenas te darías cuenta de mi ausencia, que una de las muchas chicas ocuparía mi lugar. No tenía ni idea de que te sentaría tan mal. Estaba enfadada contigo, pero nunca quise que sufrieses.

Caminó hasta él, dejó el cuaderno en la mesa y le cogió las dos manos con las suyas.

—Siéntate, viejo bobo —dijo. Y ambos se sentaron a la mesa. Monica les llevó una botella de Baileys y unos vasos—. Sabes, ya no bebo nunca esta porquería. Demasiados recuerdos. Además, sabe a rayos. ¿No tendrás por casualidad un poco de vino tinto, cielo?

—No te preocupes, Monica, el Baileys lo he comprado a través de la cafetería y puede devolverse —le oyó decir Julian a Riley, como si eso tuviera importancia.

—Julian, vamos a irnos para dejaros algo de intimidad —dijo Hazard.

Julian asintió en su dirección y se despidió de sus estudiantes con un gesto despistado de la mano mientras Hazard los iba conduciendo hacia fuera. Solo se quedaron Monica y Riley, limpiando los detritos de la fiesta.

—¿Eres feliz, Mary? —preguntó, y a la vez comprendió que de verdad quería que lo fuese.

—Mucho —respondió ella—. Después de irme, aprendí a ser mi propio sol. Encontré a un hombre encantador, un viudo, Anthony. Vivimos en Sussex. —Vale, claro que quería que fuese feliz, pero tampoco había que pasarse—. Y tú también pareces feliz —continuó Mary— con todos estos nuevos amigos. Eso sí, acuérdate de tratarlos bien y no te dejes llevar otra vez por todas esas tonterías.

Monica se les acercó con una botella de tinto y dos copas.

—A lo mejor es demasiado tarde para que cambie —dijo Julian, que se compadecía bastante a sí mismo.

—Nunca lo es, Julian —señaló Monica—. A fin de cuentas, solo tienes setenta y nueve años. Tienes mucho tiempo por delante para por fin hacer bien las cosas.

—¿Setenta y nueve? —dijo Mary—. ¡Monica, tiene ochenta y cuatro!

Monica

El proyecto de la autenticidad se basaba en una sarta de mentiras. La amistad de Monica con Julian, que había crecido hasta ocupar una parte importante de su vida en los últimos tiempos, no era lo que parecía. ¿Sobre qué más habría mentido Julian? Y ella acababa de pasar horas planeando y llevando a cabo una fiesta en recuerdo de una fallecida que no estaba muerta.

Era casi medianoche para cuando Julian y Mary salieron del café.

Mary la había abrazado antes de irse.

—Gracias, por cuidar de mi Julian —le había susurrado al oído.

Su aliento era como el recuerdo de una brisa veraniega. Había apretado la mano de Monica, que había notado su piel suave y frágil por el paso de los años. Después la puerta se cerró a la espalda de Mary y Julian y la campanilla anunció su partida con un tintineo desganado. Y con ellos se fue medio siglo de amor, pasión, ira, remordimientos y tristeza a cuyo paso el aire parecía más ligero.

Monica se sentía fatal por todo lo que había dado por sentado: que Mary era una sosa, una sometida, mucho menos interesante que su marido. La Mary a la que había conocido aquella noche era maravillosa: irradiaba calor y, aun así, su amabilidad ocultaba una fuerza interior que le había permitido dar la espalda a casi cuarenta años de matrimonio y empezar de cero.

Riley siguió a Monica hasta su piso.

—Caramba. Menuda noche. Ha sido todo un poco intenso, ¿no te parece? —dijo. A Monica le supo a cuerno quemado que despachara con tanta frivolidad una velada tan cargada de emociones—. ¿Quién crees que le mandó la libreta a Mary?

—Tiene que haber sido Lizzie —conjeturó Monica—. Alice me contó que había sido ella quien la había encontrado en la guardería, después de que a ella se le cayera de la bolsa. Por eso acabó ayudándola con Bunty.

—¿No crees que ha sido un poco... ruin por su parte jugársela a Julian de esa manera? —preguntó Riley.

—En realidad, creo que le ha hecho un favor al obligarlo a afrontar sus mentiras. Estaba cambiado cuando se ha ido esta noche, ¿verdad? Menos fanfarrón y pomposo, más real. Creo que de ahora en adelante será una persona mucho más amable, y feliz. A lo mejor él y Mary pueden ser amigos.

—Supongo. Aunque a mí siempre me gustó bastante tal y como era. ¿Tienes algo de comer? Me muero de hambre.

Monica abrió el armario de la cocina, que estaba vergonzosamente vacío.

—Tengo un poco de chocolate para cocinar, si te apetece —propuso, mientras partía una pastilla y se la metía en la boca.

Sintió que la infusión de dulzura le devolvía las fuerzas. Una vez superada la tensión, se daba cuenta de lo hambrienta y agotada que estaba.

—¡Monica, para! —exclamó Riley—. No puedes comer eso. Es veneno.

—¿De qué demonios hablas? —preguntó Monica, con la boca llena de chocolate.

—Del chocolate para cocinar. Es venenoso hasta que se cocina.

—Riley, ¿eso te lo contó tu madre cuando eras pequeño?

—¡Sí! —respondió él. Monica vio cómo se le encendía la bombilla—. Me mintió, ¿verdad? Para que dejase de robar chocolate.

—Es una de las cosas que amo de ti. Siempre das por sentado que la gente es buena y dice la verdad, porque tú eres así. Siempre crees que todo saldrá bien y, por eso mismo, suele suceder esto. Por cierto, ¿te contó que cuando la furgoneta de los helados ponía la música significaba que se habían quedado sin ninguno?

—La verdad es que sí —contestó Riley—. Sí que tengo un lado oscuro, ¿sabes? Todo el mundo cree que soy la hostia de bueno, pero tengo tantos malos pensamientos como el que más. En serio.

—No, no es cierto, Riley —dijo Monica mientras se sentaba a su lado en el sofá—. Hay muchas cosas que amo de ti —añadió mientras le pasaba unas cuantas onzas de chocolate—, pero no te amo a ti.

Monica recordaba lo que le había oído decir a Mary acerca de ser su propio sol. Recordaba la conversación con Alice en el tren. «Ser soltera tiene sus ventajas.» No necesitaba a nadie alrededor del cual orbitar. Tampoco un bebé. «Con un bebé no llega lo de vivir felices y comer perdices.» Sabía lo que tenía que decir.

—No puedo irme de viaje contigo, Riley. Lo siento. Necesito quedarme aquí, con mis amigos y la cafetería.

—Me esperaba que dijeras eso, más o menos —replicó Riley, con un aire de derrota poco propio de él. Dejó el chocolate en la mesa de centro como si fuera un premio de consolación no deseado—. Lo entiendo, Monica. En cualquier caso, en un principio había planeado ir solo. Saldré adelante. —Y Monica sabía que era verdad. Riley siempre saldría adelante—. Y si decides que has cometido un tremendo error, siempre puedes venir a buscarme a Perth.

—Podemos seguir siendo amigos hasta que te vayas, ¿verdad? —le preguntó, dudando sobre si no habría cometido, en verdad, un tremendo error. A fin de cuentas aquello era lo que siempre había deseado y lo estaba tirando por la borda.

—Claro —respondió Riley, que luego se levantó y fue hasta la puerta.

Monica le besó. Aquel beso decía mucho más que adiós. Decía «perdón», y «gracias» y «casi, casi te quiero. Pero no del todo».

Y no quería vivir con ese no del todo.

Riley se fue y se llevó consigo todas las ensoñaciones de Monica. Los dos plantados en el puente de los Suspiros de Venecia, nadando en una ignota cala de una isla griega perfecta, besándose en un bar berlinés mientras tocaba un grupo. Riley enseñando a sus hijos a hacer surf. Monica llevándolos a Fulham para enseñarles el café donde empezó todo.

Se sentó en el sofá, sintiéndose muy muy cansada. Contempló la foto de su madre que había sobre la repisa de la chimenea, riendo a cámara. Recordó cuando la había tomado, durante unas vacaciones en familia en Cornualles, unas pocas semanas antes del diagnóstico.

«Sé que no necesito un hombre, mamá. Sé que no debería ceder. Puedo cuidar de mí misma, por supuesto que sí.

»Pero a veces desearía no tener que hacerlo.»

Hazard

Había pasado una semana desde la desastrosa cita de Hazard con Blanche y la revelación que había tenido acerca de Monica.

Se había volcado en su trabajo, quedándose para sí los encargos de jardinería más duros, a modo de distracción. Había dejado de usar de oficina el café y le asombró constatar cuánto echaba de menos sus sesiones de trabajo y sus partidas de backgammon con Monica.

Resultaba irónico que, después de todas aquellas semanas buscándole pareja, la única persona con la que Hazard quería de verdad que estuviese era él mismo.

Pero había metido la pata.

Su recuerdo de la boda era fragmentario, por ser generosos, pero tenía grabada una escena, con pasmosa claridad, y se reproducía en bucle en su cabeza: «Vive un poco, joder, Monica, y no seas tan coñazo. No eres mi madre ni mi mujer; ni siquiera eres mi novia. Y menos mal, joder». O algo igual de espantoso.

Ella había sido un encanto con él al día siguiente y, desde entonces, solo le había mostrado amistad. No parecía guardarle rencor, pero era imposible que se planteara salir con él alguna vez después de verlo tocar fondo de aquella manera.

En cualquier caso, se iba de viaje con Riley. El bueno de Riley, que era todo lo contrario de él: fiable, sincero, sencillo, bueno y generoso.

Si de verdad le importase Monica, debería alegrarse por ellos. Riley era a todas luces la elección adecuada. Pero Hazard no era tan buena persona, lo cual era parte del problema. Tenía taras y era egoísta. Y lo que quería, lo que quería de verdad, era a Monica para sí mismo.

Todo en Riley le irritaba, desde el estúpido acento australiano hasta que silbara mientras trabajaba. «Déjate de chorradas, Hazard. No es culpa suya. Riley no ha hecho nada malo.»

Se volvió hacia Riley, que silbaba alegremente a su lado.

—¿Qué?, ¿cuál es el primer sitio que iréis a visitar Monica y tú? —preguntó, a pesar de que sabía que esa conversación iba a doler.

—Tío, al final no viene conmigo —replicó Riley—. Dice que tiene demasiadas cosas en marcha aquí, o sea que me voy solo, a menos que pueda convencer a Brett de que se apunte.

Hazard hizo un esfuerzo titánico por no mirar a Riley o por dejar entrever algún indicio de lo mucho que significa para él aquella frase pronunciada tan a la ligera. Era consciente de que debía responder algo para no arriesgarse a quedar como un insensible, pero sabía que, si lo hacía, se acabaría delatando.

¿Era posible acaso que Monica se quedara en Londres por él? Lo dudaba mucho, pero tal vez fuera una señal. Como mínimo se trataba de una oportunidad y no podía dejar que se le escapara entre los dedos. Por lo menos tenía que hablar con ella, antes de volverse loco.

Mientras arrancaba unos cardos gigantes de aquellos arriates comidos por la maleza, pensó en lo que podría decir.

«Sé que soy un tipejo maleducado y egoísta con problemas de adicción que hace bien poco se portó contigo de forma imperdonable, pero creo que eres maravillosa y que estaríamos muy bien juntos, si tan solo me dieras una oportunidad.» No podía decirse que se vendiera muy bien.

«Monica, adoro cómo eres, desde tu fuerza, tu ambición y tus principios hasta lo mucho que te importan tus amigos y tu obsesión con la calificación de higiene según la normativa alimentaria. Si me concedes una oportunidad, haré todo lo necesario por hacerme merecedor de ti.» Quizá pecara de demasiado necesitado.

«Monica, todo aquello que escribiste sobre querer una familia, hijos, el cuento de hadas al completo… En fin, tal vez yo también podría quererlo.» Hummm. La verdad era que todavía le estaba dando vueltas a aquel aspecto de la cuestión y estaba decidido a ser sincero. ¿Alguna vez llegaría a ser lo bastante maduro y responsable para ser padre? Aparte, no estaba seguro de que sacar a colación lo que había escrito ella en la libreta fuese buena idea; era muy sensible al respecto, tal como él y Riley habían descubierto.

Tal vez debería presentarse sin más en su piso e improvisar. A fin de cuentas, ¿qué tenía que perder?

Condujo hasta el Pequeño Ayudante de Mamá con el piloto automático. Tenía que dejar las herramientas de jardinería que habían empleado. Sin embargo, era imposible entrar y salir de aquel sitio con rapidez, ya que siempre se le echaban encima sus ayudantes de jardín.

—Oye, Fin —le dijo al niño bajito y flaco que le ayudaba a guardar las herramientas en el cobertizo—, ¿qué tal se te dan las chicas?

—¿A mí? ¡Soy el mejor! —respondió Fin, sacando pecho—. Tengo CINCO novias. Más que Leo, incluso. Y eso que él tiene una PlayStation 4.

—Caramba. ¿Y cuál es tu secreto? ¿Cómo les demuestras que te gustan mucho?

—Es fácil. Les doy una de mis gominolas. ¿Y sabes lo que hago si me gustan mucho, pero mucho mucho?

—¿Qué? —preguntó Hazard, agachándose para ponerse a la altura del chico.

Fin susurró con aliento cálido al oído de Hazard:

—Les doy una con forma de corazón.

Alice

—No estaba segura de si te encontraría aquí, Julian, ahora que se ha destapado que Mary no está muerta y tal —dijo
Alice al llegar a la tumba del almirante—. Hola, Keith —añadió a la vez que se agachaba para darle unas palmaditas en la
cabeza al perro.

Keith no pareció tomárselo con demasiada alegría, como
si las palmaditas fuesen una afrenta a su dignidad.

—Resulta que Mary no ha estado muerta estos últimos
quince años, querida niña —replicó Julian, como si le viniera
de nuevas—, pero aun así yo venía aquí. No solo para recordarla, sino para mantener un lazo con el pasado, que tan
atrás me queda. He comprado esto en vez del Baileys, eso sí.
—Sacó de su bolsa una botella de vino tinto, unos vasos de
plástico y un sacacorchos—. La verdad es que nunca me ha
gustado el Baileys, y resulta que ya ni siquiera Mary lo bebe,
o sea que me parece que nos lo podemos saltar.

Alice, que llevaba esos últimos meses vaciando los vasos
de crema irlandesa a escondidas, suspiró aliviada. Se sentó en
el mármol junto a Julian y aceptó el vaso de vino que este le
tendía. El cementerio estaba lleno de jacintos silvestres y las
flores caían de los árboles como una nevada. Primavera, época de nuevos comienzos. Sacó a Bunty del cochecito y se la

puso sobre la rodilla. La niña estiró la mano hacia una de las flores y la atrapó en su puño regordete.

—Alice, querida, ¿puedo contarte una idea nueva que se me ha ocurrido? —preguntó Julian. Ella asintió, algo nerviosa. Nadie sabía con qué podía salir Julian a continuación—. He estado pensando en *El proyecto de la autenticidad*, en por qué lo empecé y lo solo que me sentía. Y sé que hay mucha gente que se siente igual, que pasa días enteros sin hablar con nadie, comiendo solos todos los días. —Alice asintió—. Después recordé lo que Hazard nos había contado de su estancia en Tailandia, donde vivía solo pero aun así comía siempre en un sitio común, compartiendo mesa con todos los demás.

—Sí me acuerdo —dijo Alice—. Es una gran idea. Piensa en todas las personas diferentes a las que conocerías, las conversaciones que tendrías.

—Exacto —confirmó Julian—. Así que pensé: ¿por qué no hacemos lo mismo una vez por semana en el Café de Monica? Podríamos invitar a cualquiera que no tenga a nadie con quien comer a cenar en torno a una gran mesa. Podríamos cobrar diez libras por cabeza y que cada cual lleve su bebida. También se me ocurre que podríamos pedirles a todos los que puedan que paguen veinte libras, para que así quienes no puedan permitírselo coman gratis. ¿Qué opinas?

—¡Me parece una idea genial! —exclamó Alice, dando palmadas. Bunty se rio y empezó a aplaudir a su vez—. ¿Qué dice Monica?

—Aún no se lo he planteado —reconoció Julian—. ¿Crees que le parecerá bien?

—¡Seguro que sí! ¿Cómo lo llamarás?

—Había pensado en «El club gastronómico de Julian».

—Cómo no. Mira, ahí viene Riley.

—Riley, muchacho, siéntate —dijo Julian mientras le pasaba un vaso de vino—. Quería hablar contigo. El treinta y uno de mayo es mi cumpleaños, unos pocos días antes de que te vayas. Pensaba montar una fiesta, que sirva para despedirme de ti y agradeceros a todos que me hayáis aguantado. ¿Qué me dices?

—¡Sería alucinante! —exclamó Riley—. Vas a cumplir ochenta. Uau.

—Pero, Julian —observó Alice—, dijiste que habías nacido el día en que declaramos la guerra a Alemania y estoy segura de que eso fue en septiembre, no en mayo.

Alice había ganado el premio de historia en la escuela. Había sido su mayor (y único) logro académico.

Julian carraspeó y adoptó un aire algo contrito.

—Pues sí que sabes de historia, ¿no, querida? Sí, es posible que me fallaran un poco los cálculos con el mes. Y el año, ya puestos. No voy a cumplir ochenta, sino más bien ochenta y cinco. El día en que declaramos la guerra fue, en realidad, mi primer día en la escuela. Me enfadé porque nadie quiso saber cómo me había ido. En fin —dijo pasando a otro tema con celeridad—, he pensado que podíamos organizar una fiesta en los jardines de Kensington, entre el quiosco de música y el estanque circular. Antes siempre celebraba allí mis cumpleaños. Juntábamos todas las sillas plegables de la zona y llenábamos unos cubos grandes con Pimms, limonada, fruta y hielo, y después cualquiera que tuviera un instrumento tocaba un rato, y nos quedábamos hasta que oscurecía y la policía de parques nos echaba.

—Me parece una manera de lo más perfecta de despedirme de Londres —dijo Riley—. Gracias.

—Será un auténtico placer —replicó Julian, radiante—. Pondré a Monica a organizarlo.

Julian

Julian no acababa de creerse que Mary estuviera allí sentada en su casa, junto al fuego, bebiendo té. Entornó los ojos hasta que la visión se le quedó borrosa y fue como si se transportara a los años noventa, antes de que todo se fuera al traste. Keith no estaba tan contento con la situación, sin embargo; Mary se había sentado en su silla.

El motivo de la visita era recoger varias cosas suyas. Había cogido muy poco, con el argumento de que no convenía sumergirse mucho en el pasado. Aquel era un concepto nuevo para Julian. Se armó de valor para sostener una conversación que sabía necesaria. Si no lo hacía en ese momento, Mary se marcharía y era posible que no volviera a surgir una ocasión adecuada.

—Lamento todo el asunto de tu muerte, Mary —dijo, aunque no estaba muy seguro de que hubiese sonado bien—. De verdad que no lo veía como una mentira. Había pasado tantos años imaginándote muerta que empezaba a creérmelo de verdad.

—Te creo, Julian. Pero ¿por qué? ¿Por qué matarme, para empezar?

—Era más fácil que afrontar la verdad, supongo. Lo que debería haber hecho, como es obvio, es dedicar hasta la última hora del día a intentar localizarte y pedirte perdón. Pero eso hubiese significado afrontar lo mal que me había portado y arriesgarme a otro rechazo, así que… no lo hice —concluyó, con la vista clavada en su taza de té.

—Por curiosidad —dijo Mary, con una leve sonrisa—, ¿cómo morí?

—Bueno, con el paso de los años fui jugando con distintas versiones. Durante una temporada te atropelló el autobús número catorce cuando volvías a casa de hacer la compra en el mercado de North End Road. Los albaricoques y las cerezas se desparramaron por la calzada delante de los estudios.

—¡Qué melodramático! —comentó Mary—. Aunque no es muy justo con el conductor del autobús. ¿Qué más?

—Una variedad extraña pero muy agresiva de cáncer. Te cuidé heroicamente hasta el final, pero no pude hacer nada para salvarte —explicó Julian.

—Hummm. Improbable. Serías un enfermero nefasto. Nunca has llevado bien las enfermedades.

—Muy cierto. Estoy bastante orgulloso de mi última versión, en realidad. Te viste envuelta en un tiroteo entre pandillas rivales de narcotraficantes. Estabas intentando ayudar a un joven que se estaba desangrando en la acera porque lo habían apuñalado y tu bondad fue la causa de tu muerte.

—Oooh, esa es la que más me gusta. Me hace quedar como una auténtica heroína. Solo te pido que dejes claro que la bala me atravesó el corazón. No quiero una muerte lenta y dolorosa —dijo ella—. Por cierto, Julian. —A Julian no le gustaba cuando Mary empezaba las frases con un «por cierto». Lo que seguía nunca era espontáneo—. De camino aquí me he cruzado con una de tus vecinas. Patricia, creo que se llama. Me ha contado que quieren vender.

Julian suspiró. Se sentía igual que en los viejos tiempos, cuando Mary le pillaba haciendo algo reprobable.

—Dios bendito, llevan meses dándome la tabarra con eso, Mary. Pero ¿cómo voy a vender? ¿Adónde iría? ¿Qué hago con todo esto? —Señaló con un gesto amplio todas las posesiones que abarrotaban el salón.

—No son más que trastos, Julian. Quizá descubras que, sin ellos, ¡te sientes liberado! Sería un nuevo principio, una nueva vida. Así me sentí yo cuando dejé todo esto atrás.

Julian intentó no hacerse mala sangre con la idea de que Mary se había «liberado» de él.

—Pero hay tantos recuerdos, Mary. Aquí están todos mis viejos amigos. Estás tú —insistió.

—Pero yo no estoy aquí, Julian, sino en Lewes. Y soy muy feliz. Y puedes venir a vernos cuando quieras. Todas estas... cosas, estos recuerdos, lo único que hacen es ahogarte, mantenerte anclado en el pasado. Ahora tienes nuevos amigos y tu hogar estará donde se encuentren ellos. Podrías comprarte un piso nuevo y empezar de cero. Imagínatelo —dijo mientras lo miraba fijamente.

Julian se imaginó en un piso como el que tenía Hazard, donde había ido a tomar el té la semana antes. Aquellos ventanales, las líneas limpias, las superficies despejadas. «Suelo radiante.» Macetas llenas de orquídeas blancas. Luz graduable. La idea de verse en un sitio distinto le parecía extravagante a más no poder pero aun así extrañamente emocionante. ¿Tenía valor para escalar el surco de su rutina a los setenta y nueve años? O los ochenta y cuatro, qué más daba.

—Sea como sea —prosiguió Mary—, vender sería lo correcto. No es justo para tus vecinos que seas el único que se niega. Estás arruinando un montón de vidas. ¿No va siendo hora de que pienses en los demás, Julian, y hagas lo más honorable?

Julian sabía que tenía razón. Mary siempre tenía razón.

—Escucha, tengo que ir a ver a otra persona, o sea que te

dejo para que lo pienses. Prométeme que lo harás, ¿vale? —dijo Mary a la vez que se inclinaba hacia delante para darle un abrazo y plantarle un beso seco en la mejilla.

—Vale, Mary —respondió Julian.

Y lo decía en serio.

Julian llamó a la puerta del número 4. Esta se abrió para revelar a una mujer imponente con los brazos en jarras y una expresión inquisitiva, pero no amistosa.

Los dos esperaron a que hablara el otro. Julian fue el primero en ceder. Odiaba los silencios.

—Señora Arbuckle —dijo—, creo que quería hablar conmigo.

—Pues sí —replicó ella—, desde hace ocho meses. ¿Por qué viene a verme ahora? —Alargó la palabra «ahora» durante un par de compases.

—He decidido vender —respondió Julian.

Patricia Arbuckle abrió los brazos y soltó una larga bocanada de aire, como un globo que se desinflara.

—Mira por dónde —dijo—. Será mejor que entre. ¿Qué le ha hecho cambiar de opinión?

—Bueno, es importante hacer lo correcto —explicó Julian, pensando que verbalizar su nuevo mantra quizá le ayudase a mantenerse fiel a sus decisiones— y, en este caso, vender es lo correcto. El resto de ustedes tienen muchos años por delante y no puedo ser yo quien los prive de hacerse un colchón. Siento haber tardado tanto en aceptarlo.

—Nunca es demasiado tarde, señor Jessop. Julian —dijo Patricia, que parecía pletórica.

—No es la primera persona que me lo dice últimamente —comentó Julian.

Monica

Monica colgó el cartel de Julian en la ventana, en el mismo punto exacto donde seis meses antes había pegado el anuncio de que buscaba un profesor de pintura. Colocó el celo con esmero sobre las marcas que habían dejado las tiras anteriores, las cuales no había sido capaz de eliminar por completo.

¿CANSADO DE COMER SOLO?

Únete a la mesa común del
CLUB GASTRONÓMICO DE JULIAN
CAFÉ DE MONICA
Todos los jueves a las 19.00
Trae tu propia bebida
10 £ por cabeza, 20 £ si andas sobrado
Si no puedes permitírtelo, come gratis

Recordó que Hazard había robado el cartel y lo había fotocopiado. Tendría que pedirle que hiciera copias de aquel y las repartiese por Fulham a modo de penitencia. Justo cuando estaba girando el cartel de la puerta para que indicase CERRADO, entró una clienta. Monica estaba a punto de explicarle que llegaba tarde cuando reparó en que se trataba de Mary.

—Hola, Monica —le dijo—. Vengo de visitar a Julian y se me ha ocurrido pasarme por aquí para darte esto. —Metió la mano en el bolso y sacó la libreta que Julian había dejado en el Café de Monica seis meses antes—. He intentado devolvérsela a él, pero dice que solo serviría para recordarle lo poco auténtico que ha sido y que deberías quedártela tú.

—Gracias, Mary —dijo Monica mientras cogía el cuaderno—. ¿Quieres una taza de té? ¿Y pastel? Creo que esto merece un trozo.

Mary se sentó en la barra mientras Monica preparaba una tetera.

—Siento haberos causado tanta impresión presentándome de aquella manera —dijo—. Mi idea era esperar discretamente en la parte de atrás de una clase de pintura y hablar con Julian en privado. No esperaba interrumpir un acto conmemorativo. Y menos en mi honor.

—¡Vamos, mujer, no te disculpes! —dijo Monica mientras servía el té—. ¿Cómo ibas a saberlo? Solo me alegro de haber tenido la oportunidad de conocerte.

—Yo también. Me he dado cuenta de que *El proyecto de la autenticidad* en realidad me ha hecho un pequeño favor. Verás, me fui de la casa sin dar ninguna explicación ni despedirme, y también dejé atrás un poco de mí misma. Toda esa historia. Y a Julian, que tiene muchos defectos pero es, como sabes, extraordinario. Volver a verlo me ha ayudado a zanjar algunas cosas.

—Me alegro —dijo Monica.

—Por cierto, espero que no te importe que te lo pregunte, pero ¿has arreglado las cosas con ese hombre que te ama con tanta pasión? —preguntó Mary.

—¿Riley? —preguntó Monica, pensando que «te ama con tanta pasión» era exagerar un poco—. Me temo que no. Lo contrario, en realidad.

—No, no —dijo Mary—, no me refiero a ese niño australiano tan majo, sino al otro. El que estaba sentado aquí mismo —explicó señalando la esquina—, como un taciturno señor Darcy, mirando a Riley como si hubiese robado algo que él se moría por recuperar.

—¿Hazard? —preguntó Monica, estupefacta.

—Ah, de manera que ese era Hazard —replicó Mary—. Me cuadra. He leído su historia en la libreta.

—Te equivocas con Hazard, Mary. No está enamorado de mí. No tenemos nada que ver el uno con el otro, en realidad.

—Monica, me he pasado la vida siendo observadora. Me doy cuenta de las cosas enseguida. Y sé lo que vi. Tenía aspecto de ser un hombre algo complejo y problemático, y a esos los conozco bien.

—Aunque tuvieras razón, Mary —dijo Monica—, ¿no es esa una buena razón para mantenerme alejada?

—Ah, pero tú eres mucho más fuerte de lo que yo era, Monica. Nunca permitirías que nadie te tratase como yo dejé que Julian lo hiciera. ¿Y sabes qué te digo? A pesar de todo, no me arrepiento de un solo día que pasé con ese hombre. Ni uno solo. Ahora, tengo que irme.

Mary se inclinó por encima de la barra y besó a Monica en las dos mejillas. Después se fue y la dejó poseída por una extraña sensación de júbilo.

¿Hazard? ¿Por qué la idea misma no la hacía resoplar con sorna? Era pura vanidad. Se regodeaba sin más en la idea de que Mary la considerase una mujer capaz de levantar pasiones. Vuelve a poner los pies en el suelo, Monica.

Recogió de la barra la libreta, que había completado el

círculo. Se le ocurrió que todos, menos Julian, habían leído su historia, pero que ella en cambio no conocía la de ellos. Eso no parecía demasiado justo. Se sirvió otra taza de té y empezó a leer.

Hazard

Hazard llamó al timbre de Monica. Eran casi las diez, algo más tarde de lo que era su intención llegar, pero había cambiado de opinión dos veces antes de decidirse. Seguía sin estar seguro de que aquello fuera lo correcto, pero si algo no podía decirse de él era que fuese un cobarde. Sonó una voz metálica por el interfono.

—¿Quién es?

Demasiado tarde ya para echarse atrás.

—Esto… soy Hazard —dijo, sintiéndose como un Romeo moderno intentando declarar a Julieta su amor. Si tan solo ella tuviera un balcón en vez de un interfono.

—Ah. Eres tú. ¿Qué demonios quieres? —No era precisamente Shakespeare, ni la bienvenida que esperaba.

—Necesito hablar contigo, Monica. ¿Puedo subir? —preguntó.

—No se me ocurre el porqué, pero si te empeñas… —Sonó el zumbido de la puerta de abajo y Hazard la abrió para luego subir las escaleras que llevaban a su piso.

Solo tenía un recuerdo borroso del apartamento de Monica del día que había pasado allí después de la desastrosa boda. En esa ocasión se fijó en todos los detalles con la cabeza despejada. Era ni más ni menos lo que esperaría cualquiera que la conociese un poco: limpio como una patena y relativamente convencional, con paredes de color gris pálido, mobiliario minimalista y suelos de roble pulido. Había, sin embargo, unos cuantos objetos que revelaban una inesperada personalidad, como le sucedía a la propia Monica: una lámpara con forma de flamenco, un maniquí de época empleado como perchero y una pared dominada por un fantástico cuadro de David Bowie. Desde abajo se colaba a través de los tablones del suelo un leve aroma a granos de café.

Monica no parecía nada contenta de verlo. Saltaba a la vista que no era buen momento para declararse a lo grande. ¡Retirada! ¿Qué otro motivo podía aducir para presentarse tan tarde? «Piensa, Hazard.»

Nada, tendría que seguir adelante con el plan.

—¿Y bien? —dijo ella.

—Ejem. Monica, quería explicarte lo que siento por ti —empezó, mientras caminaba de un lado a otro, ya que estaba demasiado nervioso para sentarse y, en cualquier caso, ella tampoco le había ofrecido asiento.

—Sé exactamente lo que piensas de mí, Hazard —replicó ella.

—¿De verdad? —preguntó, confuso.

Tal vez aquello fuese a resultar más fácil de lo que pensaba.

—Ajá. «Irradia una intensidad que me repele hasta el punto de aterrorizarme.» ¿Te suena de algo?

Hazard no se había fijado hasta entonces en lo que tenía en la mano. La libreta. Estaba leyendo su historia.

—¿O qué me dices de esto? «Me hace sentir que debo de estar haciendo algo mal. Es la clase de persona que ordena todas las latas de sus armarios para que la etiqueta quede hacia fuera y coloca todos los libros de sus estanterías en orden alfabético.» ¡Ya me preguntaba yo a qué venía tu interés por mis puñeteras latas el otro día!

—Monica, para. Escúchame —dijo Hazard mientras veía explotar sus sueños en un accidente de coche a cámara lenta.

—¡Venga, no puedo parar antes de lo mejor! «Emana una desesperación que es posible que esté exagerando en mi imaginación porque he leído su historia, pero que da ganas de poner tierra de por medio.» —Y entonces arrojó la libreta contra él.

—Es la segunda vez que me tiras algo a la cabeza. La última vez fue un pudin de Navidad —dijo Hazard a la vez que se agachaba.

Aquello no iba bien pero, Dios, qué guapa se ponía cuando se enfadaba, como un torbellino de energía y recta indignación. Tenía que lograr que lo escuchara.

—Adelante, Hazard. Pon tierra de por medio, a qué esperas, joder. ¡No te lo pienso impedir!

—Cuando escribí todo eso, no te conocía.

—Ya lo sé. Entonces ¿qué te hizo sentirte cualificado para juzgar los armarios de mi cocina, joder?

—Estaba equivocado. Equivocado de medio a medio. No sobre los armarios, todo sea dicho, pero sí acerca de todo lo demás. —Monica lo fulminó con la mirada. Era evidente que el humor no le iba a funcionar—. Eres una de las personas más increíbles que he conocido. Escucha, lo que debería haber escrito era esto… —Respiró hondo y continuó—: Fui al Café de Monica para poder devolver la libreta de Julian. No tenía ninguna intención de jugar a aquel estúpido juego. Pero cuando descubrí de quién se trataba, la mujer con la que había chocado unas noches antes, me acobardé. Me quedé la libreta y me la llevé a Tailandia. No podía olvidar su historia, así que decidí encontrar al hombre perfecto para ella y mandarlo en su dirección. Pero luego empecé a comprender que el hombre perfecto en realidad era yo. No digo que sea perfecto, como es obvio, ni mucho menos. —Se rio. Sonó hueco y Monica no le acompañó—. Soy muy consciente de que no me la merezco, pero la amo. De la cabeza a los pies.

—¡Yo confiaba en ti, Hazard! Te conté cosas de mi vida que no le he dicho a nadie; ni siquiera a Riley. Pensaba que precisamente tú me entenderías, no que te burlarías —dijo Monica, como si no hubiera oído una palabra de lo que él acababa de decirle.

—Monica, sí que te entiendo. Es más, te quiero más aún por lo que has pasado. Al fin y al cabo, son las grietas lo que deja pasar la luz.

—No me vengas ahora con Leonard Cohen, Hazard. Vete ya. Y no vuelvas —le dijo.

Hazard comprendió que no iba a llegar a ninguna parte con Monica ese día, o tal vez nunca.

—Vale, me voy —dijo, retrocediendo hacia la puerta—, pero estaré en el almirante el jueves que viene a las siete de la tarde. Por favor, por favor, piensa en lo que he dicho y, si cambias de idea, allí estaré.

Hazard volvía a casa por el camino largo, atravesando Eel Brook Common. No se veía con ánimo de afrontar todavía la soledad de su piso. Había un hombre sentado en un banco enfrente de él, iluminado por una farola y con pinta de sentirse tan mal como Hazard. Estaba seguro de que le sonaba de algo. De la City, probablemente, porque llevaba el uniforme reglamentario: traje a medida, zapatos Church y un macizo reloj Rolex.

—Hola —saludó Hazard, que acto seguido se sintió como un idiota. Lo más probable era que no lo conociera de nada.

—Hola —respondió el hombre, desplazándose hacia un lado para hacerle sitio en el banco—. ¿Estás bien?

Hazard suspiró.

—La verdad es que no —dijo—. Problemas de mujeres. Ya sabes.

Pero ¿qué estaba haciendo? Tanto compartir. Primero con Fin y ahora con un fulano al que se había encontrado en un banco.

—A mí me lo vas a contar —replicó el desconocido—. Estoy evitando volver a casa. ¿Estás casado?

—No —respondió Hazard—. Ahora mismo estoy soltero.

—Pues bien, acepta un consejo, amigo: quédate como estás. En cuanto te casas, reescriben todas las reglas. Te crees que lo tienes todo: sexo cuando quieras, una mujer guapa que mantiene la casa como los chorros del oro y a tus amigos entretenidos, pero luego cambian. No te das ni cuenta y tienen estrías, las tetas les gotean y la casa se llena de juguetes de plástico de colores chillones, y toda su atención queda reservada para el bebé. Tú pasas a ser el pringado que se supone que tiene que pagar todo el tinglado y callar.

—Entiendo lo que dices —señaló Hazard, que había decidido que no le caía demasiado bien su nuevo confidente—, y estoy seguro de que el matrimonio no es fácil, pero mi problema es que, cuando alguien me dice lo que debo hacer, tengo la costumbre de hacer lo contrario.

Hazard se despidió con una sensación de incomodidad. Lo sentía por la mujer de aquel hombre. ¿Acaso él era tan perfecto? ¿Qué se había hecho de «las alegrías y las penas, la salud y la enfermedad»? Menudo capullo, la verdad.

Entonces recordó de dónde lo conocía. Lo había visto hacía no mucho, en aquel horrible restaurante al que había ido con Blanche. Cenando con Alice.

Riley

Riley daba por supuesto que su vida volvería a la normalidad: sencilla, fácil, sin complicaciones. Pero no había sido así. Era incapaz de olvidar a Monica. Se sentía como si un tornado se lo hubiera llevado volando por unos meses a un país en tecnicolor donde todo era un poco extraño e intenso, donde no tenía ni idea de lo que le esperaba tras el siguiente recodo del camino de baldosas amarillas, y de pronto estaba de vuelta en Kansas sintiendo un extraño... abatimiento.

¿Por qué se había rendido tan deprisa? ¿Por qué no se había esforzado más en convencer a Monica de que lo acompañase? ¿Por qué no se había ofrecido a quedarse? Podía recorrer Europa como tenía planeado pero luego volver a Londres para retomarlo donde lo habían dejado. De repente todo parecía muy obvio.

Se sacudió el letargo que se había apoderado de él en los últimos días y, llevado por un arrebato de energía, determinación y pasión, salió de su piso y se puso a caminar hacia Fulham Road. Era tarde, de manera que el cementerio estaba cerrado, pero en su estado de impetuosa resolución apenas reparó en la distancia adicional que tenía que recorrer. Se sentía como si se hubiera sumado a las filas de los héroes románticos dispuestos a hacer cualquier cosa para ganarse a su bella princesa. Era el señor Darcy, era Rhett Butler, era Shrek. Vale, Shrek a lo mejor no.

Al acercarse al piso de Monica, vio que todavía estaba despierta. Sus cortinas estaban abiertas y la luz de su salón brillaba como un faro. Riley cruzó la calle y echó el cuello hacia atrás para ver si la divisaba.

No estaba a la vista. Pero Hazard, sí. ¿Qué hacía él en el piso de Monica a esas horas de la noche?

De repente se sintió muy estúpido. Tantas excusas sobre sus responsabilidades y sus negocios, cuando la verdad era que Monica estaba viendo a otra persona. Todas aquellas veces en las que Hazard, su «amigo», había desviado la conversación hacia Monica mientras trabajaban en un jardín por fin cobraban sentido.

¿Por eso Hazard había invitado a Monica a la boda? Le había parecido un poco raro en su momento, pero Riley confiaba en él. En los dos, de hecho. No debería sorprenderle. Hazard, con su atractivo peligroso, sus facciones duras, su ingenio y su olfato para los negocios era el candidato obvio.

¿Cómo podía haber sido tan inocente? No era de extrañar que Monica no pudiera amarlo.

Sintió que lo invadía una oleada de agotamiento. Desde que se había presentado allí, en aquel café, había encontrado un espacio que parecía hecho a medida para él, en aquella ciudad maravillosa, con aquellas personas extraordinarias. Pero ahora ese espacio se había cerrado y lo había expulsado. Era un intruso indeseado, un cuerpo extraño. Había llegado el momento de seguir su camino.

Emprendió el camino de vuelta hacia Earl's Court siendo un hombre por completo distinto del que había partido de allí apenas media hora antes. La gente creía que, como eran alegre y jovial, Riley no sentía. Pero estaban equivocados. Estaban muy equivocados.

Monica

Monica contempló la larga cola que se había formado delante de la cafetería el jueves por la noche. Lizzie había trabajado como una campeona para encontrar a muchos de los comensales. Le había explicado a Monica que la ventaja de conocer los asuntos de todos sus vecinos era que sabía exactamente quién vivía solo y no tenía visitas, de manera que había llamado a la puerta de esas personas y las había invitado a la cena. Después, había ido a ver a su médico de cabecera y le había dado varios folletos para que los repartiera, y luego había hecho lo mismo con la encargada de la Biblioteca de Fulham y con su amiga Sue, que era una trabajadora social de la zona.

Monica abrió la puerta y dio la bienvenida a todos. Habían formado un cuadrado grande con las mesas del café y había sillas para cuarenta personas. La señora Wu y Benji se habían ocupado de cocinar, Monica y Lizzie oficiarían de camareras y Julian hacía las veces de anfitrión, acompañado por Keith, el único perro al que se permitía oficialmente la entrada en el local. El chucho estaba sentado a sus pies, bajo la mesa, tirándose unos pedos ponzoñosos. O quizá fuera Julian.

Antes de que pasara mucho tiempo, reinaba en el café el

murmullo de las conversaciones y las risas. La edad media de los comensales rondaba los sesenta años y, animados por Julian, todos compartían anécdotas sobre el barrio y cómo había cambiado con los años.

—¿Quién se acuerda de los baños públicos y el lavadero de Fulham? —preguntó Julian.

—¡Uy, yo, como si fuera ayer! —dijo la señora Brooks, que tal vez fuera incluso mayor que Julian. Lizzie ofrecía a Monica un comentario continuo de quién era quién. La señora Brooks, al parecer, vivía en la misma calle que Lizzie, en el número 67. Su marido la había dejado después de «aquel desafortunado incidente con el del gas» y vivía sola desde entonces—. Llenábamos los cochecitos y los carritos de sábanas, toallas y cubrecamas y los empujábamos hasta North End Road. El día del lavadero era una excusa magnífica para chismorrear. Cotilleábamos durante horas, frotando hasta que se nos quedaban las manos como ciruelas pasas. Lo echo de menos desde que por fin nos instalaron una pica doble. Ahora es un estudio de baile, ¿sabíais? Voy todas las semanas a practicar mis *pliés*.

—¿En serio? —preguntó Monica.

—¡No, mujer, claro que no! —exclamó la señora Brooks, con una carcajada socarrona—. Si apenas puedo caminar. ¡Si hiciera un *plié*, no volvería a levantarme!

—¿Quién vio jugar a Johnny Haynes en Craven Cottage? —preguntó Bert, del número 43, previsiblemente. Era cliente habitual del café y todas las conversaciones que Monica había sostenido con él a lo largo de los años trataban sobre el Fulham Football Club—. ¿Sabíais que Pelé lo describió como el mejor pasador que había visto nunca? A nuestro Johnny Haynes. —Parecía casi al borde de las lágrimas, aunque luego echó un trago largo de Special Brew y pareció recuperarse.

—Yo tomaba copas con George Best, no sé si lo sabíais —comentó Julian.

—Eso no tiene mucho mérito. ¡George tomaba copas con todo el mundo! —replicó Bert.

La señora Wu estaba radiante ante las exclamaciones que arrancaba su comida y le iba dando órdenes a Benji como una benévola dictadora. Monica se preguntó si el chico no maldeciría el día en que había sido acogido en el seno de la familia Wu.

Reconoció a uno de los hombres, que atacaba con entusiasmo el pollo agridulce, como uno de los sin techo del barrio. Siempre que tenía sobras del café las llevaba hasta el caminito que pasaba por debajo del puente de Putney, donde solía encontrarlo. Con la última remesa había incluido el folleto de Julian.

—Es lo mejor que he comido en años —le dijo a Julian.

—Yo también —replicó este—. ¿Cómo se llama?

—Jim. Encantado de conocerle. Y gracias por la cena. Ojalá pudiera pagarle.

—No hace falta, querido —dijo Julian, quitándole importancia con un gesto de la mano—. Un día, cuando se sienta rico, puede pagar su cena y la de otra persona, de paso. Pero, bueno, diría que usted es un hombre que sabe apreciar la ropa de calidad. No suelo dejar que nadie se acerque a mi colección, pero si pasa mañana por mi casa, podrá escoger un conjunto nuevo. Mientras no sea un Westwood. Mi generosidad tiene un límite.

Monica se sentó al lado de Julian y dio una palmada para imponer silencio. Nadie le hizo ni caso.

—¡A callar todo el mundo! —ladró la señora Wu, con lo que creó un silencio inmediato y sobresaltado.

—Gracias a todos por venir —dijo Monica—. Y un agradecimiento enorme a Betty y Benji por esta deliciosa comida, y también, por supuesto, a nuestro maravilloso anfitrión, el creador de este magnífico club, Julian.

Monica miró al aludido, que retrepado en su asiento sonreía de oreja a oreja y disfrutaba de los aplausos, vítores y silbidos. Una vez que todos los demás hubieron retomado sus conversaciones, se volvió hacia Monica.

—¿Dónde está Hazard? —le preguntó.

—No tengo ni idea —respondió ella, aunque no era verdad. No pudo contenerse y echó un vistazo al reloj: las siete y cuarenta y cinco. A lo mejor todavía esperaba en el cementerio.

—Monica, Mary me contó su teoría. He sido un necio por no verlo. Siempre estoy demasiado pendiente de mí mismo. Riley es un encanto de niño, pero eso es lo que es: un niño, para el que la vida es fácil. Nunca ha tenido que vérselas con la adversidad. Hazard es más complicado. Ha estado al borde del precipicio y ha mirado el abismo. Lo sé porque yo también he estado ahí. Pero sobrevivió y eso le ha hecho más fuerte. Sería bueno para ti. Haríais buena pareja.

Julian le cogió la mano. Monica observó su piel, arrugada por la edad y la experiencia.

—Pero somos tan diferentes, Hazard y yo —dijo.

—Y eso es bueno. Aprenderéis el uno del otro. No querrás pasarte el resto de la vida mirándote en un espejo. ¡Créeme, yo lo he probado! —advirtió Julian.

Monica partió con aire ausente la galleta de la suerte que tenía delante y la redujo a migajas; luego reparó en lo que había hecho y recogió los restos en un platito de postre.

—Julian —dijo—, ¿te importa que te deje al mando? Tengo algo que hacer.

—Claro —respondió él—. Podemos apañárnoslas. ¿O no, señora Wu?

—¡Sí! ¡Tú ve! —exclamó la señora Wu mientras agitaba

las dos manos por delante de su cuerpo, como si espantara a una gallina para alejarla del nido.

Monica salió corriendo a la calle, en el preciso instante en que el autobús número 14 salía de la parada. Corrió detrás de él, aporreó la puerta y le dijo «por favor» al conductor con la boca, a pesar de que sabía que eso nunca funcionaba.

Pero lo hizo. El conductor paró y abrió las puertas para dejarla entrar.

—¡Gracias! —exclamó Monica, y se desplomó en el asiento más cercano.

Miró el reloj: las ocho en punto. Hazard no habría esperado una hora entera, ¿verdad? Además, ¿el cementerio no cerraba a las ocho de todas formas? Aquel iba a ser un viaje en balde.

¿Por qué no se había limitado Hazard a darle su número de móvil y decirle que la llamase? No sería muy difícil encontrar su número, o su dirección, pero llegados a ese punto parecía que el destino estuviera de por medio de alguna manera. Si no llegaba a ese encuentro, sería que aquello estaba condenado a no pasar. Monica sabía que aquella manera de pensar era ilógica y muy impropia de ella, pero parecía haber cambiado mucho en los últimos meses. La antigua Monica jamás se hubiera planteado iniciar una relación romántica con nada menos que un drogadicto, para empezar. ¿En qué lugar de su lista de criterios encajaba aquello?

Vio, nada más apearse delante del cementerio, que las puertas de hierro forjado estaban cerradas con una cadena y un candado gigantescos. Hubiera debido de sentir un poco de alivio al comprobar que llegaba tarde, pero no era así.

Las calles estaban llenas de hinchas del Chelsea recién salidos del fútbol que comían hamburguesas compradas en las furgonetas de comida que en ocasiones como esta aparcaban en las calles laterales. Un hombre muy corpulento y bastante borracho, vestido de la cabeza a los pies con los colores del Chelsea, se paró a mirar a Monica. Eso era lo que le faltaba.

—¡Sonríe, guapa! —le dijo, previsible—. ¡A lo mejor no pasa nunca, quién sabe!

—No pasará nunca si no consigo entrar en ese cementerio —replicó Monica.

—¿Qué hay ahí dentro? ¡Aparte de la respuesta obvia! Apuesto a que es amor. ¿Es amor, guapa? —le preguntó, riéndose solo a la vez que propinaba a su amigo una palmada en la espalda que le hizo escupir cerveza por toda la acera.

—Sabéis qué os digo, quizá lo sea —respondió Monica mientras se preguntaba por qué diantre estaba diciendo a aquellos desconocidos lo que ni siquiera había reconocido ante sí misma.

—Te pasaremos al otro lado de ese muro, ¿a que sí, Kevin? —dijo su nuevo amigo—. Sujétame esto. —Entregó a Monica una hamburguesa a medio comer que rezumaba ketchup y mostaza. Ella intentó no pensar en la grasa que pringaba sus dedos. Con las prisas por salir del café, se había dejado su gel de manos antibacteriano. El tipo levantó a Monica como si no pesara nada y se la subió a hombros—. ¿Llegas a la parte de arriba del muro desde ahí? —le preguntó.

—¡Sí! —dijo ella, y se sentó a horcajadas sobre la pared.

—¿Podrás bajar bien?

Monica miró hacia abajo. El suelo del cementerio estaba un poco más alto y un montón de hojarasca amortiguaría la caída.

—¡Sí, podré! ¡Gracias! Toma, esto es tuyo. —Le devolvió la hamburguesa.

—Si todo sale bien, podéis ponerle mi nombre a vuestro primer hijo —dijo el hincha de fútbol.

—¿Cómo te llamas? —preguntó Monica, por pura curiosidad.

—¡Alan! —respondió él.

Monica se preguntó qué pensaría Hazard de un hijo o una hija llamados Alan.

Respiró hondo y saltó.

Hazard y Monica

Hazard miró su reloj. Otra vez. Eran las ocho y estaba oscureciendo. Oía el rumor grave del motor de un coche que se acercaba por el pasillo central. Los únicos vehículos que podían entrar en el cementerio eran los de la policía de parques. Estaban cerrando y buscaban a gente rezagada. Se le acababa el tiempo.

Sabía que tenía que marcharse. Tenía que aceptar que Monica no iba a acudir. Todo aquello no era más que una ridícula fantasía. ¿Por qué le habría parecido buena idea? Podría haberle dejado su número de móvil, sin más, y decirle: «Llámame si cambias de opinión». ¿Por qué había farfullado aquellas estúpidas instrucciones para quedar allí, en un cementerio, nada menos? Era evidente que había visto demasiadas películas de Hollywood.

Y así le lucía el pelo, escondiéndose de la policía detrás de una lápida, lo que era una estupidez del quince, porque lo siguiente que harían sería cerrar con llave. Monica no podría entrar de todas formas, aunque quisiera, y él se quedaría ahí encerrado toda la noche, helándose el culo entre los fantasmas.

Se abrigó bien con la chaqueta y se sentó en el frío suelo, apoyado en la tumba del almirante, oculto a todas las miradas. Aun así, no tenía ni la más remota idea de qué hacer a continuación. Entonces oyó algo:

—Joder, hostia. Pues claro que no está. Eres una idiota.

Hazard se asomó por el borde de la lápida y allí estaba, enfadada, preciosa, y absoluta, inconfundiblemente Monica.

—¡Monica! —exclamó.

—Ah, o sea que sigues aquí —dijo ella.

—Sí. Aún tenía la esperanza de que aparecieras. —Ay, Dios, Hazard, que tantos corazones había roto a lo largo de los años, el seductor legendario, no tenía ni idea de qué decir—. ¿No querrás una gominola?

Era posiblemente el momento más importante de su vida y estaba aplicando el consejo de un niño de ocho años. Era un completo imbécil.

—Hazard, ¿eres imbécil o qué? ¿Te crees que acabo de colarme en un cementerio cerrado, quebrantando la ley por primera vez en mi vida, porque quería una puñetera gominola?

Entonces se acercó a él y le besó. Con fuerza. Con ganas.

Se besaron hasta que la oscuridad fue absoluta, hasta que los labios se les hincharon, hasta que se vieron incapaces de recordar por qué no lo habían hecho antes, hasta que dejaron de saber dónde terminaba uno y empezaba el otro. Hazard había pasado casi dos décadas buscando el subidón definitivo, la manera más eficaz de sacar chispas a su cerebro y hacer que su corazón bombeara más fuerte. Y allí la tenía: Monica.

—¿Hazard? —preguntó ella.

—¿Monica? —respondió él, por el puro gusto de pronunciar su nombre.

—¿Cómo vamos a salir de aquí?

—Supongo que tendremos que llamar a la policía de parques e inventarnos algún motivo por el que nos hayamos podido quedar encerrados en el cementerio —contestó él.

—Hazard, solo ha pasado una hora y ya me propones mentir a la policía. ¿Dónde iremos a parar? —dijo Monica.

—No lo sé —respondió Hazard—, pero me muero de ganas de descubrirlo.

La besó una vez más, hasta que a ella dejó de importarle a quién tenía que mentirle mientras él no parase.

Monica sabía que no estaba en casa. Notaba, incluso con los párpados cerrados, que aquella habitación era más luminosa que la suya, que estaba inundada de luz. También era más tranquila: no se oía el tráfico de Fulham Road ni su vetusta calefacción centralizada. Además, olía distinto: a sándalo, menta y almizcle. Y a sexo.

Y entonces empezó a recordar, a ver escenas de la noche anterior reproducidas en su cabeza. En el asiento trasero de un coche de policía, con la mano de Hazard en el muslo. Hazard buscando a tientas las llaves, que se le habían caído en su apresuramiento por abrir la entrada. Las ropas de ambos abandonadas en un montón en el suelo del dormitorio. ¿Se había acordado de doblarlas antes de dormirse? Recordó el sexo frenético, jadeante y urgente, seguido de sexo más lento, que no paró hasta que empezó a salir el sol.

Hazard. Estiró el pie hacia el otro lado de la amplia extensión de la cama, buscándolo. No estaba. ¿Se había ido? ¿Había huido sin dejar ni una nota? ¿Era posible que Monica lo hubiese malinterpretado todo hasta tal extremo?

Abrió los ojos. Y allí estaba, sentado y vestido solo con unos bóxers, vaciando un cajón cuyo contenido se apilaba en el suelo a su lado.

—Hazard —dijo—. ¿Qué haces?

—Oh, buenos días, dormilona —respondió él—. Solo hago un poco de sitio. Para ti. Por si, ya sabes, hay algo que quieras tener aquí. En tu propio cajón.

—Vaya, caramba —dijo Monica, riendo—. ¿Seguro que estás listo para ese nivel de compromiso?

—Tú tómatelo a broma —replicó Hazard, que volvió a cuatro patas hasta la cama y la besó con delicadeza en la boca—, pero nunca le había dado a nadie un cajón. Creo que por fin estoy listo para dar ese salto.

La envolvió con un brazo y Monica apoyó la cabeza en su hombro, respirando su olor.

—Bueno, me siento muy halagada —dijo. Y era verdad—. Y creo que yo estoy preparada para dejarme llevar. Ya sabes, aceptar la vida como viene.

—¿De verdad? —preguntó Hazard, arqueando una ceja con escepticismo.

—Bueno, estoy preparada para intentarlo —matizó Monica mientras le devolvía la sonrisa.

Y, por primera vez, era cierto que no se sentía preocupada por lo que fuera a suceder a continuación, porque sabía, con absoluta certeza, con cada fibra de su ser, que allí era donde debía estar.

—De acuerdo, vayamos cajón a cajón —dijo Hazard.

Alice

Alice llevaba un tiempo esperando el momento perfecto para hablar con Max, de forma tranquila y racional, sobre el estado de su matrimonio. Después, por supuesto, escogió el peor posible.

Max acababa de volver, tarde como siempre, de la oficina. Alice, por una vez, había conseguido preparar una cena cien por cien casera, pero recalentada había quedado pasada y seca. A Bunty empezaban a salirle los dientes y había tardado una eternidad en dormirse, y Alice estaba agotada.

Sentados a la mesa de la cocina, intercambiaron la clase de novedades sobre sus respectivas jornadas que se comentarían con un desconocido. Max recogió su plato (sin terminar), lo llevó hasta el lavavajillas y lo dejó sobre la encimera.

—¡Max! —chilló Alice—. Hay sitio de sobra DENTRO del lavavajillas. ¿Por qué no dejas NUNCA nada DENTRO del lavavajillas?

—Alice, no hace falta que te pongas a gritar como una condenada verdulera. Vas otra vez hasta arriba de vino, ¿verdad? —replicó Max.

—No, no voy hasta arriba de PUTO VINO —dijo Alice,

aunque probablemente así fuera—. ¡Lo que estoy es HASTA ARRIBA DE TI, JODER! Estoy harta de ser la única que carga el puñetero lavavajillas, la única que recoge del suelo tus toallas mojadas, la única que se levanta por la noche cuando Bunty se despierta, la única que ordena, limpia… —La lista era tan larga que la terminó agitando los brazos y lanzando un grito inarticulado, como toda una adulta—: ¡AAAAAARGHHHHHH!

»¿Sabes siquiera cómo funciona la lavadora? —preguntó Alice, mirando a su marido con rabia.

—Bueno, no será tan difícil —dijo Max.

—¡No es DIFÍCIL, Max! —gritó Alice—. Solo es increíblemente ABURRIDO. ¡Y yo lo tengo que hacer dos veces TODOS LOS DÍAS!

—Pero Alice, yo tengo un trabajo —señaló Max, que la miró como si no tuviera ni idea de quién era esa mujer.

—¿Y ESTO QUÉ TE CREES QUE ES, MAX? —chilló Alice—. ¡NO ES QUE ME PASE EL DÍA ENTERO REPANTIGADA PINTÁNDOME LAS UÑAS! —Al decirlo, recordó que, en realidad, se había ido a hacer la manicura el día anterior mientras Lizzie cuidaba de Bunty. Pero era la primera vez desde hacía meses. Cerró los puños para esconder las uñas. Entonces, con cierta alarma, se descubrió llorando. Se sentó a la mesa y hundió la cabeza entre las manos, olvidándose de las uñas—. Lo siento, Max —dijo entre sollozos—. Es que no estoy segura de si puedo seguir con esto.

—¿Con qué, Alice? —preguntó él, que se había sentado delante—. ¿Ser madre?

—No —respondió ella—. Nosotros. No sé si puedo seguir con nosotros.

—¿Por qué? ¿Porque no he metido el plato en el lavavajillas?

—No, no tiene nada que ver con el lavavajillas de los cojones, o por lo menos no mucho; lo que pasa es me siento muy sola. Bunty es hija de los dos, y vivimos en la misma casa, pero es como si fuéramos desconocidos. Me siento sola, Max —dijo Alice.

Max suspiró.

—Vale, Alice. Lo siento. Pero no eres la única que lo está pasando mal con todo esto. La verdad, yo tampoco veía así mi vida. Quiero a Bunty, obviamente, pero echo de menos nuestro mundo perfecto. Los fines de semana en hoteles de lujo, la casa impecable y mi esposa preciosa y feliz.

—Pero sigo estando aquí, Max —señaló Alice.

—Sí, pero estás de mal humor y cansada todo el tiempo. Y, para serte sincero... —Hizo una pausa de unos instantes, como si sopesara si debía continuar o no, y luego tomó la decisión equivocada—, te has dejado bastante.

—¿QUE ME HE DEJADO? —gritó Alice, que se sentía como si le hubiera dado un puñetazo—. ¡No estamos en los años cincuenta, joder, Max! No puedes esperar que vuelva a estar en forma unos meses después de dar a luz a tu hija. Esas cosas no pasan en el mundo real.

—Y me siento excluido —añadió Max, que a todas luces se había dado cuenta de que cambiar de tema lo antes posible era la única táctica posible—. Tú sabes exactamente cómo ocuparte de Bunty, sabes qué hacer y cómo y cuándo hacerlo. Yo me siento inútil. Como si estuviera de más. O sea que acabo echando cada vez más horas en la oficina, porque allí sé exactamente lo que se espera de mí y la gente hace lo que le digo. Me respetan. Todo sigue un horario. Tengo el control.

—Yo hago lo que puedo, Max, pero estoy harta de sentir que no estoy a la altura de las expectativas. Ni de las tuyas, ni de las de tu madre, ni de las de Bunty, ni siquiera de las mías. El matrimonio y la familia exigen concesiones, ¿verdad? Hay que trabajárselos. No es algo perfecto, fácil y hermoso; es caótico, agotador y la hostia de difícil casi todo el tiempo —observó Alice, esperando a que Max le dijera que la quería, que ayudaría más, que podían sacar aquello adelante.

—A lo mejor podríamos contratar una niñera, Alice. Que venga unos días a la semana. ¿Qué opinas? —dijo Max.

—No podemos permitírnoslo, Max, y aunque así fuera, no quiero pagar a alguien para que cuide de mi hija solo con objeto de que yo pueda pasar más tiempo manteniendo la farsa de que soy tu mujercita ideal en tu vida ideal —dijo Alice, tratando de no llorar.

—Bueno, pues no sé cuál es la respuesta, Alice. Solo sé que no eres feliz y yo tampoco.

Y, dicho esto, subió por la escalera y se encerró en su despacho, como siempre hacía.

Alice sentía una tristeza insoportable. Cogió el teléfono y pasó hacia abajo su página de Instagram, contemplando todas las fotos de su mundo impecable, con el marido apuesto y el bebé precioso. ¿Podía renunciar al espejismo? ¿Podían Bunty y ella apañárselas solas?

Pensó en Mary, que había dejado a Julian después de cuarenta años y parecía tan luminosa y feliz. Pensó en Monica, que, como había descubierto el día anterior, había dejado a Riley a pesar de que tenía casi cuarenta años. Pensó en todos sus nuevos amigos, con sus vidas que no parecían bonitas en un recuadro de Instagram pero que aun así eran mucho más profundos, fuertes e interesantes que eso.

Ella también podía ser así. ¿O no?

Sin duda sería mejor llevar una vida imperfecta, desordenada, a veces no muy bonita pero sincera y real, que intentar sin tregua dar la talla de una vida de perfección que en el fondo era un fraude.

Alice volvió a mirar su Instagram: @aliceinwonderland.

«Moda de la vida real para mamás y bebés de la vida real. Carita sonriente.» A lo mejor podía mostrar el aspecto que tenían, de verdad, las mamás de la vida real. Podía ilustrar el desorden, el agotamiento, las estrías, la barriga y el matrimonio en proceso de desintegración. También podía borrar aquel irritante emoji sonriente. ¿En qué estaría pensando cuando lo puso? No podía ser ella la única madre del mundo que estuviera harta de intentar ser perfecta a todas horas.

La idea de poner fin a la farsa era un alivio enorme, como quitarse un par de zapatos de tacón de aguja al final de la jornada.

«Estoy haciendo un gran trabajo. O, por lo menos, lo hago lo mejor que puedo —se dijo a sí misma, ya que nadie más lo hacía—. Y si eso no es suficiente para Max, o para mis seguidores de Instagram, pueden irse a poner a otra en un puto pedestal, porque yo no aguanto más tiempo aquí arriba.»

Alice cambió de postura a Bunty sobre su cadera con una mano mientras llamaba al timbre con la otra. Lizzie abrió la puerta y reveló un hogar cálido, lleno de trastos, alegremente caótico, idéntico a aquel en el que Alice se había criado. Max lo miraría con sorna, pensó Alice, lo que le recordó por qué estaba allí.

—Lizzie, siento molestarte a estas horas —dijo—, pero ¿sería posible que Bunty y yo nos quedáramos aquí unos días? ¿El tiempo justo para aclararnos y ver qué hacemos?

Alice esperaba de verdad que Lizzie no le hiciera preguntas, porque todavía no había pensado ninguna de las respuestas. Lo único que sabía era que necesitaba algo de espacio para pensar, lejos de Max. Lejos de todas las expectativas y recriminaciones. Lizzie debió de entenderlo porque, por una vez, mantuvo a raya su curiosidad. Alice estaba segura de que eso no duraría mucho.

—Pues claro que puedes, tesoro —dijo, mientras la hacía pasar y cerraba la puerta con firmeza a su espalda.

Monica

Monica estaba sentada en los Jardines de Kensington, con la espalda apoyada en un árbol y un vaso de Pimm's en la mano. Vio una pareja situada al borde de su grupo. Estaban cogidos de la mano y parecían no necesitar nada más que el uno al otro.

—Julian. ¡Cómo me alegro de que hayas invitado a Mary! —dijo.

—Sí. Y a su novio. ¿Puede llamarse «novio» a alguien que tiene casi ochenta años? Queda un poco raro.

—Desde luego es lo que suele conocerse como un zorro plateado, ¿no? —observó Monica—. Igual que tú, por supuesto —se apresuró a añadir, sabedora de que si no heriría el orgullo de Julian.

—Parece un tipo bastante majo, si te va esa clase de persona —dijo Julian—. Un poco insulso, pero qué le vamos a hacer. Será mejor que se lo presente a todo el mundo.

Julian caminó hacia Mary y Anthony, seguido por Keith. Los dos parecían algo acartonados y artríticos.

—Keith no es un perro —le oyó decirle a Anthony—, es mi entrenador personal.

Benji se acercó y se sentó junto a Monica.

—Monica, quería decirte una cosa —empezó—. No quiero quitarle protagonismo a Julian y Riley, pero a ti no puedo mantenértelo en secreto por más tiempo.

Monica sospechaba lo que iba a decir.

—Baz y yo nos casamos. —¡Yupi! Justo lo que esperaba. La frase siguiente, con todo, la pilló por sorpresa—: Y nos gustaría mucho que fueses nuestro padrino. O madrina. Como se diga. ¿Aceptarías? ¡Por favor, di que sí!

—Oh, Benji, me alegro tanto por vosotros —dijo Monica mientras lo abrazaba—. Sería un auténtico honor.

—¡Hurra! ¡Verás cuando se lo diga a Baz! Betty cree que la boda es idea suya y de nadie más, cómo no. Ya está planificando el menú del banquete. Nos casaremos en el ayuntamiento de Chelsea; como Julian y Mary, pero con un final más feliz, esperemos. Después celebraremos el banquete en el restaurante de Betty.

—O sea que Betty ya se lo toma de otra manera, ¿no? —preguntó Monica.

—Eso parece —replicó Benji—. Aunque ahora está como loca con el tema de los derechos de los gais en China. ¿Sabías que los chinos no legalizaron la homosexualidad hasta 1997? Pero lo que la cabrea más de todo es que China no permite que las parejas gais, allí o en el extranjero, adopten niños chinos.

—Bueno, si alguien puede convencer a la República Popular China de que cambie de política, seguro que es la señora Wu. Ay, qué maravilla todo —dijo Monica, y se dio cuenta de que, posiblemente por primera vez, no sentía otra cosa que genuina alegría ante la noticia de una boda que no era la suya.

Esperó a sentir la habitual comezón de la envidia, pero no llegó. Hazard se les acercó y se sentó a su otro lado.

—Pareces contenta —dijo.

—Lo estoy —aseveró, deseosa de compartir con él la noticia; sin embargo, se enorgullecía de ser buena guardando secretos—. Se podría decir que todo está llegando a buen puerto.

—¿Sabes una cosa? Es la primera fiesta a la que voy desde pequeño en la que no he sentido la necesidad de desfasarme. Y aun entonces me metía sobredosis de Smarties y Coca-Cola. ¿No es maravilloso?

—Lo es, Hazard. Tú eres maravilloso. Ah, tengo una cosa que darle a Riley. Enseguida vuelvo.

Se acercó a Riley, que estaba rodeado por un grupo de amigos australianos, incluido Brett, que iba a acompañarlo a Amsterdam al cabo de unos días.

—Riley, ¿puedo hablar contigo un momento? —preguntó.

Riley se separó de inmediato del grupo y la siguió hasta un lugar tranquilo, en la periferia de la fiesta.

—Hace tiempo que quiero darte las gracias. Por lo que escribiste de mí en la libreta. Lo de que sería una gran madre. No tengo palabras para decirte lo mucho que significa para mí, incluso aunque no tenga nunca la oportunidad de comprobar si tenías razón.

—Había olvidado que había escrito eso, aunque es la pura verdad —dijo Riley con una sonrisa.

—Tengo algo para ti —explicó Monica mientras metía la mano en el bolso y sacaba un paquete de forma extraña, envuelto en papel estampado de hiedra y acebo—. Te compré esto por Navidad, pero con la emoción de la llegada de Hazard y el pudin volador no llegué a dártelo. Hoy parece un buen momento.

Riley cogió el paquete y rasgó el papel, con la sincera emoción de un niño de cinco años.

—¡Monica, es precioso! —dijo, mientras le daba la vuelta.

Era una palita de jardinería perfecta, con la palabra «Riley» grabada en el mango.

—Es para que puedas hacer de jardinero donde quiera que vayas —explicó Monica.

—Gracias. Me encanta. Pensaré en ti, en todos vosotros —se corrigió enseguida—, siempre que la use. Por favor, ¿podemos mantenernos en contacto? En cualquier caso, quiero enterarme de lo que pasa contigo y con Hazard —dijo.

—¿Tan obvio es? —preguntó Monica, aunque en secreto le emocionaba bastante que lo fuera—. ¿Te importa?

—Mira, al principio sí. Un poco —reconoció Riley—, pero os quiero tanto a los dos que, ahora que me he acostumbrado a la idea, no podría ser más feliz.

Monica se preguntó cómo podía ser tan generoso. En su lugar, ella hubiese estado rabiosa perdida, clavando agujas en muñecos de cera. Y la verdad es que parecía un poco triste, detrás de esas efusivas sonrisas. Quizá fueran imaginaciones suyas.

—Riley, de verdad que eres una de las personas más buenas que he conocido nunca —dijo mientras le daba un abrazo que él prolongó durante un segundito de más—. Te echaré de menos. Todos lo haremos.

—Además, Hazard será un padre estupendo, ¿sabes? —señaló Riley.

—¿Tú crees? Él no está tan seguro. Todavía no se fía por completo de sí mismo —dijo Monica, que se dio cuenta al decirlo de lo poco que le importaba ya.

—Bueno, tú dile que les pregunte a los chavales del Pequeño Ayudante de Mamá si sería buen padre. ¡Ellos le convencerán!

—Mira, igual lo hago —dijo Monica.

—Atención todos, tengo algo que anunciar —avisó Julian, después de usar un cucharón para aporrear el costado del cubo lleno de botellas de Pimm's—. Cuando Mary se fue, dejó atrás algo muy especial. No, no me refiero a mí. —Hizo una pausa para que la gente se riera, como si fuese un cómico del West End ganándose al público—. Dejó su viola. Espero que ahora la toque para nosotros. ¿Mary? —Y le entregó el instrumento, que debía de haber llevado hasta allí escondido en una de sus bolsas.

—Cielos, hace años que no toco. Hola, vieja amiga. Haré un intento —dijo Mary mientras levantaba la viola y la giraba en sus manos, para acostumbrarse de nuevo a su tacto y su peso.

Fue afinando con cuidado una cuerda tras otra y luego empezó a tocar, poco a poco y con cautela al principio, luego con exuberancia, atacando una frenética giga irlandesa. Se formó un grupo alrededor de ellos. Las familias que volvían a casa después de echar de comer a los cisnes se detenían allí para ver quién tocaba aquella música con tanto estilo y pasión.

Monica se acercó a Julian y se sentó en la hierba junto a su silla plegable; rascó a Keith, su sombra omnipresente, tras las orejas.

—Quería decirte, Monica, que me alegro mucho de lo tuyo con Hazard —dijo Julian—. Me gustaría atribuirme un poquito de mérito por eso, si no te importa.

—Solo faltaría, Julian. A fin de cuentas, si no hubiera sido por tu libreta, nunca habría vuelto a hablar con él después de la primera vez que topó conmigo. Literalmente —aseveró Monica.

—No lo descuides, ¿vale, Monica? No cometas los mismos errores que yo.

Desvió la mirada hacia Mary y Anthony, con una expresión que lograba alternar la felicidad y el pesar.

—No pensarás que Hazard se parece un poco demasiado a ti, Julian, ¿verdad? —preguntó Monica con tacto, esperando que no se ofendiera.

Julian se rio.

—Oh, no, no te preocupes. Hazard es mucho más bueno, y menos idiota, que yo. Y tú eres mucho más fuerte de lo que Mary era en aquel entonces. La vuestra será una historia de amor muy distinta, con un final muy diferente. En cualquier caso, no te preocupes, he tenido una pequeña charla con él. Una especie de sermón paterno.

La idea intrigó a Monica a la par que la horrorizó. Cómo desearía haber escuchado aquello por un agujerito.

—Tengo algo para ti, Julian —dijo.

—Querida muchacha, ya me has hecho un regalo —replicó Julian mientras señalaba el pañuelo de seda con estampado búlgaro que llevaba atado al cuello con donaire.

—No es un regalo, sino algo que vuelve a casa —dijo ella mientras le entregaba una libreta verde pálido con cinco palabras en la cubierta: *El proyecto de la autenticidad*. Parecía algo baqueteada después de todos sus viajes—. Sé que le dijiste a Mary que no podías guardarla, porque no habías sido auténtico, pero ahora lo eres y deberías tenerla tú. Contigo empezó y contigo debería terminar.

—Ah, mi libreta. Bienvenida a casa. Qué aventura has vivido —dijo Julian mientras la dejaba con delicadeza sobre su regazo y la acariciaba, como si fuese un gato—. ¿Quién la ha forrado de plástico con tanta elegancia? —preguntó. Entonces, al ver la sonrisa de Monica—: Ah, qué tonto. No tendría ni que haberlo preguntado.

Mary estaba tocando una canción de Simon y Garfunkel que todo el mundo coreaba. Bunty, que estaba sentada con Alice y Lizzie, se levantó, aplaudió y luego, al darse cuenta de que no estaba agarrada a nada, puso cara de asombro y cayó de lado. ¿Dónde estaba Max?, se preguntaba Monica.

Empezaba a oscurecer. La gente que había ido a tomar el sol o a pasear el perro ya se había ido, y los mosquitos salían a cenar. Monica había parado unos cuantos taxis negros para que los ayudaran a llevarse los barreños, los vasos y las alfombras de vuelta al café. Julian los miró recogerlo todo y echar a caminar hacia la calle.

—¡Ven, Julian! —gritó Monica.

—Id tirando vosotros —dijo Julian—. Solo quiero tener cinco minutos para mí mismo. Luego os sigo.

—¿Estás seguro? —preguntó Monica, que no quería dejarlo solo.

De repente aparentaba hasta el último año de la edad que tenía, pensó. Quizá fuera solo el efecto del ocaso, cuya oscuridad acentuaba todas sus arrugas.

—Sí, de verdad. Quiero tomarme un rato para reflexionar —contestó él.

Hazard tendió la mano desde la parte de atrás del taxi para ayudar a Monica a subir. En aquel gesto, pensó ella, estaba todo cuanto quería en la vida. Echó otro vistazo a Julian, sentado en su silla plegable y con la cabeza de Keith apoyada en el regazo. Él se despidió con la mano, con la libreta todavía sujeta en la otra. Pese a todas sus rarezas e imperfecciones, en verdad era la persona más extraordinaria que Monica hubiera conocido nunca.

De todas las cafeterías del mundo, estaba tremendamente agradecida de que hubiera escogido la suya.

Julian

Julian vio desaparecer los taxis sintiéndose satisfecho. Cayó en la cuenta de que, por primera vez desde que le alcanzaba la memoria, se gustaba a sí mismo. Era una sensación agradable. Bajó la mano y acarició la cabeza de Keith.

—Nos hemos quedado solos tú y yo, viejo —dijo.

Pero no estaban solos. Vio acercarse a varias personas, desde diferentes direcciones, cargadas con sillas plegables, mantas para picnic e instrumentos musicales. ¿No sabían que la fiesta había terminado?

Pensó en levantarse, acercarse a ellas y decirles que era hora de marcharse a casa, pero no lograba que sus músculos cooperasen. Estaba muy cansado.

Quedaba tan poca luz que tardó un rato en distinguir la cara de los recién llegados a la fiesta, pero en cuanto los tuvo cerca vio que en realidad no eran desconocidos, sino viejos amigos. Su profesor de bellas artes de la Academia Slade. El propietario de la galería de la calle Conduit. Hasta un amigo del colegio al que no veía desde que eran adolescentes, ya mayor pero con el mismo pelo y la sonrisa descarada de siempre, inconfundibles.

Julian les sonrió a todos. Luego vio que, bordeando el estanque redondo, se acercaba su hermano. Sin muletas ni silla de ruedas, sino caminando. Su hermano le saludó con la mano, con un movimiento fluido y controlado que Julian no le había visto emplear desde que tenía veintitantos años.

A medida que los contornos de sus amigos y parientes se volvían más nítidos, los detalles que los rodeaban —los árboles, la hierba, el estanque y el quiosco— se iban esfumando.

Julian sintió una punzada de nostalgia tan intensa que parecía una cuchillada en el pecho.

Esperó a que el dolor remitiera, pero no lo hizo. Se extendió, avanzando hasta la punta de los dedos de las manos y las suelas de los pies, hasta que Julian dejó por completo de sentir su cuerpo; solo la sensación del dolor. Este se metamorfoseó en luz, intensa y cegadora, después en un regusto a hierro y luego en sonido. Un chillido estridente, que se apagó en un murmullo y luego en nada. Nada en absoluto.

Epílogo

Dave

A Dave le apenaba bastante que su jornada laboral estuviese terminando. Por lo general se moría de ganas de cerrar el parque y llegar al pub, pero ese día había compartido turno con Salima, una de las nuevas reclutas, y el tiempo había pasado volando, ya que había estado toda la ronda intentando reunir el valor suficiente para pedirle que fuera al cine con él. Casi había oscurecido. Empezaba a quedarse sin oportunidades.

—¡Dave, para! —dijo Salima, lo que le sobresaltó—. ¿No hay alguien ahí sentado en una silla plegable?

Miró al punto que le indicaba, cerca del quiosco.

—Creo que tienes razón. ¡Ya descubrirás que siempre hay uno! Espera aquí, ya voy yo a echarlo. No queremos que nadie se quede encerrado toda la noche. Mira cómo lo hago; educado pero firme, esa es la clave. —Aparcó el coche y apagó el motor—. No tardo nada.

Caminó hacia el hombre que estaba sentado en la silla plegable, intentando adoptar unos andares que parecieran fuertes y viriles, ya que era consciente de que Salima lo miraba desde atrás. Al acercarse, reparó en que su rebelde era bastante mayor. Y estaba dormido. Un terrier anciano y sarnoso estaba sentado a su lado como un centinela, sin parpadear con sus ojos neblinosos de cataratas. Quizá fuera buena idea ofrecerse a llevarles a él y a su perro a casa, suponiendo que viviera cerca. Eso le concedería algo más de tiempo con Salima y le haría parecer amable; cosa que era, claro.

El hombre sonreía dormido. Dave se preguntó con qué estaría soñando. En algo bonito, a juzgar por las apariencias.

—¡Hola! —dijo—. Siento despertarle, pero es hora de irse a casa.

Le puso la mano en el brazo y lo sacudió un poco, para despertarlo. Algo no iba bien. La cabeza del hombre cayó hacia un lado de un modo que parecía… inerte.

Dave alzó su mano fría y le buscó el pulso en la muñeca. Nada. Y no había indicios de que respirase. Dave nunca había visto un cadáver, y mucho menos tocado uno. Sacó el teléfono con mano algo temblorosa y empezó a marcar el número de emergencias.

Entonces reparó en que el hombre sostenía algo en la otra mano. Una libreta. Con cuidado, se la arrancó de los dedos. Quizá fuera importante. Sus parientes querrían tenerla. Contempló la cubierta. En ella había cinco palabras escritas con bella letra cursiva: *El proyecto de la autenticidad*. La guardó con cuidado en el bolsillo interior de su chaqueta.

Agradecimientos

Si dijéramos la verdad es una historia muy personal para mí. Hace cinco años, yo, como Alice, llevaba una vida en apariencia perfecta, y aun así la verdad era muy distinta. Como Hazard, era una adicta. Mi adicción era el vino caro de buena calidad (porque, si la botella cuesta lo suficiente, eres una sibarita y no una borrachina, ¿no?). Después de muchos intentos infructuosos de dejarlo, decidí, como Julian, contar mi verdad al mundo. Soy un poco más moderna que Julian, de modo que escribí la crónica de mi batalla para dejar el alcohol en un blog, en vez de un cuaderno, y ese blog se convirtió en libro: *The Sober Diaries*.

Lo que descubrí es que contar la verdad sobre tu vida puede tener un efecto verdaderamente mágico y, de paso, cambiar a mejor la vida de muchas otras personas. Así pues, mi primer agradecimiento va dedicado a todas las personas que leyeron mi blog y mis memorias y se tomaron la molestia de escribirme para explicarme cómo les había afectado esa sinceridad. Esta novela se inspira en vosotros.

Me daba pavor pasar de la no ficción a la narrativa, y no estaba nada segura de ser capaz, de modo que me matriculé en el curso trimestral de escritura de novela de Curtis Brown Creative. Hace poco releí mi solicitud y el extracto de tres mil palabras de *El cuaderno que cambió vidas* (como se llamaba en aquel entonces). Era un auténtico espanto, de modo que tengo muchísimo que agradecer a la tutora de mi curso, Charlotte Mendelson, además de a Anna Davis y Norah Perkins.

Una de las mejores cosas del curso de CBC fue el fabuloso grupo de escritores que conocí allí. Al terminar el curso, formamos un club de escritura, y seguimos quedando regularmente para compartir nuestro trabajo delante de unas cervezas (para ellos) y un agua (para mí), y reír y llorar sobre la montaña rusa que es la vida del escritor. Gracias a todos: Alex, Clive, Emilie, Emily, Jenny, Jenni, Geoffrey, Natasha, Kate, Kiare, Maggie y Richard. Y un agradecimiento especial a Max Dunne y Zoe Miller, que fueron las dos primeras personas que leyeron mi horrible primer borrador.

Gracias también a mis otros primeros lectores: Lucy Schoonhoven, que me asesoró en materia de australianos y jardinería y tiene ojo clínico para las erratas y repeticiones; Rosie Copeland, por su valioso asesoramiento sobre arte y artistas; Louise Keller por sus conocimientos sobre asuntos de salud mental, y Dianne Gardner-Brown por sus aportaciones e inspiración.

Mis dos compañeras de paseo perruno, Caroline Firth y Annabel Abbs, me mantuvieron cuerda y ofrecieron una caja de resonancia durante los últimos años de redacción, envío y revisión. Recuerdo cuando conocí a Annabel y le expliqué, bastante nerviosa, que quería escribir un libro. Ella contestó que también estaba escribiendo uno: *La hija de Joyce*. Todavía no acabo de creerme que nos hayan publicado a las dos. Me ha encantado recorrer este camino contigo, amiga.

Odio que me fotografíen, y Caroline sacó una instantánea informal durante uno de nuestros paseos con perro, un día de viento en el que no iba maquillada, que luego ha tenido la generosidad de dejarme usar como retrato oficial de la autora.

Mi siguiente agradecimiento va destinado a mi maravillosa agente, Hayley Steed, por amar mi libro desde el principio, por ayudarme a mejorarlo tanto y por haber sido una amiga y mentora maravillosa durante el proceso de publicación. Monica debe su obsesión con la codificación por colores en Excel a Hayley. Un agradecimiento enorme al fenómeno que es Madeleine Milburn, por sus sabios consejos y su orientación. La agencia de Madeleine Milburn es una máquina extraordinaria, pero también una familia, y todo el mundo me ha hecho sentir muy bienvenida y ha ayudado a hacer este libro todo lo bueno que podía ser. Gracias a todos.

No estarían leyendo este libro si no fuera por el maravilloso equipo de derechos internacionales de la Agencia de Madeleine Milburn, que se aseguró de que esta historia fuese a parar a las mejores manos en todo el mundo. Alice Sutherland-Hawes gestionó varias subastas simultáneas en múltiples territorios y vendió *Si dijéramos la verdad* en la friolera de veintiocho mercados en las dos semanas previas a la Feria del Libro de Frankfurt. Liane-Louise Smith y Georgina Simmonds han trabajado de forma incansable con todas las editoriales locales para haceros llegar esta historia.

Y a continuación, Sally Williamson de Transworld UK y Pamela Dorman, de Pamela Dorman Books en Estados Unidos, mis brillantes editoras. Tener a Sally y Pam de tu lado te hace sentir como si tuvieras poderes mágicos, y trabajar con ellas cuando editan es una clase magistral. Este libro sería una sombra del que han leído si no fuera por ellas.

He guardado lo mejor para el final: mi familia. Gracias a mi marido, John, por creer siempre en mí, incluso cuando yo misma no creía, y por ser tan perspicaz y sincero con mi escritura, incluso cuando eso me llevó a tirarle un manuscrito a la cabeza; y a mis maravillosos padres, que no podrían estar más orgullosos ni apoyarme más. Este libro está dedicado a mi padre, que es el mejor escritor que conozco, y cuya columna en la hoja parroquial es legendaria. Mi padre no solo leyó el primer borrador, sino cada uno de los nueve que lo siguieron, y me ofreció comentarios detallados en cada etapa. ¡Vaya como advertencia que, si tenéis pensado dejar una opinión en Amazon que no sea del todo favorable, os responderá! Y gracias a mis tres hijos —Eliza, Charlie y Matilda—, mis mayores fans y mi inspiración, todos los días.

Algo que me ha maravillado desde que empecé a trabajar con la industria editorial es la cantidad de gente que hace falta para publicar un libro. No solo las personas a las que he mencionado ya, sino muchas más, en todo el mundo, que han aportado su talento, su entusiasmo, su sabiduría, su tiempo y su energía para que este libro llegue a vuestras manos. Los diseñadores de cubierta, los correctores, los comerciales y muchos más. Por lo que también quisiera expresar mi agradecimiento más sincero a todas esas personas que en España han contribuido a acercarte mi historia. Gracias al buen hacer de mi editora Ana María Caballero y a todo el equipo de Grijalbo y cada uno de los departamentos de Penguin Random House Grupo Editorial que han colaborado en la publicación de *Si dijéramos la verdad*.

«Para viajar lejos no hay mejor nave que un libro.»
EMILY DICKINSON

Gracias por tu lectura de este libro.

En **penguinlibros.club** encontrarás las mejores
recomendaciones de lectura.

Únete a nuestra comunidad y viaja con nosotros.

penguinlibros.club